비어짐을 담은 사발 하나

비어짐을 담은 사발 하나

초판 1쇄 발행 2015년 12월 31일

지은이 최은영
펴낸이 권경옥
펴낸곳 해피북미디어
등록 2009년 9월 25일 제2009-000007호
주소 부산광역시 연제구 법원남로 15번길 26, 2층 204호
전화 051-555-9684 | 팩스 051-507-7543
전자우편 bookskko@gmail.com

ISBN 978-89-98079-12-3 04810
      978-89-963292-1-3(세트)

*책값은 뒤표지에 있습니다.
*이 도서의 국립중앙도서관 출판예정도서목록(CIP)은 서지정보유통지원시스템
홈페이지(http://seoji.nl.go.kr)와 국가자료공동목록시스템(http://www.nl.go.
kr/kolisnet)에서 이용하실 수 있습니다.(CIP 제어번호: CIP 2015033843)
*본 도서는 2015년 한국문화예술위원회, 부산광역시, 부산문화재단
지역문화예술특성화지원사업으로 지원을 받았습니다.

「예술문화총서 05」

비어짐을 담은
사발 하나

최은영 희곡집

해피북미디어

글을 쓴다

　연기를 하다 보면 원론이 아쉬울 때가 있다. 그래서 글을 적다 보면 다 못한 표현의 숨은 문장을 다시 표현하고 싶어진다. 그래서 연출을 하다 보면, 함께 표현해 내는 인상들이 두뇌 속의 상상에 못 미칠 때가 있고 그때 다시 글을 쓰고 싶어진다. 다람쥐는 쳇바퀴를 돌고, 지구는 태양을 돌고, 나는 글을 쓴다. 같은 일이 반복될 것만 같지만, 쳇바퀴를 도는 다람쥐에게도 전술이 필요하고 집중이 필요하다. 한 바퀴를 같은 발걸음으로 돌아 내거나, 바퀴의 어느 부분을 밟으며 도느냐에 따라 만족도는 다를 것이다. 또한 집중도가 흐려지는 순간, 민망하게도 다람쥐는 자신의 명성에 걸맞지 않게 아래로 추락하고 말 것이다. 지구가 태양을 돌며 일어나는 우주의 변화는 그야말로 땅을 움직이고, 바다를 움직이고, 바람을 움직이고, 시간을 움직이니 어떤 면에서는 이 지구라는 놈도 다람쥐처럼 이 순간 고도의 집중력으로 자신만의 회전법을 선보이고 있을 것이다. 지구가 돌고 있다. 다람쥐가 돌고 있다. 나도 그 속에서 함께 돌고 있다.

　연극을 시작한 지 20년이 훌쩍 넘어 버린 나이가 되었다. 연극하는 사람들은 작품 몇 번에 한 해가 훌쩍 넘어가는 것을 안다. 우리들은 우리들의 주기로 작품을 만들고, 공연을 하고, 때로 잠적했다가 다시 공연을 만든다. 그렇게 살아왔더니 나만의 달력이 생겨 버렸다. 그렇게 나이가 들어 버렸다. 생각해 보면 흘러온 20여 년이 한 작품을 만들어 내는 과정의 연속이었던 것만 같다.

 나는 제갈옥남 여사의 외손녀다. 어릴 때 과수원을 했던 외갓집에서 나는 외할머니와 함께 세상을 보았다. 그곳에서 보았던 모든 것이 내 삶의 원천이 되었고, 그곳에서 들었던 외할머니의 끝없는 이야기는 나의 꿈이 되었다. 나랑 오래오래 살겠다 하고는 할머니는 약속을 지키지 않고 먼저 가셨다. 커서 할머니랑 살겠다 하고는 나는 할머니의 마지막도 지키지 못했다. 우리는 그렇게 헤어졌다. 가끔 할머니의 독특한 말씀씨를 이어받은 어머니의 뜬금없는 말들이 나를 미소 짓게 한다. 나는 제갈옥남 여사의 외손녀로, 이태순 여사의 딸로 글을 쓴다.
 그리고.
 사람들은 나를 말하면서 또 한 사람을 생각한다. 그래서 그들은 나에게 이야기를 시작할 때 마치 글의 서문처럼 그 또 한 사람의 이야기를 끄집어낸다. 그분이 했던 말, 이야기, 일화. 모든 것이 나의 전제가 되고, 나의 서문이 되어 버린 느낌이다. 그분께서 돌아가신 지 7년이 넘은 지금도 가끔 술 취한 채로 내게 전화를 걸어 그분이 보고 싶다며 새벽잠을 깨우는 분들도 있다. 나의 홍성모 선생님이시다.
 선생님은 내가 연극을 시작했던 어린 시절부터 내게 희곡 쓰기를 권하셨다. 나는 나의 회전력에 얼마나 많은 오차가 있는 사람인 줄 안다. 그래서 나는 극구 글 작업을 거부했다. 혼자서 써 놓은 글은 마치 나의 치부인 것 마냥 구석구석에 꽁꽁 숨겨 두고, 나만의 작업에 만족했다. 그도 그럴 것이, 글이란 것이 얼마나 무서운 것인지를 나는 알고 있었다. 어린 식견에 써 낸 글들이 훗날 내 참회의 증거가 될 것만 같았고, 나 스스로의 참괴로 어쩌면 숨어버릴 것만도 같았다. 그러나 선생님께서는 병상에서 마지막으로 다시 한 번 당부하셨다. 돌아가시면서 내게 던진 숙제로 나는 다시 연극을 시작했고, 극단을 이끌어야 했고, 글을 써야 했다.

선생님께서 돌아가시면 연극을 하지 않겠다는 말을 나는 선생님과의 의리 지킴용으로 말씀드렸다. 나는 연극이 지금도 하고 싶은데 이제 못 할 것 같다. 이 말로 선생님은 내게 답하셨다. 선생님께서는 돌아가셨다. 그리고 7년이 지났다. 그리고 나는 그사이 연극을 했다. 그리고 글을 쓴다. 홍성모 선생님께 이 말을 전하고 싶다. 홍샘, 나를 나보다 더 믿어 주신 선생님.

글쓰기도 힘에 부치는데, 희곡집을 내려니 가랑이가 찢어지려 한다. 무엇하러 이 짓을 하는지 고민하다 포기할까 하다가 다시 할까 하다가 하다가 하다가만 반복하고 있다. 그래서 이유를 생각해 보기로 했다. 그러면 좀 덜 부끄러울 것 같기도 하고, 시간이 갈 것도 같고, 시간이 지나면 책이 떡하니 나 잡아 잡수쇼 하고 나와 있을 것 같기도 하고, 그리고 이리 떠드는 사이에 나는 저쪽에 가 있을 수도 있고...

종종 김자운, 김선영 두 사람이 있어서 행복하다. 커피, 수다, 폭풍 간식. 그리고 시간이 지나면서 친구가 되어 간다. 이들이 자신들의 알량한 글재주로 내 글을 외국말로 쥐어짜기 시작했다. 그 과정이 또 한 편의 연극이다. 고개 숙여 감사의 말을 전하고 싶다.

희곡집을 내며 누군가에게 글을 부탁하는 일이 무엇보다 힘들었다. 그러나 고심하고, 조심하며 부탁한 세 선생님께서 모두 흔쾌히 글을 써 주신다니 감사함을 더할 데가 없다. 김문홍 선생님, 정경환 선생님, 김남석 선생님. 감사합니다.

그리고 내 작품에 출연해 주고 작업해 주고 후원해 준 모든 이들께 감사의 마음을 전한다. 희곡집 출판의 어려움을 져 주신 해피북미디어 출판사와 끝없는 독촉 전화도 아름다운 목소리로 가능함을 보여 주신 윤은미 선생님께 감사드린다.

엊그제 감자를 갖다 주시고는 오늘 또 고구마를 갖다 주시는, 나의 연극사를 오롯이 지켜봐 주셨고 잔소리와 욕과 하여튼 온갖 것을 마다하지 않으시는, 이화진 선생님의 하이힐을 계속 보고 싶다.

그리고 나의 아버지, 보고 싶습니다.

그리고 시므라 선생님 보고 싶습니다.

그리고 못난 며느리 사랑해주신 시아버님, 보고 싶습니다.

글을 쓰려고 책상에 앉기가 무섭게 달려와 안아 달라, 먹여 달라, 재워 달라 하는 훼방꾼 아들, 준. 내가 무얼 해도 믿어 주고, 챙겨 주고, 나보다 먼저 가서 나를 기다려 주는 신랑, 용. 사랑합니다. 두 남자의 얼굴을 쓸어 가슴에 대어 본다.

연극은, 희곡은 정말 힘들다. 고통스럽다. 슬프다. 외롭다. 그러나 순간 순간 나를 살게 하고, 환희에 젖게 하고, 또 다른 세상에서 뛰놀게 한다. 지껄이지 않고, 글을 쓰는 사람이 되고 싶다.

2015년 11월 9일 08시 43분
비 내리는 아침에 젖어

문학성과 연극성을 두루 갖춘 희곡

　희곡은 문학성과 연극성을 동시에 갖추고 있다. 문학성이 없이 연극성만 승한 희곡은 공연에는 적합할지 몰라도 개성이 없어 보이기 쉽다. 또한 연극성이 없이 문학성이 승한 희곡은 배우와 연출자를 난감하게 한다. 그러므로 가장 이상적인 희곡은 문학성과 연극성이 서로 충돌하지 않으면서 이 둘이 조화롭게 존재해야 할 것이다. 흔히 연출 작업을 하면서 동시에 희곡까지 쓰는 경우가 있는데, 이는 자칫 잘못 하면 문학성이 없는 공연 텍스트로만 존재하기 쉽다. 또한 연극 현장과 연극의 메커니즘을 잘 모른 채 문학성으로만 쓴 희곡은 메시지 위주의 무미건조한 텍스트로 남아 있을 가능성이 무척 크다.

　최은영의 희곡은 이 둘이 잘 조화되어 있다는 특성을 지니고 있다. 최은영은 대학에서 문학을 전공했기 때문에 문학성의 내공을 본디부터 갖추고 있은 셈이다. 거기다가 연극 현장에서 배우 활동과 연출 작업을 병행해 왔기 때문에, 무대미학과 연극적 메커니즘은 현장 경험에서 축적해 왔다. 그래서 희곡을 창작하는 그 어느 누구보다도 문학성과 연극성이라는 양날의 검을 잘 휘둘러 온 셈이다. 이는 부산연극제의 수상이 뚜렷하게 증거하고 있다. 부산연극제에서 최우수연기상과 작품상을 수상했으니 누구보다도 연극성을 꿰뚫고 있으며, 또한 희곡상을 두 차례나 수상한 것을 보아도 그 문학적 내공의 튼실함을 인정하지 않을 수 없다.

　최은영이 이번에 첫 희곡집 『비어짐을 담은 사발 하나』를 내놓는다.

표제작인 「비어짐을 담은 사발 하나」는 제1회 김문홍희곡상 수상작품으로, 주제의식을 강력하게 드러내면서도 서정성을 확보했다는 평가를 받은 바 있는 뛰어난 작품이다. 그 밖에도 이 희곡집에 수록되어 있는 작품들은 모두가 문학성과 연극성을 두루 갖춘 것들로 문학작품으로서나 공연 텍스트로 손색이 없는 것들이다. 그릇도 비어야 먹음직한 음식을 채울 수 있듯이, 연극적 상상력도 그 속을 비워야 다시 빛나는 희곡의 씨앗들이 들어차 멋지고 아름다운 작품으로 탄생할 것이다. 그런 점에서 이번 희곡집의 발간은 앞으로 최은영 희곡문학의 마중물이 될 것이라 확신한다. 희곡은 공연되지 않으면 그 존재가치가 없다. 그러므로 여기 실린 희곡들은 최은영의 품 안에서만 어리광을 피울 것이 아니라, 다른 극단 다른 연출자들에 의해서도 호된 질책을 받으며 무럭무럭 커 나가기를 바란다. 이번 희곡집의 발간이 창작희곡활성화의 시금석이 되기를 바란다. 희곡집 발간을 진심으로 축하한다.

2015년 만추 수문재 책상머리에서
극작 평론가 김문홍

바다가 만든 희곡작가 최은영
白紙의 공포

텅 빈 백지로부터 시작이다. 작가라는 사람들의 작업은 이렇게 아무것도 없는 無에서부터다. 한글파일 하얀 면이 아직도 두렵다.

누군가가 말했다. '전생에 죄가 많으면 작가가 된다고'

작가의 가는 집家자다. 백지에서 시작된 작업은 결국 한 집을 만들어 일가를 이루었다는 뜻이다. 그냥 짓는 것이 아니다. 자신의 독창적인 작업세계를 만들어야 작가라고 하는 것이다.

작가는 무엇을 보는가?

우리의 삶을 현장을 보자. 화려한 겉치레, 희망찬 전망... 하지만 습관적으로 맞이하는 체념. 그리고 길들려진 오만한 신념으로 가득하지 않은가?

우린 빛나는 경제성장을 이룩한 고대성장의 나라에 살았다. 무엇이든 순식간에 발전해 버린 그런 시대를 살았던 것이다. 그 사이에 탈락한 군상들, 그리고 잊혀 버린 삶들... 그 시대에 작가는 비생산적이고 물질과 거리가 먼 상징적인 직업이 되었다. 자신의 마스터베이션으로만 치부되던 작가의 일은 풍요라는 빛에 가린 그냥 어둠 속의 작업이 되었다.

경제적 만족으로 비만이 되어 가는 시대. 무엇이던 물질적 가치만을 측도로 삼는 세상. 모두들은 내 몸에 들어가는 것에만 몰두한 것이다. 비만이다. 땅으로 은행통장으로 그저 채워 넣는 치부만이 이 시대의 존재

의미가 되어 버린 사회는 결국 인간의 고귀한 삶과 가치에 대해 더 이상 말하지 못하는 침묵을 강요하게 되었다. 그 결과 우린 지금 무엇을 만나고 무엇을 보았는가? 수많은 피지 못한 꽃들을 저 바다에 수장하고도 아름다움을 말하는 것이 부끄럽지 않은가.

비극만이 역사라고 했다. 채워 넣기에 급급해서 툭 튀어나온 뱃가죽을 자랑하는 것이 진정한 가치가 될 수 있는가 말이다. 작가는 배설을 하는 직업이다. 이러한 추악한 지방을 배출하는 직업 그게 작가인 것이다. 여기 한 희곡작가가 있다. 여자다.

참 유쾌한 기억

한 사람 살다 갔다. 산처럼 큰 덩치에 귀여움을 지닌 사람. 그의 말투는 아무도 흉내 내지 못하는 위트와 유머로 가득했다. 우린 그 사람을 기인이라고 했으며 낭만적인 인간이라서 좋아했다. 사람이 미워지는 날, 가슴에 매정한 바람이 스미는 기분으로 술이 생각나는 날이면 그 사람을 만나고 싶어 했다. 그는 바다와 연극을 사랑했으며 그의 인생 역시 연극적인 삶을 살다 갔다. 그에게 그림자처럼 따르는 한 여자가 있었다.

이렇게 그 사람과 그 여자는 선생과 제자로서 바다를 사랑하는 극단을 만들어 연극을 했다.

똑 부러지며 야무지고 누구보다 이성적이던 그 여자는 훌륭한 배우가 되어 갔고 그 극단의 기획자로서 극단의 일꾼이 되어 갔다.

바다는 왜 파란색일까?

바윗돌 사이에 똑똑 떨어지던 물은 갯물을 지나 강으로 가면서 바위돌에 부딪치며 멍이 들어 갔다. 그리곤 강물을 거쳐 바다로 간다. 멍이 든 바다.

극단을 만들고 연극을 한다는 것이 얼마나 힘이 드는지 안 해 본 사람은 모른다.

어느 날, 이 여자는 그 극단의 대표가 홀연히 사라지자 그 짐을 혼자 안고 이어간다. 그리고 작가가 되었다. 희곡작가!

경험은 사유화된다. 자신만의 경험은 돌돌 말린 천처럼 자신을 에워싼다. 한 시간대를 함께 공유하는 사람들은 서로 닮아가고 서로에게서 서로를 배우고 느끼게 되는 것이다. 이러한 경험은 그들이 만든 집단의 성격이 되는 것이다. 과도한 낭만주의자였던 그 남자를 제어하기 위해 더 많이 이성적인 모습으로 비추어진 한 여자. 그들이 만든 극단이라는 곳은 그렇게 균형을 맞추며 연극적 성과를 만들어 가는 중에 그 남자가 떠난 것이다.

그 사람으로 채워지던 감성은 갑자기 비워져 공간이 생긴 것이다. 이것을 매우기 위해 이성적인 그 여자는 작가가 되어 나타난 것이다.

바다를 닮은 희곡작가 최은영

타고난 재능, 감성을 채우기 위한 경험, 그리고 세상을 바라보는 맑은 눈을 키우기 위한 사유, 이러한 노력으로 작가가 된다. 배우든 연출이든 희곡작가든 연극예술에서의 처음에는 도구적 인간이다. 부속물 되어 한 작품에 도구가 되어 참여한다. 그 오랜 숙련의 시간을 보내고 나면 이제 제대로 자신을 표출하는 창의적인 인간이 된다. 그때 예술가로서 작가로서 인정받게 되는 것이다. 작가가 되기 위한 그녀의 숨은 노력의 피와 땀이 얼마나 될까. 외경심마저 느끼게 하는 그녀의 성과는 폭풍처럼 치열했으며 다양했다.

〈죽어 피는 꽃〉, 〈그리워할, 연戀〉은 여류 작가답게 여성의 이야기다. 언제나 비극의 행위자는 남자이지만 그것을 감내하고 해원하는 자는 우리네의 엄마, 이모, 누이였다. 여자만이 알 수 있는 섬세한 세상에 대한 사유적 관찰이 깊다. 〈로딩하는 여자〉, 〈고도, 없다!〉는 연극을 바라보는 감각이 자유롭게 신선하다. 스승이던 그 남자의 위트와 재치가 빙의된 것처럼 발랄하다. 〈비어짐을 담은 사발 하나〉는 역사를 취재하는 작가의 노력과 작품화하는 과정에서의 구성, 그리고 작품 속으로 이 모든 것들이 소화되는 희곡의 틀이 깊은 완성도를 보여 준다. 〈무한각체가역반응〉은 작가의 오랜 문학적 소양에 대한 깊이와 애정을 보여준 작품이다.

쏟아내는 작품마다 그녀의 희곡은 대단했다. 부산연극제에서 최우수작품상과 연이어 희곡상을 수상하고 김문홍희곡상으로 예술성을 인정받는다.

난 작가들을 사랑한다. 홀로 지새는 그 수많은 밤, 풀리지 않는 의문으로 사유한 시간들, 가슴을 조리며 생산해 내는 인물들의 아픔까지도 대속하며 그 슬픔을 안고 사는 사람을 사랑하지 않겠는가.

누가 운명을 말하는가?

더 무서운 숙명 앞에 인간이 얼마나 나약한가. 바람에 날리는 풀잎이지 않은가. 앞에서 날아오는 돌이라 피할 수 있는 것이 운명이라면 뒤에서 날아온 돌이라 피할 수도 없이 맞아야 하는 숙명이라 했다. 여기 한 여자의 숙명으로 만나는 작품집. 아프면서도 기쁘고, 폭풍 속에 밝게 개인 바다처럼 맑고 따뜻하다.

희곡 작가 정경환

■ 차례

무한각체가역반응

이 꼭짓점이 반응하는 저 끝에
또 다른 꼭짓점이 있고,
또 저 꼭짓점이 연결되는 끝에 또 다른 꼭짓점,
또 다른 꼭짓점, 또 다른 꼭짓점이 있지.

때	1930년대
곳	서울 경성 일대

등장인물

이상	해경의 내면적 자아
김해경	시인, 소설가
김유정	소설가
박태원	유정의 친구, 소설가
구본웅	해경의 친구, 화가
박록주	본명 박명이. 판소리 하는 명창
금홍	해경의 동거녀
최정희	소설가. 해경이 사랑하는 여인.
변동림	이상과 결혼하게 된다.
감갑남	제비다방의 여급
김동환	시인. 정희의 남편
나	유정의 소설 속 인물
점순	전반부 유정의 소설 속 인물, 창작중인 캐릭터
점순	후반부 유정의 소설 속 인물, 창작된 캐릭터
점순모	소설 속 점순의 모친

경성

단순하고, 어두운 무대다. 이상의 시에서 영감을 얻은 모티브를 사용한다. 높이가 다른 공간을 배치하여, 객석에서 바라보면 약간은 불안하고 일정하지 않은 무대의 면들로 보인다. 양쪽으로는 직선과 예각을 살린 무채색 계열의 어두운 이미지로 처리한다.

갑남이 무대로 조심스레 오른다. 그녀는 주변의 눈치를 보다 관객에게 인사를 한다.

갑남　　저, 아, 아. 저. 잠깐만예. 잠깐이면 됩니더. 아, 아. 안녕하십니까? 지는 부산서 경성으로 상경한 감갑남이라고 하는데예. 어어 김갑남 아이고 감나무 할 때 감. 감갑남. 아니, 지가 이 경성에 온 거는 훌륭한 가수가 되기 위해서 아입니까? 물론 창이든 만가든 닥치는 대로. 최종목표는 인기가수? 이난영이나 박록주, 아 그런 멋진 여성이 되어 모던보이하고 사랑도 하고. 아아 가지 마이소. 실은 지가 노래 한 자락 할라꼬예. 한번만 들어주시면 안될까예? (토라지며) 괜찮으시면 박수라도 칠낀데. (반응 확인 후) 그라믄 지 참말로 노래 합니데이. 뮤직. 부탁합니데이.

〈고향〉
흘러간 고향 길에서 즐겁게 놀던 그 옛날이여
고요한 달빛에 젖어 정답게 속삭이던 말
그대는 그 어데로 갔는가? 다시 못 올 옛 꿈이었던가?
흘러간 고향 길에는 잔디만 푸르렀구나.
랄~랄~랄~라~랄~랄~랄~라

노래 중 막이 오른다. 끝 무렵 박록주가 지나간다.

갑남   (록주의 뒤태를 살피며) 저기, 보이소, 보이소.

록주를 따라 퇴장한다.
음악이 바뀌고 무대는 어두운 조명이 깔린다.

해경은 기침을 하며 무대 미친 듯이 글을 쓴다. 그러나 이내 허탈히 돌아앉아 버린다.

이상   나는 죽지 못하는 실망과 살지 못하는 복수, 이 속에서 호흡
         을 계속할 것이다. (한참 동안 기침을 한다.)

천천히 이상이 등장한다. 이상은 계단을 오르며 외친다.

이상   (건조한 목소리로) 나는 지금 희망한다. 그것은 살겠다는 희망
         도 죽겠다는 희망도 아무것도 아니다.

해경은 각혈을 하며 이상에게 손을 뻗는다. 그러나 이상은 태연히 미소까지 짓는다.

해경   다만 이 무서운 기록을 써서 마치기 전에는 나의 그 최후에
         내가 차지할 행운은 찾아와 주지 말았으면 하는 것이다.

말하는 동안 해경은 부들거리며 이상을 부여잡고 일어난다. 그리고 이상의 목을 잡고 누
른다. 이상은 목이 조이며 계단 뒤로 쓰러져 퇴장한다.

해경   (이상의 목을 졸라 쓰러트린 후 눈물을 흘리며 돌아서서) 무서운
         기록이다. 펜은 나의 최후의 기록이다.

유정이 등장하여 기침한다. 이후 해경은 천천히 계단 뒤로 넘어 퇴장한다.

음악이 흐르고 천천히 조명이 바뀐다. 유정 역시 기침하며 오버랩된 후 원고를 들고 들어와 무언가를 끄적인다. 점순이가 룰루랄라 들어온다. 무언가를 찾는 눈치다.

유정   (바구니를 유정에게 건네며) 모티브가 중요해. 감자! 좋다. 강
          원도는 감자. 점순은 감자바구니를 들고 들어와 무언가를 찾
          는다. 유정은 여전히 한 귀퉁이에 앉아 무언가를 종이에 끄적
          이기 시작한다. 그와 동시에 한쪽에선 정희가 등장한다. 길거
          리엔 행인의 모습으로 태원이 지나간다. 그리고 시간차를 두
          고, 동림도 지나간다.

정희   (흥분된 표정으로 편지를 열어 본다.) 정희야, 언제라도 좋다. 네
          가 백발일 때도 좋고, 내일이래도 좋다.

해경   (천천히 들어오며) 만일 네 마음이 흐리고 어리석은 마음이 아
          니라 네 별보다도 더 또렷하고 하늘보다도 더 높은 네 아름다
          운 마음이 행여 날 찾거든 혹시 그러한 날이 오거든 너는 부
          디 내게로 와 다오. 나는 진정 네가 좋다.

둘은 가벼운 애정행각 후 부끄러워하며 걸어 나간다.

유정   (둘의 나가는 양을 보고 기침을 하며) 씨발, 길거리 잡놈들도 다
          하는 연애질이 왜 안 되냐구? (기침을 하다 점순을 보며) 아 언
          제까지 찾아 헤맬 거냐구?

점순   무슨 말을 해야 찾든지 말든지 하지. (돌아서며) 왜 나한테 지
          랄이야?

유정   야, 아저씨. ('나'가 두리번거리며 등장한다.) 얼빠진 놈. 어? 이
          렇게 이렇게 여자가 탁 오면 남자가 나오고 (말에 따라 나가 등
          장한다.) 그러면 둘이 뽀뽀도 좀 하고 (둘은 그대로 한다.) 그리

	고는 뭐.
점순	뭐?
나	뭐?
유정	아 그렇고 그런 거.
나	그게 뭔데?
유정	아, 야 그걸 꼭 말로 해야 되냐?
점순	그럼 이게 니 소설인데 니가 말하지 않은 걸 어떻게 우리가 하냐?
유정	거시기 그러니까.
나	뭐? 나 얘 싫어. 나 안 해.
유정	야, 그런 게 어딨냐? 이건 내 소설이야. 〈동백꽃〉. 너는 점순, 너는 나. 니들이 주인공인데. 그러니까 이렇게 좋아하면 이렇게, 이렇게 하면 되는 것을.
점순	이유도 없이 만나서 그냥? (나에게) 넌 웃기지 않아?
나	난 웃겨.
유정	환장하겠네. 뭐가 이리 어려워. 다시. 점순이부터 감자 들고 들어와서.
점순	(감자 바구니를 내밀고) 느 집에 이거 없지?
나	(얼떨결에) 뭐야? 이깟 걸로 쬐그만 계집애가?
점순	(유정의 눈치를 보다) 죽여 버릴까?
유정	뭐?
나	뭐?
점순	아니, 뭐 딱히 할 말이 없는 것 같아서...
유정	야, 이게 무슨 살인극이냐? 에이. 나가.

점순과 나는 퇴장하며 자기들끼리 이야기한다.

점순	쟨, 다 좋은데, 너무 지 맘대로야.
나	그러게. 머리는 있는데 뇌가 없어. 무뇌증이야.
점순	저런 인간이 되드니 차라리 소설 속 주인공이 낫겠다.
나	맞아. 만날, 에이 씨발. 지가 뭘 알아 글을 쓰겠냐?
점순	머리에 든 게 있어야 사랑이 나오든 눈물이 나오든 하지. 쟨 인간 되긴 애저녁에 글렀어. 두고 봐. 쟤 또 야 퇴장. 한다.
유정	저것들이. 야, 퇴장! 에이씨.

둘, 유정을 쏘아보고는 가소롭다는 듯이 웃으며 퇴장

유정	경성 거리엔 죄다 연애질로 난리인데, 어쩨 나만 이게 어렵단 말이냐? 성정을 따라 쓰자니 글이 되질 않고, 꾸미자니 가식이고, 이거 원 글 한 줄이 이리 힘들어서야. (잠시 생각하다) 그래, 구인회! 거기서 선배들에게 조언을 들어야겠어. 우선 구보를 만나야겠어.

유정은 원고를 정리하여 급히 일어나는데 먼저 들어오는 이상과 부딪히고 다시 급히 들어오는 해경과 부딪힌다. 해경 옆으로는 금홍이 서 있다. 원고는 하늘로 오르고, 둘은 정지하여 서로를 쳐다본다. 나가던 이상도 돌아본다.

금홍	(해경을 부축하며) 어머, 괜찮으셔요?
해경	(기침을 하며 장난을 섞어) 내가 살아 있다. 내가 살아 있다고 말한다. 내가 살아 있는 것이다. 허나 내 폐는 이미 맹장염을 앓고 있다. 여전히 나는 주검이다.
유정	(원고를 주워 들며) 아, 길거리서 어깨 한 번 부딪혔다고 죽지는 않소이다.

이상은 재미있다는 듯이 떨어지는 원고 한 장을 들고는 읽는다. 해경도 같은 동작을 한다.

해경	(원고를 들고 읽으며) 오늘도 또 우리 수탉이 막 쫓기었다. …별로 우스울 것도 없는데 날씨가 풀리더니 이놈의 계집애가 미쳤나 하고 의심하였다.
이상	"느 집엔 이거 없지?" 하고 생색 있는 큰소리를 하고는 점순이 제가 준 것을 남이 알면은 큰일 날 테니 여기서 얼른 먹어버리란다.
해경	점순이? 하하하, 거 재미있네. 하하하
유정	(해경에게 다가가며) 그렇소? 이게 그리 재미있소?
해경	허나 촌스러. 된장내가 나는구만.
유정	뭐요?
이상	너보단 낫구만.
해경	(어이없다는 듯 쳐다보며) 거 글쟁이구만.
유정	그 글쟁이? (화를 숙이며) 그렇소만.
해경	하기야 이 명동 바닥에 글 꾀나 알면 죄다 작가니 예술가니 정신이 없지. 이보쇼. 여기 지나가는 사람 붙잡아 보면 열중에 여덟은 지가 작가라고 하지.
유정	(화를 내며) 뭐야? 보자보자 하니 사람을 올렸다 처박었다 뭐 하는 거요? 이보쇼… (두루마기 소매를 걷어 올린다.)
해경	(말을 자르며) 워워워, 웬 사람이 이리 흥분을 잘하누? (말을 마치자마자 유쾌하게 걸어 나간다.) 나눌 말이 더 있을 듯하니 명동, 제비로 오시게. 뭐 싫음 말구.
금홍	또 뵙겠네요, 두루막 신사.
유정	(나가는 해경을 보며) 뭐 저런 무뢰한이 다 있나?
이상	(계단을 오르며 '온다', '안 온다'를 반복하다 마지막 계단을 밟고) 온다.

말을 무시하고 나가는 해경을 허무하게 쳐다보다 떨어진 원고를 허겁지겁 줍는다. 그리고는 어디를 찾는 듯한 모습을 보인다. 지나가는 사람들을 붙잡고 길을 물을 모양이다. 어린 소녀, 갑남이 지나간다. 누군가를 찾아가는 듯한 표정이다. 서로 길을 피하려다 마주치고는 유정이 말을 꺼낸다.

갑남	음마. 이 아저씨 좀 바라. 말만 한 숙녀가 지나가는데 ,어데 대낮에 한길에서 숙녀의 길을 막아서는 기고. 무식하기는.
유정	그게 아니고, 길을 좀. 꼬맹이 아가씨, 그러니까 주소가... (가슴팍에 손을 넣어 더듬는데)
갑남	어머어머, 이기 뭐 하는 짓이라예?
유정	오해 말아라. 난 그저 주소를 적은 종이를...
갑남	아, 된장내. 짜증나.

기분 나빠하며 퇴장한다.

유정	된장내? (자기 옷의 냄새를 맡는다.) 나 참. 그냥 길을 물을 참이었는데.

기생 박록주가 목욕을 다녀오는 양으로 걸어 나온다. 유정이 들고 있는 쪽지를 본다.

록주	사거리 지나 회색 건물이네요. 저리로 곧장 걸어가시면 보일 거예요. 서울은 저리 쬐끄만 계집애도 만만치 않다우. 각다귀보다 더할걸요. 그럼.

유정이 록주를 보자 넋을 놓는다. 종이를 건네고 명이가 퇴장하려 한다. 거기를 멍하니 유정이 따라간다.

록주	이쪽이 아니고, 저쪽.
유정	저, 나는 서울 사는 유정이라 하오. 김유정. 고향은 강원도지만, 서울서 산 지는 한참이오.
록주	(의아해하며) 그래서요?
유정	그대를 사랑하오.
록주	네? (이상한 사람 취급하며 돌아가려 한다.) 아, 네. 그러세요. 그럼.

뜻 없이 인사하고 가려는 명이를 유정이 잡는다.

유정	나 김유정, 당신을 사랑하오. 이건 운명이오.
록주	(손을 바라보자 유정이 자신의 잡은 손을 뺀다.) 난 싫어요. 운명, 아니어요.
유정	(지나가려는 명이의 손목을 다시 잡으며) 그대 이름이라도.
록주	그건 알아 어따 쓰실라우? 이 손 놓으시지요.

이때 퇴장했던 갑남, 다시 들어오며 박록주를 향해 달려온다.

갑남	(명이에게) 스승님! 동편제 박록주 선생님 맞지예? 지는 갱상도서 스승님 소리 한 자락 듣고는 마 바로 보따리 싸가 상경해 뿌린 감갑남이라고 합니다. 지를 지발 제자로 받아 주이소. 음, 스승님. 지가 창 한 자락 해 보까예. 정들은 고향 길에서 순정에 어린 그대와 나는~
록주	이건 또 뭐야?
갑남	아니, 창도 하는디... 이때 놀부가 화초장 하나를 매고 나오는디...

명이, 퇴장. 갑남이 일어나 따라 나가려 한다. 유정, 갑남의 팔을 붙잡는다.

유정   애야.

갑남   (팔을 뿌리치고) 음마, 이 된장냄새가 참말로? (손을 뿌리치며) 보소. 우연이 겹치면 필연이라나 뭐라나 이런 수작 쏠라카믄 집어치아소. 내 그리 호락호락한 계집이 아이거든예.

유정   그래, 호락해 보이진 않는다, 듬직해 보이는구나, 꼬맹아.

갑남   어허. 엄연히 이름이 있는데 꼬맹이라니? 감갑남. 제 이름이라예. 뭐 울 아버진 지가 태어나도 여식이라 관심도 없었다 아입니까. 그래 울 어메가 아, 알라를 싸질러 놨으면 갑남을 녀 뭐라도 부를 말이 있어야 안 되는교, 했더이만 그래, 그라믄 갑남이라 캐라, 하고는 마 그 질로 나가뻐릿다 카데예. 그래가 마 제 이름이 갑남이가 돼 뿌릿는기라예.

유정   그래, 갑남아. 저 여인의 이름이 록주, 그래 분명 록주라고 했겠다.

갑남   아, 어디서 남의 스승님 함자를 함부로 부르노. (목소리를 바꾸어) 박록주. 동편제 소리의 떠오르는 샛별. 본명 명자 이자. 박명이. 십이 세에 소리를 배우기 시작해 한남 권번에서 소리로 조선 팔도를 뒤흔든 명창. 그 음색의 강골함이 남정네에 버금가는… 에그머니나, 스승님예, 스승님예.

갑남, 퇴장하려 하나 다시 유정에게 잡힌다.

갑남   이거, 이거 몬 놓나? 내 눈 높대이. 아저씨 제비가?

유정   제비! 그래, 혹 명동 제비라고 아느냐?

갑남   그래 제비. 제비? (이상하다는 듯 쳐다보며) 누구신지?

유정   글쎄다. 우선은 그리로 먼저 가야 할 것만 같구나. 웬 사내를 먼저 만나야 할 것 같구나.

갑남 우리 아저씬가? 거긴 말이우, 잘 들어 보이소. 이리로 곧장 가면 미화 양행이 나와예. 양행 알아예? 그기 한자로 적혀 있거든. 거 모던 보이와 걸들이 의상을 맞추는 곳이지예. 얼마 전에 우리 아저씨도 거서 양복을 맞췄는데, 그 배달값으로 지한테도 옷감을 사 주신 곳이지예.

유정 (갑남의 말을 막으며) 제비.

갑남 (나가려다 유정의 제지로 참는 척하며) 그 앞을 지나면 길모퉁이에 우체국 표지판이 보일 거요. 어찌 보면 그 우체국 표지가 꼭 제비를 닮긴 했어.

유정 거기냐?

갑남 (딴청을 피우며) 거기를 돌아 나가면 더 큰길이 나와요. 거기서서 보면 전차역이 딱 보일기라.

유정 전차역!

갑남 그 역 앞에 구두닦이 소년이 있는데

유정 있는데?

갑남 가한테 물어보이소.

유정 뭐야?

갑남, 급히 퇴장한다.

유정 박록주. 박명이. 이 얼마나 아름다운 이름인가? 내 청춘을 불태울 영혼을 드디어 만났으니 그 이름 록주. 영원히 내 가슴에 남아라. (가려던 길을 생각하고는) 록주, 인연이 곧 다시 우리를 만나게 해 줄 것이오. 허나 지금은 그 이상한 사내를 찾아 제비라는 곳으로 가야할 것만 같소. 그럼 우리의 재회를 기다리며 나는 잠시 퇴장.

뛰어 퇴장

음악이 흐르며 장소가 이동된다. 그와 함께 무대 뒤에서 배우들이 무리 지어 등장한다. 이상, 해경과 금홍, 그리고 정희, 태원, 본웅이다. 본웅은 이젤을 옆에 둔 채 자리를 잡고 앉아 화폭에 그림을 그린다. 〈친구의 초상〉을 투명판에 그리고 있어 관객도 알아볼 수 있게 한다. 해경은 금홍의 팔짱을 낀 채 지팡이를 흔들며 산책을 한다. 태원은 정희와 함께 진지하게 이야기한다. 모두 무대로 내려서면 천천히 이상이 따라 들어와 정희 옆에서 그녀를 응시한다.

금홍   바람을 좀 느껴 봐요. 음, 자유의 바람.
태원   자유가 없는 식민시대에 자유의 바람이라? 금홍 씨, 지나친 오버센스 아닌가요?
금홍   난 그런 것, 몰라요. 조선이든 일본이든 나랑은 상관없어요. 조선일 땐 뭐 언제 우리 같은 여자들, 인간 취급이나 받았나요? 난 그저 장옷을 쓰지 않고도 남성들과 동등하게 바람을 쐴 수 있는 이 자유를 말하는 것뿐이어요.
본웅   허나 금홍 씨. 태원이의 말을 새겨들어야 돼요. 잘못하다간 쇠고랑을 찰 수도 있는 문제거든요.
금홍   뭐, 그깟 쇠고랑, 차죠.
해경   그건 안 되지. 우리 금홍이가 쇠고랑을 차면 내 무슨 낙으로 이 산보를 즐기누.
금홍   걱정 마세요. 지금은 구 선생님이 순사만 부르지 않는다면 이 모던한 바람을 실컷 쐴 테니까요.
본웅   그럴 리가요, 순사가 오더라도 내 이 세 다리로 기꺼이 막아 드리리다.
해경   모던한 바람이라... 허를 찌르는 놀라운 표현인데.

금홍	아이 참, 왜 이리 놀리실까? 잘 느껴 보시라니까요. 이 바람은 윤리, 도덕을 외치는 그런 딱딱한 바람이 아니라구요. 이 소매 끝처럼 봉그랗게 부풀어 올랐다 다시 처녀의 허리를 안아 내리듯 슬며시 흘러내리는 그런 바람이라구요.
해경	(금홍을 어깨부터 안아 내리며) 이렇게 흘러내리는 바람? 이건 모던한 바람이 아니라 이미 지나가 버린 개화기의 퇴폐적 낭만 바람이라 하는 게야.
금홍	아무리 세상이 변했다고는 해도 이런 야회에서 이러시면 곤란해요.
태원	금홍 씨, 그건 해경 군이 모더니스트이니 어쩔 수가 없답니다.
해경	태원이 저 친군 언제나 옳은 소리만 하는구만.
본웅	담장 너머 규방 아씨나 바라보는 건 해경이에게 어울리지 않지.
해경	대개는 규수들이 담장을 넘어 내게로 오지.
태원	모더니스트라니까.

태원과 함께 있던 정희가 책을 덮고 일어선다. 천천히 정희가 내려온다. 이상은 그저 선 채로 시선만 정희를 따른다. 혹은 사라진다.

정희	모던은 시대를 앞지르는 정신이죠. 허나 언제부터 모던이 숙녀를 농락하는 유희의 대상이 되었는지 모르겠군요. 예의와 도덕이 무너진 모던을 애써 무어라 불러야 할지 난감하네요.
태원	이보게, 해경이. 자네가 졌구만. 여하튼 이 당찬 숙녀분의 기백만큼은 이 시대 모든 글쟁이들의 펜으로도 따를 재간이 없을 듯하군.
정희	(웃으며) 박선생님. 놀림 섞인 그런 비아냥은 사양하겠어요.
태원	아, 아닙니다. 이건 진정입니다. 해경 군은 실언을 했고, 완패

했습니다.

금홍   듣기가 좀 그러네요. 그럼, 지금 내가 농락을 당하면서도 입이나 헤벌쭉하는 그런 년이다, 이런 말이신가? 어찌 얼굴도 처음 보는 사람에게 그리 말하는 겐지?

본웅   이거 내가 나설 차렌가? 금홍 씨, 정희 씨의 말은 그런 뜻이 아닐 겝니다.

정희   구본웅 선생님, 호의는 감사하오나 오해는 제가 직접 풀겠어요. (금홍에게 목례하며) 저는 이제 겨우 글이나 따라 쓰는 습작생 최정희입니다. 소설가를 꿈꾸지만, 아직은 그저 필사나 하는 수준이지요. 허나, 명동 제비의 마담 금홍 씨를 모를 리 없으니 처음 보는 사람이라 하나 아주 모르는 것은 아니며, 또한 말장난이나 해 대는 선배님들의 어불성설에 대해 어린 후배의 마음으로 버릇없이 드린 말이니, 따로 숙녀분을 놀릴 생각은 있을 수 없습니다.

해경   듣고 보니 맞는 말이로군. 금홍이, 이는 누가 들어도 나에게 꽂은 화살이니, 그대는 너무 노여워 마시오. 아 그리고, 최선생, 너무 몰아세우지 마시오, 난 그냥 각혈하는 폐병쟁이일 뿐인데, 불쌍히 좀 봐 주시오. (억지로 기침을 해 댄다.)

정희   그리 들으셨다면 죄송합니다.

해경   (다시 정색하며) 무엇이 말이오? 폐병쟁이를 놀린 것을 말하는 것이오? 아니면 초년생 글쟁이가 선배에게 대드는 이 문학적 하극상을 말하는 것이오?

정희   (잠시 해경을 바라보다) 전 그게 아니라 그저...

해경   하하, 주견을 가진 독설가로 남아 주시오. 그쪽이 변명하는 습작생보다는 낫지 않겠소.

본웅   정희 씨. 성정은 나쁜 놈이 아닌데, 행실이 좋지 않을 뿐이니, 너무 괘념치 마세요.

태원   아 아닐세, 본웅이. 저 친구는 성정도 그리 좋은 놈은 못 되지.
        아, 안 그런가?

모두들 웃는다. 동림이 들어온다.

본웅   어, 여기. 이모님, 어서 와요.
동림   잘들 계셨죠. 안녕하셨어요? 이상 선생님.

구보, 그녀를 멍하니 바라본다.

본웅   금홍 씨는 처음 보죠. 여기는 우리 어린 이모, 변동림. 이모,
        금홍 씨를 소개하죠.
금홍   제 소개가 무에 필요할까요? 제 산호채찍 해경 씨는 이미 임
        자 있는 몸이니 문학적 관심 이상이면 곤란해요.
본웅   오해 마세요. 우리 이모가 문학소녀인데다 워낙에 이 친구 팬
        인지라. 남들이 〈오감도〉를 읽고 욕을 하는 건 그분의 사상을
        이해하지 못하는 무례한들의 저급한 수작에 불과하다나...
동림   부끄럽지만, 사실이니 인정하죠. (금홍을 바라보며) 헌데, 금홍
        씨? 혹 이상 선생님의 정식 내자가 되시나요?
금홍   뭐라구요?
동림   아니시군요. 그렇다면야, 제가 실례를 범한 건 아닌 것 같
        네요.
정희   어머, 동림이 아니니?
동림   어머, 정희 언니!
본웅   정희 씨를 아는 거야?
정희   진명여학교 동기죠.
동림   나이는 제가 어려도 우린 둘도 없는 동기였죠.

32

정희	정말이지, 동림이는 참 고와요. 그죠, 박 선배님.
태원	(넋을 놓고 동림을 보다) 네, 정말이지 곱습니다.
정희	허나 동림이는 얼굴만 고운 건 아니에요. 여자들을 외모로 취급하는 치들에게만 그리 보일 뿐이죠.
태원	네. 네?
동림	태원 씨는 분명 그런 분은 아닐 거야, 그렇죠? 이상 선생님의 친구시잖아요.
태원	네? 아, 네.
해경	아무래도 오늘 밤은 지구상의 두 인종이 전쟁을 치를 듯하니 자리를 옮겨 계속 이어가 보는 것이 어떻겠습니까?
금홍	제비로 모시죠. 허나 거긴 숙녀분들이 가기엔 좀...
동림	아니에요. 두 인종의 전쟁에 여자들이 빠진다면야 남성들의 완승이 되지 않겠어요. 그럴 순 없죠. 그치 정희 언니.
정희	동림아, 난...
태원	정희 씨, 함께하죠. 그래야 동림 씨도 덜 불편할 테고.
동림	그래, 그러자, 언니. 전 이상 선생님의 문학세계를 더 듣고 싶어요. (다시 정희에게) 같이 가자, 응?
금홍	유희의 자리에 뭐 억지로 갈 것까지야...
정희	그러죠 뭐. 문학인의 모임이라 생각하고 참석하겠어요.
해경	그럼 다 같이 제비로 가시죠. 저희가 먼저 출발합니다.

음악과 함께 모두 천천히 걸으며 움직인다. 해경과 금홍이 먼저 나간다. 산뜻한 바람과 꽃잎이 날리는 느낌이다. 태원은 본웅을 부축한다. 본웅은 지팡이에 의지하여 걸어 나간다. 움직이는 걸음 사이로 다른 행인들도 지나간다. (갑남과 점순들) 한쪽에선 동림과 정희가 이야기를 하며 걷는다. 해경은 퇴장하기 전 고개를 돌려 정희를 본다. 정희 역시 부동의 자세로 해경을 본다. 그 사이 태원은 동림에게 말을 건다. 금홍에 의해 해경은 고개를 돌려 퇴장한다. 태원은 동림에게 이야기하나, 동림과 정희가 먼저 손을 잡고 나가고, 태원은 다

시 본웅에게 돌아와 천천히 퇴장한다. 모두 퇴장할 때 이상이 일어난다.

이상 바람은 넥타이를 흔든다. 차라리 바람이 넥타이를 흔든다고 생각하련다. 심장이 뛰어서는 아니다. 절대 아니다. 머리카락이 날린다. 볼이 붉어진다. 나를 외면하는 그 눈빛이 나를 본다. 바람은 불지도 않는데 넥타이는 더 크게 날린다.

제비

다시 조명이 바뀌면, 낮게 음악이 깔리고 사람들은 움직이며 제비다방을 만든다. 다들 무언가 호기롭게 이야기를 하고 있고, 정희와 동림도 열심히 이야기꽃을 피운다. 본웅이 그림을 건네고, 태원이 그림을 건다. 해경은 신문을 보고 있다. 멀리 사각에 돌아앉은 이상도 신문을 보고 있다. 금홍과 갑남이 술을 내 온다.

태원 이게 해경을 그린 그림이란 말인가?
본웅 내 〈친구의 초상〉이라 이름하였네. 음, 저기가 좋겠군.

태원이 그림을 건다. 금홍이 나온다.

금홍 확실히 술이 있어야 자리가 빛나죠? 이런 날 술이 빠지면 안 되지 않겠어요?
해경 우리 금홍이 덕에 나는 오늘도 내 정신줄을 놓겠구만.
태원 다행이지 뭔가. 자네는 정신줄을 놓을 때가 그나마 온전한 상태니 말일세.
이상 역시 자넨 내 최고의 벗일세.
갑남 숙녀분들은 코오피라도 드릴까예.
정희 전, 소주 몇 잔 정도는 괜찮아요.

동림	여기 이 사케도 좋은데요. 고마워요, 예쁜 아가씨
갑남	(좋아하며) 예쁜 아가씨...
금홍	재수 없어.
갑남	(표정을 바꾸며) 그렇네예. (퇴장한다.)
본웅	여, 이거 역시 신여성은 다르구만. 이러시면 이모 덕에 나도 한 잔 거들어야겠는 걸.
태원	그럼 나도 한잔 할까? 하하하. (모두 태원을 바라보자 당황하며) 자자, 그럼 다 같이 모인 자리에서 내 한마디 하지요. 나 박태원은 오늘 이 같은 예술인들과 그 지인들이 함께 한 자리에서, 그 서두로 우선 이 변화의 시대가 떠안은 소설의 중차대한 역할을 말해 보고자 합니다. 얼마 전 발표한 제 소설 〈소설가 구보씨의 일일〉에서도 드러나 있듯이...

이때 유정이 급히 들어온다. 모두들 그를 멍하니 한동안 바라본다.

이상	드디어 오셨구만. 김유정.
갑남	(무대 뒤에서 나오다) 어서 오세. (유정을 보며) 어, 된장 냄시?
해경	점순이?
금홍	두루막 신사?
태원	아니, 유정이 아닌가? (반응을 본 후) 헌데 자네 이름이 이렇게나 많았단 말인가?
유정	아닐세. 사연이 좀. (갑남을 보며) 넌 아까 그 꼬맹이.
갑남	꼬맹이? 흥

갑남이 퇴장한다.

태원	우리 갑남이는 그 소릴 제일 싫어하는데, 자네 오늘 된통 걸

렸네 그려.

유정   그래, 갑남을녀 갑남이. 내 알지.

태원   무슨 소리야?

유정   그럴 일이 좀 있었어. 갑남이 덕에 코앞에 있는 제비를 두고, 내 경성 구경을 두루 했거든. 어쨌든.

해경   (말을 막으며) 김유정인 듯했으나, 김유정인지는 몰랐소.

이상   전문인의 솜씨야. 주리를 틀 놈.

태원   자자 우선 앉지. 안 그래도 구인회 모임을 갖기 전 자네를 먼저 벗들에게 소개하려 했네만, 그래 여긴 어찌 알고 왔는지?

유정   구보, 자네를 찾아 나선 길이긴 했지. 허나 길에서 우연히 만난 치가 어찌나 내 글을 깔보던지 내 그 연유를 정확히 묻고자 찾아왔네. 뭐, 듣고 싶은 말도 있고.

태원   그게 설마...

해경   설마, 날게요.

갑남이 다시 차를 내온다.

금홍   다방 무너지겠다. 어서들 좀 앉아요.

갑남   (차를 놓다 유정에게 불친절하게 내려놓으며) 설탕이라도 쳐드세요.

금홍   김유정 선생님은 여성들 상대하려면 공부 좀 하셔야겠어요. 호호.

모두들, 웃는다.

태원   자자, 내 정식으로 소개하죠. 이번에 우리 구인회의 새 멤버로 들어올 소설가, 김유정 선생이오.

유정   이렇게 인사하게 되어 유감이오. 김유정이라 하오.

태원   여기는 김해경, 이상으로 더 유명한 이 시대 모더니스트. 시
        인이자 소설가.

해경   지금은 어불성설 난봉꾼이지.

유정   어쩐지. 열세 번의 아이들을 골목에서 달음박질이나 시키는
        미친놈이 어떤 놈인지 그 면상이 심히 궁금했소만.

        모두들 뜨악한 표정으로 유정을 본다.

유정   (얼버무리며) 이제 보니 진짜 미친놈같이 생겼구만. (눈치를 보
        다) 아, 안 그렇소? 지가 무슨 미국놈이야, 로스케야? 어울리
        지도 않은 양복에, 넥타이에. 그래, 딱 이 시대의 미친놈 꼴이
        구만.

        모두들, 뜨악한 표정으로 변함없이 유정을 본다.

유정   분위기를 보아하니 족수로 내가 부족한 모양이구만. 뭐, 떼로
        덤빌 양이면 기다리쇼. 나 이 두루마기 한 벌 뿐인지라, 벗어
        놓고 시작합시다.

해경   (재미있다는 듯이 받아치며) 촌스럽기는. 그래, 뭐 한복만 입으
        면 단가? 두루막만 걸치면 뭐 애국지사라도 된단 말이야? 게
        다 저 불같은 성정은 또 뭐야? 시골 무지렁이의 딱 그것이구
        만. 거 뭐 기백만은 봐 줄 만하군. 내 맞서 주지.

        해경, 역시 양복을 벗고 싸울 태세를 보인다.

유정   뭐, 기백만은! 좋소. 피할 유정이 아니지.

유정, 두루막을 벗어 재낀다.

금홍   왜 이러실까? 여긴 내 다방이어요. 신사분들답게 점잖이 얘기
       를 하시든가, 아니면 내 당장 전화를 걸어 순사를 부르든가,
       갑남아.
갑남   예, 전화기 딱 대령하고 있어예.
금홍   앉으시죠, 두 분 다.

둘, 멋쩍어하며 앉는다.

태원   같은 문인이자, 앞으로 구인회 회원으로 함께할 문우들이 이
       러면 쓰나?

그러나 둘은 여전히.

유정   처음 본 숙녀분들껜 죄송하오. 허나 이 김유정, 면전에서 욕
       을 들으면서 말도 못하는 병신은 아니오.
해경   나 역시 마찬가지. 보자마자 달겨드는 똥수레가 무서워 눈감
       고 피하는 바보는 아니란 말이지.
유정   똥수레?
해경   똥수레!
본웅   아, 정말이지 왜들 이러나?
태원   이리 싸우다 금홍 씨에게 물벼락을 맞을 텐가? 아님 내 소개
       를 계속 들을 텐가? (둘 다 한풀 꺾인다.) 자자, 여기는 구본웅
       선생. 서양화가. 해경 군의 죽마고우이기도 하지.
본웅   앉아 인사하는 걸 불쾌해하지 마쇼. 척추가 부러진 곱사등이

인지라.

유정   아, 예? 예. 별말씀을. 처음 뵙겠소이다.

태원   여기는 신예 소설가 최정희 씨.

정희   반갑습니다. 선생님의 소설은 재미있게 읽었습니다. 글이 선
            생님을 많이 닮았군요. 무척이나 감동스러웠습니다.

유정   그랬습니까? (해경에게 눈을 흘기며) 어떤 작자들은 제 글에
            대고 된장내가 난다나.

정희   어느 미친놈의 질투겠죠. 소설 〈소낙비〉, 〈노다지〉 두 편으로
            동시 등단한 천재작가께 말도 안 되는 소리죠.

유정   세상이 척박해도 작가의 진정을 알아주는 한 분이 있다니, 글
            쓰는 사람으로 힘이 납니다.

이상   일 대 영. (해경에게) 미친놈, 니가 졌어.

태원   (얼굴을 붉히며) 그리고 여긴...

동림   변동림이라고 해요. 신문에서 읽었어요. 〈소낙비〉. 처녀가 읽
            기엔 점잖지 못하다고 조카가 꾸짖긴 했지만, (본웅이 손사래
            를 친다.) 전 이 조선의 여인들을 정말 절실히 그려낸 표현이
            라 생각했어요.

유정   세상이 이리 개화가 되었다니. 정말이지 앞으로의 시대는 이
            렇게 훌륭한 여성분들이 계셔서 발전적으로 변할 것이 틀림
            없겠습니다.

태원   하하하, 이 사람, 참. 그리고 이쪽은 금홍 씨, 다방 제비의 주
            인이자...

금홍   (이상의 팔을 끼며) 이 사람과 한 방을 쓰죠.

다른 여자들은 모두 놀라 입을 다물지 못한다.

금홍   뭘 이리들 놀라실까? 진짠데.

해경	이상. 인사가 끝났으면 모두 한 잔 하지.
유정	듣던 중 옳은 말이구만. 썩어빠진 말보다야 술 한 사발이 낫지.
본웅	말이 통할 때도 있구만.
동림	술기운이 저를 부추기네요. 실례가 안 된다면 제가 노래 한 자락 해도 될지?
본웅	안 돼.
정희	동림아!
동림	뭐, 어때? 노래를 뭐 기생들만 부른다는 법 있니? 안 그래요? 박 선생님?
태원	아, 네? 네. 자자 모두 박수.

동림이 노래를 한다. 노래를 하는 중 갑남이 함께 거든다. 그러나 듣기가 힘들다.
노래 중간에 본웅이 건배를 제안하며 동림의 노래를 제어한다.

본웅	(박수를 치며) 아하하, 이쯤에서 다 같이 건배나 하지.

모두 건배를 하고, 이어지는 음악에 이런 저런 이야기를 한다. 이야기 중 해경이 안채로 잠깐 들어간다.

이상	(돌아앉은 채로 음악이 이어지는 동안) 제일의 아이가 우습다고나 할까? 제이의 아이가 우습다고나 할까? 제삼의 아이가 우습다고나 할까? 제사의 아이가 우습다고나 할까? 제오의 아이가 우습다고나 할까?(이후도 수를 더해가며 제십의 아이까지 계속 지껄인다.)

잠시 후 해경은 다시 나오고, 정희는 그곳을 구경하다 다시 나오는 해경과 마주치자 어색

하게 헤어진다. 다시 음악이 잦아든다. 모두들 얼근히 술에 취해 있다.

해경   (혼잣말로 도리질을 하며) 시끄러.

이상   (읊던 시의 리듬을 뚝 끊고는) 그리하여 제십삼까지 열을 지어
        우습다고나 할까?

태원   (술이 취해) 결국 사랑은 이 시대가 원하는 가장 모던하며 시
        대를 아우르는 주제라 할 수 있다 생각하오. 그런 의미에서
        모던의 핵심은 사랑이지요. 러브.

동림   정말이지 낭만적인 표현이군요.

태원   (부끄러워하며) 저, 정말 그리 생각하십니까?

이상   이 자식은 취향도 독특하구만.

동림   그럼요. 전 낭만적인 사랑이 좋아요. 사랑에 목숨을 던지는
        멋진 모던걸이 되고 싶어요.

본웅   그림도 다르진 않지. 무언가를 바라보는 응시 속에서 다시 사
        랑은 여러 형태로 드러나는데, 그것의 하나하나를 채색해 내
        지 못해 캔버스를 찢어 버릴 때가 한두 번이 아니야. 허나 그
        게 다야. 난 아직 명백한 내 색을 갖지 못했지.

유정   사랑? 사랑은 진심이오. 시대와 상관없이 오로지 신실할 뿐인
        것이지. 헌데 아무리 진정이 있어도 믿질 않으니, 정말이지
        여성들의 마음을 이해할 수가 없단 말이오.

태원   그건 나도 마찬가지야. 가만히 있으면 야속타 울고, 다가가면
        징그럽다 그러니. 아, 지구상에서 가장 알 수 없는 생명체가
        바로 여성이라는 동물일 것이야.

이상   에헤이. 그건 아니지.

금홍   제가 볼 땐 말이죠, 두 분 다 짝사랑 전문이시군요. 경험이 없
        어. 자신을 먼저 버려 보시죠.

이상   그렇지. 진짜 철학가는 여기 있었군. 우리 금홍이

해경	알 리가 없지. 사랑은 경부선 철도가 아니야. 밀어붙인다고 될 리가 없지.
이상	왼쪽 치고!
유정	하기야 사랑을 유희의 농짓거리로만 아는 사람이라면야, 사랑 따위를 알 리가 없지.
이상	오른쪽 치고!
태원	(둘의 눈치를 보며) 자네들, 정말 초대면부터 왜 이러나?
동림	허나, 김유정 선생님. 잘 알지도 못하면서 우리 이상 선생님을 모욕하는 것은 듣기가 거북합니다.
금홍	그건 그쪽이 끼어들 일은 아닌 것 같은데. 알지도 못하는 건 동림 씨도 마찬가지 아닌가? 우리 이상 선생님? 허.
본웅	(대꾸하려는 동림을 제어하며) 이모까지 정말 왜 이래?
이상	어허, 난전이 기대됩니다. 이거 장막서사시가 나올 것 같은데. 근데, 도대체 주제가 뭐야?
정희	글쎄요. 사랑을 논할 자가 과연 이 중에 있을까요? 사랑은 고결하기에 신실함이 필요하죠. 허나 세상은 거짓이 판을 치죠. 제 심장을 가린 이들이 사랑이 무어네, 연애가 무어네 떠들지만. 실제론 지금은 연애의 시대가 아닌 상실의 시대인지도 모를 일이죠.

이상, 휘파람을 불며 딴전을 피운다.

| 본웅 | 역시, 정희 씨의 모던함이 최골세. 아아, 비아냥이 아닙니다. 제 진정입니다. 허나, 내 심장은 온전하나 그런 사랑, 연애. 나야 힘들죠. 꼴이 이러니 누가 내게 사랑을 보내 오겠소? |

모두들 아무 말 못하고 본웅을 본다.

본웅   뭐, 어차피 나랑 연애를 할 것도 아니면서들 그리 날 불쌍한
        눈으로 볼 것까지야 없지 않소. 사랑을 받지 못한다고 사랑을
        못하는 건 아니니 말이오.
이상   이 시대의 주제를 찾았구만.

아무 말 못하는 가운데 주방에서 나오던 갑남이 술이 취한 채 한 소리를 거든다.

갑남   사랑하믄 알게 되고, 알게 되믄 보이나니 그때 보이는 것은
        전과 같지 아니하니라. (눈치를 살피며) 바라바라 놀랬제. 흠,
        이기 머냐고? 니 맘대로 보지 말고, 상대방을 먼저 생각해 바
        라 이거 아이가. 빙시들.

모두들, 갑남을 향해 입을 벌린 채 아무 말이 없다.

해경   내가 다방 자릴 명당으로 잡았네 그려. 권솔들 모두가 개화가
        됐구만. 우리 갑남이는 이제 완전히 신여성일세.
갑남   (애교를 부리며) 아이, 사장님두. 그러시면 싫어예.

갑남, 부끄러워 퇴장한다.

태원   (놀라며) 어허, 저거 봐. 이제 해경이 자네도 여급에게 미움을
        받게 생겼구만.
유정   그러게. 아니 해경인 칭찬을 한 건데 저 아인 왜 저리 화를 낸
        단 말인가?
금홍   저 어린 숙녀는 지금 화가 난 게 아니라우. 오히려 좋아서 저
        런 거지요.

이상	힘들겠구만.
해경	어찌 되었건 자네들은 연애는 하지 말게. 이상.

전화벨이 울린다. 금홍이 다가간다.

태원	(갑남의 애교를 흉내내며) 사랑하면 알게 되고, 알게 되믄 보이나니 그때 보이는 것은 전과 같지 아니하니라.
유정	(혼잣말로) 나 자신을 보지 말고, 상대방을 먼저 보라.

둘은 서로를 쳐다보며 뭔가를 아는 듯하나 다시 의아해하며 돌아선다.

금홍	여보세요, 제비다방입니다.
본웅	이제야 알겠네. 나야 내 처지를 핑계나 대지. 자네들은 멀쩡히 두 다리로 서서 연애도 못하는 병신꼴이 되고 만 게야.
금홍	네, 잠깐 기다리셔요. 해경 씨! (해경에게 전화를 건넨다. 해경이 와서 전화를 받는다.)
정희	글쎄요, 몇 마디 보탠다면, 여성들은 말 속의 말을 한답니다. 그러니 그 말 속의 말을 찾으려 하시면 조금 쉬워지지 않을까요?
동림	정말 그 말이 똑 맞네. 역시 우리 정희 언니야.
유정	말 속에 또 다른 말을 담아 남성들을 셜록 홈즈로 만들지 말고, 말 그대로를 전하면 아니 되는 것이란 말이오?
동림	(웃으며) 그건 아니죠. 이건 여성과 남성의 본질적인 차이거든요.
해경	(전화를 끊고 돌아서며) 이보게들, 이거 권태로운 가운데 재미있는 일 하나 생기겠구만.
태원	뭔가?

해경	김동환 선생이 전갈을 주셨네.
이상	김동환 이 자식!
유정	〈국경의 밤〉의 시인, 김동환 선생 말인가?
해경	그렇네. 오늘 저녁 남산 아래서 몇몇 문인들이 김소월 선생의 서거일을 기념해 모이기로 했다네. 우리 구인회의 회원과 친구들을 모두 초대했네.
태원	문인들의 제삿날인가? 잔칫날인가?
해경	둘 다 아니겠나? 헌데 문인들만 모이는 건 아닌 것 같구만. 화가들과 성악가. 그리고 소리꾼들. 다양한 예술가들이 모두 모이는구만.
태원	소월 선생. 죽음은 안타까웠지만, 복 있는 시인이구만. 부러우이.
유정	잠깐, 분명 창을 하는 소리꾼들도 온다고 했겠다. 록주...
본웅	무얼 그리 중얼거리는 게요?
유정	아, 아니오. 어서 갑시다.
이상	다혈질이구만.
태원	먹던 술은 비우고 일어나야지.
유정	자자, 약속이 잡혔으니 모두 서두릅시다. 아 어서요.
이상	좋은 낯을 해도 적이 비례를 했다거나 끔찍이 못난 소리를 했다거나 하면 잠자코 속으로만 꿀꺽 업신여기고 그만두는, 그러기 때문에 근시 안경을 쓴 위험인물이 박태원이다. 모자를 홱 벗어던지고 두루마기도 마고자도 민첩하게 턱 벗어던지고 두 팔 훌떡 부르걷고 주먹으로는 적의 볼따구를, 발길로는 적의 사타구니를 격파하고도 오히려 행유여력(行有餘力)에 엉덩방아를 찧고야 그치는 회유의 투사가 있으니, 김유정이다.

이상이 말하는 동안 태원과 유정은 각기 성격을 드러낼 수 있는 포즈를 취하며 퇴장한다.

사랑

무대 위에서는 록주가 노래를 한다. 모두 김소월 선생의 서거 기념 장소에 모인 듯하다. 창한 자락을 한 명이가 박수를 받는다. 한쪽에서 유정이 노래를 끝낸 록주 옆으로 다가간다.

유정   (록주를 따라가며) 사랑하오. 사랑하오. 내 진정으로 사랑하오.
록주   사람들 다 모인 장소에서 이게 뭐하는 짓이랍니까?
유정   (명이를 보지 못한 채) 그럼 이제 내 입술을 그대의 입술에 갖다 대겠소. 그리 오래 머물진 않겠소.

록주, 어이없어하며 돌아나간다. 그 뒤를 갑짜남이 역시 록주를 부르며 따라 지나가다 유정의 하는 양을 멍하니 본 뒤 명이를 따라 나간다. 무안한 유정, 허탈해하며 퇴장한다. 동시에 동림이 지나가자 태원이 달려온다.

태원   저, 동림 씨.
동림   네, 박 선생님.
태원   저기, 아까 그 사랑. 말이죠. 낭만적 사랑이라고 하셨던.
동림   (의아해하며) 네?
태원   그 그게 아니라...

이때 뒤에서 정희가 들어온다.

정희   동림아.
동림   언니, 먼저 걸어간 줄 알았더니.
태원   그럼 전 먼저.

태원이 먼저 길을 나간다.

정희   말을 끊은 것 같다. 어여 가 봐.

동림   아니야.

정희   가 보라니까.

동림이 나가고, 해경이 걸어온다. 둘은 말이 없다. 이때 다시 록주가 지나간다.

록주   이제 그놈의 사랑타령 좀 그만할 때도 되지 않았나요?

유정   이 몸이 죽기 전엔 계속될 사랑이오. 그러니 이제 그만 우리
      도 뽀뽀라는 것을 좀...

록주   이것 보세요.

유정   보고 있소. 아까부터 죽. 그대만을.

록주   내 진정은 생각지 않으시나요? 자신만 생각지 마시고, 상대방
      의 입장도 좀 생각해 보시라구요.

유정   사랑하면 알게 되고 알게 되면 보이나니 그때 보이는 것은 전
      과 같지 아니하니라. 내 그대의 입장을 언제든 생각하오.

록주   난 결혼을 한 몸...

록주 돌리는데 유정, 과감하게 명이에게 뽀뽀한다.

록주   (한참을 뽀뽀하다 밀치며) 이제 따라오지 마셔요.

록주 퇴장한다.

유정   (한동안 멍하니 있다가) 뽀뽀를 했으니 이제 다음 단계로 가야
      할 듯하오. 이보시오. 록주, 명이.

유정이 따라 나가고, 정희와 해경이 천천히 걷는다.

정희   하루 온종일 거리를 두고 쫓아만 다닐 생각인가요?

해경   알고 있었니?

정희   (휙 돌아서서) 그걸 지금 농담이라고 하시는 거예요? 지팡이
        를 또각또각, 구둣소리를 또각또각. 그 소리를 제가 모를 것
        같으셨나요?

정희는 말해 놓고 무안해하고 다시 돌아선다.

해경   정희야.

이상   (맞은편에 앉아 있다.) 정희야, 나는 진정 네가 좋다. 웬일인
        지 모르겠다. 네 작은 입이 좋고, 목덜미가 좋고, 볼따구니도
        좋다.

정희   내게는 한 줄 서신도 없이 그리 요양을 떠나고선 이제 와서
        무슨 염치로 내 뒤에 서 계신 거죠?

이상   날개가 부러져 날 수 없고, 눈이 있어도 볼 수 없지.

정희   나를 위해 떠났다고는 마셔요. 선생님의 용기 없음이 미울 뿐
        입니다.

이상   나는 참 바보구나. 다가갈 용기를. 왜 너에게만 다가갈 용기
        를 갖지 못했을까?

해경   정희야.

정희   이런다고 뭐가 달라지나요? 선생님은 폐를 다치셨는지 몰라
        도 전, 전 심장을 다쳤습니다.

들어오는 금홍을 보고, 정희는 퇴장한다. 금홍 역시 정희를 보나, 다정히 해경에게 다가
간다.

이상   넌 내 종생의 단 한 줄 소설이야. 정희야.

해경은 그녀에게 손을 내밀다말고 좌절한다. 이상이 퇴장한다.

금홍   날 버려두고 예서 무얼 하셔요? 아이, 왜 이리 슬퍼 보이실까?

해경   그저 경성 거리나 걸으려는 게지. 같이 걸을까?

금홍   그럴까요? 이렇게 걷는 것도 오랜만이다 그쵸. 당신과 처음 경성에 올라왔을 때 종로 거리를 걸어 보고는 처음인 것 같아요.

해경이 허탈해하며 거리를 걷는다. 비가 내린다. 해경이 걷는 길 뒤로 인물들, 각자 위치한다. 뒤에서 정희 그들을 보다 돌아 나간다. 이상 역시 그런 정희를 따라 나가다 다시 돌아와 주저앉는다.

이상   제목, 이런 시.

해경   역사를 하노라고 땅을 파다가 커다란 돌을 하나 끄집어내어 놓고 보니 도무지 어디서인가 본 듯한 생각이 들게 모양이 생겼는데 목도들이 그것을 메고 나가더니 어디다 갖다 버리고 온 모양이길래 쫓아 나가 보니 위험하기 짝이 없는 큰길 가더라.

그날 밤에 한 소나기 하였으니 필시 그 돌이 깨끗이 씻겼을 터인데 그 이튿날 가 보니까 변괴로다, 간 데 온 데 없더라. 어떤 돌이 와서 그 돌을 업어 갔을까 나는 참 이런 처량한 생각에서 아래와 같은 작문을 지었도다.

이상	'내가 그다지 사랑하던 그대여 내 한평생에 차마 그대를 잊을 수 없소이다. 내 차례에 못 올 사랑인 줄은 알면서도 나 혼자는 꾸준히 생각하리다. 자 그러면 내내 어여쁘소서.' 어떤 돌이 내 얼굴을 물끄러미 치어다보는 것만 같아서 이런 시는 그만 찢어 버리고 싶더라.

시를 읽는 동안 해경은 길을 걷는다. 뒤 계단에는 각기 다른 층에 배우들이 들어와 자리에 선다. 금홍은 다시 해경의 팔짱을 낀 채 묘한 눈길로 해경을 본다. 해경이 아무런 반응을 보이지 않자 금홍 역시 자신의 위치로 가 선다. 이상은 천천히 계단을 오른다.

본웅	발기하는 열망, 거세된 사랑. 사랑의 시대에 버림받은 환쟁이
태원	생기발랄한 그녀, 동림 씨의 눈동자가 좋아. 허나, 용기가 나질 않아.
금홍	웃고 있는 눈 속에 떨리는 눈동자. 당신은 이미 내 것인데, 불안해요.
동림	그분의 모든 것이 좋아. 그분만이 내 눈 안에 가득해.
유정	사내의 마음은 하나요. 난 이미 그대를 사랑하오.
명이	가슴 떨리지만, 다른 남자의 아내로 당신의 사랑을 받을 수는 없답니다.
정희	화석이 되어 버린 내 눈. 흐르지 않는 눈물. 더 이상 내게 사랑은 없어.

이후 서로 오버랩되며 이야기한다.

태원	사랑합니다. 동림 씨.
동림	사랑해요. 이상 선생님.

금홍	사랑해요. 해경 씨.
정희	사랑합니다. 선생님.
본웅	사랑하고 싶다. 누구라도.
명이	사랑해요. 유정 씨.
유정	사랑한다. 록주야.

모두 천천히 사라지고 해경만이 남는다.

해경	사랑, 받으면서 아프구나. 사랑, 보내면서 슬프구나.

기침을 하며 퇴장한다.

구인회

음악이 바뀌고 사무실이 완성된 후, 배우들은 천천히 자신의 걸음을 걷는다. 사무실에는 해경이 무언가를 골몰히 생각하며 끄적거리고 있다. 박태원과 유정이 무언가를 한참 이야기하며 들어온다. 이상도 무대 한쪽에서 고민하고 있다.

태원	(해경을 발견하고) 그래 자네 생각은 어떤가? 어제 말했던 내 이야기. 과연 소설 거리가 될까? 사람들이 재미있게 읽을까?
이상	엊저녁 상념쟁이라 욕했던 내 말을 아직도 담고 있군. 소심쟁이. 소심쟁이.
해경	(도리질을 하고 급히 돌아서서) 내 새로운 시를 보고는 독자들이 연재를 중단치 않으면 날 죽여 버리겠다는 소리를 해댔다는 사실을 구보 자네도 들어 알고 있겠지. 정말이지 기뻐.
태원	허나 욕을 먹어도 자네는 반응이나 있었지. 내 소설은 아예 관심 밖이었네. 내 그래 이번 소설은 좀 더 욕심을 내 보려

하네.

해경   어차피 길은 막다른 골목이야. 아니 뚫린 길이라도 상관없지. 박제가 되어 버렸으니. 그러니 무슨 파가 있겠나?

태원   나는 지금 이 시대의 일상을 나만의 모던함으로 그려 보고 싶네. 욕심일까?

이상   이건 숫제 아부 수준이구만. 뭔가 답례라도 하지 않으면 주저앉아 울어 댈 것만 같군.

태원   (말이 없는 해경을 보며) 이보게, 어떤가 말일세. (해경의 눈치를 보다 조심스럽게) 안 될까?

유정   구보, 그만하게. 자네 생각을 그대로 써 봐. 글을 쓰기도 전에 검열받을 생각부터 하면 어쩌겠다는 게야? 해경이 자네도 마찬가지일세. 자네가 천재인지는 몰라도 친구들의 고민을 자기식으로 해석치 말고 간단명료하게 충고를 해 주는 것이 좀 더 사내다운 일이 아니겠는가?

이상   억, 폐를 찌르는군. 경성 모든 독설가들의 혀를 모아 놓았어.

해경   문학에는 그 이상의 문학적 함의가 필요한 것일세. 너무 친절하면 재미가 없지. 찾아가는 맛이 없잖아.

이상   내가 들어도 비겁해, 비겁해.

유정   비겁하구만. 진정을 담았다면 문장 자체가 함의를 가지지 않겠나? 또 함의 따위 없으면 어떤가? 때론 진술 그 자체가 함의 따위나 자랑질하는 문장보다야 의미롭지 않겠나?

이상   오, 몰라보게 달라졌구만. 무서운데.

태원   제발 이러지들 말게. (해경에게) 난 지금 내 고민을 진솔하게 이야기하는 것이니 제발 나를 위해 이야기해 주게. (유정에게) 용기가 없어서가 아니야. 작가로서 최선을 다하고 있는 것일세. 작가마다 다른 생각을 다른 방식으로 내뿜는 자기 나름의 방식이 있지 않겠나? 이것이 소설가 구보의 담론일세. 그러니 그만하세.

모두 말이 없다. 한쪽에 있는 이상이 그들을 둘러본다.

이상   고민에 고민을 더하면 고민 둘이 더하니 고민이 하나. 바보
        병신 새끼들. 그중 제일의 바보 새끼는 나지만 말일세. 하하
        하 제일의 아이가 무섭다고 하오. 제이의 아이가 무섭다고 하
        오. 제삼의 아이가 무섭다고 하오. (정색을 하고) 길은 막힌 길
        이어도 상관없소.

모두들, 이상을 바라본다. 이상, 뚝 그친다.

태원   (침묵을 깨고) 난 청계천의 일 년을 그려내고 싶네. 〈천변 풍
        경〉 어떤가? 서사에 얽매이지 않는 새로운 형식으로 지금 이
        시대 이 경성을 담고 싶네.
유정   새로운 형식의 소설이 될 것일세. 자네의 유모어 없음을 감안
        하여 충고를 하나 하자면 지나치게 경직되어 역사서가 되지
        않으면 좋겠네.
해경   건 나도 동감이야. 자넨 지나치게 진지해. 유정의 충고가 도
        움이 될 걸세.
태원   고마우이. 자네들은 역시 내 둘도 없는 벗들이구만. 또 하나.
        자네들 방금 묘하게도 마음이 통했네 그려.
해경   (무안해 말을 자르며) 〈천변 풍경〉, 좋아. 내 그 소설의 삽화를
        맡겠네. 내 태어난 이름은 해경, 글쟁이 이름은 이상, 환쟁이
        가 되려면 음... 하융. 어떤가? 소설 〈천변 풍경〉. 작가 박태원
        또는 구보. 삽화 이상 또는 하융. (유정에게) 자넨 뭘 할 건가?
유정   (눈치를 보다) 난... 그 책을 읽어 주겠네.

이상	이런 센스쟁이.
해경	자자, 친구지간에도 셈은 정확해야지. 삽화의 값은 내 그림당 정확히 셈을 해 받을 것이야.
유정	옳지. 거 오랜만에 옳은 소리를 하는구만.
태원	알겠네. 내 이 소설로 대박이 난다면, 경성 최고의 삽화쟁이 그림 값의 두 배를 쳐 셈을 해 주지.
해경	에헤이. 결국, 난 또 우리 금홍이 피고름으로 잉크를 사야겠구만.
유정	돈을 내겠다는 건가? 안 내겠다는 건가? 정확히 하잔 말일세. 그래야 나도 어느 줄에 서서 술을 먹을지 계산이 되니 말일세.
이상	술자리엔 동림 씨가 있어야지, 으하하, 독특해.

함께 웃는다.

태원	(급히 일어나며) 마 말이 난 김에 난 청계천을 좀 둘러봐야겠어. 어, 이 시간에 항상 시 심부름 나가는 이 이 이발소 소년을 만나야 하거든.

태원, 급히 퇴장한다.

이상	시 심부름 나가는 이 이 이발소 소년?
해경	냄새가 나는데?
유정	된장 냄새?
이상	저 자식 저거 절대 이발소에 가는 걸음이 아니야.
해경	우리 구보 선생, 새로운 사랑이 시작된 게야.
이상	옳거니!

유정	그런 게야? 그럼 상대는?
이상	변동림. 아아 독특해.
해경	누구면 어떤가? 이 시대를 살아가는 청춘의 당연한 사업을 진행하는 구보가 제대로지. 자네나 나는 글렀어.
이상	우린 모두 미친 듯이 사랑을 원하지. 모두가 누군지도 모를 누구를 위해 마음만은 사랑하려고 준비하고 있는 것이지. 그러니 누군가 걸리기만 한다면 우린 모두 이 미친 연애의 시대에 빠져들 준비가 되어 있다구. 마치 넥타이를 술병에 꽂은 채 술을 마시는 것처럼.
유정	(기침을 하며) 사랑. 연애. 자네 말대로 난 글렀는지 몰라. 허나 나야 그렇다 치더라도 자네에겐 금홍 씨가 있지 않나?
이상	금홍인 내겐 과분한 아내지.
해경	하하, 사랑에 있어 날 걱정한단 말인가? 자네가? 거 두루막부터 벗어던지고, 자네 사랑부터 찾아 나서는 것이 어떤가? 점순이, 점순이 어쩔 거야? 아직도 정리가 안 됐지?
이상	살인자 점순! 말도 안 돼.
해경	사랑에 대해 뭘 알아야 점순이를 만들지.
유정	자네에겐 내가 아직 된장내나 풍기는 놈으로만 보이지만 말일세. 나 역시 이 시대의 청춘이지.
이상	그 말은.
해경	그 말은 자네.
모두	에에!

둘, 이상을 바라본다.

이상	통한 거야? 아아, 난 안 보이는 걸로.
유정	허나, 그 여인은 이미 사내가 있어.

이상	죽여 버려.
유정	내게 마음도 주지 않고.
이상	니가 죽어.
유정	나도 처음엔 막무가내로 달겨들었네만, 요즘은 점점 자신이 없어져. 자네처럼 나도 폐가 고장이 나 버렸네. 각혈을 시작했어.
해경	하하. 우리에게도 공통점이 생겼구만. 유정이, 그냥 우리 이 길로 같이 동반하여 자살을 해 보는 것은 어떤가? 난 이 풍진 세상 조금도 미련이 없네만.
유정	자네가 정녕 미친 게로구만. 요즘 신문에 젊은 남녀들이 사랑을 이루지 못하고 동반 자살하는 일이 유행이라고는 한다만, 자네와 내가 각혈을 공통점으로 함께 자살했다? 죽으려면 자네나 죽게. 내 시신은 거두어 줌세.
해경	(쳐다보며 뭐라 말하려고 하는 이상에게) 가만히 좀 있어. (다시 유정에게) 우린 서로 묘한 곳에서 닮았군. 허나 각혈이 문제는 아니야. 우린 둘 다 죽음을 알고 태어난 거지.
이상, 해경	우린 둘 다 늙은이로 태어난 거라구.
유정	(둘을 보고 어이없이 웃으며) 무슨 소리야? 난 아직 팽팽해.
해경	(이상에게) 잘 보란 말이야. 아니. 그러니까 내 말은 말이야. (주위가 어두워진다.) 여기여기 이 한 꼭짓점에서 다른 꼭짓점을 이어 보지. 그리고 다시 이렇게, 이렇게. 이건 단순히 도형이나 어떤 상징적인 문자가 아니란 말일세. 이 모든 것은 서로가 서로에게 가역반응을 일으키고 있는 것이지.
유정	그리 따지자면야 굳이 여기서만 그 가역반응인지 뭔지를 논할 일은 아니지 않나? (손을 펼쳐) 이렇게. 얼마든지 가능하지 않겠나?
이상	아무리 봐도 선수야. 제법인데.

해경	그렇지. 대화가 되는구만. 이 꼭짓점이 반응하는 저 끝에 또 다른 꼭짓점이 있고, (해경이 가리킨 곳에 정희가 나타나고) 또 저 꼭짓점이 연결되는 끝에 또 다른 꼭짓점, 또 다른 꼭짓점, 또 다른 꼭짓점이 있지. 다시, 이 선이 없다고 침세. 이 모두는 그냥 밤하늘에 빛나는 개개의 별이야.
유정	그렇겠구만.
이상	그 말은 나도 하겠네.
해경	역시 자네는 멋진 글쟁이야. 개개의 별이야. 예쁘지? 근데 선을 다시 이렇게 이으면 그 별들은 다시 하나의 꼭짓점이 되어 서로에게 반응하지.

동환이 나타난다.

동환	이보게. 해경이. 자네를 따르는 그녀, 최정희. 그녀를 내게 좀 소개해 줄 수 있겠나? 이런 말을 하게 되어 부끄럽네만, 용기를 내어 부탁하네. 나로서는 결혼 전과가 있는 늙은이로 그녀를 탐낼 자격조차 없다는 건 알지만, 정희 씨를 처음 본 순간부터 사랑하게 되었네. 이 시대의 힘을 빌려 자네에게 부탁함세. 자네를 잘 따르는 후배니 부디 내 마음을 좀 전해 주게.
해경	난 고독해졌지.
이상	병신. 고자.
해경	반응은 반응을 불러 새로운 반응이 계속 일어나지.
금홍	당신, 외로워 보여요. 내가 옆에 있어 줄게요.
해경	시간을 공격한 꼭짓점은 또 다른 가역반응을 일으키지.
동림	선생님을 사랑하게 되었어요. 그냥 선생님이 좋아요. 이런 게 운명인가 봐요.
해경	원치 않아도 어쩔 수 없어. 시작되면 막을 수 없지. 무한각체.

그 가역반응의 순서만 달랐어도 어쩌면 내 인생이 해피앤딩
이 될 수 있진 않았을까?

이상   아니야, 결국은 이리 될 것이지. 정해져 있던 것이지. 순서는
      상관없지. 어차피 선택의 문제니까.

해경   그리고 등 돌린 그녀가 내게 반응하지.

정희가 돌아본다.

정희   그리 부탁하시니 내 김동환 선생님을 만나 보겠어요. 허나 다
      신 그 누구도 사랑하지 않을 겁니다.

유정   그럴 듯한 논지로군. 나로서도 의미로운 가역반응이 있긴 하
      지.

록주가 나온다.

이상   다야?

유정   내 모든 별은 하나지. 난 그리로 연결되어 가역반응을 일으키
      지. 난 그녀의 유일한 꼭짓점. (그녀를 바라보며) 예쁘지?

해경   곱군.

유정   내 여인이야.

해경   저쪽도 그리 생각해?

유정   닥쳐. 그녀가 뭐라 해도 난 끝이 나올 때까지 그녀만을 위해
      반응할 걸세.

록주   날 팔아 버린 아비. 돈으로 날 사 간 사내. 사랑 따위가 다 뭐
      란 말입니까?

유정   그녀는 내게서 유일하게 빛나는 별이야. 허나 그녀에게 어떻
      게 해야 하는 것이 그녀를 위한 것인지?

록주   (유정에게 다가와) 그래요. 당신을 사랑해요. 하지만 그게 다죠. 더 이상 우리가 무얼 할 수 있지요? 다 엉망이 되어 버렸어요. 가정도, 사랑도, 내 미래도. 정말이지 어찌해야 좋을지 모르겠어요.

이상   여기서 멈출 순 없는 여인이지. 위태롭군.

해경   그게 현실이지, 현실. 그런데 바로 그 현실이 (자신의 머리를 가리키며) 여기로 받아들여지지 않는다는 게 문제지. 그래, 여기로부터 도피하려 하면 열망이 열망이라는 것이 꺼지지 않고 (자신의 가슴을 가리키며) 여기서 튀어나오니 이를 어쩌면 좋단 말인가?

이상   변명!

유정   (이상과 동시에) 변명! 자넨 지금 한 꼭짓점에서부터 모든 점을 향해 선을 그으려 한단 말일세.

해경   맞아. 변명이야. 하지만 그것 말고 내가 할 수 있는 게 뭐가 있냐구? 반응의 시작도, 끝도 알 수 없지. 원치 않아도 반응은 반응을 불러오지. 그건 자네 역시 마찬가지 아닌가?

이상   또 다른 가역반응의 연속.

둘이 말이 없이 서로 마주 본다. 무대 하수 쪽으로 앉은 해경 뒤쪽으로 동림이 나타난다. 그 뒤를 이어 태원이 동림의 뒤를 따른다.

동림   어머, 구보 선생님. 여긴 웬일이세요?

태원   아, 네. 저 그 그저... (뒤에 감춘 꽃다발을 내밀려 하며)

동림   선생님. 선생님은 이상 선생님과 오랜 친분이 있으시니 말씀해 보세요. 제가 그분에게 어울리나요? 전 어쩌면 좋을지 모르겠어요. 하루 종일 그분 생각만이 가득해요. 뭐 물론 금홍 씨가 있긴 하나 두 분이 정식으로 혼인을 한 것은 아니니 아직은 나의 마음이 죄가 되진 않겠죠? 네? 그렇다고 말해 주세요, 제발.

태원 네? 네. 그럼요.

동림 그렇다면 제 마음을 웅이 조카에게 정식으로 말해 보겠어요. 용기를 주셔서 정말 감사드려요.

그녀는 귀엽게 태원의 볼에 뽀뽀를 하고 가볍게 나간다. 태원은 꽃을 떨어뜨린다.

유정 어줍잖은 사랑 놀음이야. 왜 자넨 자네에게 진실할 수 없나? 왜 사랑을 사랑이라고, 아픔을 아픔이라고 말하지 못하난 말일세.

해경 난 거울 앞에서 외치고 있지. 그런데 거울 속엔 내 소리를 들을 귀가 없어. 그 마음을 알아챌 수가 없어.

유정 뭘 그리 어렵게 말하나? 백인백색. 사람마다 다른 마음을 갖고 있는 거야 당연한 일 아닌가? (기침을 한다.)

해경 그게 한 사람 안에서 일어난다면? (가슴을 치며) 여기 말이야. 원하지 않아도 말일세. 동시에 말이야.

이상 나 말하는 거야?

유정 동시에?

해경 그래. 동시에. 가슴이 아프면서도 시원하단 말이야. 눈물이 나는데 우습단 말이야.

유정 가슴이 아프면서도 시원하다, 눈물이 나는데 우습다? (무언가를 느낀 듯) 그렇군. 해경이. 난 한 사람의 마음을 줄곧 하나라는 아둔한 판단 아래 글을 써 왔어. 동시에 두 마음 세 마음을 가질 수 있음을 번연히 알면서도 글을 쓸 때는 그 자연스러운 성정을 무시했던 것이야. 이런, 자네는 정말 천재야. 점순이. 점순이는 살인자가 아냐. 점순이는 여기 있었던 거야. 난 그

성정을 따르면 되는 거라구.

이상   알아 버렸군. 점순이가 드디어 탈출하겠구만.

해경   칭찬인가?

유정   아니, 존경이야.

이상   자네에게서 이런 말을 들을 줄이야. 역시 난 타고난 천재야, 박제가 되어 버렸지만 말이야.

해경   허나 우린.

셋 다   폐병쟁이.

이상   게다가 난 정신분열자이지.

유정   (감정을 바꾸어) 그렇군. 우리의 사랑은 여기까지인지도 모르겠네.

이상   드디어 알아냈군. 언젠가 우리는 함께 죽을 거야. 젊은 백골이 될 걸세.

해경   우린 늙은이야. 사랑이 아니라 죽음을 고민해야지.

유정   허나 죽는다고 사랑을 포기하고 싶진 않아. 난 죽기 전까지 내 사랑에 담대하고 싶네.

해경   어떻게? 그럴 수 없어. 불가능하단 말이야! 우린 청춘이 아니야. 이미 늙어 버린 송장이라구.

유정   아니, 자네 왜 이리 점점 다혈질이 되어 가는가? 팔까지 걷어 부치고 말일세.

이상   내가? 그럴 리가.

해경   그러게 말일세. 자넨 그새 많이 온순해졌구만.

유정   자네의 그 자유로움이 부럽구만. 과연 시대의 천재야.

해경   난 비겁쟁이야. 그러니 소리만 높아 가지. 오히려 자네의 패기가 부럽구만.

이상   김유정. 자네는 사랑을 완성했군. 부러우이. 허나 나도 방금 자네에게 배웠네. 유물로 남기 전 내 방식의 사랑을 완성해야겠어. 내 종생의 사랑을.

암전

거울

어두운 조명 아래 모든 등장인물들이 무대 위로 교차된다. 그들은 서로에게 부딪히며 걸음을 걷는다. 무대 앞에는 두 의자 위에 해경과 이상이 앉아 있다.

이상   임의의 반경의 원.
           원내의 일점과 원외의 일점을 결부한 직선
해경   이종류의 존재의 시간적 영향성
           우리들은 이것에 관하여 무관심하다
           직선은 원을 살해하였는가

둘은 서로를 바라본다. 해경은 슬픈 얼굴로, 이상은 차가운 웃음을 짓는다.

이상   그래, 말하지 않아도 알지.
해경   그래 말하지 않아도 알지.

둘은 서로를 보고 웃는다. 다시 정색을 한 해경이 먼저 시비를 걸 듯 시 〈운동〉을 말하기 시작한다. 이후 둘은 서로 점점 격한 어조로 싸우듯이 시를 번갈아가며 외친다.

해경   일층 우에 이층
이상   이층 우에 삼층
해경   삼층 우에 있는 옥상 정원에 올라서 남쪽을 보아도 아무것도
           없고 북쪽을 보아도 아무 것도 없고

이상	해서 옥상 정원 밑에 있는 삼층 밑에 이층
해경	이층 밑에 있는 일층으로 내려 간
이상	(끝말을 받아서) 내려간즉 동쪽에서 솟아 오른 태양이 서쪽에 떨어지고
같이	동쪽에서 솟아올라 서쪽에 떨어지고 동쪽에서 솟아올라 서쪽에 떨어지고 동쪽에서 솟아올라 하늘 한복판에 와 있기 때문에
이상	시계를 꺼내 본즉 서기는 했으나 시간은 맞는 것이지만 시계는 나보담도 젊지 않으냐 하는 것보담은 나는 시계보다는 늙지 아니하였다고 아무리 해도 믿어지는 것은...
해경	필시 그럴 것임에 틀림없는 고로 나는 시계를 내동댕이쳐 버리고 말았다.

해경이 쓰러진다. 이후 해경은 누워 위를 보고 이상은 서서 아래를 본다.

이상	너의 모습을 보고 있는가?
해경	내 모습이 너인가?
금홍	(해경에게 천천히 걸어오며) 내 모습이 당신의 모습인 것은 아닌가요?
해경	그렇다면 니 모습이 보는 내 모습이 거울 속의 내 모습으로 나온 것인가?
동림	(역시 해경에게 천천히 걸어오며) 닫힌 문 앞에서 노크를 하고 있어요.
해경	자네는 어찌하여 그런 모습인가?
정희	(역시 해경에게 천천히 걸어오며) 당신은 어찌하여 그런 모습인가요?
해경	나는 노옹으로 태어났지. 손가락 없는 가난한 아비. 이름도 없는 어미. 장손 없는 집안의 백부. 지 자식을 두고도 아들 없

는 백모. 나는 고아로 태어났지. 탯줄 없이 태어났지.

이상   국적 없는 출생. 어울리지 않는 하얀 피부. 그림을 그렸지만, 건축을 선택해야 했던 가슴. 넌 이방인, 늙은이, 가슴은 뜨거우나 차갑게 얼어 버린 피부.

여자들, 퇴장한다.

해경   알아. 난 왼손잡이지.

이상   내 오른손과 악수할 수 없는 왼손잡이지.

해경   알아. 안다구.

이상   아니, 넌 내 소리를 들을 수 없어.

해경   내가 바보 머저리 같지?

이상   넌 바보 머저리야!

해경   늙어 버린 쪼그랑망태기, 발기 되지 않는 늙은이.

이상   절름발이, 얽음뱅이, 폐병쟁이.

해경   죽여 버리겠어. 내 종생을 내가 만들고 말겠어.

이상   왜 이래, 이건 노인학대야.

해경   그래, 마지막 순간까지 유모어를 놓치지 말게. 그래야 내 동정심을 덜 갖지.

이상   아니야. 아니야. 아직은 아니라구.

해경   그래, 넌 죽어. 죽어야 돼. 죽여버리겠어. 내 머리통 속에서 한 톨의 글도 나오지 않도록 널 죽여 버리겠어. 한 톨의 생각도 싹트지 않게 죽여 버려야겠어. 끝장을 내 버리겠어.

이상   (해경의 말 끝에 소리를 지르며) 미친 자식. 넌 이미 죽었어. 니가 보는 내 모습을 보면서도 몰라! 넌 죽음을 살아가는 늙은이라구. 날 봐. 날 똑바로 쳐다보라구. 이게 나라구. 이게 너라구!

해경은 이상의 발부리를 잡고 운다. 이상은 매정히 퇴장한다.

해경   알아, 하지만, 아직은 아니야. 거기 서. 아직은 안 된다구.

해경, 소리치며 퇴장한다.
이어 점순과, 나가 들어와 이들이 나가는 걸 바라본다.

점순   세상이 말세야.
나   니깟 계집이 뭘 안다고 떠들어?

명이가 들어온다. 둘의 뒤쪽으로 앉는다. 갑남이도 따라 들어온다.

록주   난 그분을 사랑하는 것 같아.
갑남   거시기 그분은 좀.
점순   우리 뽀뽀할래.
나   미쳤냐?
점순   바보. 바보.

유정이 들어온다.

유정   난 바보 맞아. 욕을 먹어도 싸.

이후 둘은 계속 노려보고 정지한다.

록주   혹시나.
유정   혹시나.
갑남   역시나라니까예.

나	뭐 이런 게 계집애라고?
점순	(유정 앞을 지나가며) 바보. 느 집에 이거 없지? 느 아버지 고자지? 바보. 바보.
나	쬐그만 게 서글서글하다 했더니 나한테, 니깟 것이 감히 날
점순	(눈물을 글썽이며) 뭐라구! (소리 내어 운다.)
나	아, 왜 이러는 거야? (점순이를 달랜다.)

동시에 일어서는 유정과 명이, 눈이 마주친다. 먼 곳에 거리를 두고 서로 바라본다.

점순	난 좀 더 진한 걸 원해.
유정	알 수 없는 가역반응의 연속.
나	(훌쩍거리며) 난 , 난 잘 모르겠어.
점순	나 울 아버지한테 안 이를 테니 내 말 잘 들어야 돼.
나	응.
점순	가만있어. (나를 밀쳐놓고 다가가며 뽀뽀하려 한다.)

점순모 등장한다.

점순모	점순아, 점순아! (둘의 모습을 보고) 동작 그만! (번개 같은 속도로 날아 들어와 점순의 머리통을 쥐어박으며) 이년이, 바느질을 하다 말구 어딜 갔나 했더니만, 시방 니들 여기서 뭐 하는 것이냐?
나	지는 아무 짓도 안 했어요.
점순	나, 나도.
점순모	이것들이, 따라 와.

둘, 눈치를 보다 손을 잡고 도망간다.

점순모   (쫓아가려 하다 둘을 바라보며) 좋을 때다. 이년아. 니년도 그러
        다 태어났어.

기분 좋게 퇴장한다.
록주와 유정 서로를 바라본다. 록주, 가슴을 쥐며 쓰러진다.

갑남   스승님. 와 이랍니까? (명이의 손에서 약봉지를 발견한다.) 약봉
        지 아입니꺼? 이게 먼 짓이라예? 이게 먼 짓이냐구요?

유정, 다가온다. 갑남이 약봉지를 건네고는 퇴장한다.

록주   내가 할 수 있는 것이 이것밖에는...

유정, 손가락을 깨물어 록주에게 피를 먹인다.

유정   괜찮을 거요. (그녀를 살펴본 후) 미안하오. 내 욕심이었소. 이
        제 당신을 보내 주겠소.
록주   보낸다고 갈 명이는 아니어요. 정말이지 어찌할지 모르겠어
        요. 허나 다시 살아난다면 저는 사랑을 넘어서는 소리꾼 록주
        로 살고 싶어요.
유정   당신은 오래도록 살아남아 나를 기억할 것이오. 이제 내 당신
        을 떠나겠소. 내 사랑이 끝난 것은 아니오만, 사랑하여 당신
        을 새로 보았고, 이제 또 다른 나의 사랑을 해 보려 하오. 나를
        위한 사랑이 아닌 당신을 위한 사랑을 해 나갈 것이오.
록주   저 역시 당신을 많이 연모했습니다. 제 남은 소리에 당신에
        대한 사랑을 품겠습니다.

록주, 퇴장하고 유정, 각혈한다.

유정   당신을 보낸 경성에 나 혼자는 싫소. (다시 각혈 후) 나의 생도
      저물어 가고 있나 보오. 이제 이곳을 떠나 당신을 그릴 수 있
      는 소설을 완성하겠소. 그게 내가 당신을 사랑할 유일한 방법
      인 것 같소.

유정, 천천히 퇴장.

무한각체가역반응

다시 다방 제비. 음악이 흐른다. 금홍이 멍하니 서서 다방을 바라보고 있다. 금홍 옆에는
가방이 하나 놓여 있다. 정희가 들어온다. 둘은 한동안 말없이 서로를 바라보다 금홍의 손
짓으로 앉는다.

정희   저...
금홍   피차 서로 아는 것 아닌가요. 무슨 말이 필요하겠어요.
정희   선생님은 어떠신지.
금홍   요즘은 방 안에서 잘 나오시지 않아요. 각혈과 기침을 반복하
      며 글만 써 대시죠.

말이 없다.

금홍   어제 우연히 해경 씨가 쓰는 원고를 봤죠. 제목은 종생기. 아
      마 죽음을 예경하시고 있나 봐요... 헌데 소설 속 주인공 이름
      이... 정희더군요.

68

정희, 말이 없다.

금홍   (딴청을 피우며) 안 그래도 슬슬 지겨워지기 시작했어. 나 같
             은 계집은 사내 하나에 만족하긴 힘들거든.

정희   저, 결혼해요. 김동환 선생님과. (잠시 생각하다가) 금홍 씨께
             사죄드립니다.

둘, 말이 없다.

금홍   당신도 참 딱한 아가씨로군요. 어쩌자고.

정희   주제넘지만, 행복하길 바라겠습니다, 두 분.

금홍   정말 주제넘군요.

정희   정말이지 죄송합니다.

정희 급히 퇴장한다. 멍하니 보던 금홍이 담배를 피운다.

금홍   (한숨을 뱉어내고는) 두 사람은 어쩜 그리 닮았지. 불쌍한 인간
             들. 허.

이때 술 취한 태원이 다방으로 들어온다. 갑남이가 나온다.

태원   사랑하면 알게 되고 알게 되면 보이나니 그때 보이는 것은 전
             과 같지 아니하니라. 하하하, (나오는 갑남이를 붙들고) 우리
             갑남이구나. 우리 갑남이는 천재야.

갑남   와 이랍니까? 아이구야, 썩는 냄시야.

금홍   어서 오세요, 구보 선생님. 헌데 대낮부터 어찌 이리 취하신

겐지.

태원   금홍 씨는 알고 있었소?

금홍   무얼 말이셔요?

태원   동림 씨가... 동림 씨가... 해경이를...

갑남   아, 거를 은자 아셨어예? 아이고, 저래가 머슨 소설을 쓴다꼬.

갑남은 퇴장하고, 금홍은 한동안 말이 없다가 표정을 바꾸어 따사로운 눈길로 태원에게
다가간다.

금홍   이런, 어쩌나, 여기저기 난장판이 되어 버렸군요. 하긴 이래야
        재미가 더하지.

태원   해경이를 욕하는 것은 아니오. 그는 나의 둘도 없는 벗이지.
        허나, 허나 해경이 그 친구는 언제나 모든 이의 사랑을 받았
        지. 난, 난 언제나 그다음이었어. 언제나 해경이 그 친구가 먼
        저였다고. 소설도 마찬가지야. 내 글은 아무도 먼저 보아 주
        지 않았어. 언제나 그 친구의 글이 먼저였지.

금홍   허나 모든 이의 사랑을 받는다고 그 사람도 항상 행복하기만
        했을까요?

태원   해경이에겐 금홍 씨가 있지 않소. 그런데, 그런데, 동림 씨마
        저... 아무도 날 먼저 보아 주지 않아.

금홍   남아, 냉수 좀 가져와라. 일단 이리 좀 앉으세요.

이때, 안채에서 해경이 나온다.

태원   난 말이지. 정말이지 해경일 사랑하오. 허나 왜 언제나 난 해
        경이 뒤에만 있어야 하냔 말이오. 왜?

해경을 본 태원이 자신을 부축하는 금홍에게 키스한다. 모두들, 말없이 서 있다. 금홍도 당황하지만, 태원에게 자신을 맡긴다.

금홍   어머, 나왔구려.
해경   (기침을 하고) 갑남아, 커피.

천천히 이상이 따라 들어온다.

금홍   지겨워 죽을 지경이야. 난 이제 당신한테 애정 없어. 다 식어 버렸다구.
태원   (정신을 차린 듯) 그 그게 아닐세. 내가 내가 비겁했네. 금홍 씨. 미안하오.

그리고 뛰어나간다.

금홍   미안해요. 이제 계절이 바뀌어 가니 우리의 제비도 날개를 접어 돌아갈 때가 된 것 같아요. 그러니 날 너무 미워 말아요.
해경   금홍아.
이상   넌 내 아내야. 넌 나의 가정이야. 넌 날 알고, 난 널 알아.
금홍   당신이 주신 모든 것을 잊지 않겠어요. 고마웠어요. 하지만 나도 이제는 나의 사랑을 찾고 싶어요. 당신도 마찬가지구요. 우리 진하게 이별의 포옹이나 한 번 하자구요.
해경   (금홍을 안으며) 고마워.

나가던 금홍이 고개를 돌린다.

금홍   끝내 사랑은 아니었군요.

금홍이 다시 돌아서는 자리에 이상이 서 있다. 이상에게 아기처럼 꼬옥 안긴다.

금홍   (나가려다 다시 돌아서서) 참, 당신 소설 속 주인공, 정희 씨. 결
       혼을 한다나요? 거 왜 당신 선배 김동환 선생이랑. 내가 할 일
       은 여기까지인가 봐요. 그럼.

금홍, 퇴장한다.
해경은 점점 큰 소리로 웃다 쓰러지며 기침과 각혈을 한다. 본웅과 동림이 교차하여 들어온다.

본웅   자네, 괜찮은가? 금홍 씬 어딜 가는 게야?
이상   (떠나는 금홍을 보며) 사랑해, 금홍아. 넌 나야.
해경   떠나 버렸네. 아니 내가 버린 건지도 모르지.
동림   (기침을 해 대는 해경을 보며) 선생님, 괜찮으신가요?
해경   아직 죽지는 않았죠? 그럼 뭐 괜찮은 거겠죠, 하하.
동림   이제 더 이상 망설일 이유는 없겠군요.
본웅   이모!
동림   이제부턴 제가 선생님과 함께하겠습니다. 그간의 제 마음을
       모른다 하시진 않으시겠죠?

해경과 이상, 한동안 말이 없다.

해경   저는 원치 않습니다.
이상   무한각체가역반응.
동림   저는 웅이 조카의 이모로서 이곳에 온 것이 아닙니다. 전 제
       가 선택한 제 사랑에 당당하고 싶은 한 여인으로 온 겁니다.
이상   또 다른 꼭짓점.

동림	정희 언니의 결혼 소식은 들으셨겠죠. 저 역시 언니를 보고 용기를 낼 수 있었어요. 하여 무례하지만 선생님과의 결혼을 이루지 못한다면 저는 이 시대의 신여성으로서 당당히 죽음을 택할 밖에 다른 길이 없음을 같이 알려 드리기 위해 온 것입니다.
본웅	이모. 이 상황에 이게 무슨 고집이야.
이상	진정 나와 결혼을 할 태세로구만.
해경	웅이, 자네 이모님을 보게, 마치 유정군을 보는 것 같지 않은가? 두루막 소매를 걷어붙이고 달려드는 유정이. 다시 기분이 좋아지는군. 그러지요. 당신과 결혼하겠소.
이상	금홍아.
해경	스스로 삶을 선택한 자는 그 끝을 볼 권리가 있지요. 내가 유정에게 배운 교훈이지. 나는 동림 씨와 결혼하겠소. 허나 나는 돈이 없소.
이상	그리고 앞으로도 주욱 돈이 없을 예정이오.
동림	상관없어요.
해경	그리고 나는 각혈을 하오.
동림	제가 지켜드리겠어요.
이상	더 이상 도망갈 데가 없군. 여기가 죽을 자리야.
해경	그럼 결혼이라는 것을 당해 봅시다 그려.

이상, 주저앉는다.

조명이 바뀌고 프레임이 변하면서 음악과 함께 사람들이 들어온다. 동시에 해경과 동림의 결혼식이 펼쳐진다. 어색하게 선 신랑신부가 기념사진을 찍는다. 이상은 계단 꼭대기에서 기침을 해 댄다. 사진을 찍고 돌아서는데 상수 쪽에 금홍이 있다. 서로 미소를 보낸다.

본웅	이모, 축하해요. 자네 축하하네. 아니 이젠 이모분가?
해경	자넨 언제나 내 친구야. 그냥 이모를 형수님으로 부르는 게 좋지 않겠나?
본웅	역시 자네답군. 유정인 건강이 많이 안 좋은 모양이야. 춘천서 오지 못하고 축하의 전보만 보내 왔네.
해경	(전보를 받아 읽고) 걱정 말게. 내 곧 만날 테니. 웅이, 고맙네. 이모를 부탁하지.
본웅	결혼을 해 놓고도 내게 이모를 맡기는구만.
태원	해경이 축하하네. 그리고 미안하네. 동림 씨, 행복하십시오.
해경	무슨 소리야? 이건 그저 서로가 서로에게 빛을 보내는 가역 반응에 불과한 게야. 소설은 잘 되어 가지? 꼭 완성해야 하네. 그리고 유정을 찾아가 보아 주게.
태원	걱정 말게. 그렇잖아도 자네가 떠나는 배편을 배웅하고 웅이랑 함께 유정이 요양하는 강원도로 내려가 볼 참이야. 여긴 걱정 말게. 자네 건강이나 고쳐 오면 그때 우리 다 같이 또 술 한 잔 해야지.
본웅	헌데 해경이 자네, 신혼여행도 없이 이리 일본으로 가 버려도 괜찮겠는가? 우리 이모를 생과부로 만들고 말일세.
동림	걱정이에요. 급히 배편이 준비되지 않아 먼저 보내 드리지만, 몸조심 하셔야 해요. 저는 이곳을 정리하고 다음 달 배편으로 당신께 가겠어요.
해경	고맙소. 내 먼저 가 있겠소.

동림의 옆에 선 정희를 바라본다. 음악이 깔린다. 동림이 정희를 알아본다.

동림	정희 언니.
정희	축하드립니다.

해경	지난번 결혼식 땐 가 뵙지 못해 죄송합니다. 내내 행복하십시오. 형수님.
이상	내내 어여쁘소서.
해경	정희야.

정희, 돌아선 채 있다.

이상	(해경을 노려보며) 최후. 사과 한 알이 떨어졌다. 지구는 부서질 정도로 아팠다. 이미 여하한 정신도 발아하지 아니한다.

해경이 계단 위의 이상을 바라보며 천천히 올라간다. 뱃고동 소리가 울린다. 하수 쪽엔 정희가 다시 해경을 바라보고 미소 지으며 퇴장, 상수 쪽에는 금홍이 그를 보고 미소를 지으며 퇴장한다. 이후 다른 사람들은 아래에서 전송을 하고 해경은 상관없이 계단을 오른다. 사람들도 천천히 삼삼오오 퇴장한다. 바람이 분다.

해경	(역시 노려보며) 시끄러. 니가 뭘 알아?
이상	뭐가 무서운 건데. 넌 늙은이야!
해경	난 아직 살아 있어!
이상	지구의 모든 별은 더 이상 운행하지 않아. 암흑이야!
해경	나, 살고 싶다고 외치고 싶어.
이상	넌 이미 목소리가 없어. 넌 산자들의 눈이 없어. 못 다한 것에 눈물 흘리지 마. 여기 또 하나의 백골이 있지.

해경이 무언가 생각 난 듯 뒤를 돌아본다. 빈 무대를 훑는다. 계단 위에는 유정이 들어온다. 유정은 흰 머리에 흰 두루마기를 걸치고 있다.

유정	어서 오게. 무에 그리 미련이 많은 게야. 어서 따라오게나.

이상   벗이여. 곧 만나세.

해경이 다가가는 동안 유정이 먼저 계단을 넘어간다.

이상   (해경이 계단을 오르는 동안) 금홍아. 내 안해야. 너는 나의 소
       설이었어. 정희야. 내 종생을 바라보아 다오. 동림 씨, 내 낡은
       유골을 부탁하오.

계단 위에 선 해경이 다시 돌아선다. 이상도 선다.

해경   나는 죽지 못하는 실망과 살지 못하는 복수, 이 속에서 호흡
       을 계속할 것이다. (한참 동안 기침을 한다.) 나는 지금 희망한
       다. 그것은 살겠다는 희망도 죽겠다는 희망도 아무것도 아니
       다. (각혈을 하며 쓰러진다.)

해경은 안간힘을 다해 이상에게 매달려 보지만, 천천히 쓰러진다.

이상   다만 이 무서운 기록을 써서 마치기 전에는 나의 그 최후에
       내가 차지할 행운은 찾아와 주지 말았으면 하는 것이다. 무서
       운 기록이다. 펜은 나의 최후의 기록이다.

해경, 쓰러진다. 이상, 정상에 서서 무대 뒤로 원고지를 던지며 계단 뒤로 넘어간다.
막

비어짐을 담은 사발 하나

이것이 칼보다 깊은 흙의 힘이다.
흙으로 구운 그릇도 깨지면 날이 된다.
이것이 조선의 힘이다.

때	1592년 임진왜란 전후 / 현대
곳	동래성 안 벽파도요(碧波陶窯) 일대

등장인물

민평구	관요 출신의 도요장
민영	민평구의 딸. 민평구의 도요를 계승함
구웅	민영의 남편. 고아 출신으로 민평구의 집안에서 도자기 일을 배움
민철	민평구의 외아들
태복	벽파도요의 사기쟁이. 일본으로 건너가 테라모토 코지로 이름난 사기장이 됨
나오코	일본 성주의 딸. 웅을 연모함
설이	철의 아내
현풍댁	도요의 잡부
들깨	도요의 신출내기 잡부
송이	도요의 잡부
버들	도요의 잡부
왜인1	나오코의 수족, 여
왜인2	설이를 겁탈하려다 죽음에 이르게 함
구유근	웅과 영의 아들
차돌	철과 설이의 가상의 딸
연준	후손. 현대의 사기장
희수	후손. 연준의 모

무대는 전면 이 층에 덩이 덩이가 이어진 가마가 경사지게 놓여 있다. 가마의 끝은 상수의 언덕으로 이어지고 있다. 가마는 겉을 한지로 바르고 조명을 켜면 안이 보일 수 있도록 준비한다. 하수 쪽으로는 민평구가 거처하는 다실이 보인다. 상수 쪽부터 흙을 빻고, 빨고, 거르고, 그 옆으로 반죽을 하고, 물레를 돌리고, 그림을 그리고 유약을 바르고 장작을 패는 일련의 일이 펼쳐질 수 있게 준비되어 있다. 그 옆으로 초벌한 그릇을 얹을 수 있는 선반이 장치되어 있다. 전체의 무대 장면은 현대의 장면에서도 그대로 사용된다.

1. 사발 하나

연준. 열심히 물레질을 하고 있다. 이어서 안에 그릇을 올려놓고 바라보는 웅의 모습도 교차된다. 웅, 상수 언덕에 나타난다. 연준은 신경을 곤두세워 물레를 돌리다 그만 흙을 무너트리고 만다.

연준   아, 으악.

연준, 여전히 고민에 빠져 있다. 다시 그릇을 만들다 손을 놓아 버린다. 웅, 그릇에 글을 적다 말고 눈물을 흘린다.

구웅   각시야. 내 반드시 돌아 올기라.

민영   (상수에 나타나 절규하며) 웅이, 오라버니. 서방님. 이 흙을 잊지 마이소. 조선의 흙입니다. 이 영이의 마음입니다. (눈물을 흘린다.)

구웅   영아. (눈물을 흘린다.)

연준, 대청으로 가 손을 부비며 앉는다. 붓을 들어 사발에 글을 쓰는 웅의 뒤로 나오코가 나온다. 그릇에 전념하는 웅과 그를 연민과 애정의 눈빛으로 보는 나오코의 시선이 대비된다.

나오코	わたしは今あなたを抱いています. あなたが何を見ていても かまいません. 奈緒子には今あなたと一緒にいるこの時間が 大切でございます. 尊敬しております. 愛しております. (목소리) 나는 지금 당신을 안고 있습니다. 당신이 무엇을 보든 상관없습니다. 나오코에겐 지금 이 순간이 중요합니다. 존경합니다. 사랑합니다.
민영	서방님.
구웅	영아.

하지만, 차갑기만 한 웅을 보며 나오코는 눈물을 흘린다. 나오코 퇴장. 희수 등장

희수	(합을 들고 들어와 아들의 눈치를 보다) 이번엔 또 어데가 맘에 안 차노?
연준	그걸 알면 내가 이라고 있겠나?
희수	모르면서 물레만 돌리고 있다고 그릇이 나오겠나? 모르면 상상이라도 해야지.

연준, 무언가 말하려다 입을 닫는다. 희수, 연준에게 합을 건넨다.

연준	이거 머꼬?
희수	어릴 때부터 니가 잘하던 거. 잊었나? 도자기 감정. 거기다 이야기를 잘도 지어 만들곤 했잖아.
연준	옛날 일이다.
희수	옛날 일인지 아닌지는 해 보면 알 거고.
희수	(연준을 바라보다) 잠시 쉬다가 다시 일어난다고 그걸 실패라고 할 사람이 있겠나? 이거나 찬찬히 보며 오랜만에 취미 함 살리 바라.

설이	욕보십니더.

장작을 들고 들어오던 민철, 설이를 보고 놀라 지게를 벗고 달려든다.

민철	아, 몸도 무거븐 사람이 요까지 말라 나오노. (쟁반을 받아 안으며) 이거는 또 머꼬? 이런 거 들믄 안 된다. 영이 시킬 일이지.
민영	하이고, 드럽고 앵꼽아서 몬 살겠다. 피를 나눈 동생보다 마눌님이 중하다 이거제.
민철	그걸 말이라꼬? 내 눈에는 느그 언니, 우리 차돌이 엄마밖에 안 빈다.
구웅	행님, 조카 이름이 차돌입니꺼? 벌씨로 이름을 지았습니다.
민철	조 있네. 니만 보이는 머스마.
들깨	하기사 요래 요래 짝이고, 요래 요래 짝이니까 영이 누나는 저 우에 웅이 행님하고 끄네끼를 묶어야지 말은 되는 거 아이것습니까?
구웅	영아, 거서 푸대접받지 말고 일로 온나.
민영	아, 머라 카노.

민평구, 들어오면 다들 일어나 읍한다.

민평구	(들어오며) 에이, 새가 만발이 빠질 놈들. 에이.
민영	먼 일 있었어예?
민평구	바다 포구마다 못질을 해가 대문을 달 수도 없고. 참말로.
민철	또 왜놈들이 도적질을 했습니꺼?
민평구	요 쥐새끼 같은 놈들이 김해 도요서 불질 끝내고 꺼내 놓은 사발을 식기도 전에 통째로 들고 튀뿟단다.

민철	우리도 가마를 단디 지키야 될 거 같습니다. 요새 들어 요 왜놈들 도적질이 이래 잦아지니.
현풍댁	아닌 게 아니라, 왜놈들의 움직임이 수상하긴 한갑데예. 도요를 털기 위해 달포씩 배를 타도 조선 사발 하나 얻으면 팔자 핀다는 소문이 돌았는가 목숨을 걸고 넘어 온다 카이.
구웅	사발도 사발이지만, 자꾸 그라다가 사람 다칠까 걱정입니다.
송이	언 놈이든 한 놈 걸리기만 하믄 마 맞박을 들이 박아 뿔 긴데.
현풍댁	함부레. 내띠 설 때가 있고 아닐 때가 있지.
송이	와 이랍니꺼? 아녀자라꼬 머 성질도 없는 줄 압니꺼?
민평구	저거는 사나로 태어났어야 되는데.
민철	자, 사나 맞습니다.

모두 웃는다.

민영	아버지, 송이 말마따나 우리도 무슨 방책을 세워야 하는 거 아닐까예.
구웅	틀린 말은 아닙니다. 특히 아버님 사발은 일본에서도 자꾸 교역을 하자꼬 탐을 내고 있으이.
민평구	지랄한다. 누가 내 그륵에 손만 대 바라. 내 마 모졸시리 다 뽀사 삘 기라.
태복	그라이 차라리 일본하고 정식으로 교역을 하는 기 안 낫겠습니까?
민평구	머라?
태복	아, 그륵을 쓰는 사람이 있어야지 굽는 기지, 뭐할라꼬 그륵을 만듭니꺼?
민평구	니놈은 그래서 안 되는 기라. 팔라고만 들믄 말라꼬 그륵을 꿉노?

태복	그라믄 팔도 안 할 그륵 꾸버가 돌아가실 때 다 지고 갈 긴 갑지예.
민평구	이 미친놈이 어데서 주디라고 벌시샀노? 철아, 불에 달군 부지깽이 있으믄 좀 찾아온나. 내 저놈의 주디를 찌지 뿌야긌다.
송이	예. 지가 가 오겠습니다.
버들	야.
설이	(배를 잡고 쓰러지며) 아아...

모두 긴장하여 설이를 본다.

민철	(놀라) 괘안나? (투정 섞인 말투로 민평구를 돌아보며)괜히 아버지가 소리를 지르는 바람에.
민평구	(무안해하며) 아, 아니, 나는 그기 아이고.
설이	아버님, 고정하시이소. 아버님 그륵 애끼는 마음으로 한 말 아입니꺼?
구웅	그래 하시이소. 행수님도 있는데
민영	아버지. 차 올릴 시간인데예.
민평구	니 올 날은 잘 잡았다이. (민영, 아버지를 다실 앞마루에 앉히고 퇴장)
민철	(민평구의 눈치를 보다) 당신도 은자 고만 드가라.
설이	안 그래도 은자 불 놓으믄 사흘 동안은 당신 얼굴도 몬 보지 싶어 잠시 보러 나온 거라예. 드가께예.
현풍댁	아를 낳야 가가 커서 사발을 빚든 불질을 하든 할 긴데 먼 부정이 탄다고 아 밴 여자는 불 옆에 오믄 안 되는고?
민철	몸조리하고, 내 끝나는 대로 가꾸마. 머 필요한 거 있음 영이한테 말하고. (돌아서 웅에게 올라가 무언가를 지시한다.)

민평구   아가야.

설이가 민평구에게 간다.

들깨   그라고 보이 아지매 배가 많이 불렀네예.
현풍댁   해산달 아이가?
태복   설이는 아를 가졌어도 뒷태는 여전히 큰애기다.
현풍댁   야, 이 경을 칠 놈아, 어데 너므 안사람한테 수작을 부리노?

민평구는 설이를 다정히 부른다.

민평구   (설이에게 다가가) 몸도 무거븐 아가 여를 나오믄 우야노?
설이   죄송합니다.
민평구   아, 아이다. 이거 (품에서 꺼낸다.) 요거, 내 들오는 길에 장에
           서 산 화과자다. 땟놈들이 묵는 과자라 카는데 맛이 기가 맥
           힌다 카드라. 딱 숭캐놓고 니 혼차 무래.
설이   네 아버님, 고맙습니다. (퇴장)
민평구   오야, 아가야. 거 조심조심. (설이 가는 양을 지켜본다.)
들깨   그라믄 지가 철이 아저씨께 태복이 행님이 아주머니 뒷태 칭
           찬을 하더라꼬 친절히 말을 올리 보겠심니더.
버들   지가 하지예. 철이 아이씨...
태복   야들이, 아 마 됐다.
민평구   (황급히 돌아서며) 오늘 올리는 가마불은 나라에 진상을 할 물
           건이라 특히 조심하라 캤구마는 이래 집구석 안팎으로 시끄
           러버서야.

모두들 숙연해지고, 영이 찻상을 들고 들어온다.

구웅	아버님. 찻상이 준비됐습니다.
민평구	그래, 은자 시작하자.

민평구는 근엄하게 가마를 향해 절을 한다.

민평구	임진년 춘사월 초이레. 동래성 벽파도요 민평구 앙천하여 기원하옵니데이. 좋은 일기를 천우께서 내려 불길을 잡아 주시고, 흠도 티도 가지 않는 그륵이 나오기를 기원합니데이. 하늘의 기운이 보살피시고 땅의 기운이 보살피시고 바닷기운이 보살피시어 시방부터 만들어지는 사기들의 명을 지켜 주소서.
모두	명을 지켜 주소서.

이후 모든 사람들이 절을 올린다.

민평구	(일어서며) 자 시작하자. 웅아. 이제부터 불을 지펴라.
구웅	예, 아버님. (일어나 가마에 불씨를 넣는다.)
민철	불씨가 잘 옮겨 붙었습니다.
민평구	모두들 고생 많았데이.
모두	고생하셨습니다.

모두 나름의 기원을 올린다.

들깨	지는 나무 널어 논 거 함 뒤집어 주고 오겠습니다.
송이	지하고 같이 가입시더.

들깨와 송이 퇴장. 태복도 눈치를 보다 퇴장한다.

민평구	철아.
민철	네, 아버님.
민평구	잡인을 금하고 가마를 지키라.
민철	네, 아버지.
민평구	영아, 진시가 되면 차를 새로 올리고.
민영	네, 아버지.
민평구	불길을 잘 보고 그륵에 날이 설 때쯤 내한테 다시 알리거라.
구웅	네, 아버님. 일기도 좋고, 바람도 바다서 올라와서 한나절 불길 잡기에는 그만입니다.
민평구	그래, 소금기는 적절하다. 허나 두 식경 안에 바람 방향이 굴뚝을 등질 것 같으니 장작 불기를 잘 살피거래이. 화기가 이지러지기 시작하면 장작을 보충해야 된다.
구웅	네, 아버님.
현풍댁	자자, 그라믄 은자 우리도 마무리하자.
민철	(민평구에게) 그라믄 인자 동래성으로 가시야 안 되겄습니까?
민평구	암, 보고를 해야지. 안 그래도 가마에 불 안 지핀다고 지랄들인데 가서 말을 해 주야 안 되갔나?
민철	무식한 것들. 불 때라카믄 아무 때나 불 때고, 불 때고 나믄 그륵이 지발로 기 나오는 줄 아는 갑네.
민평구	그거는 무식한 기 아이고 오뉴월 복날에 찜 쪄 물 놈이라 카는 기제. 우옛든 내 갔다 오꾸마.
민영	아버지, 조심해가 댕기오이소.
민평구	아참, 영아. 니 저 치무네 좀 댕기온나.
민영	와예?
민평구	거 오늘이 그 집 제사다. 막걸리나 좀 받아 주고 온나.
민영	벌써, 그래 됐네예. 알겠습니다. 댕기오겠습니다.
버들	그라믄 댕기오십시오, 어르신.

민평구	오야.

민영, 민평구가 나가고 나머지 사람들이 민평구의 뒤로 읍한다.

현풍댁	태복이 이거는 말도 안 하고 어데를 찌새끼 매이로 내뺐노?
버들	나라고 집이고 언제든 고놈의 찌새끼가 문제 아이겠습니까?
현풍댁	듣고 보이 말은 맞네. 하이구, 양반은 몬 되겄다. 저 찌새끼 들어온다.

나오코가 두 명의 수행원을 대동하고 태복의 안내를 받으며 들어온다.

태복	(나오코에게) 少々お待ちください. 잠시 기다려 주십시오. (민철에게) 저 일본서 나오코상이 다시 왔는데. 교역을 하고 싶다꼬.
현풍댁	야가 정신이 똑바로 백힌 놈이가? 오늘이 무슨 날이라고 요다 잡인을 들이노?
태복	아, 그라믄 돈 주고 우리 그륵 사겠다고 온 아녀자를 우짭니꺼?
민철	우리는 당신과 거래 안 하요. 그라이 그만 가소.
태복	(눈치를 보다가 난처해하며) 今は販売しないそうです. 안판답니다.
나오코	あの, すみません. 直子と申します. 碧波陶窯の민평구先生の名聲を聞いて先生の 陶磁器一品もらうだめにかごしまけんのさすやまから参りました. 실례합니다. 저는 나오코라고 합니다. 민평구 선생님의 명성을 듣고 선생님의 사기 한 점을 얻 고자 멀리 카고시마 사스야마에서부터 왔습니다.
태복	스승님의 명성을 듣고는 마... 하여튼 억수로 먼 데서 왔다

카네.

버들   그기 다라예? 저서는 머시라 길게 말하구만 그기 요서는 와 리래 짧노?

현풍댁   니는 고마 가마 있거라.

나오코   私は日本人としてここにきったんではございません. 저는 일본인으로 여기에 온 것이 아닙니다. ただ朝鮮の陶磁器を欽慕するこごろできっておりました. 조선 도자기를 흠모하는 마음으로 여기까지 왔습니다. ちいさなおくりものをつたえます. 여기 작은 선물을 전합니다. (작은 장식함을 꺼내 든다.)

태복   그라니까 여 말은 일본인으로서가 아니라 우리 조선 도자기를 억수로 흠모해서 왔다 카네. 그라고 이거는 머 선물.

민철   됐고, 어이, 여가 어데 동네 장거리인 줄 아는 갑네. 우리도 오늘 입씨름할 만큼 한가한 날이 아니니까 고마 가소. 좋은 말 할 때 가란 말이오.

나오코   (수행원이 나서는 것을 막으며 자리에 꿇어앉아) 선생님의 사기, 존경합니다. 멀리서 왔습니다. もう一度お願い致します. 다시 한 번 부탁드립니다.

태복   그러니까 이왕지사 일이 이래 된 거.

민철   아, 내 미치고 환장하긋네. 가라 안 하요. 왜놈들, 정말이지 지긋지긋하다. 교역? 당신들이 요 동래서 훔쳐간 사발만 얼맨지 아요? 우리는 거 도적놈하고는 장사 안 하요. 아 가소. 안 갈 끼가 참말로. (홧김에 손으로 선물을 쳐 땅에 떨어뜨린다. 수행원이 움찔한다.)

구웅   형님. 그래도 아녀잔데 이래는 마이소.

민철   왜놈이 아녀자가 어데 있노? 다 같은 도적놈이재?

왜인1   なに 뭐라?

나오코, 손으로 왜인1을 제어한다.

태복   오늘은 일단 돌아가입시더. 난주 내 기회를 봐서 다시 모실
                테니까.

나오코   저는 도둑, 아닙니다. 교역을 하러 왔습니다. しかし決して今
                日のはじはわすれ ません. 그러나 결코 오늘의 수치는 잊지 않
                겠습니다.

나오코, 일어나다 웅과 눈이 마주친다. 웅에게 인사한 후 나간다. 태복, 나오코와 함께 퇴

장한다. 왜인2가 기분 나쁜 듯 민철을 보다 따라 퇴장한다.

민철   머를 보노, 눈까리를 확 잡아 빼뿔라. 버들아, 대문에 소금 뿌
                리라. 저놈의 것도 대문 밖으로 내삐리고.

버들   예예, 마 도가지 채로 뿌리고 오께예. (버들 퇴장)

현풍댁   야야, 이거 이거 이라다가 저 왜놈들이 앙심이라도 품으믄.

민철   괜찮습니다. 걱정 마이소. 우리는 어데 성질이 없습니꺼?

구웅   예. 괜찮을 깁니다. 자자, 불길이 붙을라 하믄 한나절은 지나
                야 될 깁니다. 일단 돌아가 쉬시고 불길 끝날 때 다시 뵙겠습
                니다. (민철에게) 그래도 행님, 그 성질은 좀 죽이야 될 것 같
                습니다.

민철   마 됐다.

이때 태복이 다시 들어온다.

태복   자 그라믄 은자 드가 다리 한 번 뻗어 보까?

현풍댁   니 참말로 정신없는 놈이데이. 어르신 봤으믄 니는 오늘 고마
                맞아 죽었다.

태복	그라이 오늘 델꼬 왔지.
버들	(들어오면서 태복에게 소금을 뿌리며) 이래 일본사람들이 무시로 내 집 안방맹쿠로 드나드니 참말로 무서버예.
태복	아이고, 어린 니가 멀 알겠노? 니 저 나오코 상이 누군지 아나? 가고시마현 성주 따님이시제. 공주 아이가? 지난번 교역 때 우리 그릇을 알아보고는 이래 친히 온 거 아이가? 장사치들 말로는 우리 막사발 하나도 저 가믄 진상품 대접을 받는다 카데. 그라이 요서 파는 사발값이랑 거서 파는 사발값이 같근나? 저 나오 코상을 시작으로 해가 일본 돈줄들만 쫙 잡으믄 우리는 고마 팔자 피는 기라.
현풍댁	고래도 조 주디, 참말로 올 아침에 내가 찌깃으야 되는 긴데.
태복	일본에 자진해서 드가는 도공도 있다 안 합니까?
민철	니 참말 그 입 몬 다물겠나. (웅이 말린다.) 에이. 아버지 말대로 니 올 날 한 번 끝내주게 잘 잡았다. (퇴장한다.)
태복	올 날씨 타령하는 사람이 와 이래 많노?
구웅	태복아, 니 소원이 그런 긴 줄은 몰랐데이. 니는 여적지 돈 벌라꼬 그륵 구벘는 갑다.
태복	와, 또 먼 말이 하고 싶노? 돈 버는 기 어때서?
구웅	그래서 그 돈 벌어 머 할 긴데? 양반님네들맹쿠로 사람들 괴롭히면서 살 끼가? 우리는 다르데이. 우리는 모두 자신의 진정을 지키며 살고 싶은 것뿐이다. 그게 돈 없고 힘없어도 우리가 마지막까지 지키고 싶은 거니까. 그라이 니 생각을 다른 사람한테 강요하지 마라.
태복	재수 없는 새끼.
버들	웅이 오라버니는 볼수록 멋지다.
현풍댁	암, 멋진 그륵이 나올 기다, 날씨 함 바라.
버들	아니 그기 아이고...

현풍댁	하기사 날씨가 아이더라도 우리 그륵은 언제든 최고 아이가? 지난번에도 광주분원보다 좋은 그륵이 나왔다 아이가? 우리 대장 어르신이 달리 유명하긋나?
버들	이라다가 우리가 분원이 되는 거 아일까예?
태복	분원이 되믄 머 할 낀데. 조선 사기쟁이는 암만 그륵 잘 꾸버도 양반들 개 노릇밖에는 몬 하는 기라.
버들	그라믄 머 우리가 양반들 개란 말입니꺼? 우리 대장 어르신은 양반들도 꼼짝 몬 한다 아입니까? 아, 그라이 사옹원을 박차고 나온 거 아이긌습니까?
태복	그렇겠제. 그라믄 머시 겁나가 잘 나온 최상품을 깨는고?
버들	예? 상품은 진상을 해야지 와 깨노? 말도 안 됩니다.
태복	최상품을 진상 해가 웃전에서 그런 그륵만 올리라카믄 그다음은 우짤 긴데? 니 고런 그륵만 계속 만들 수 있나? 차라리 뽀사뿌는 기제. 그라이 우리가 양반들 개가 아이고 머겄노?
현풍댁	고달프기는 하지. 한 가마에 같이 누벘어도 달리 나오는 기 그륵인데 찍은 듯이 똑같은 그륵만, 그것도 최상품으로만 올리라카믄 우리 사기쟁이들은 다 죽은 목숨이 되는 기지.
버들	아, 예. 그래도 좋은 그륵 얻기가 한 가마에 하나 얻기도 힘들다 카는데 아까바서 우짜노?
태복	그기 다 우리 대장 성질이 드르버서 그런 기라.
구웅	양반들 등살에 고달픈 거는 사실이지예. 하지만 우리는 스스로 상품을 만들 수도 깰 수도 있습니다. 스스로를 지키는 힘이지예, 개가 아입니다.
버들	우야노? 웅이 오라버니가 이기삤네예.
태복	저 놈의 가스나가.
버들	엄마야, 저 찌새끼 간다. (도망)
현풍댁	(태복이를 밀며) 찌새끼 잡으로 가야지. 웅아 욕봐래이.

무리, 나간다. 웅, 불을 지핀다. 잠시 후 민철, 장작 한 짐을 들고 들어와 내려놓는다.

민철　　(장작을 내려놓으며) 불꽃이 전신에 우리 영이로 비제.

구웅　　먼 소리 하는교 참말로.

민철　　날 잡아 놓고 싱숭생숭하제.

구웅　　아, 밸시런 소리 다 듣겠습니다. 불꽃이 불꽃인데... 그기 비긴 비네예.

민철　　자식이. 진솔하기는. 웅아, (입술을 내밀며) 느그 거시기 했제? (웅의 반응을 살피다) 머시라, 거시기 안즉 요래 입수구리도 함 못 부딪치 봤나?

구웅　　큰일 날 소리 합니더. 지가 우째.

민철　　지랄한다. 얌마, 사나는 일단 맘에 드는 계집이 있으믄 확실하이 영역을 표시해야 기집이 딴 데로 눈을 안 돌린다. 내 바라.

구웅　　그라믄 행님은 장가도 들기 전에 행수님한테.

민철　　하머, 등신아. 기집들은 원래부터 말을 거꾸로 한다 아이가. 싫다 싫다 카믄 좋다 좋다 카는 기고, 안 돼예 안 돼예 카믄 됩니더 됩니더 카는 기고, 아, 와이라요 카믄 지는 준비됐습니더 카는 기라 카이.

구웅　　참말입니꺼?

민철　　두말하믄 잔소리지.

구웅　　말도 안 됩니더. 동방예의지국에서. 그래 해도 될까예?

민철　　내가 오래비로서 아버지를 대신해가 허락해 줄 테니까네 확 저질러삐라. 머 이왕이믄 조카도 하나 턱 하이 맨글어 삐든가 머?

구웅　　아이고 그 그거는.

둘이 웃고 있는데. 영과 소반을 든 설이가 상수에서 만난다.

민영   언니, 이래 댕기다 실족하믄 우얄라꼬예? 일로 주이소.

설이   아, 아입니더 아가씨. 온 식구들이 고생인데 지만 우째 구들장 지고 누버 있겠습니꺼? 불질하는 사흘 동안 가마 옆에는 몬 가도 치성이라도 올리야지예.

민영   범어사 올라가실 끼지예. 그라믄 같이 가입시더.

설이   아입니더. 아가씨는 웅이 도련님 수발 좀 해 드리야 안 되겠습니꺼. 퍼뜩 갔다 오께예. 날 잡아 놓은 처이는 그래 밤길 댕기는 거 아입니다. 지야 머 이 몸에 누가 보쌈을 해 갈 것도 아이고.

다시 가마 앞의 철과 웅이 이야기를 나눈다.

민철   사기쟁이 집안은 무엇보다 핏줄을 이을 아들이 중요하다 아이가? 퍼뜩 아들 하나 턱 하이 맹글어삐믄 아버지도 안심하고 느그한데 이 도요를 물리 줄 거 아이가?

구웅   머라 캅니까? 안 될 말입니다.

민철   아버지 뜻도 그렇겠지만, 장자라꼬 머든지 다 물려받는 거는 아이다. 이 집의 사기장 핏줄은 영이한테 흘렀는데, 저기 기집이라 아버지도 자주 한숨을 쉬었제. 그란데 니가 이래 터억 하이 뒤를 받치고 있으이 우리 아버지가 얼매나 기분이 좋겠노? 머, 니가 모르는 것도 아니겠지마는.

구웅   형님, 말씀만이라도 고맙습니다.

민철   그래? 니 그 맴 잊지 마래.

다시 상수의 영과 설이가 이야기를 나눈다.

민영	그라믄 조심해가 댕기 오이소. 봄이라 캐도 밤바람이 찹니다. 오래 있지 말고예.
설이	걱정 마이소. 그라고 이 사람한테는 암 말 마이소. 또 난리 납니다.
민영	예. 우리 그륵을 와 이래 사람들이 찾노 캤드마는 은자 보이 울 언니 치성 덕분이네예.
설이	밸 소리 다합니다. 그라믄 댕기 오께예.

설이 퇴장

민영	(돌아서서 철과 웅이 서 있는 것을 보고) 오라버이는 잠을 좀 안 자 두고 여는 와 있노?
민철	가스나, 니는 여 말라 왔노? 와? 느그 서방 보고 싶어서?
민영	머라 카노? 오라버이 자꾸 이래 놀리살 기가?
민철	놀리기는 머슬. 혼례날도 잡은 아들끼리 머 어떻노? 내는 간데이. 얼레리꼴레리. 얼레리꼴레리. (놀리며 퇴장하다가 다시 나와 구웅에게) 내 나가믄 눈치껏 해라이.
민영	머를?
구웅	아, 아이다. 그냥 농담 한 기다.
민철	(나가다 다시 들어와) 얼레리꼴레리.
민영	아이 진짜.
구웅	보골 묵지 마라.
민영	자꾸만 내만 보믄 놀리사이 하는 말이제. (분위기를 바꾸어) 웅이 오라버이는 머 하고 있었노?
구웅	불 피우고 있었제.
민영	그기 다가?
구웅	그기 다지. 여서 머하긌노?

민영	칫.
구웅	그란데 저 불덩이가 와 자꾸 니 얼굴로 비는지 알 수가 없드라.
민영	아이, 징그르브라.
구웅	춥다, 일로 온나.
민영	아이고, 누가 보믄 우얄라꼬? 싫다.
구웅	머라, 싫다꼬? 니 지금 좋다 그 말 한 기제.
민영	머라 카노?
구웅	아아, 아이다. 그기 아이고. 그라니까 니가 싫다 켓으니까. 일로 와 바라. (영을 와락 껴안는다.)
민영	(영, 밀어내며) 내 그래 쉬븐 여자 아이다. 안 된다.
구웅	머? 안 된다꼬? 하, 참말, 행님 말이 맞네. (그러고는 얼굴을 천천히 보며) 그라믄.
민영	(천천히 뽀뽀하려는 구웅에게) 아 와 이라요?
구웅	(민영의 말과 같이 하며) 그래, 와 이라요가 나올 차례다. 은자 알겠다. 은자 알아 듣겠다. 그라믄 은자부터 거시기한다. (뽀뽀한다.)

민영, 뽀뽀하려다 얼굴끼리 부딪힌다.

구웅	(갑자기 분위기를 바꿔) 영아, 니 내가 그릇은 만다고 맹그는 줄 아나?
민영	(부끄러워 얼굴을 돌리며) 머? 그 그륵? 그릇이야 머 밥 담아 물라고 맹그는 거제.
구웅	그 말도 틀린 말은 아이다. 그라믄 밥을 담을라 하믄 그륵이 우째 생기야 되노?
민영	멀 우째 생겨? 밥이 담기구로 요래 움푹 패이야지.

구웅	맞다. 담길 밥 담을 생각을 하믄 밥사발을, 술 담을 생각을 하믄 술사발을 만들어야 될 기다. 내는 그런 생각을 담은 사발을 빚을 기다.
민영	머 그래 쉬운 거를 어렵게 말하노. 생각이 따로 있는 게 아이라, 우리 사기쟁이는 손이 생각 아이가. 생각을 따라 빚는 사발이나, 손길을 따라 빚는 사발이나.
구웅	내는 참말로 마누라 복이 넘치는 놈이데. 우데 가서 이래 야무딱진 마누라를 얻겠노? 니 말이 참말 옳다. 그래, 우리 그런 사기장이 부부가 되자.
민영	오라버이. 나도 부탁이 있다.
구웅	머고?
민영	내... 불질하는 거 갈카도.
구웅	머?
민영	안다. 여자는 안 된다는 거. 그치만 나는 사기장의 딸이고, 그렇다면 나도 사기장인데 계집이라는 이유만으로 반쪽짜리 사기쟁이로 사는 거는 싫다.

웅, 말이 없다.

민영	와 오라버니도 내가 계집이라 안 된다 말할라고 그라나?
구웅	니 아나? 니는 이기 매력이다. 나는 니가 그래서 좋다. 아낙이 지아비만을 바라보고 따르는 것도 좋겠지만, 니는 내를 가르치는 각신 기라. 좋다. 내 아버님과 형님한테 맞아죽는 한이 있어도 불질하고 그륵 맨드는 거 같이하자. 꼭 그런 부부가 되자.
민영	고맙다, 오라버니.
구웅	영아, 고마븐 거는 내다.

민영	참말로?
구웅	하며.
민영	그라믄 고맙다 말고 거 함 해 보지?
구웅	뭐? 사랑한다는 말, 싫다.
민영	머?
구웅	니한테 사랑한다 말로 우째 하겄노? 니가 아까바 몬한다. 아무 놈이나 다 하는 그런 말, 싫다.
민영	그라믄?
구웅	저 불을 봐라. 저 흙을 그륵으로 바꾸는 불길이 내 마음이다. 그라이 앞으로는 불 피운다 카께.
민영	머? 불을 피운다꼬? (피식 웃는다.)
구웅	영아, 내 불 피운데이.
민영	준비 됐다.
구웅	그래 내 불 피운다이. 불 피운다.
민영	아, 와 이라요? 준비 됐다고.
구웅	활활 불 피운다이.

영, 웅에게 뽀뽀한다. 동시에 민평구, 들어온다.

민평구	새빠질 놈들. 고고를 말이라고. 조론 놈들은 조디를 줄줄이 새끼줄에 엮어가 염전 바닥 소금에 절이 삐야 되는 긴데.

영, 놀라 퇴장

민철	(들어오며) 아버지, 댕기오셨습니꺼? 먼 일 있었습니꺼?
민평구	어데다가 협박질이고. 무식한 인간들 같으니라고.
구웅	(놀라 내려와) 다녀오셨습니꺼?

민철	와예? 또 저놈들이 진상을 핑계로 머라 카든가예.
민평구	아 참 네. 이 민평구, 성질 마이 죽었데이. 옛날 같으믄 저놈들 모졸시리 묶어가 낙동강에 거꾸로 박아 뿄을 긴데. 저 비러물 놈들이 내보고 진상그륵이 지대로 안 채아지믄 광주로 올라 가가 다시 부역을 해야 될 기라 안 카나?
민철	(웅과 눈을 마주치고) 저 썩을 놈들이.
구웅	저런 놈들은 아가리를 째 삐야 됩니다. 언 놈입니꺼? 이방입 니꺼?
민평구	어이, 야야, 낼모레 장가갈 아가 입이 너무 드럽다.
구웅	아입니다. 우리 아버님한테 고따구로 협박하는 놈은 모가지 를 꺾어 삐야 됩니더. 어데서 감히 우리 아버님한테.
민평구	아이, 뭐 그래까지야.
민철	아입니다. 이런 호로잡놈들은 한겨울에 동천강에 담가가 불 알을 얼라삐야 됩니다.
구웅	행님, 지가 하겠습니다. 이놈으 자슥들을 잡아다 내 마 껍데 기를 홀라당 베끼 뿔랍니다.
민철	아이다. 니는 은자 우리 집안 사위로 장개를 들어야 되는데 손에 피 묻히지 마라. 내가 한다.
민평구	마 됐다. 내가 알아듣구로 설명을 했다. 지도 아가리를 쑥 다 물드라. 그라이 고마 삭하자. 영아. 영이 어데 갔노? 아이고 쪼매 댕깄드마는 목이 탄다. 찻물 올리라 캐라.

다실로 들어간다.

민철	잘했나?
구웅	예, 반분은 풀리셨을 깁니다.
민철	그래, 안 그라믄 한 이틀은 똑같은 소리를 들어야한데이.

구웅	그래도 큰일이긴 합니다. 그륵 굽고, 부역가고, 세금 내고.
민철	그러게 말이다. 이 놈의 좋은 시상, 나라가 머슬 해 줬다고 요 래 알뜰히 빼끼 물라카는지.

송이와 들깨, 급히 들어온다.

들깨	(급히 들어오며) 큰일 났습니다. 철이 아이씨, 큰일 났습니다. 치 치...
송이	치무네 할매가 돌아가싰답니다.
민철	머라? 우짜다가. (웅이 가마에서 내려온다.)
들깨	그 그라니까 그기...
송이	갑자기 온 세상에 피가 흐를 기라믄서 꼿꼿하이 서가 작두를 타드마는 그대로 작두에 선 채 돌아가싰답니다.

놀란 민평구, 마당으로 나온다.

민평구	어허, 환갑 지나고부터 작두는 손 놨었는데 그 양반이 우짜다 가 작두 위에 올라섰을꼬?
송이	동네서는 먼 일이 일어날 끼라고, 벌써부터 난립니다.
구웅	가 보셔야 하지 않겠습니꺼?
민평구	오야, 웅아, 니는 가마를 지키야겠다.
구웅	예, 할 수 없지예.
민평구	철아, 니는 이 길로 내캉 가 보자. 앞장서라.
송이	지가 모실께예.

이때 현풍댁과 버들이 들어오고, 가마 옆이 터지며 불길이 치솟는다.

버들	어, 어, 어.
현풍댁	아, 버버리가? 와 말은 더듬노?
버들	저 가 가마가.
들깨	어, 가마가 터졌다. 가마가 터졌습니더.
민평구	(나가다 돌아서서) 뭐라?

민평구와 웅, 철이 가마로 오르고, 가마를 다시 바른다. 철이 가마를 막다가 불에 데인다.

민철	으악.
구웅	행님. 지가 하겠습니다.

민평구와 웅이 흙을 바른다.

민평구	일단, 입구는 봉했다. 거리를 두고 젖은 흙을 발라가 완전히 봉해야 될 기다. 화기를 조심하고.

내려오면 웅과 철, 들깨가 마무리한다.
민평구, 대청으로 내려와 앉고, 영 나온다.

민영	이게 무슨 일입니까? (아버지의 손을 보고) 아버지, 손이. (고름을 뜯어 민평구의 손을 감는다.)
민평구	괘안타.

웅, 철, 내려온다.

구웅	아버님, 일단 터진 입구는 봉했습니다.
민철	(붕대를 보고) 아버지, 손이...

민평구	호들갑 떨 거 없다.
민철	의원한테라도 보여야 하지 않겠습니까?
민평구	일없다.
민영	아입니더. 상처가 너무 깊습니다.
민평구	됐다.
현풍댁	내 여적지 불질 끝에 터지는 가마는 처음 본데이.
구웅	그나저나 저 안의 그릇이 온전한지 볼 여가도 없이 입구를 봉했으이.
민평구	일단은 가마를 열 때까지 번을 세워 지켜야 될 기다.
모두	네, 명심하겠습니다.
민철	손이 마이 상하셨는데 이대로 문상을 가시도 되겠습니까?
민평구	가야지. 이기 머시라고. (나가다 돌아서서) 아무래도 머시 이 상테이.

암전

3. 핏빛 가마

새벽, 웅이 불 꺼진 가마 앞에서 졸고 있고, 가마 뒤쪽에서 철이가 졸고 있다. 대문 앞에서는 들깨가 졸고 있다. 민평구, 가마로 올라가 가마를 만진다. 사람들 하나둘 들어온다.

구웅	(졸다가 깨서는) 오셨습니까? 죄송합니더. 그만 깜빡.
민평구	아이다. 사흘을 넘게 요서 가마를 지키는데, 우째 안 피곤하겠노?
민영	(들어오며) 아버지, 벌써 일어나셨습니까?
민평구	(가마에서 내려오며) 오야, 가마는 잘 식었는 갑다. 그래 모두 다 모았나?

현풍댁	그기 다 온 거 같긴 한데.
들깨	어, 태복이 형님이 안 비네.
현풍댁	올 가마 여는 거를 알 긴데. 이기 또 어데 가서 밤새도록 술 처묵고 자빠지가 있는 갑다.

낮술에 취한 태복이가 비틀거리며 들어온다.

현풍댁	아침부터 이기 먼 꼬라지고?
태복	(비틀거리며) 곤니찌와. 아, 아이고 안녕히 주무셨습니꺼?
송이	아이고, 코가 썩겄다.
현풍댁	도요고, 마을이고 전신에 어수선한데 어델 가가 밤새도록 이래 퍼묵었노?
태복	아, 치무네 가 있었지예 뭐. 사 상갓집 가가 머 하겠습니꺼?
민철	영아, 느 언니 어데 갔노? 느 언니 좀 와 보라 캐라.
민영	아, 맞다. 정신이 없어가 지난 매칠 동안 울 언니 얼굴도 함 몬 봤네. 아직 이른데 조금 자구로 안 놔두고?
민철	그래도 홀몸도 아인데 우짜고 누벘는지라도 좀 보고 온나?
민영	하이고, 알겄다, 오라버니.

민영 퇴장한다.

민철	그라믄 준비들 하입시다.

들깨와 남자들 곡괭이를 준비하여 가마로 오르고, 아녀자들은 상수로 모여든다.

현풍댁	이래 흉한 일이 있는데 그륵이 잘 나왔을란가 모르겠다.

영이 들어온다.

민영　　　오라버니, 언니가 어델 갔는가 없다.

민철　　　이 새벽에 어데를 갔단 말이고?

송이　　　혹시.

민철　　　혹시 머? 말해라 퍼뜩.

송이　　　똥 싸러 뒷간 간 거 아닐까예.

들깨　　　야가 야가. 이기 농담할 일이가?

민영　　　사실은, 사흘 동안 언니가 치성 드리러 범어사 간다 캤는데.

민철　　　그거를 은자 말하믄 우짜노?

민영　　　아니, 언니가 오라버니한테 말하지 마라 해서.

현풍댁　　별일이야 있겄나?

민철　　　그래도.

구웅　　　우리 동네야 한밤중에 길에서 잠을 자도 탈 없는 곳인데 먼 일이 있겄습니꺼?

태복　　　그 그래, 일단 사람부터 아니 그륵부터 꺼내 놔야 안 되긋나?

민철　　　그래도 말없이 이래 집을 비울 사람이 아인데.

태복　　　뭐 바람이 나가 도망을 갔는지도 모르지. 히히.

현풍댁　　이기 실성을 했다.

민영　　　오라버니, 아버지.

민철　　　(민평구에게) 죄송시럽습니다.

민평구　　어여, 시작허자.

모두　　　예.

철과 웅이 가마의 흙을 깨고 안으로 들어간다. 그들이 보내주는 선반을 모두 나른다. 내려온 선반의 그릇을 하나하나 살피는 민평구, 눈빛이 예리하다. 민영은 옆에서 기록한다.

현풍댁	(춤을 추며) 아이고, 가마가 터짐는데도 이거는 최상품입니더.
	와 이래 좋노, 와 이래 좋노.
송이	지금 동네 상중입니다.
현풍댁	아이고, 아이고.

이때 마지막 가마 안에서 웅이 소리를 지른다.

| 민평구 | 무슨 일이고? |
| 구웅 | (가마 밖으로 나와) 저 그게, 가 가마 안에. |

민철, 가마로 들어간다.

구웅	사람이 죽었습니다. 가마 안에 뼈가. 다른 건 다 가루가 됐는
	가 없고, 머리통 두 개가.
현풍댁	이기 먼 소리고?

태복, 긴장한다.

구웅	아버님, 사람이 죽었습니다.
민평구	모두들 암 것도 만지지 말고, 느그도 가마서 내리온나. 들깨
	야 니는 관아에 가서 이 사실을 고하고...
들깨	예. (퇴장한다.)

민철이 굳은 표정으로 나온다.

| 민철 | (가락지를 들고 나오며) 우리 설입니다. |

모두들 놀라 말이 없다.

민철   우리 설이라고요. 우리 설이가 닐모레 나올 우리 아하고 같이
              가마 안에 누버 있다고요.

절규한다.

현풍댁   이기 먼 소리고? 자가 실성을 했다. 안 그라고서야.
버들   말도 안 됩니다.
송이   참말, 그거는 말이 안 됩니다. 누가...
민철   이거, 내 설이한테 꾸버 준 사기가락지. 이기 여 안에 들어 있
              습니다. 다 녹아도 이거는 안 녹지요. 이거는 우리 설이가 언
              제든 품고 댕깄던 세상에 하나밖에 없는 가락지라구요.

민평구, 쓰러지듯 주저앉는다.

현풍댁   그래도 그런 일은 없다. 가마 있어 봐라. 누구 설이 본 사람 없
              나?
민영   맞습니더. 아무리 그래도 닐모레 아 날 언니가 만다꼬 가마에
              뛰들겠습니까?
현풍댁   누가 아이긌노? 억지로 누가 밀어넣지 않고서야.
민철   언 놈이고? 어느 인간 백정이 아 밴 여자를 이래 맨들 수가 있
              노? 언 놈이고? 내 그놈을 찾아 뼈를 갈아 마시고 말 기다.
현풍댁   (태복을 보며)야, 근데 니는 와 그래 온몸을 덜덜 떨고 있노?
민철   (태복에게 달려와 멱살을 잡으며) 니 아는 대로 말해라. 내 손에
              죽기 전에 아는 대로 말해라.
태복   아 와 이라요. 이 손 놓으소.

민영	(둘을 만류하다) 이라지 마이소. 근데 태복이 오라버니. 니 이 손이 와 이렇노?
태복	아 가, 가마쟁이가 불 대다 디는 거 어데 하루이틀이가, 와 이 라노?
현풍댁	물집 잡힌 손 아이가?

민평구, 자신의 손을 보고 천천히 다가와 태복의 손을 본다.

민평구	참말로 니가 그랬나?
민철	으악. (태복을 때려눕힌다.)

태복이 쓰러지는 순간, 설이의 은장도가 떨어진다.

민영	이거는 우리 어머니 은장도다. 아버지가 새긴 글씨. 이거 어 머니 거다.
민평구	내가 며느리를 보면서 준 기제. 와 그랬노? 와 그랬노?
민철	말해라. 니는 말 안 하믄 내한테 죽는다. 말하란 말이다. 와 그 랬노?
태복	(울면서) 으아악. 나도 모 모르요. 이거는 그냥 길에서 주은 거 뿐이라니까. 내보고 와 그라요. 내가 만다꼬 설이를 죽이겠습 니까? 내는 아이라요.
민영	오라버니, 일단 진정하고. 언니부터 찾아보입시더. 태복이 오 라버니 말이 맞을 수도 있잖아예.
태복	나도 미쳐 버리겠다고 정말. 으아아악.

태복, 소리를 지르며 뛰어나간다.

민영	지하고 같이 우리 언니 좀 찾아보입시다. 어서요.
현풍댁	오야, 그래 동네를 이 잡듯이 찾아보자.

여자들 나가고, 민평구, 민철 정지한 듯 서 있다. 잠시 휘청거리는 민평구를 구웅이 부축한다. 이때 설이가 콧노래를 하며 언덕에 오른다. 언덕 위에는 술 취한 왜인2 있다.

설이	아가야, 차돌아, 우리 차돌아. 잘 묵고 잘 자고 잘 싸고 건강한 얼굴로 만나자. 아버지랑 엄마는 우리 차돌이가 빨리 빨리 빨리 빨리 보고싶데이. 퍼뜩 퍼뜩 퍼뜩 퍼뜩 나온나. 우리 차돌아 우리 차돌아.

언덕에 올라 왜인을 만난다.

민철	치성을 드리러 범어사에 갔다고?
구웅	그라믄 뒷산 소나무 언덕을 지나갔을 겁니다. 지가 좀 살펴보고 오겠습니다.
민철	설아. 설아.

무얼 생각한 듯 급히 퇴장한다.

구웅	행님.
민평구	철아. 아이고 이기 무슨 일이고?
구웅	괜찮을 깁니다.

언덕에는 왜인2가 술에 취해 주저앉아 있다. 설이와 마주치자 시비를 건다.

왜인2	날도 좋고 술맛도 좋고, (설이를 바라보며) 아름다운 조선의

여인까지.

설이 도로 내려가려 하나 왜인이 가로막는다.

설이	누, 눈교? 비키소. 너므 여자한테 이라는 무식한 패거리가 어데 있소?
왜인2	なに°뭐라? 하 조선인들은 모두 우리 일본인들을 천하 백정으로 대하는구만.
설이	(겁을 먹은 채 떨며) 약주를 자신 듯한데 그냥 보내 주소. 내 요 밑에 벽파도요의 며느리 되는 사람이요. 살리만 주소. 내 우리 도요 그륵으로 보답하겠소. 그라이 제발.
왜인2	벽파도요? 하, 이런 인연이 있나? 그래 우리 아가씨를 개 취급해 놓고, 조선 기집은 안 된다. 하, 그건 안 되지. 불공평하다. 내 오늘 우리 일본의 정기가 어떤 것인지 보여 주지. 우리 일본인은 목표한 건 뭐든 가지지. 그게 무사의 정신이다. 지금 내 목표는 너, 조선의 여자다.
설이	(품의 칼을 꺼내) 이라지 마이소. 지는 아를 밴 아녀자요. 제발 살리 주이소.
왜인2	그래 살려 줄게. おいでおいで°이리 와. 이리 와.
설이	왜놈들은 윤리도 모르요. 나는 아를 밴 넘의 아녀자란 말이오.

덤비는 왜인 앞에서 설이, 칼로 위협을 가한다. 설이가 왜인을 찌르려 하다 잘못해 설이의 목에 칼이 꽂힌다. 난감해 하는 왜인 앞에 태복과 나오코, 왜인1이 들어온다.

태복	설, 설아.
설이	(태복의 품에 안긴 채 칼을 뽑아 건네며) 이 칼을 우리 서방님

께... (죽는다.)

왜인2   죄 죄송합니다. 겁만 좀 주려 했는데 이년이 칼을 빼 드는 바
        람에...

나오코   (뺨을 친다) 一体なんの馬鹿なことかよ. おまえみたいなやつ
        のせいで, 日本人が 無視されてる. わしらは交易のためにき
        ただけで, もうただのどろぼうになったん じゃねかよ. 너 같
        은 놈 때문에 일본인이 도적놈이 되는 거야. 우린 시정잡배가 아니
        란 말이야? 이젠 정말 도둑이 되어 버렸잖아.

왜인1   このやろ. この 自식을. (칼로 베려 한다.)

나오코   死なせて済むことではない. 그놈 하날 죽여 무얼 얻을 게야?

왜인2   정말이지 이렇게 죽어 버릴 줄은. 本当にごめんなさい. 정말
        죄송합니다.

태복   이렇게 죽을 줄 몰랐다니, 그런 말이 어데 있소. 사람이 죽었
        단 말이오. (왜인1이 칼을 겨눈다.)

나오코   このばがやろう. 이 멍청한 것들.

태복   암만 그래도 은자는 길이 없소. 이래 사람을, 것도 대장 어르
        신의 며느리를 죽여 놓고, 교역은 먼 교역이오?

왜인1   시신을 없애야 합니다.

왜인2   바다에 던져 버릴까요?

나오코   やめろ. 입 다물어. (감정을 바꾸어 태복에게) 원해서 일어난 일
        이 아니오. 이 일로 우리 교역이 타격을 입으면 안 될 것이 아
        니겠소.

태복   사람이 죽었잖소. 배부른 여자란 말이오.

나오코   실수였잖소. 도와주시오. 내 은혜는 잊지 않겠소.

태복, 잠시 머뭇거린다.

왜인1	(나오코의 눈짓을 받고) 일이 커지면 너에게도 득이 될 건 없다.
나오코	지금은 조선의 사기교역을 위해 무엇이 가장 현명한 일인지를 생각할 때일 것이오. 그대 역시 조선의 사기장으로, 멀리서 온 여인의 사기에 대한 사랑을 모른다 하시진 않겠지요?
태복	이건 내가 할 수 있는 일이 아니오.
왜인1	그럼 어쩔 수 없지. 어차피 저 조선 여인은 죽었고, 그 현장에 너도 있었으니 같이 둘러쓰고 갈밖에. 그러니 함께 뒷수습을 하든지. 아니면 살인자가 되어 함께 죽든지.
태복	내가 죽인 기 아니잖소. 이렇게 덮어씌우는 기 어데 있소?
왜인1	그 말을 누가 믿어 줄 것 같나?
나오코	어차피 일본을 출발한 우리 군선이 이제 곧 조선 땅을 피로 물들일 것이오. 이 땅은 이제 전쟁이란 말이오. 사발을 향한 집념 하나만으로도 우리 일본은 이렇게 조선을 피로 물들일 수 있소.
왜인2	지금, 가마에 불을 대고 있지 않습니까? 거기에 태워 버리면.
태복	그래도... 가마라면, 불질이 끝나도 시신은 녹을 것이다. 아 모르겠다. 지금으로선 그게 최선일지도 몰라.
나오코	다시 한 번 말하지만, 지금 내게 중요한 건 민평구 사기장의 그릇이오. 이것이 내겐 전쟁이오.
태복	좋소. 조건이 있소. 나도 일본으로 가겠소. 내 뒷일을 약속해 주시오.
나오코	물론이오. 당신 같은 도공이라면 언제든 대 환영이오.
태복	나 역시 사기그릇 하나에 목숨을 건 놈. 어차피 안팎으로 썩은 이 땅에서 희망이 없다. 난 도망을 가는 것이 아니고, 내 미래를 위해 스스로의 길을 열어 가는 것이다. 설이야, 미안하데이.

일행이 설이를 업고 퇴장. 민철, 등장해 감정이 북받친다.

민철 　 (옆의 소반과 사발을 집는다. 왜인의 옷자락을 집어 올린다.) 설이야!

철이 뛰쳐나간다. 무거운 음악이 흐르고 조명 바뀌면 무대에 연기가 차기 시작한다. 좌절해 있는 민평구를 웅이 모시고 다실 앞마루에 앉힌다. 영, 현풍댁, 버들이가 급히 들어온다.

민영 　 아무리 찾아도 언니, 안 보입니다.
현풍댁 　 아, 아무래도 먼 사단이 났지 싶습니다.

이때 상수 쪽에서 버들, 쓰러지듯 뛰어 들어온다.

버들 　 난리가 났어요. 난리가 났어요. 왜놈들이 바다가 까맣도록 배를 몰고 쳐들어와 동래성이 불바다가 되고 있습니더.
현풍댁 　 머라꼬?
버들 　 바닷물이 안 빌 정도로 왜선이 몰려오고 있습니다.
구웅 　 아버님 봉화가 올랐습니다. 전쟁입니다. 치무네 할매 말대로 난리가 난 깁니다.
민평구 　 웅아, 철이, 우리 철이를 찾아바라. 퍼뜩.

동시에 왜인 들어온다. 그 뒤로 태복, 같이 들어온다.

왜인2 　 전쟁이 시작됐다. 이제 너희들은 모두 죽은 목숨. 허나 우리 아가씨께서 큰 은혜를 베풀 것이다.

왜인1	민평구는 우리와 함께 간다. 물론 원하는 사기장은 누구나 대환영이다. 우리 아가씨께서 부귀와 영화를 약속할 것이다.
민평구	저런 호로잡놈들.
왜인2	*なに뭐라?* (칼을 뺀다.)
구웅	무식한 것들. 어데서 너므 집에 쳐들어와가 칼을 빼 들고 지랄이고?

왜인2, 구웅을 치려는데 왜인1이 막고 선다.

왜인1	(민평구에게 읍한다.) 전쟁입니다. 어차피 조선은 이제 불바다가 될 것입니다. 조선에선 더 이상 선생의 사기를 굽기 어려울 것입니다. 믿어만 주신다면 일본에서의 모든 것을 우리 아가씨께서 책임질 것입니다.
왜인2	그렇지 않다면 이 자리에서 모두 시체가 되는 수밖에.
구웅	(민평구를 가로막으며) 이놈들. 여기가 어디라고, 썩 물러가라.

왜인2가 벤 칼에 다리를 절며 쓰러진다.

왜인1	나서지 마라. 다음번엔 니놈 목을 벨 것이다.
태복	자자, 말로 하입시다. 스승님. 어차피 일어난 전쟁. 목숨보전도 알 수 없는 이 전쟁 속에서 우리가 멀 하겠습니까? 지하고 같이 일본으로.
민평구	(뺨을 수대 때린다.) 니놈이 그 조디에 지름기가 흐를 때부터 알아봤어야 했다. 니놈 에미가 밥술이나 묵게 해 달라고 니를 맡길 때 내 니를 쳐냈어야 하는 긴데.
태복	하, 지가 뭘 우쨌다고 그랍니까? 하기사 스승님은 아들도 사위도 뒤를 떡하이 받치고 있으니 내 같은 놈이 암만 해도 불

	질을 할 수가 있나, 대접을 받을 수가 있나? 내도 참을 만큼 참았소. 내도 더는 몬 참소.
구웅	그 입 닫아라. 내가 니를 죽일 수도 있다.
태복	재수 없는 새끼. 와, 니가 은자 이 집 사위가 된다고 머 니가 세상을 다 얻은 거 같나? 어차피 전쟁 나믄 요 동래성은 한양 가는 마찻길인 기라. 전부 다 죽은 목숨이제.
민평구	그래도 이놈이.

민철, 천천히 들어온다.

민철	태복아, 니놈 입으로 말해라. 내 처 설이는, 치성을 올리러 가는 길에 소나무 언덕에서 왜놈의 욕을 피하다 죽임을 당했다. 아이가?
민영	오라버니.
태복	(당황하며) 머 머라 카요?
민철	여기, 소나무 언덕에서 가져온 우리 집 사발, 이 사발 끝에 묻은 핏자국. 그리고 찢어진 왜놈의 옷자락. 니가 가졌던 내 처 설이의 은장도. 죽은 우리 설이를 가마에 넣다 데인 니 손바닥.
태복	먼 소리 하는교? 아, 아이요. 내가 죽인 기 아이란 말이요. (차가운 사람들의 시선에 쓰러진다.) 내가 갔을 때 이미 설이는 죽어 있었소. 나도 어쩔 수 없었단 말이요.
왜인2	그래, 그 옷자락의 주인이 나다. 흙보다 칼이 위대한 것을 이제야 알겠느냐? 칼, 힘. 그것이 일본이다. 그러니 더 이상 죽고 싶지 않다면 그 노인네를 내놔라.

말이 채 끝나기도 전에 깨진 사발조각으로 왜인2의 목을 찌른다. 왜인2, 그 자리에서 쓰러진다.

민철	이것이 칼보다 깊은 흙의 힘이다. 흙으로 구운 그릇도 깨지면 날이 된다. 이것이 조선의 힘이다.

말이 끝나기가 무섭게 왜인1, 민철을 벤다. 쓰러진 민철 다시 일어난다. 일어난 철을 다시 왜인이 베려 하는 순간 민노인이 달려가다 팔을 베인다.

민영	아버지.
태복	이젠, 세상이 달라짔소. 그걸 아시야지요? 지는 일본으로 갑니다. 은자부터 지는 천덕꾸러기 설태복이 아이라 일본의 사기명장으로 다시 태어날 기요. 조선? 허, 나라가 내한테 해 준 기 머가 있소? 우리가 머 조선의 충신이요? 그란다고 아무도 안 알아줍니다. 그라이 낼로 더 이상 이놈 저놈 하지 마소. 살고 싶으면 내캉 같이 일본으로 가든가.
민철	이놈.

철이 태복을 찌르려다 왜인1의 칼에 쓰러진다.

민영	오라버니.
민평구	철아, (돌아서서) 이놈의 인간백정들. 자, 이리 와서 내부터 죽이 뿌라. 내가 조선 벽파도요 대장 민평구다.

이때 왜인1, 칼로 영의 목을 겨눈다.

왜인1	좋다. 다 죽여 주마. 하지만 넌 우리랑 간다, 민평구.
구웅	내가 가겠다.
왜인1	너는 누구냐?

구웅	나는 조선의 사기장 구웅이다. 도요 대장님의 사위다.
왜인1	우리가 필요한 건 민평구 도요 대장이다.
구웅	아버님의 팔을 이미 네놈이 베지 않았느냐? 그러니 그 아들인 내가 간다. 여자는 놓아줘라.
왜인1	그럴 순 없지.
나오코	(등장하며) 刀を下げろ. 칼을 거둬라. (웅에게) 선생님의 사기를 보았습니다. 제가 모시겠습니다.

눈짓을 보내자 왜인 칼을 거둔다.

구웅	(쓰러진 민평구에게 다가가) 아버님 제가 다녀오겠습니다. 그릇이 필요해 저를 데려가는 것이니 죽이지는 않을 겁니다. 난리가 그치는 그날, 반드시 돌아올 것입니다.
민평구	웅아, 아들아.
구웅	(나오코에게) 내 약속은 반드시 지킬 것이니 내일 날이 밝는 대로 포구로 나가겠소. 그러니 오늘은 돌아들 가 주시오.
왜인1	그럴 순 없다.
구웅	내 약속은 지킨다고 했소.
왜인1	그래도 이놈이.
나오코	やめなさい. 물러서. 내일 포구에서 뵙겠습니다.

나오코 일행이 퇴장한다. 모두 민철에게 모인다. 무대 상수에 설이 나타나 눈물을 흘린다.

민평구	철아.
민영	오라버니.
민철	내 좀 멋있었나? (피를 토한다.) 웅아, 우리 아버지, 우리 영이 부탁 좀 해야겠다.

구웅	(울음을 삼키며) 형님.
민철	모두들, 정신이 없으시겠지만, 급히 우리 영이와 웅이의 혼례를 올리 주이소. 그기 마지막 남은 내 소원입니다.

소나무 언덕에 설이와 차돌이가 서서 철을 부른다.

차돌	아버지.
설이	서방님.
민철	설아, 차돌아. (설이 손을 뻗는다. 민철도 손을 뻗는다.) 설... (고개를 떨구고 죽는다.)
민평구	철아.

모두 절규한다. 전쟁 소리 높아지며 암전.

4. 사발, 빛을 발하다

무대가 다시 밝아 오면, 붉은 하늘에 어두운 해 질 녘이 그려진다. 다실에 앉은 민평구, 마른기침을 한다. 빈 무대가 밝아지면 바람이 불어온다. 연준, 하수에 등장하여 물레 앞에 앉는다. 물레를 돌리는 웅의 모습도 보인다. 민영, 부른 배로 그림처럼 힘겹게 등장해 사발을 올린다. 물건을 나르다 쓰러지고 쓰러지며 통증을 호소한다. 일어나 눈물을 흘린다. 웅도 눈물을 흘린다.

민영	서방님.
구웅	영아.
민평구	(다실에 앉아 차를 마시며 소리를 높인다.) 다시 해라. 될 때까지 해라. 그래가 무신 그륵이 나오겄노? (영은 다시 일어나 움직이고, 평구, 기침을 한다.) 무엇을 만들겠다는 욕심을 버리고,

니 마음을 비워라. 아무 생각 없이 욕심 없이 그저 흙을 느끼고 물레를 타라. 꾸며 만든 것은 노리개에 지나지 않는다. 그런 거는 그륵이 아이다. 사발은 숨을 쉬는 것이다. 억지로 만들려 하지 말고, 그 속에 니가 녹아나야 한다. 손끝이 아니라 마음이다. 사기장이는 사발로 말하고 사발로 숨을 쉬는 기다. 사발은 그저 그 모든 것을 담아내는 것이다. 그릇의 형태에 연연하지 않는 사발. 무엇이든 담아 안을 수 있는 사발. 여기까지가 내 가르침이다. 그 위에 너만의 것을 담을 때 니는 진정한 사기장 민영이 될 기라.

셋은 다시 일어나 물레를 돌리고 흙을 빚는다. 그러고는 사발을 완성한다.

연준   욕심을 담지 않고, 지어 만들지 않고, 너머의 것을 바라볼 수 있는, 나만의 시선. 비우고, 비우고, 바라는 마음을 비워 내고, 그 무엇도 담을 수 있는 빈 바다, 빈 하늘, 빈 우주.

연준, 천천히 퇴장한다.

민평구   (대청으로 나오며) 조선에 불질하는 계집 사기장은 없다. 더군다나 니는 난리통에 아를 가진 여자 아이드나? 세상이 니를 욕할 기다.

민영   (사발을 들어 보이며) 아버지, 지는 계집이 아닙니다. 지는 이 뱃속의 아이의 어미요, 조선 제일가는 벽파도요 대장의 딸이요, 일본으로 끌려간 지아비의 지어미입니다. 모든 욕 받아 안고, 부끄럽지 않은 조선의 사기장이 될 깁니다.

민평구   (미소를 지은 후) 니는 은자부터 계집 민영이 아니라 이 집안의 대를 이을 사기장 민영이다. 내 니를 위해 불을 피울 기라.

구웅   (다시 상수에 나타나) 내는 니를 위해 불을 피울 기라.

민영   아버지, 명심하겠습니다. 서방님, 기다리겠습니다.

영과 웅은 서로 교차하며 시선을 보낸다.

민평구   (기진하여) 불을 지피자. 찻상을 준비해라.

민영   예, 아버님.

민영, 잠시 퇴장한다.

민평구   (눈물을 흘리며) 계사년 동짓달 초닷새. 동래성 벽파도요 민평
구 앙천하여 기원합니데이. 하늘이 지켜 주시고 바다가 지켜
주시어 이 도요의 새 주인 민영대장을 지켜 주소서.

구웅   (상수 가마 앞에 나타나) 영아, 내 은자 니한테 간다. 내는 니를
위해 불을 피울 기라.

두 사람 각각 가마에 들어간다. 불꽃이 타오른다. 이어 찻상을 들고 들어오는 영, 놀라 가
마로 오른다.

민영   아버지, 안 됩니더. 안 됩니더. 아버지. 아버지.

구웅   (녹음) 각시야. 내 은자 이 불로 니한테 갈 기라.

민평구   (녹음) 내 딸아, 니는 조선의 사기장 민영 대장이다.

민영   아버지.

민영, 울며 일어나 가마를 향해 절을 한다.

천천히 암전. 사이 음악.

5. 비어짐을 담은 사발 하나

신나는 음악, 흐르면 동네 사람들. 왔다 갔다 하며 도자기를 굽는다. 민평구의 방에서는 민영이 서안 위의 그릇을 비교해 가며 무언가를 열심히 적고 있다.

현풍댁	들깨야, 여 잿물 녹인 거 좀 부라.
들깨	예. 갑니다. (그러나 낑낑댄다.)
버들	전쟁 나가 사나들은 전신에 다 죽어 뿌고 들깨 오라버니 하나 믿고 있구만, 저저 믿어도 될란가 모르겠다.
들깨	야가, 이 오래비를 멀로 보고, 내만 믿어라. (여전히 낑낑댄다.)
송이	서방님, 허리 다치믄 내 몬 산다. 저리 비키 바라. (너끈히 들어 붓는다.)
현풍댁	삼강행실도에 실리고도 남을 열녀다. 두 눈 뜨고 몬 보겄다.
버들	누가 아이겄습니까? 어데 과부 팔자 서러브스 살겄나?
들깨	니는 그런 걱정 마라. 이 오래비가 니 신랑몫을 다 해 줄 낀게. 이 연약한 몸에 이 힘든 일을 우째 감당할라고.
송이	연약한 거 좋아하고 있네. 그라고 머 먼 몫을 해 준다꼬?
버들	내는 아무 말 안 했다.
들깨	아, 내가 머시라 했다꼬?
송이	저기 저기 연약한 기가?
들깨	아니 여자가 이런 일을 하기에는 너무...
송이	그라믄 나는 나는 머 머스마가?
현풍댁	내 니 일 낼 줄 알았다.

민영, 마루로 나온다.

민영	이 도요에서 여자라꼬 토 달믄 내 그 질로 쪼까 내삐릴 깁니다. 여자라 불질 몬 하는 세상은 전쟁하고 같이 다 타 뿌고 없습니다. 여는 사나니, 계집이니가 아이고 사기쟁이들이 모인 도욥니다. 모두들 사기그륵 하나에 목숨을 걸어야지 딴지꺼리는 내 용서 안 할 깁니다.
현풍댁	대장 어르신, 나오셨습니꺼?
민영	말씸 낮추이소.
현풍댁	아이지. 대장이믄 대장이라 캐야 아들 기강이 잡히는 기라. 요.
민영	고맙습니다. 그래 말씸해 주셔서.
현풍댁	건 글코, 지난번 그륵이 작다꼬 광주서 전갈이 왔다 카는데. 요?
민영	어림없는 수작이지요. 내리오는 쌀가마니는 점점 줄어드는데 그륵이 우째 늘어나노? 배 째라지 뭐. 묵고살아야 안 되겠습니까? 일단 교역으로 돌릴 수만큼 먼저 챙기고, 나머지 그륵을 진상합니다.
현풍댁	하모. 우리부터 살아야 그륵을 굽든가 오그리든가 할 꺼 아이가?
민영	(들깨에게) 그라고 지난번 규슈에서 온 상인들한테 나갈 교역 물건은 돈을 먼저 받고 내주야 될 기다.
들깨	아, 신고 가는 길에 풍랑에서 잊아묵었다고, 그 값은 몬 치르겠다 카든데예.
민영	택도 없는 소리 시부리지 마라 캐라. 나갈 때 이상 없었으믄 그다음은 우리 책임이 아이제. 그 돈 몬 치르믄 이번 교역은 없는 걸로 한다 캐라.
현풍댁	새빠질 놈들이, 어데서 날로 물라꼬. 우리는 어데 흙 퍼가 장사하는 줄 아나?

송이	아지매. 우리 흙 퍼가 장사하는 거 맞는데요.

민영, 가마를 훑어본다.

현풍댁	그렇지, 흙 퍼가 장사하는 거... 세상 마이 변했다. 저 어리던 영이가 이래 커가 도요대장이 다 되고.
버들	그러게 말입니다. 전쟁이 사람 참 여럿 변하게 해 놨지예. 그 순하던 우리 언니를 저래 독한 사람으로 만들어 놀 줄이야.
들깨	독한 기 아이고 대단한 기지. 우리 대장이 저래 안 했으믄 우린 말키 다 굶어 죽었을 기다.
송이	우리 신랑, 오랜만에 옳은 말 하네.
들깨	와, 사랑스럽나?
송이	머 쪼매.

유근이 함 하나를 들고 들어온다.

구유근	다녀왔습니다.
현풍댁	오늘은 청나라 말 배았나?
구유근	오늘은 왜놈 말 공부하고 왔습니다.
버들	청나라 말에 왜놈 말까지. 느그 할배가 봤으믄 난리가 났을 긴데.
구유근	세상이 바끼다 아입니까? 두고 보이소. 은자는 니 나라, 내 나라가 아니라 실력으로 통하는 세상이 올 깁니다. 그때가 되믄 지 좀 바빠질 깁니다. (가마로 올라가 영에게 인사한다.)
송이	자식, 즈그 아버지 꼭 빼닮았다 아이가?
현풍댁	와 안 그렇노. 벽파도요. 요래 인장을 딱 찍어가 교역을 한 지도 벌씨로 삼 년이 넘었는데 우리 웅이는 거서 우리 그륵도

몬 봤는가 우째 이래 소식이 없노?

민영   (마당에 내려서며) 그거는 머꼬?

구유근   어, 들어오는데 집 앞에 있던데. (함을 보며) 이름 같은데. 테
         라모토 코지?

함을 열면 금분칠을 한 말차 잔이 있다.

민영   (그릇 밑을 살펴보며) 테라모토 코지?

현풍댁   혹시 이거 웅이가?

민영   아입니다. 이건 그분의 손길이 아입니다.

담겨 있는 서찰을 펼쳐본 후 말없이 민영은 언덕으로 오른다.
상수 언덕에 태복이 서 있다.

태복   조선은 어찌 이래 변한 게 없는지. 테라모토 코지. 내 이름자
         를 일본서 모르는 이들이 없건만. 하기야 설태복 내 이름을
         여기에 묻은 지가 벌써 십오 년이니.

민영, 천천히 언덕에 오른다.

태복   어이 민대장. 은자는 니가 여기 대장 맞제. 변한 것도 있네. 앳
         되던 니 얼굴만 생각했드만.

민영   먼 일이요?

태복   야, 아무리 그래도 십오 년 만에 보는 동네 오래비를 이래 차
         게 대하나? (반응없는 민영을 보다) 일본서 니 이름 들었다. 결
         국은 이래 될 세상 아니었나?

민영   머를 착각하는 모양인데, 살기 위해 돈을 버는 것과 돈 벌기

	위해 사는 것은 엄연히 다른 기요.
태복	돈 때문만은 아니었다. 양반 상놈 없이 실력만으로 인정받는 사기장이 되고 싶었다. 그래서 내 은자 테라코토 코지. 이름만 되믄 알아주는 사기장이 됐구마.
민영	그래서 자랑이라도 할라고 왔소?
태복	하하하, 성질은 꼭 대장 어르신이다. 그래, 도요뿐 아니라 마을 사람들이 니를 잘 따른다고? 나도 은자 늙었는지, 가끔이라도 맘 편히 내 고향에 왕래하고 싶다. 어쨌든 여서는 내가 죽일 놈이니까. 넬로 좀 도와도. 넬로 받아만 준다믄 내 느그 도요를 일본 전역에 소개해 줄 수도 있다. 그라고.
민영	하, 세월이 지나믄 반성도 하고 잘못도 뉘우치는 기 인간인데 역시나 니놈은 사람이 아이다. 니 혼자 살겠다고 일본으로 도망가 뿌고 네놈의 어미는 어찌 살았을 것 같노? 부모 소식을 먼저 묻는 기 사람 아이가?
태복	안 그래도 집에 가보이 사람이 안 살더라. 우리 어머니, 돌아가싰나?
민영	돌아가셨지. 니놈이 떠나고 난 후 못난 자식 덕에 동네 사람들한테 죄 지었다고, 머리에 피가 나도록 절을 한 뒤, 동래 포구 바다로 스스로 들어가셨다. (태복의 사발을 던지며) 니 그릇 따위에는 관심 없다. 니 명성은 더더구나 우리가 알 바 아니다. 흙 주무르는 그 옛날의 태복이 오라버니는 죽고 없다. 그라이 은자 다시 온다 해도 니가 얻을 꺼는 없을 기라.

민영, 퇴장

태복	어머이, 어머이. 와 그랬습니까? 지가 멀 그래 잘몬했습니까? (감정이 변하며) 대장 어르신. 어르신의 그릇은 구름 속을 걷

지만, 지 그릇은 땅 위의 태양빛을 담았지요. 후회하지 않을 집니다. 역사에 전하는 사기장은 민평구가 아니라 이 테라모토입니다. 歷史に伝える陶器匠は민평구ぎない、この寺元です. 역사에 전하는 사기장은 민평구가 아니라 이 테라모토입니다. 지는 더 이상 조선인 설태복이 아니라 일본 사기명장 테라모토 코지로 살아갈 집니다. 더러운 조선에서의 과거는 모두 불 싸질러 버릴 집니다. 그런데 그런데 왜, 왜 내가 왜 나만 죄인이 되어야 한단 말입니까? 왜 내가 죄인이 되어야 하는 집니까?

태복, 사발을 깨어 버린다.

밤. 민영, 다실 앞 대청에 앉아 유근과 차를 마신다. 나오코 들어온다. 돌아보다 둘이 눈이 마주친다. 잠시 후 나오코, 함 하나를 내놓는다. 유근이 받는다.

나오코   お久しぶりです. 안녕하십니까?

민영, 말없이 바라본다.

나오코   구웅 선생님을 모셨습니다.
구유근   아버지?

유근, 자신이 들고 있는 상자를 본다.

나오코   조선의 사기가 얼마나 아름다운지 당신들은 알지 못할 겁니다. 그런 조선의 사기를 흠모했고, 욕심냈고, 가지려 했습니다. 그러나 욕심만으로 아름다움을 취할 수 없음을 그땐 몰랐습니다. 달빛 비친 아름다운 개울물을 갖고 싶다고 손으로 퍼

126

낸다면 수면에 어지러움만을 남길 뿐이지요.

민영   사랑하는 것이 그런 거지요. 갖고 싶다고 가질 수 있는 것이 아니지요. 모든 것을 버릴 때 채워지는 사랑도 있지요.

나오코   구웅 선생님은 정말이지 조선엘 오고 싶어 하셨습니다. 하지만 일본에서 놓아주질 않았죠. 참다못해 도망을 하셨습니다. 처음 도망하다 잡혀서는 다리 하나를 잃으셨습니다. 두 번째 도망을 하셨을 때 두 다리를 모두 잃었습니다. 마침내 더 이상 일본국에서 성생님을 괴롭히지 않게 되셨을 때 선생님은 저희 집에 몰래 가마를 만들고 딱 한 점의 사기를 만드셨습니다.

민영   조선의 흙입니다. 이 사발.

나오코   선생님은 가마에 땔 조선의 나무가 없다시더니 스스로 가마 속으로 들어가 생을 마감하셨습니다. 반드시 조선으로 돌아가시겠다며. 흑흑.

구유근   어머니 여기, 글자가, 내 너를 위해 불을 지핀다.

구웅   (앞말에 섞이어) 내 너를 위해 불을 지핀다.

민영, 흐느낀다.

나오코   이 사발 하나가 무엇을 의미하는지 일본에서는 찾을 수 없었습니다. 사발이 원하는 곳으로 오는 것이 마지막으로 제가 할 수 있는 그분에 대한 연모였습니다.

나오코 인사 후 퇴장. 언덕에 구웅이 앉은 채 사발에 무언가를 적고 있다.

구웅   영아, 내 너를 위해 불을 지핀다. 그리하여 이제 이 불로 너에게 가겠다는 약속을 지키려 한다. 보고 싶다. 내 각시야.

민영	근아, 이 사발을 보아라. 물을 담을 수도 술을 담을 수도 있는 이 사발. 하늘을 담아 안은 이 사발. 이것이 니 아버지가 만든 사발이다. 이제 나는 이 비어진 사발에 뚜껑을 만들어 그리움과 은혜하는 마음을 담을 기다. 기억해라. 니 아버지의 함자는 조선의 사기장 구웅이다.

유근은 어머니를 모시고 천천히 언덕으로 올라가 웅의 뼛가루를 날린다. 다 뿌린 후 자연스럽게 퇴장한다. 웅과 영, 나오코가 퇴장하는 상수로부터 연준, 다시 나타나 그들과 교차된다.

연준	그릇은 형태를 만들어 이름 지어진 것이 아니라, 비어짐을 담아 안기 위해 만들어진 것이다. 난 무얼 담아야 되는 거지?
희수	(천천히 등장하며) 그건 아무도 가르쳐 줄 수 없는 거 아니겠나? 니 몫이제. 조선의 막사발이 일본의 이도다완이 된 것을 비웃을 수만은 없다. 분명 사발에 대한 사랑이 묻어 있던 그 일본인의 시선을 배울 필요가 있는 거지. 하지만 아들아, 그 사람들이 모르는 기 있다. 막사발은 박물관에서가 아니라 막걸리를 담아 사람들의 손때와 술끼를 받아 안을 때 그 가치가 더 매겨진다는 것을. 엄마는 니가 그런 자유로움을 받아 안은 사기장이가 되었으면 좋겠다.
연준	아직은 잘 모르겠다. 하지만, 내가 바라보는 사발이 나를 바라보고 있음은 알 수 있을 것 같다. 비어진 공간에 나만의 그림을 채우는 사발, 비어짐을 그대로 직시할 수 있는 사발. 어쩌면 고민 이상의 답이 나올 것만도 같다,

연준, 희수 퇴장

앞쪽으로 민영과 웅이 양쪽에서 천천히 각자의 사발을 들고 천천히 들어온다. 웅이 손바닥 위에 사발을 놓자, 그 위에 영이 뚜껑을 덮는다. 그 사이로 현대인들이 무심히 지나간다. 거기에 연준과 설이도 동참한다. 선조들의 삶은 그렇게 후손들의 삶에 스며 있다.

현풍댁   사발은 하늘을 담고.

들깨   사발은 땅을 담고.

태복   사발은 아픔을 품고.

버들   사발은 바람을 느끼고.

유근   사발은 손길을 안으며.

송이   사발은 불을 안고.

설이   사발은 물을 품고.

차돌   사발은 사람을 보듬고.

민철   사발은 삶을 담아.

영, 웅   차고 넘쳐 비어짐을 담은 사발 하나로 태어난다.

민평구   그리고 사발은 흙으로 돌아간다.

민영   2014 갑오년. 춘사월 초칠일. 동래성 벽파도요. 민영. 앙천하여 기원합니다. 하늘과 땅이 보살피시어 시간을 넘고 삶을 넘어 그 비어짐을 담을 수 있는 사발 하나. 그 흙을, 그 물을, 그 불을, 그 숨을 지켜 주소서.

막

그리워할, 연戀

바라, 야야...
우리 영감이....
저짜서 와가꼬.....
절로 가뺐다......

| 때 | 알 수 없는 시간 |
| 곳 | 외딴 섬 |

등장 인물

어이금	본처 할매, 90이 넘은 것은 확실하나 자신도 자기의 나이를 모름
첫술	후처 할매, 역시 자기의 나이를 모름, 자신은 한사코 70이라 우김
장귀복	이금과 첫술의 남편. 어부. 고기잡이 나간 바다에서 아직(얼마 동안인지는 알 수 없으나) 돌아오지 않음
이쁜이	귀복의 세 번째 첩, 전직 기생 출신인 듯 보임. 귀복의 아이를 임신하고 섬에 들어옴
젊은이금	이금의 젊은 시절
젊은첫술	첫술의 젊은 시절
혼귀1	때로는 바다를, 때로는 인물들과 교감하는 혼귀
혼귀2	때로는 바다를, 때로는 인물들과 교감하는 혼귀

무대 상수는 섬, 섬 위로 봉우리가 우뚝이 서 있다. 섬 위는 이금의 집. 하수 쪽으로 작은 바위섬이 있다. 무대 전면으로 바다가 펼쳐져 있다. 섬 아래엔 백사장이 펼쳐져 있고, 작은 초가집 하나 있다. 집 전면에는 평상이 있고, 옆으로 장독대가 있다. 섬과 섬 사이는 바다로 표현된다. 전체적으로는 민화 풍으로 꾸며져 있고, 환상적인 분위기를 자아내도록 장치한다. 무대가 밝아오면 전면에 풍경이 먼저 보인 후 다시 점차 어두워진다. 다시 무대 밝아오면 두 혼귀가 바다에 등장하여 움직임을 보인다. 이금은 섬 뒤쪽에서부터 불이 켜진 장명등 하나 들고 천천히 언덕을 오른다. 언덕에 올라 선 이금은 장명등을 걸고 바다를 바라본다. 바람이 분다.

이금   (손짓을 하며) 영감.

첫술   (바구니에 고등어와 미역을 들고 들어오며) 행님, 행님.

상관없이 이금은 허공에 손짓을 한다.

이금   (꿈꾸듯) 보소, 영감

첫술   아, 행님. 그는 또 말라고 올라가가 있능교? (이금에게로 올라간다.) 또 그 등 달로 올라갔는교? 아, 어여 내리오소. 해 다 지는데 자빠지가 궁디 깨믄 누 고생 시킬라꼬 이래 쌓는교? 참말로.

이금   (시선은 바다를 향한 채 단호히, 그러나 마치 남에게 이야기하듯)영감. 영감. (시선은 여전히 바다를 바라보며 속삭이듯) 바라, 야야.

첫술   와요?

이금   (봉우리에서 내려서며) 우리 영감이.

첫술   (이금을 보며) 우리 영감이.

이금   (손가락으로 사방을 가리키며 천천히) 저짜서 와가꼬.

첫술   (이금이 가리키는 곳을 바라보며) 저짜서 와가꼬.

이금	절로 가뿄다.
첫술	(이금에게 다가가 부축하며) 고마 내리가입시다.

첫술에 의지해 천천히 언덕을 내려오던 이금은 갑자기 똥장군 위로 뛰어 올라앉으며 첫술에게 호통친다.

이금	(큰 소리로) 시방 니 낼로 똥독 우에 올리 놓고 머 하고 자빠 짓노?
첫술	아 내가 올린 기 아이고...
이금	(갑자기 큰 소리로 웃으며) 얄궂데이. 생일도 아인데 먼 절이고. 우쨌든 함 해 바라. 하는 절은 받아야지 암.
첫술	예? 예, 안녕하신교. (손을 올리고 절을 올린다.)
이금	(놀라 인사를 받으며) 하이고, 야야. 눈교? 늙은 년이 내보고 인사를 다하네.
첫술	머라카요, 행님한테 비하믄 안즉 청춘이제. 이래비도 안즉 칠십빼이 안 됐으요.
이금	(감정을 바꾸어) 아따, 머리가 보안 년이 머시라 칠십? 웃기고 자빠짔네. 니 딸년도 칠십은 됐겄다.
첫술	하이튼간에. 아 마 됐고, 퍼뜩 내리오소. 똥꾸디기 빠지가 죽니 사니 하지 말고.
이금	(주위를 두리번거리다 다시 화를 내며) 이년, 니 낼로 여 올리놓고 니 혼차 밥 다 처물라꼬 그라제. 밥 도. 밥 도. (내려오려다 말고 울며) 무섭다. 무섭다.
첫술	(부축하며) 예, 내가 좀 싰다 싶으지요. 하이고 내 팔자야.
이금	(내려와 정색을 하며) 내가 지금 여서 탁 꼬꾸라지 삐야 니 성이 차겄나?
첫술	또 먼 소린교?

이금	(아이처럼 소리치며) 언니야, 밥 도. 밥 도.
첫술	(웃으며) 글안해도 배 들어오는가 싶어가 안 나갔다 왔는교. 저짜 미역도 좀 딸 겸 해가꼬요. 오늘은 재수도 좋제. 물이 몰릴 때가 되가꼬, 섬 밑자락 여울목에 바가지만 하나 떡 하이 갖다 댔드만, 고디이가 내 미쳤소 카고 막 기 들어오는 기라. 오늘은 마 고디이로 배 뚜디리게 생깄소.
이금	(아기처럼 손뼉을 치고 뜀뛰며) 고디이? 하아, 고 맛나겄다. 언니야, 고디는 지름 좔좔 발라가미 꾸버라. 그래야 안티안다. (갑자기 노려보며) 지난번매이로 또, 태아무믄 내 마 그 질로 쫓아내 삐릴 기다. 알겄나?
첫술	지름이 넘치나는 기 고디인데 머시라 카노 이 할망구가.
이금	머, 머시라?
첫술	어데요, 지름을 좔좔 바린다꼬 캤심더.
이금	이년이 미쳤나? 고디이가 지름 떵거린데 거다 바르기는 머슬 발라? (갑자기 얼굴색이 변해) 야야, 우리 영감 배 들어왔드나?
첫술	(어이없이 바라보다) 언지예. 물길도 이쪽은 아이고, 올도 마 허버 삐릿습니더.
이금	아랫집 송영감 배는?
첫술	송영감요? 아, 예, 그도 안즉이요.
이금	똘복이 애미가 납새미 보내 준다 캤는데, 안 가왔드나?
첫술	(어이없이 쳐다보다 부엌으로 가며) 야, 똘복이 에미가 납세미 말린 거로 주서 안 얻어 왔는교. 납세미 꾸버가 밥 무입시더. (부엌으로 들어가다 돌아서서 고개를 갸웃거리다 다시 퇴장)
이금	영감. 영감. (마당의 평상에 누워 다시 잠이 든다.)

무대는 혼귀 나와 춤을 춘다. 하늘에서는 꽃 그네 하나 내려온다. 혼귀는 귀복과 젊은이금을 인도하여 바위섬에 신혼방을 차린다. 젊은이금이 들어와 앉아 있고 귀복이 술을 마신

다. 젊은이금은 앉아 움직이지 않고 있다. 혼귀는 이금에게 족두리를 씌우고 연지곤지를 찍어준다. 이후 이금은 혼귀를 따라 초야로 온다. 혼귀는 이금에게 연지 곤지를 찍고, 족두리를 씌운다. 이금은 젊은이금에게 자신의 연지곤지를 찍어 주고 족두리를 씌워 준다. 이후 젊은이금이 움직인다. 둘은 서로 머쓱해 하며 술을 마신다. 이금은 꽃그네에 앉아 그네를 타고 그들을 바라보며 즐거워한다. 이후 혼귀는 첫날밤의 모습을 지켜보며 움직임을 보인다.

귀복	(젊은이금의 눈치를 보다가) 일로 온나.
이금	몰라예.
귀복	모르기는 머슬 몰라. 일로 안 오나?
이금	아이 참. 모른다 카이

귀복, 족두리를 벗기려 애쓴다. 잘 안 된다. 보다 못한 젊은이금이 스스로 벗는다. 무안해 하던 귀복이 귀엽게 이금의 연지곤지를 뗀다.

귀복	하, 문디 가스나. 거 참. 자자 술 한 잔 하재이.
이금, 젊은이금	아이 참. 몰라예.

하지만, 젊은이금이 술 한 잔을 한 번에 먹고는 캬 소리까지 낸다. 이후 안주를 집어 먹으려다 남편 입에 넣는다.

젊은이금	오빠야.
귀복	오빠야가 머꼬? 은자는 서방님 캐야지.
젊은이금	맨날맨날 오빠야라 캤는데 우째 갑자기 서 서방님이라 카노?
귀복	아, 방금 안 캤나? 함 더 해 바라, 서방님.
젊은이금	몰라.
귀복	이금이는 귀복이 각시.

젊은이금	아, 몰라, 귀 귀복이는 이금이 서 서방님. (술 마시는 귀복에게 안주를 집어 준다.)
귀복	(행복한 얼굴로 안주를 받아먹으며) 이금아.
젊은이금	와요?
귀복	(장난스럽게) 각시야.
젊은이금	(행복한 얼굴로) 아, 와요?
귀복	좋다. 이래 니하고 내하고 신랑각시가 되고.
이금	오빠야는 내가 그래 좋나?
귀복	하며. 지난번 마을 풍어제 때 음식 나르던 니를 보고는 마 확 한방에 가 뿠다 아이가. 참말로 그때는 내 눈에 니삐이 안 비드라.
젊은이금	그랬나? 내는 모르겠네.
귀복	문디 가스나, 모르기는 머를 몰라. 고기담은 접시가 자꾸만 내한테로만 오드마는.
젊은이금	내가 은제? 내 내는 아이요. 참말 아이라 카이.
귀복	아, 알았다. 기믄 어떻고 아이믄 어떻노? 이래 부부가 됐으믄 그만이제. 은자 니는 내만 믿으믄 된다. 내 고기잡이 해가 평생 니를 호강시키 줄 기라.
젊은이금	지는 고대광실도 싫고, 호강시키 주는 것도 싫소. 내 소원은 딱 한 개삐이 없소.
귀복	그기 머꼬?
젊은이금	…
귀복	그기 머꼬?
젊은이금	…
귀복	아, 답답해라 말을 해라. 이 사나 가슴 터질라 칸다. 아 퍼뜩.
젊은이금	(술 한 잔을 다시 마시고는) 내는 딴 거는 다 참아도 첩년은 몬 참소.

귀복	머어? 아하하, 꼴랑 그기가? 천하의 어이금이도 이럴 때가 다 있나? 하하하, 귀여버 죽겠네. 이금아, 걱정을 말그래이. 첩은 무신 첩. 나는 니삐이 없는 기라. 니 내 믿제? (안으려 한다.)
젊은이금	(품을 빠져나가며)사나들 말을 멀로 믿노?
귀복	아따 내 미치고 환장하겠네. 니 참말로 그랄 수 있나? 사나 장 귀복이를 멀로 보고 그따구 말을 하는 기고?
젊은이금	마, 쉰 소리 말고 증거를 내밀으라 카이. 안 그라고는 내는 몬 믿는다.
귀복	화, 이 문디 가스나 보래이. 니 참말로 그랄 수 있나? 좋다 먼 증거? 먼 증거를 비 주믄 되노? 저 시퍼런 바닷물에 맹세를 하믄 되겠나?
젊은이금	바닷물이야 흘러가믄 고만인데 그거를 우예 믿으라꼬.
귀복	그라믄 저저 하늘에 떠 있는 저 달님한테 맹세를 하믄 되 겠나?
젊은이금	날따라 모양 바뀌는 달님한테 맹세했다가 당신 맴도 그래 변 해뿌리믄 우얄라꼬요? 택도 없는 소리지.
귀복	아 답답해라. 아 답답해라. 그라믄 그라믄 우야라꼬? 아, 어데 다 맹세하라꼬?
젊은이금	내는 오빠야삐이 모르는 기라. 그라이 정 어따가 맹세를 할라 카믄 고고 오빠야 가슴팍에다 맹세를 하소. 그라믄 내 믿을 끼라예.
귀복	머라, 여여 내 가심에. 참말로 밸시러븐 년을 다 보겠네. 알겄 다. 그라믄 내 맹세한다이. (가슴에 손을 얹고는 장난치듯) 흠 흠, 맹세!
젊은이금	장난치요?
귀복	아, 아이다. 하하. 진짜 한다. (가슴에 손을 얹고는) 사나이 장 귀복이는 내 각시 어이금이 하나만을 평생 사 사 아이고 간지

러브라.

젊은이금   안 할 끼요?

귀복   아, 한다. 요런 말을 할라 카이 간지러브스 그라제. 자 자 다
           시. 사나 장 귀복이는 평생 어이금이 하나만을 사랑하고 평생
           딴 여인들을...

젊은이금   딴 년.

귀복   딴 년들은 돌아도 안 볼 것을 이 가슴팍에다 대고 맹세한다.
           만약에 내가 딴 여자 아니 딴 년들한테 눈독을 들이믄 내는
           마...

젊은이금   호로잡놈.

귀복   호로잡놈인기라. 아아니 머라꼬? 에이 그래. 우옜든 니만 좋
           아하믄 되는 거 아이가? 맞제. (분위기를 바꾸며) 그라믄 인자
           맹세도 끝났고, 인자 마 잠자리에 (안으려 한다.) 이, 일로 안
           오나? 니가 암만 앙탈을 부리도 내는 오늘 기필코 아들을 만
           들고 말 기라. 오늘이 장귀복이 장남 장바다, 씨 만드는 날인
           기라. 어흠, 일로 온나. (도망가는 이금에게) 어어, 일로 안 오
           나? 둘째는 고래다, 장고래.

젊은이금   (도망다니다) 첫째는 바다, 둘째는 고래? 그라믄 셋째는 장어,
           넷째는 갈치, 다섯째는 고등언가?

귀복   옳거니. 그라믄 바닷속 괴기란 괴기 이름은 다 불러내가 하나
           씩 아들 이름을 맨들어야 되이 내 좀 바쁘겠다. 니는 올 마 죽
           은 기라. 일로 온나 이금아.

젊은이금이 품을 빠져 나가며 한참을 잡고 잡히는 놀이에 빠져 있다가 숨듯이 혼귀에 섞여
퇴장한다. 이후 꽃그네에서 구경하던 이금은 혼자 남편을 찾으려는 듯 그네에서 일어나
돌아다니다 섬으로 올라선다. 첫술이가 밥상을 들고 들어온다.

첫술	일로 올라오소, 행님. 밥 묵읍시다.
이금	(바다를 바라보며) 야야, 니 우리 영감 몬 봤나?
첫술	그 영감 우째 생깄는기요?
이금	아, 와 이래이래 키가 크고 훤칠한 기 눈은 부리부리하고 코는.
첫술	오똑하이 서가 힘 좋게 생긴 그 양반 말인교?
이금	글치 똑 그래 생깄제.
첫술	그 영감, 절로 가뿌릿소.
이금	(첫술이가 기리킨 방향으로 나서서) 절로 어데?
첫술	절로 해가 절로 절로 절로 해가 절로 절로 마 가뿌릿소.
이금	절로? 중이 될라 카나 절은 무신 절?
첫술	아 안 물 끼요? 안 무믄 마 밥상 치알라요.
이금	밥? 어데어데 밥 어데?
첫술	보소, 오늘은 고디이도 한 마리 안 굽었는교. 어여 무입시더. (우걱우걱 밥을 먹는 이금에게) 행님은 우리 영감이 그래 좋소?
이금	(갑자기 무슨 생각이 난 듯) 어.
첫술	참말 그래 좋소?
이금	(신나게) 하며.
첫술	어데가 그래 좋소?
이금	(부끄러워하며) 그기 그라니께... 아 이년아, 괴기.
첫술	아, 여 있소. (밥 먹는 이금을 바라보며) 어이구, 늙은 기 밥은 오지게도 묵네. (놀리듯이) 퍼뜩 죽어야 우리 영감 배 들어오믄 우리끼리 재미나게 지낼 낀데, 참말로 늙은 기 명줄도 질기제.
이금	늙은 년이 머라 씨부리샀노?
첫술	귀도 밝다. 영감 오믄 행님 내삐리 삐고 영감하고 내하고 둘이서만 오순도순 산다 캤소. 와요?

이금   (여전히 밥을 먹으며) 니가 자이도 그라긌다.

첫술   행님! (이금을 바라본다.) 내 눈지 알아 보겠는교?

이금   (계속 밥을 먹다 숟가락을 던지며) 야야, 잠 온다. 자자.

첫술   야, 욜로 누브소. 내 상 치아고 오끼요. (퇴장)

이금, 누워서 하늘을 본다.

이금   바람이 분다. 아이고 서운타. 바람이 분다. (놀라 일어나며) 바
       람이 분다고? 영감 어데 있는교? 퍼뜩 노 저어 일로 오소. 바
       람이 불어와요. 어서 오소.

무대 전면에 바람 소리. 무대는 바다로 꾸며진다. 파도 속에서 처연히 귀복이 서 있다.

이금   보소 영감. 퍼뜩 일로 오소. 바람이 분다 안 카요. 어서 오라
       카이. 집이 없소. 마누라가 없소. 와 거 그래 서가 있는교? 언
       능 일로 오라 카이.

무대 중앙을 가로질러 혼귀에게 인도되어 귀복이 이금에게로 천천히 걸어온다.

이금   야야, 어서 오소. 어서 오소. 퍼뜩 일로 넘어오소.

귀복이 걸어오는 길을 혼귀 가로막는다. 귀복은 혼귀를 따라 파도에 휩쓸려 다시 사라
진다.

이금   가지 마소. 가지 마소. 그 물로 가지 마소. 글로 가면 저승이고
       일로 오면 이승인데 글로 가믄 안 돼요. 일로 오라 카이. 어서
       오소 일로 오소. (사라지는 귀복을 보며 바다로 걸어 들어가며)

일로 오소 영감, 영감, 영감.

첫술 (섬 뒤에서 등장하여 이금을 잡으며) 아따 우리 형님. 또 와 이라노? 내가 살 수가 없는 기라. 형님. 바라바라, 또 똥을 싸 놓고. 아이고 내 몬 산다. 자꾸 이래 사믄 내 참말로 행님 내뿔고 도망가 뿔 끼라.

이금 내 똥 쌌나? 그라믄 (엉덩이를 바다에 적시고는) 이래 하믄 되지. 자 은자 다 됐제. 아이고 개운타.

첫술 내가 몬 산다.

이금 (펄쩍 뛰어 평상에 앉아 머리를 긁적이며) 야야, 니 저 산 너매로 새서방을 얻어서 시집 가뿌라. 바다로 말고 뭍으로 시집 가뿌라.

첫술 형님?

이금 (미소를 띄운 채 바다를 보며) 첫술아, 니는 와 첫술이고?

첫술 (이금의 고쟁이를 갈아 입히며) 하도 밥 못 묵는 가난한 집구석이라 제일 먼저 첫술로 밥 묵으라꼬 우리 아부지가 그래 지었다 안 했는교?

이금 첫술아, 니는 와 우리 영감 소실로 시집을 왔노?

첫술 가난한 집구석이라 시집도 몬 가고 있는데, 아들 하나 낳아 주믄 마을 개골창 앞 논 두마지기 준다 캐서 땅에 팔리 안 왔는교?

이금 보소, 내 죽거든 우리 영감 대리 놓은 두루막 잘 보관했다가 나들이 나가실 때 챙기 주소. 고무신 흠 안가구로 안팎으로 닦아 놓고.

첫술 내 보담도 오래 살겠구만 멀 그리 걱정해샀소. 고마하소.

이금 버선 모가지까지 풀 멕이야 된다. 어어 밥상에 납세미 안 떨어지구로 하고.

첫술 참말 오늘따라 와 그라요.

이금	(돌아앉으며) 약속을 해라. 찰떡같이 약속을 하란 말이다.
첫술	아이, 알겄소. 내 우리 서방인데 입성, 먹성 다 알아 챙길 것이오. 그라이 걱정 말고.
이금	(다시 분위기를 바꾸고 손가락에서 가락지를 빼서 건네주며 엄하게) 이거는 자네 것이네.
첫술	아이고 이 와 이라요? 그걸 와?
이금	(화난 듯이) 니 끼다.
첫술	안 할라요. 이거는 행님 시집온 날 영감이 끼아 준 거라매요. 싫소. 내는 머 자존심도 없는 줄 아능교. 행님 꺼는 행님이 끼소.
이금	(주위를 두리번거리다 속삭이듯) 니 끄다 이거.
첫술	아 마 됐소.
이금	(비밀을 알려 주듯 신나서) 이거 참말로 니 꺼다. 니 시집온 날 니 줄라꼬 우리 영감이 내 몰래 사난 긴데 내가 역정이 나서 안 뺏았나.
첫술	머 머라. 그기 참말이요?
이금	(환하게 웃으며) 오야, 그라이 이거는 니 꺼다.
첫술	머시 이런 년이 다 있노? 그라믄 남의 반지를 50년이 넘도록 끼다 카고 시치미를 뚝 뗐단 말이가? 기가 차서 말이 안 나오네. 그래놓고는 내한테 자랑질을 해사민서. (이후 동작 멈춤)
이금	이거는 우리 신랑이 내를 사랑한다는 증표로 내한테 준 가락지 아이가? 첩년하고야 같겄나? 자식 때문에 할 수 없어서 니를 소실로 들있어도 정은 내한테만 준다는 증표제. 알겄나?
첫술	이래싸민서 내 오장육부를 다 뒤집어 놓고는 머 인자 와서 그기 내 끼라꼬? 기가 차서.
이금	(손을 올려 비는 시늉을 하며) 언니야, 무섭다, 와 그라노?
첫술	지랄하고 있네. 이기 어데서 미친년 흉내를 내노?

이금   (분위기를 바꿔) 이년, 머시 어째? 미친년? 첩년 주제에 어데
       서 악다구니고?

첫술   머, 첩년? 내 첩년 하는데 니 머 보태 준 거 있나? 첩년이
       와? 첩년이 니 가락지를 훔쳤나? 니 속곳을 훔쳤나? 첩년
       신세가 아무리 딱해도 첩년 가락지 훔치는 본마누라보다야
       안 낫겄나?

이금   (어린아이처럼) 니 와 그라노? 머 몬 물 거 처묵었나? (갑자기
       역정을 내며) 어데서 소리를 지르고 지랄이고? 아이고 동네
       사람들. 이년 말하는 것 좀 들어보소.

첫술   미친년. 여 동네 사람이 어데 있노? 다 죽고 니하고 내하고 둘
       뿐이 안 남은 지가 30년이 넘었다.

이금   머, 머라, 송영감은? 저 밑에 사는 송영감은?

첫술   송영감은 우리 영감 다음 배로 나가가 물끼신 안 됐나?

이금   아까 그 똘복이 에미, 납새미 가 왔다 아이가? 이년이 어데서
       거짓부렁이고?

첫술   니가 아까 처잡수신 거는 거는 고등어 아인교? 그거를 안즉
       도 모리고 자빠져 있나? 그라고 니가 봤나? 똘복이 어매가 납
       새미 가온 거. 똘복이 에미는 똘복이 배 타고 나간 뒤 똘복이
       기다리다 똘복아 카민서 바다로 안 뛰들었나? 우리 영감 배,
       송영감 배, 배란 배는 다 나가서 안 들어오고, 여자들은 전신
       에 바다에 뛰들어 삐고, 그나마 남은 것들은 다 늙어서 죽어
       삐고, 인자 이 섬에 남은 거는 니 하고 내삐인 기라. 그라이 은
       자 동네 사람들 고마 찾고, 일로 온나. 올 마 니 죽고 내 죽고
       내 여를 마 무인도로 맨들어 뿔 끼라.

이금   (아주 즐겁게 웃으며) 근데 저년이 지금 어데서 꼬박꼬박 반말
       이고? (갑자기 슬픈 얼굴로) 우리 영감 있을 때는 행님 행님 하
       믄서 꼬리를 살랑살랑 치드마는 영감 없다고 욕하고 반말하

고 아이고 억울해라. 첩년한테 서방 뺏긴 것도 서러븐데, 은자는 저놈의 첩년한테 구박까지 당하고 아이고 서러브라 서러브라 서러브서 내는 몬 산다.

첫술 서럽기도 하겄다. 첩년 가락지나 훔치가 평생 찌고 사는 년이 서러브른 그 본마누라 썻기고 멕이고 한 첩년은 우째 살겄노? 니 같은 노망 난 할망구 묵으라고 밥 해다 바치고 똥기저귀 갈아 주고 한 내가 미친년이다. 아이고 내가 미친년이다.

이금 (장난치듯이 웃으며) 우리 언니 미친년이다.

첫술 (울면서 이금의 말을 그대로 받아)그래 내 미친년이다. 머 머시라? 이거를 참말로 확 그냥.

이금 확 그냥 머?

첫술 거 거 됐고, 내 가락지 내나라.

이금 몬 준다.

첫술 내 가락지다. 내나라.

이금 (주려다 말고) 싫다.

첫술 이놈의 할망구가 참말로 오늘 죽을라꼬 환장을 했나? 어데서 지랄뱅을 트노? 이리 몬 내놓나?

이금 몬 준다.

첫술 오야, 니 오늘 내 손에 잡히기만 해라.

이금 (놀리듯이 즐거워하며)우짤 긴데, 우짤 긴데?

첫술 저년을 올 마 확 깔찌뜯으뿔라. 고고 안 서나?

이금 니 같으믄 서겄나? 미친년.

첫술 머라? 거 안 설 기가?

둘은 반지 쟁탈전을 벌이며 난동을 피운다. 섬 아래쪽으로 도망가는 이금, 잡으러 가는 첫술. 둘은 서로 머리채를 휘어잡고 무대 위에 나뒹굴며 쓰러지고 하며 섬 주위를 돈다. 둘은 서로 싸우다가 어느 순간 첫술이 배를 타고 이금이 올라앉자 둘이 서로 눈을 마주치고

이금이 큰 소리로 웃자 같이 웃는다. 다시 둘은 서로 잡기 놀이를 하듯 재미있게 무대 위로
올라와 섬 마루턱에 걸터앉는다.

이금   (즐거운 듯이) 이 여수 같은 년, 니가 우리 영감한테 꼬리를
          치가.

첫술   (이금의 머리를 정돈해 주며) 말이 우째 글로 가요? 내가 꼬리
          를 친 기 아이고 행님이 아들을 못 낳가 이래 된 거 아이요.

이금   (웃으며) 미친년, 그래도 주디는 살아가꼬? 니년만 없었어도
          내 신세가 이래 되지는 않았을 끼다. 밥 도. 배고프다. 굶가 직
          일래? 니년이 그때 시집만 안 왔어도. (둘 퇴장)

귀복이 들어와 헛기침을 한다. 젊은이금 따라와 귀복의 앞을 가로막는다.

귀복   어허, 거 밤이 깊었는데, 이리 사람을 놓질 안하이 참말로 환
          장하겠네.

젊은이금   (달려가) 보소, 내 시집 온 첫날 머라 캤능교? 내보고 머라 캤
          냐고요?

귀복   (돌아서며) 멀 머라캐. 하 이 사람 참.

젊은이금   내 딴 거는 몰라도 기집은 안 된다 캤지요. 그란데 그란데 멀
          쩡한 내를 냅두고 새장가를 간다꼬? 그래는 몬 하요. 그래는
          몬 하요.

귀복   그라믄 우짜노? 혼인한 지 5년 동안 아들은 고사하고 딸자식
          이라도 하나 낳았어야지, 이기 머꼬?

젊은이금   그라이 한 해만 더 참아 보자 안 캤소? 내가 어제 신령스런 꿈
          을 꿨는데 아마도 태몽이지 싶소. 그라이 쪼매만 더...

귀복   돼지꿈, 뱀꿈, 용꿈에 호랑이까지 꿈이란 꿈은 다 꿨다 안 캤
          나? 근데 무슨 효험이 있어야지. 아, 내가 어데로 가는 것도

아이고. 아 낳으로 잠시.

젊은이금 (자신의 손가락에 있는 가락지를 보이며 귀복의 말을 받아) 아 낳
으로 잠시 가는 인간이 그새 첩년한테 줄 기라고 가락지까지
샀소?

귀복 아, 그기 와 거 가 있노?

이금 와 찔리는 기요?

귀복 (도리어 화를 내며) 아 찔리기는 머시, 참말로 니 이랄래? 그라
지 말고 이리 내라, 그 가락지.

이금 안 되지요. 이그는 내 낀 기라. (손가락에 낀다.)

귀복 거 이리 내라. 이리 몬 내놓나?

이금 이거는 내 끼요.

귀복 내도 더는 안 되는 기라.

이금 우짤 긴데?

귀복 (버럭 화를 내며) 그라믄 내보고 우짜라고? 혼례도 안 올리는
데 가락지는 한 개 해 주야 안 되겄나? 어무이 아버지는 두 눈
이 벌게가 새장가를 들라고 난리제, 당신은 당신대로 이래 패
악을 부리제. 아 참말로 미치고 환장하겄네. 하, 그라고 니 이
거 이거 이라믄 칠거지악인 것도 모르나? (나가려는데 젊은이
금이 다리를 붙잡는다.) 이 와 이라노? 안 놓나? 참말로 환장하
겄네. 에이 (뿌리치고 나가는 귀복이의 바지가 벗겨진다.)

귀복이 돌아서는 길에 젊은첫술이가 서 있다. 귀복이 젊은첫술의 얼굴을 보고 흠칫 놀란
다. 쓰러진 젊은이금은 혼귀에 의해 퇴장한다.

첫술 보이소.

젊은첫술 (첫술의 말에 겹쳐지며) 보이소. 아무리 급해도 그렇지. 그래
방 밖에서부터 바지를 벗고 들어오므는 동네 사람들이 흉봄

니더.

귀복	(얼굴을 보고 놀라며) 아, 그 그기 아이고 (나가려 한다.)
젊은첫술	그란다꼬 또 말라 나갈라 카는 기요? (센 팔힘으로 잡아당긴다.)
귀복	그 그기 아이고 저 저기 우리 마누라가.
젊은첫술	(말하는 귀복의 입술에 손가락을 대며) 내는 행님하고는 다르지예. 한 방에 아들을 확 낳고 말 끼라예. (얼굴을 들이민다.)
귀복	(놀라 얼굴을 밀어내며 애써 부드러운 듯) 오야 오야.
젊은첫술	내는 당신 닮은 아들로 내리 아홉 정도는 확 낳을 끼라예.
귀복	그래만 해 주믄 내 첫 첫술이가 원하는 거는 뭐든지 다 해 줄 끼라.
젊은첫술	(쑥 귀복 품으로 들어오며) 참말이지요? 그 말 참말로 참말이지요?
귀복	(놀라 멍하니) 어허, 속고만 살았나? 그 얼굴은 좀 치아라. 흠, 사나 말로 멀로 알고.
젊은첫술	(사명감에 불타며) 걱정 마시이소. 내 없이 살았어도 아들 아홉 있는 집 맏딸 아인교. 쌔리 마 낳는 데까지 주욱 낳아 삘 끼라. 당신은 아들들 이름 짓는다고 고생 좀 할 낍니더.
귀복	(몸을 돌려 피하며) 고생은 무슨 고생. 다 준비가 돼 있다. 장남은 바다. 저 바다를 바바라. 저기 사나 아이가. 암 바다지. 장바다.
젊은첫술	장바다? (다시 귀복에게 다가서며) 그라믄 둘째는?
귀복	(다른 방향으로 몸을 돌리며) 둘 둘째는 고래. 하하하 바다서는 고래가 최고 아이가.
젊은첫술	그라믄 셋째는 장어, 넷째는 갈치, 다섯째는 고등언가?
귀복	(어색하게) 하하하 머 그렇게까지야.
젊은첫술	지는 걱정 마시이소. 당신이 문제지.
귀복	그래 나도 내가 쪼매 걱정이 된다.

젊은첫술	그라믄 (저고리 고름을 푼다.) 나 잡아 봐라.
귀복	(몹시 당황하며) 저기 미친나?
젊은첫술	(뒤에서 갑자기 안기며) 요 있지예. 오호호호 놀랐지예. 지가 쪼매 떱니더. (놀란 귀복, 당황하며 뒷걸음질친다. 그런 귀복을 보며) 고 서이소. 올 마 잡히기만 하믄 한 번에 내리 다섯 쌍둥이 함 만들어 뿔 기라요. 고 서라 카이.

둘, 혼귀와 섞여 잡고 잡히듯 하다 젊은첫술에게 잡힌 채 귀복 퇴장한다. 이금은 둘이 사라진 곳을 한참 바라보다가 그리로 걸어가며 눈물 흘린다.

이금	내 말고는 아무 년한테도 마음을 안 준다 카드마는. 무심쿠나 남정네야. 야속쿠나 남정네야. (갑자기 소리를 지르며) 시앗년한테 서방 잃고 먼 낙으로 살겠노. 내 마 차때로 죽어 뿌고 말란다.

이후 이금은 자살을 하려는 듯 미역 줄기로 목을 감고, 똥장군에 머리를 박으려 하는 등 난리를 부린다. 혼귀는 이를 막으며 서로 실랑이를 벌이고 있다. 이때 첫술이 다시 집 앞으로 올라온다. 혼귀 사라진다.

첫술	(바다에 반쯤 들어간 첫술을 잡는다.) 또 와 이래쌌노. 내 참말로 몬 산다. 내가 형님 땜에 몬 사는 기라. 바다에 빠지가 뭐 물귀신이라도 될라꼬 그라는교? 내 좀 삽시다. 좀 살자고요.
이금	(정신이 든 듯 물속에 서서) 여, 여가 어데고? 춥다.
첫술	어여 들어갑시다. 올라오소.
이금	(혼귀에게) 떽.
첫술	안 기드가나?
이금	(분위기를 바꿔 뛰어오며 환하고 큰 소리로) 아나, 이 가락지, 니

끼다.

첫술   아이고, 거 행님 하소. 가락지는 고사하고 여서 빠지가 영감 오기도 전에 황천길로 먼저 가지 말고 퍼뜩 나오소.

이금   영감? (다시 바다를 바라본다.)

첫술   (달래듯이) 영감 오는가 보로 가까요?

이금   (힘을 주며) 쌌다.

첫술   머 머시라꼬? 아이구, 이 할망구 낼로 골탕을 못 미기가꼬 환장을 했네. 환장을 했어.

이금   환장도 했다.

첫술   아, 드가입시다.

이금   배고프다.

첫술   아, 알았으요. 어여 가입시다.

이금   (퇴장하면서) 거 밥은 묵고 댕기요? 쯧쯧, 밥도 몬 얻어 묵고 댕기나, 와 이래 말라 비틀어짔노? 홍시 한 개 물라요?....

둘, 무대 뒤로 퇴장. 이때 섬 뒤쪽으로부터 배를 탄 이쁜이가 화려한 한복차림으로 올라온다. 섬 곳곳을 누비며 잘난척을 하며 들어온다. 들어와서는 이곳 저곳을 구경하다 평상에 앉는다. 이때 이금과 첫술 다시 들어온다.

이금   궁디가 찝찌구리 했는데, 씻고 나이 세사 시원쿠만.

첫술   보소, 밉니 곱니 해도 내빼이 엄지요.

이금   시끄룹다. 밥 도.

이금과 첫술, 이쁜이를 가까이서 흝어보기 위해 가까이 다가간다. 이때 이금과 첫술은 똑같이 동작을 해 나간다. 눈이 마주친 이쁜이는 놀라 비명을 지른다.

첫술   (이쁜이를 보며) 눈교?

이쁜이	(호들갑을 떨며) 워매, 형님들 되시는 갑소. 오호호호호.
첫술	(둘은 다시 똑같은 게걸음으로 이동 후) 형님? 행님요, 저 아는 기집인교?
이금	머시, 저 주디 벌건 년. 모르겠는데.
이쁜이	주 주디? 워매 워매 솔찬히 거시기허네이.
첫술	거시기고 지랄이고 간에 아, 눈교?
이쁜이	지랄? 워매워매워매 더 거시기해 부리네이.
이금	(말을 자르며 첫술과 같은 동작을 취하며) 시끄럽고. 머 하는 년이 넘의 마당에 떡 하니 서가 있노?
이쁜이	(분위기를 애써 바꾸며) 아따, 큰 형님 되시나 보다. 늙은 것이 성질만 더럽다는.
첫술	머 머시 어째?
이금	저 내보고 하는 말이가?
이쁜이	아, 아니 고것이 나 말이 아니고요. 우리 영감 말이 그래부러서.
첫술	니 영감이 누군데?
이금	니 영감이 누군데?
이쁜이	워매, 여가 아닌가? 그럴 리가 없는디.
첫술	니 영감이 누냐꼬?
이금	니 영감이 누냐꼬?
이쁜이	(눈치를 보다) 거시기 장.
두여자	장 (이쁜이가 입술이 오물거리자 같이 말한다는 게 혼자 튀어나오며) 귀복?
이쁜이	(호들갑을 떨며 첫술의 어깨를 치면서) 워매 워매 워매 워매. 맞아 부렸구먼. 그라믄 여그가 둔하고 무식한 둘째 형님 되시는 구마이.
첫술	머 머시 어짜고 어째 무 무식?

이금	글치. 글치.

이때, 귀복 들어온다.

이쁜이	(갑자기 서울말을 쓰며 귀복에게 달려가) 어머 자갸. (두 여자, 어이없이 바라본다.)
귀복	(서울말 쓰며) 어, 우리 이쁜이 내려왔어?
이쁜이	(혀 짧은 소리로) 이쁜이, 떠 떠올서 여기까지 또 배, 아우, 이쁜이 오다가 뚝을 뻔했떠요.
귀복	그런 소리 하믄 몬 떠. 어쨌든 내려온다고 욕봤네. (이금에게 어색하게) 어, 여 인사는 했는감?
이쁜이	안 그래도 지금 큰형님, 작은형님께 인사드리고 있는 중이었어요. 안녕하셨어요? 3번, 이쁜이어요. 맞죠? 오호호호.
첫술	미칬는가배. 행님, 저 낯짝이 이쁜교?
이금	어데.
첫술	암만 봐도 저 낯짝에 이쁜이는 아이지.
이금	아이지. 야야, 근데 이바구가 시방 일로 새도 되나?
첫술	아이지. 이기 먼교? 보소 영감, 이년이 지금 영감한테 머라카는 기요?
귀복	(얼굴을 돌리며) 아, 안 들었나? 거 아랫방에 군불 때고 정지서 뜨끈하게 밥상이나 봐 주소.
첫술	그새 또 첩을 봤소?
귀복	그려. 와? 사나가 소실 하나 들이는 거로 가지고 와 이래 집안이 시끄럽노?
첫술	어쩨 이럴 수가 있소? 말 한마디 없이 참말 어쩨 이럴 수가 있소?
이쁜이	어머, 작은형님. 거 듣자하니 듣기 민망합니다. 같은 소실끼리

너무하시는 것 아니어요?

첫술   머, 같은 소실? 이년이 뚤린 주디라고 어데다 함부로 지껄이
        노. 이년을 마!

귀복   (손을 든 첫술 앞을 가로막으려다 첫술을 밀치게 되고 첫술이 쓰
        러진다. 잠시 놀라지만 더 화내며) 이기 어따가 손을 올리노? 아
        남이야 소실을 들이든 말든.

첫술   머, 남? 우리가 어째 남이요?

귀복   본마누라도 아이고, 아들 낳으로 들어온 소실이 아들은 고사
        하고 식량만 축내믄서 무슨 패악질이고? 그래 패악질을 부릴
        라 카믄 당장 느그 집으로 가 뿌리라.

첫술   머 머시라고요?

이쁜이   여보, 너무 그러지 마셔요. 신세가 딱하잖아요. 소실 자리도
        서러운데 친정으로 쫓아내기까지 하시면.

귀복   (기세등등하여) 패악을 부리이 하는 말 아이가?

이금   (말을 자르며) 머시라, 머시 어짜고 어째?

귀복   아니, 그 그기 아이고... 아, 내도 참을 만큼 안 참았나? 내가
        마누라를 굶깄나? 길거리에 장사를 내보냈나? 살림도 이만하
        이 펴 놨으면 대를 이을 아들은 하나 있어야 안 되겄나? 뱃놈
        한테 그물 잡을 아들 하나 없다는 기 말이 되나 말이다. 집구
        석에 계집이 둘이나 있으면서 아들 하나 없으이 내 무슨 낯으
        로 죽어 조상을 보겠노. 이래도 느그가 할 말이 있나?

이금   그래서 이날 이때껏 부리묵은 아를 아들 몬 낳는다고 소박을
        놔. 그라믄 아들 몬 낳은 나도 내치고, 저년도 아들 몬 낳으믄
        내치고 또 딴 년으로 갈아치아 삐믄 되겄네.

이쁜이   어머어머어머머.

이금   (이쁜이를 보며) 시끄럽다. 어데서 내띠서노? (이쁜이 뚝 그
        친다.)

귀복	아니, 다짜고짜 입방정을 떠이 하는 말 아이가? 지가 어데서 투기를 하노 말이다. 임자도 가마이 있는데 첩년이.
이금	첩년도 사람이다. 여자란 말이다. 이 무정한 양반아.
귀복	(울고 있는 첫술에게 화를 내며) 아, 시끄럽다. 여여 이쁜이, 지금 아를 가졌다. 그라이 둘 다 마 잔소리 말고 순산할 수 있도록 잘 돕거래이. 내는 낼 큰 배 탈 끼이께 한 달포는 있어야 들어오지 싶다. 서로 깔찌뜯지 말고. 우리 이쁜이 하자 카는 대로 다 해 주라. 알겄나? 묵고 싶다는 것도 잘 챙기 주고.
이쁜이	어머머 자갸, 나 혼자 여기서 저 불여시들하고 살라고?
귀복	말이 났으이 말이지 불여시는 니제.
이쁜이	어머어머머? 뭐라고?
귀복	아 아이다. 임자는 그냥 아랫목서 누워 맛난 거나 먹고 아들만 하나 낳아 주믄 되는 기라. 말은 저래싸도 행님들이 잘 도와줄 기라. 걱정 말그래이. (다짐하듯 두 할매에게) 잘 대해주라. 집구석 시끄럽게 하지 말고. (퇴장)
이쁜이	(나가는 귀복을 향해) 여보, 해산할 때까지는 올 거죠? 우리 아가 이름은 뭘로 지어? 응?
이금	고함 지르지 마라, 아한티 해롭다.
이쁜이	워매, 그런가? 아도 하나 못 낳아 본 큰형님이 나보담도 더 잘 아시...
이금	알라 이름은... 바다다.
이쁜이	바다? 장바다. (배를 쓸며) 바다야. 우리 아가 바다야.
첫술	둘째는 고래, 시째는 장어, 그라고 그다음부터는 마 죽 생선 가족이다.
이쁜이	뭐라는 것이여? (일부러 배에 힘을 주고 앉으며) 아이고, 먼 질을 왔더이 우리 바다가 피곤한가 벼. 저, 작은형님, 우리 바다가 써운한 수박 한 덩이 묵고 잪다는디. 아이고, 우리 바다 더

워부러? 여기 쪼까 들누버야 쓰겄구먼. 아이고 피곤혀라. 우리 아그가 힘들었구마이. 낮잠 좀 자야 쓰겄구먼.

이금 (계속 눈 흘기는 첫술에게) 고마해라. 눈 돌아가겄다.

첫술 (훌쩍이며) 행님, 지는요, 드럽고 앵꼬바서 몬 살겄습니더.

이금 그라믄 죽든가?

첫술 형님.

이금 고마해라. 저년 수박이나 한 덩이 내주라.

첫술 행님. 저년은 절대로 이쁜이가 아닐 끼라요. 두고 보소.

이금 수박 한 디이 내주라꼬. 들었나?

첫술 저년이 이쁜이믄 날아가는 똥파리는 새다.

이금 아, 이년아.

첫술 아, 예?

이금 마, 됐고. 닐 배 나간다 카는데 거 배에 달 깃발은?

첫술 야?

이금 밤을 새아가 수를 놓디마는. 안즉 멀었나?

첫술 봤습니꺼?

이금 초저녁만 되믄 코 골고 디비자는 기 멫날메칠을 밤을 새미 장자 수를 놓는데 그거를 누가 모를 끼고? 어뜩 가온나?

첫술 (품에서 깃발을 꺼낸다.) 여기.

이금 (펼쳐 보고) 하이고, 품고 댕깄나? 지금 닐 나갈 배 차리고 있을 기다. 어여, 내리가가 달아 주고 온나. 안 그래도 깃발이 낡아 걱정했는데 잘됐구마. 내가 만든 거보다 흠씬 낫네. (첫술을 다독이며) 영감 말, 속에 담지 말고. 아, 어여 내리가 바라.

첫술 야. (퇴장하려다 이쁜이를 보고는 걸음을 멈추고 다시 눈을 흘긴다.)

이금 아, 안 가나?

첫술 아, 예, 시방 나갑니더.

나가는데 이쁜이가 계속 첫술을 놀리자 첫술이 손을 올려 치려 한다.

첫술   이거를 그냥 마 확...

이쁜이   (잽싸게 깃발을 낚아채며) 오매 이거이 머시당가? 우리 영감 깃발 아니여? 이것은 내가 가져다줘야 쓰것구먼. (이쁜이, 첫술이 밀치고 퇴장하고, 그런 이쁜이를 잡으러 첫술이 퇴장한다.)

사이 음악이 흐르고, 무대에는 혼귀 나타나 바다를 표현한다. 이금, 바다로 들어가 혼귀랑 노닌다. 젊은이금, 등장해 바다의 한 곳을 응시하며 서 있다. 이금, 바다를 바라보며 이야기를 시작한다. 마치 넋두리를 하는 것 같다. 이쁜이 부른 배를 안고 평상에 일어나 앉아 무료하게 바다를 바라본다.

이금   야야, (대답이 없다.) 야야.

이쁜이   (멍하니 바다를 바라보며)우리 영감 배 나간 지가 월매나 됐는감?

이금   옛날 이바구 한 개 해 주까?

이쁜이   달포 거리로 나간다던 배가 우째 이래 소식이 엄스까이?

이금   들어봐라. 재밌는 기다.

이쁜이   아, 싫다고라, 다 귀찮아요. 아이고, 심심해부러. 뭐 주전부리 음나?

이금   그래그래 들어 봐라.

이쁜이   아, 싫다고라.

이후, 무대 하수에선 귀복과 젊은이금의 몸짓이 보인다.

이금   야야, 저 섬 산만디이 바우를 머시라 부르는지 아나?

이쁜이	몰라요. 아, 듣기 싫다고라, 안 들을 것이요.
이금	히히, 내도 사실은 까뭈는데 원래는 그기 이름이 있던 기그든. 아, 요새는 내가 정신이 없는지 머를 들어도 돌아서는 까무 뿌고 가다 보믄 내가 지금 우데 가노 카고 있고, 하이튼 간에 이기 머시 잘몬됐지 싶으기는 하데이. 그 그란데 내 지금 우데까지 이바구했노? (이쁜이, 섬 꼭대기를 가리킨다.) 아, 글치 그기 저 섬 꼭대기에 있는 바우가.
이쁜이	(하나하나 힘주며) 든.기.싫.다.고.라. (손가락을 귀에 넣었다 뺏다 한다.)
이금	그래, 재밌겠제. 원래는 저기 머시라카는 바우섬인데 인자 우리 마을 사람들이 저다 치성도 드리고, 음석도 바치고 안 했나? 와, 저기 대끼리 영험하거든. 그란데 저 바우섬 꼭대기에는 용이 한 마리 살았는데, 아니 내는 본 적이 없지마는도 동네서 다 그래 알고 있거든. 우옜든 마을의 기집들은 전신에 그다 대고 영감, 아들들 돌아오라꼬 치성을 안 들이나. 그란데 저는 원래 시집 안 간 처이는 가는 데가 아이거든. 와 그라노 카믄 은자 저 용이 이래이래 두 눈까리가 벌게가 있다가 처이가 오믄 지 색시 한다고 잡아가 뿐다 카데. 그란데 그 올라간 처이가 하나 있었는 기라. 기실 그 처이는 혼례를 약속한 마을 총각이 있었는데, 은자 말하자 카믄 이래 둘이 눈이 맞았던 기라. 그라고 나매는 배 타고 들어오믄 색시 삼는다 카고 바다에 나가 뺏는 기라. 니 시방 듣고 있나?
이쁜이	총각이 배 타고 나가 부렀담서요. (계속 귀장난을 한다.)
이금	시방부터가 중요하데이. 똑띠이 들어라이. 그래가 은자 이 처이가 즈그 신랑감 돌아오라꼬 비는디, 듣고 있나?
이쁜이	돌아오라고 빈다믄서요? 근디 뭐시라 빌었는디요?
이금	잘 듣고 똑바로 옮기 바래이. 보소. 보소. 오데를 글치 댕기

샀소?

이쁜이   (약간 망설이다가 사투리로) 영감 영감, 아이지. (서울말투로 고
       쳐) 자갸, 어디서 댕기를 사셨소?

이금   이기 미친나? 댕기는 무신 댕기?

이쁜이   아 댕기 샀냐고 거시기했잖아요, 시방.

이금   그기 아이고 댕기샀냐고?

이쁜이   거시기 그러니께요, 지 말이 그 말이지라. 댕기를 샀냐고요?

이금   그기 아이고 다말아 댕기샀냐고?

이쁜이   야? 다 말아서 댕기를 샀냐고요?

이금   아 말기는 머를 또 말아?

이쁜이   아 거시기 다 말아 부린다믄서요?

이금   거시기 미치고 환장하겠네. 젊은 년이 귓구녕이 썩었나? 문디
       콧구녕 마늘 빼 묵는 소리 하고 자빠짖네. 아 마 됐고, 이래카
       믄서 그 바우 앞에서 죽으라꼬 이래이래 비비쌌는데,

이때, 첫술이가 먹거리를 들고 들어온다. 젊은이금 사라진다.

첫술   죽어? 죽기는 누가 죽어?

이쁜이   아따, 맛나겄다.

첫술   다 쳐무라. 정지에 천지다. (먹거리를 들어 좋아라 하며 퇴장)

이금   이 등신 같은 년이. 참말로 기가 차서. 죽기는 누가 죽어? 그
       라이 똑디 들으라 안 카나. 귓구녕에 못을 박았나? 아이고. 요
       새 것들은 하여튼 간에 어른이 머시라 이래 말을 하믄 예예 안
       카고 대가리를 내띠 세아가 지 잘났다고 지랄을 떨제. 안 되는
       기라야야, 가마이 있거라. 내 어데까지 얘기했드노? (고개를
       돌리다 첫술이가 앉은 것을 보고는 놀라 소리친다.) 어, 으악.

첫술   와, 그라는교? 머, 몬 볼 거를 봤소?

이금	이거는 또 머꼬?
첫술	아이고 행님요, 정신줄 놨소? 암만 그래도 그렇지, 이 첫술이를 몰라본다는 기 말이 돼요? (얼굴 앞에 손을 흔들다 자기 얼굴을 디밀며)내 눈지 알아보겠소? 아이고 형님, 낼로 몬 알아 보겠소?
이금	손모가지 안 치아나? (손을 든다.)
이쁜이	(무대 뒤에서) 아악.
이금	안즉 때리도 안 했는데 소리부터 지르나?
첫술	지는 아인데요.
이쁜이	(무대 뒤에서) 아악.
첫술	이기 머꼬?
이금	머?
이쁜이	아아아악.
첫술	행님. 야, 야, 지금 산통 시작하는 거 아인교? (급히 퇴장)
이금	으뜩 드가 바라. 아 으뜩 (첫술이 퇴장 후 바다의 양사방을 향해 손을 비비며) 그저 떡뚜께비 같은 아들 하나만 점지 하시이소. 암것도 안 바랍니다. 용왕신 성주신 보살핌으로 홍성 장씨 대를 이를 대주 보게 해 주시이소. 비나이다 비나이다. 우리 영감 똑 닮은 아들 하나 점지해 주이소.

이때 이금은 바닷가 모래사장에서 찢어진 깃발을 발견한다. 꺼내 보니 귀복의 배에 단 깃발이다. 이금, 털썩 주저앉는다. 첫술이 뛰어 오며 이금을 찾는다.

첫술	(무대 뒤에서 뛰어 나오며) 행님.
이금	(감정을 추스르며) 머시고?
첫술	아가.
이금	나왔나? 머시고? 꼬치가?

첫술	...
이금	근데 아가 와 안 우노?
첫술	...
이금	아가? 이쁜이는? 머시 잘몬된 기가? 우째 된 기고?
첫술	아가 나왔는데, 숨을 안 쉽니더. 고추드마는? (흐느낀다.) 아가 숨을 안 쉽니다.
이금	머라?
첫술	(깃발을 보며)이 이거는 먼교? 우리 영감 깃발 아인교? 이기 우째 된 일이고?
이쁜이	아가야!
첫술	영감!

암전 사이 음악

다시 무대 밝아 오면 이금 넋을 놓고 언덕에 올라 바다를 바라보고 있고, 첫술이 밥상을 들고 들어온다.

첫술	지지리 복도 없는 년. 어이구, 불쌍한 년. 행님, 저 년 저거 저라다 오래 몬 배기지 싶습니더. 아무것도 묵지를 안 한 지가 벌씨로 사흘째라예.
이금	안즉도 안 묵드나?
첫술	안즉이 먼교? 물도 한 빨 안 넘깁니더. 아이고 불쌍한 년.
이금	그래도 억지로라도 머를 미기야지. (이금, 밥상을 들고 퇴장한다.)
첫술	(독백조로) 무야 미기지요? 죽을라꼬 작정을 한 기라. 하기사 우째 제정신이겠노? 자슥을 놓자마자 잃었는데, 아이고 불쌍한 자슥. 그기 어떤 자슥인데. 우리 영감, 참말로 자슥복이 없는 갑소. 우째 마누라를 셋씩 바가 겨우 얻은 자슥이 이래 낳

자마자 죽어 삐릴 수가 있노? 참말로 팔자도 팔자도.

이금, 다시 나온다.

첫술   잠은 들었는교?

이금   잠이 머꼬? 실성을 했는지 실실 웃다가 울다가 하민서 이 집
서 아들 낳은 여자는 지뼤이 없다 카미 바다야 바다야 우리
아들 바다야 카고 나오도 안 하는 소리를 지르고 있다.

이금   행님, 참말로 저년 저라다 오래 몬 배기지 싶소. 어차피 죽을
거 아들이지나 말든지, 죽을라 카믄 생기지를 말든지, 아이고.

이때 이쁜이가 핏기 없이 해쓱한 얼굴로 마당을 나선다.

이쁜이   (초점 없이 나와) 내 갈라요.

첫술   이년이 어데를 나오노? 니 지금 그 몸으로 바람 씨믄 안 된다.
어여 드가라.

이쁜이   내 갈라요.

첫술   벨시러븐 년 다 보겄네? 니 시방 그 몸으로 어데를 간다꼬 기
나오노? 안 드가나?

이금   바닷바람 몸에 안 좋다. 마 드가 눕거라.

이쁜이   나 갈 것이요.

첫술   가긴 어데를 가? 영감 돌아오믄 또 내를 들들 볶아가미 살아
야 안 되겄나?

이쁜이   영감이 돌아와요? 참, 배 타고 나간 지 반 년이 넘도록 소식
한 장 없는 영감탱이가 돌아온다고라? 다 쪼갈라진 뱃쪼가리
에 깃발까정 발견됐는디, 그런 영감이 살아 돌아온다고라? 정
신들 차리쇼이. 우리 영감, 벌써 황천길로 가 뿌맀소. 되져 부

렀다 이 말이요.

첫술　니 와 이라노? 드가자. 내 잘몬했다. 그라이 드가자.

이쁜이　내는 이 섬에서 한시도 있기 싫으라. 온통 바다뿐인데 온통 우리 바다뿐인데... (흐느낀다.)

이금　(얼굴을 쓰다듬으며) 불쌍한 년.

이쁜이　영감도 우리 아그도 모두 저놈의 바다가 데불고 가부렀소. 저놈의 바다. 안 볼라고 혀두 바다만 비이고 안 들을라고 혀도 바닷소리만 들리요. 방구석에서 눈 닫고 귀 막아도 콧구녕으로 바다냄새만 올라오는데 지가 어떻게 숨을 쉴 수 있겄어요? 온통 바다뿐인데 저놈의 징글징글한 바다, 지는 이 섬에 한시도 있기 싫으라. 징글징글혀도 영감 있고 자슥 있는 곳으로 갈 것이요. (울먹인다.)

이금　이쁜아.

첫술　이쁜아, 이년아. 니 이카믄 죽는다. 이 몸에 어디를 간단 말이고?

이쁜이　성님, 우리 아그가 애미 젖 한 번 몬 빨고 뒤져 부렀을 때 지도 같이 뒤져 부렀소. 지는 살라고 나가는 기 아이고 죽어 부렀기 땀시 나가는 것이요.

이금　이쁜아. (한참 후) 첫술아, 야, 배 내주라.

첫술　머시라고요? 행님, 그거는 은자 이 섬에 남은 마지막 밴 기라요.

이금　우리가 배가 먼 소용이 있노? 내주라.

첫술　행님. 저년이 미치가 나갈라 카믄 행님이라도 말기야지, 배 내주라 카는 기 먼 말입니까? 이쁜아, 마 여서 우리끼리 살자. 없는 영감, 아들 찾지 말고 산 사람은 살아야제. 산 사람 부러버 이승에 남는 귀신 이바구는 들었어도 귀신 따라 저승 가는 산 사람 이바구는 내 몬 들었다. 정신 쫌 채리 바라.

162

이금   이쁘아.

이쁜이   (선착장으로 가며) 큰형님, 저그 보이요? 저그 우리 아들이, 우
         리 아그가. 지는 가야겠소.

첫술   저 년이 먼 소리를 씨부리는 기고?

이금   이쁘아.

첫술   (쓰러진 후 돌아보며) 지 보내 주소.

이금   오야.

첫술   이쁘아.

         이금과 첫술, 이쁜이를 부축해 배에 태운다. 둘은 눈물로 이쁜이를 전송한다.

이쁜이   잘 계시더라구요.

         배가 하수로 흘러가는 사이, 혼귀들이 나와 춤을 추며 배를 인도한다. 배가 흘러가는 사이
         이쁜이는 천천히 눈을 감으며 배 위로 드러눕는다. 이후 첫술이, 이금, 젊은이금, 젊은첫술
         이 나와 선다.

이금   영감

젊은이금   오빠야.

젊은첫술   보소.

첫술   보소 영감 (실제로는 넷의 소리가 오버랩되며 교차한다.)

         귀복이 언덕 위에 나타나 선다.

이금   밥은 묵소?

젊은이금   하루하루가 무서버 죽겠단 말이다.

첫술   잠은 잘 자요?

젊은첫술	빨리 안 올 끼요?
이금	영감, 우리 첫술이가 마이 늙었소.
젊은이금	내가 이뿌요? 첫술이년이 이뿌요? 말을 해 보소.
이금	내는 맨날 바다만 보다가 늙었고, 저년은 바다보는 내 미 살린다고 늙었소.
첫술	참말로 저 세상 간 기요?
젊은이금	가락지 때매 성이 난 기 아이요. 가락지를 사러 가믄서, 그년한테 어불리는 가락지를 골라믄서, 그걸 끼고 좋아라 할 첫술이년 얼굴을 상상하고 흐뭇해했을, 당신의 고 마음 때미 화가 나요.
젊은첫술	내는 다 압니더. 아들 때미 내하고 부부연을 맺었어도 당신은 평생 내한티 눈길 함 안 줬어요.
첫술	첨에는 행님 때문이다 싶어 행님이 미벘으요.
이금	첫술이년 가락지를 끼고 살민서 내 평생 첫술이년을 미버할 수가 없었소.
젊은이금	첫술이년이 미벘어요. 죽이고 싶을 만큼 미벘어요.
젊은첫술	그래도 아들이라도 낳으믄 낼로 좋아해 줄 줄 알았으요.
첫술	행님 때미 아이고 당신은 그냥 내가 미벘던 거지요.
이금	내가 죄가 많소. 첫술이는 착한 아 아인교. 당신이 지키 주소.
젊은첫술	(오열하며) 아들 때미 소실로 왔어도 내도내도 당신한테 사랑받고 싶었어요.
젊은이금	그래도 말해 보소. 낸교? 아니믄 첫술이년인교?
첫술	당신이 그래도 나는 당신이 안 미벘소. 그냥 좋대요.
젊은첫술	사는 동안 내내 아들 몬 낳아 소박 맞을까 봐, 그새 행님이 먼저 아들이라도 볼까 봐 내가 우째 살았는지 어떤 맴이었는지 당신이 아는교?
이금	영감, 은자는 영감이 돌아와도 내가 몬 알아볼 것 같소.

첫술	보소, 행님이 쪼매 아프요.
젊은이금	내는 죽어도 당신을 이자묵을 수가 없으요. 내 서방님이니께.
젊은첫술	아도 몬 낳는 년이 살아 머 하겠노 싶어 바다에 뛰들라 칸 적이 한두 번인 줄 아요?
젊은이금	내는 죽어도 영감따라 갈라요.
젊은첫술	살아 마누라 행님이믄 은자 죽어 마누라는 이 첫술이 하소.
이금	죽어서는 영감 마누라, 첫술이 하소. 내는 안 할라요.
첫술	살아생전 영감 마누라, 내 죽어서는 안 할라요.
젊은이금	오빠야.
이금	영감.
젊은첫술	보소.
첫술	영감.
귀복	파도가 좀 일어서 그렇지 물길은 지대로였다 아니가. 이 장귀복이가 깃발을 꽂았는데, 그깟 파도쯤이야 캤지. 물살도 시드라. 내 눈에 검은 바다, 검은 하늘 빼이는 암것도 비는 기 없드라. 온 세상 검은 물속에서 눈 감끼는 그 순간에 딱 한 개 비는 기 있드라. 이 불빛. 내를 기다리는 이 불빛. (사이) 고맙데이. 미안하데이.

여자들, 천천히 퇴장한다. 이금이 마지막으로 퇴장하려는데 귀복, 이금을 부른다.

귀복	이금아, 각시야.
이금	(돌아서며) 오빠야.

둘은 서로 정면을 바라보고 미소 짓는다.

| 이금 | 당신이 바다에 있으믄 내 물거품이 될 기고. |

귀복	당신이 하늘로 가믄 내 구름이 되지.
이금	은자는 내가 영감이고.
귀복	내가 임자 아닌가?
이금	(눈물 흘리며) 귀복이는 이금이 신랑이고.
귀복	(미소 지으며) 이금이는 귀복이 각시지.

귀복, 이금에게로 향해 다가간다. 이금, 귀복이 있는 바다로 들어온다. 이때 첫술, 다시 등장해 황급히 이금을 붙잡는다. 첫술이 등장하면 귀복, 서서히 퇴장한다.

이금	야야.
첫술	또 와 이라요? 행님.
이금	그 처이가 그래그래 빌었는데도 총각은 안 돌아왔는 기라.
첫술	야? 먼 소리요?
이금	그 처이는 그래서 기다리다가 기다리다가 마 저 바우 꼭대기서 바다로 띠들어 삣는 기라.
첫술	또 그 이야긴교? 그란데 그때 그 총각이 배를 타고 들어온다 믄서요.
이금	머라?
첫술	그 나매 말이요. 배를 타고.
이금	(갑자기 고개를 돌려 첫술을 노려보다 멱살을 잡으며) 이년, 이년. 내 영감을 가로채. 나쁜 년.
첫술	(쓰러지며) 행님, 와, 와 이라는교?
이금	이 나쁜 년. 죽어라. 죽어. 이 나쁜 년 (미친 듯이 소리 내어 웃으며) 영감, 내 첩년은 안 된다 캤지요? (울면서) 내 말고는 아무한테도 맴을 안 준다 캐 놓고는 (다시 웃으며) 하하하 하하하하하.

신음 소리만 내다 첫술, 죽는다. 파도에 휩쓸려 떠내려간다.

이금   하하, 저년이 어데를 가노? 야 이년아, 밥 도? 밥 도? 하하, 언
         니야 배 고프다, 밥 도. (섬으로 올라와 웃고 뛰놀다 갑자기 정
         신이 들어 첫술이 떠내려간 곳을 바라보다 자신의 두 손을 바라본
         다.) 안 된다, 안 된다, 첫술아, 첫술아! 첫술아.

음악, 높아지며 파도소리 세차다. 혼귀 나와 춤을 춘다. 무언가 한참을 멍하니 앉아 있던
이금, 미소를 지으며 일어나 퇴장한다. 혼귀 춤이 진행되는 동안 소복으로 갈아입은 이금,
다시 무대에 서면 혼귀와 잠시 교감 후 다시 마당에 선다.

이금   첫술아, 이년이 밥은 안 차리고 어델 갔노? 새서방 얻어 시집
         갔나? 언니야, 언능 온나. 내 춥다. 배고프다. 똥쌌다... 안 올
         기가? (주위를 돌아보다 언덕을 내려와 웃으며 똥독에 올라앉아)
         이년, 니 시방 낼로 똥독 우에 올리놓고 머하고 자빠짓노? (고
         개를 돌려) 첫술아. 첫술아, 어데 갔노? 내 무습다. 무습다. 첫
         술아. 어데 갔노? (화를 내며) 장명등이 꺼진 줄도 모리고 어
         데를 갔노? (감정을 정리하고) 첫술아, 내 무십다. 겁이 난다.
         이 나가 되도 겁이 나네. 죽는 거는 겁 안 난다. 내 겁나는 거
         는 죽는 기 아이고 내만 덩그러니 살아남는 기다. 혼자 밥 묵
         고, 혼자 잠자고 혼자 영감 기다리미 혼자 사는 기 겁난다. 영
         감 바다 나갔을 때는 니하고 내하고 영감 기다리는 그리움으
         로 안 살았나. 그란데 은자 아무도 없는 이 섬에서 혼자는 싫
         다. 영감 보고 싶소. 이쁜아, 바다야 보고 싶다. 첫술아, 보고
         싶데이.

그리고 선착장을 통해 바다로 들어간다. 혼귀는 파도를 몰아 이금을 인도한다. 동시에 바

다에 귀복이 배를 타고 들어온다.

천천히 암전

무대 다시 밝아오면 하수에 꽃 그네 내려오고, 젊은이금이 그네를 탄다. 귀복은 배를 타고 들어와 젊은이금 옆에 선다. 이금 천천히 장명등을 들고 언덕을 오른다.

이금	(언덕에 서서 떨어질 듯이) 영감. 영감.
귀복	이금아, 이금아.
첫술	(바구니에 고등어와 미역을 들고 올라오다 바구니를 놓고 언덕으로 올라와 이금을 붓잡으며) 행님, 행님.

상관없이 이금은 귀복을 보며 손짓을 한다.

이금	(꿈꾸듯) 보소, 영감 (귀복이 화답한다.)
귀복	각시야, 각시야
젊은이금	오빠야, 오빠야.
첫술	아, 행님. 그는 또 말라고 올라가가 있능교? (언덕으로 오르며) 또 그 등 달로 올라갔는교? 아, 어여 내리오소.
이금	(시선은 바다를 향한 채 단호히, 그러나 마치 남에게 이야기하듯) 영감. 영감. (첫술도 같이 바다를 바라본다.)
귀복	이금아, 이금아.

귀복과 젊은이금, 천천히 하수 뒤쪽으로 퇴장. 이금과 첫술, 언덕을 내려온다.

이금	(시선은 여전히 바다를 바라보며 속삭이듯) 바라, 야야.
첫술	와요?
이금	(천천히 내려오며) 우리 영감이.

첫술   (이금을 보며) 우리 영감이.

이금   (손가락으로 사방을 가리키며 천천히) 저짜서 와가꼬.

첫술   (이금이 가리키는 곳을 바라보며 서서) 저짜서 와가꼬.

이금   절로 가뿄다.

        막

죽어 피는 꽃

여자이야기 herstory Ⅱ

나쁜 년입니다.
하지만 무식한 이년, 양반들의 윤리 의리 그런 거 모릅니다.
마음이 먼저였습니다.
저를 바라봐 주시던 석이 도련님의 눈빛 하나로
제 인생 모두를 던질 수 있었습니다.

때	조선 시대
곳	한양 일대와 지장사찰

등장인물

최영진	석의 여인으로 사건을 주도한다.
조이경	궁궐에 속한 의생. 극을 끌어가며 전체 사건을 수사한다.
개똥	영진의 몸종. 어릴 때부터 영진과 소꿉친구로 자라나 그녀를 측근에서 돕는다.
이정한	최영진의 남편
허석	영진의 연인. 이정한과 숙적의 집안으로 두 집안의 혈투 때 희생당한다.
이휘	영진과 석의 아들
무이	개똥과 정한의 아들로 아비 정한을 죽인다.
해인	이경의 아이로 지장사의 승려
채부확	문사낭청. 이경과 함께 시체 부검을 한다. 이경을 겁탈하여 아이를 낳게 한다.
귀덕	어린 의생
유모	그녀의 몸종. 휘의 젖어미
주지	지장사의 승려. 이경의 아이를 받아 키운다.
시신	이경이 부검하는 시신

무대는 이층 구조로 이루어져 있다. 무대 뒤는 언덕으로 행인의 모습과 이경의 고독, 분위기 장면을 만든다. 또한 회상의 장면 연출 공간으로 활용한다.

무대 전면은 이씨 문중의 집안과 산속 개똥의 집, 그리고 지장사찰로 구분되어 진행된다.

1. 인두로 지져 죽이다?

무대가 밝으면 여인의 시신 한 구 침상에 누워 있고 오작사령이 서 있는 가운데 의생 이경이 시신을 부검하고 있다. 그 뒤로 문사낭청 채부확이 이를 유심히 살펴보고 있다. 옆에서는 어린 의생 하나가 구역질을 하며 입을 막은 채 이경의 검시를 기록하고 있다.

채부확   이번이 복검이니 무에 초검과 다를 것이 있겠나? 서둘러 마치고 어서 여기서 나가세그려. 이거 원 날은 덥지. 시신은 썩고 있지. 행실 더러운 계집종 하나 다스린 걸 가지고 무에 복검씩이나...

조이경   (그를 노려보며) 국법이옵니다.

부확은 움찔한다. 이경은 시신의 얼굴을 만지다 구역질을 한다. 이후 다시 돋보기로 자세히 들여다본 후 생각에 잠긴다.

채부확   계집의 얼굴이 저리 짓이겨졌다면 그 좌의정 영감 며느리도 한 성질 하는구만.

조이경   (시체를 바라보는 채로) 있는 것이 없느니만 못하오니 나가서 바람이라도 쐬시든지 아니면 이년의 검시가 편할 수 있도록 없는 듯이 계셔 주시지요.

채부확   아, 아니 난 뭐... 여보게, 우린 잠시 바람이나 쐬고 오지 뭐. 아닌 게 아니라 이 더위에 이 냄새에 머리가 어지럽기도 하구만. 그럼 내 잠시 사령과 신문기록에 관한 이야기를 나누고 올 테니 속히 끝내도록 하게.

오작사령　(따라 나가면서) 아니 왜 영감께서는 의생년 말 하나를 막지 못하시고...

채부확　험. 그만. 어서 나가자면 나가지 무에 그리 말이 많아. 왕명으로 시행되는 복검에 자네 따위가 들어 검시하는 위생을 능멸할 셈인가? (퇴장)

오작사령　나만 갖고 난리야. (투덜대며 따라 퇴장)

이경, 그들이 나가자 시신의 얼굴을 만지고 있다가 용액을 바른 천으로 인두자국 옆의 살점을 덮어 누른 후 그것을 다시 떼어 내어 불에 살짝 그을려 냄새를 맡아 본다. 귀덕, 구역질을 한다. 영진은 귀덕에게 그 색의 변함을 말해 기록하게 한다. 또한 아랫도리로 기구를 넣어 그녀의 액을 받아 따로 보관한다. 그리고 다시 한 번 그녀의 얼굴을 만지다 일어난다. 생각에 잠기다 일어나 몇 발자국 배회하다 상수 뒤쪽에 서서 시신을 바라본다.

조이경　너는 우선 보고서만 낭청 나리께 올리거라. 그리고 이것은 궁으로 가져가 다시 살펴볼 것이니 가져온 의구에 넣어 봉하구.

귀덕　예. 어머니. 그 그런데 무섭지 않으십니까? 그냥 시체도 아닌 썩어 문드러진 냄새나는 시체이온데.

조이경　이것이 무섭다면 너는 의생으로서의 자격이 없다. 시신의 살점 이전에 있었을 생명을 보아야지.

귀덕　아 송구하옵니다. (어린 의생은 기록지를 들고 인사를 올린 후 급히 나가며) 시신에게 생명? (손가락으로 귀 옆에 동그라미를 그리며 퇴장)

이후 조명은 이경과 시신만을 비춘다. 시신의 뒤로 개똥이 나타난다. 시신은 일어나 정면을 바라보고 눈을 감은 채 앉는다. 개똥은 인두로 시신의 얼굴을 지진다. 시신은 고함을 지

른다. 서서히 암전

2. 재회

영진은 만삭인 채로 화단에 물을 주고 있다. 유모가 이경, 귀덕과 함께 들어온다.

유모   마님. 시신의 복검이 끝났다 하옵니다.

영진, 말없이 화단에 물을 주고 있다.

유모   그런데 여쭐 것이 있다고 하여 궁에서 의생이 나와 뵙기를 청
          합니다.

최영진   그래, 어서 모셔라.

이경, 들어와 읍한다.

조이경   마땅히 절차를 밟아 낭청께서 오셔야겠지만 사대부가 심규라
          미천한 것이 아룀을 너그러이 용서하소서.

최영진   별말씀을 다하시네. 어서 오게. (유모에게) 이보게, 궁에서 나
          오신 분인데 이리로 모시고 다과라도 준비하게.

유모   예, 마님.

조이경   아닙니다. 밖에선 낭청 영감께옵서 입궐을 준비하고 계신지
          라 선 자리서 몇 말씀 올리고 물러갈까 하옵니다. 혹여 바쁘
          신 중에 찾아뵌 것은 아닌지 송구할 따름입니다.

최영진   아닐세. 그저 아끼는 꽃에 물을 주고 있었을 뿐이라네.

귀덕   꽃은 보이지 않는데 무슨 꽃이온지요?

최영진   (이경이 눈짓으로 귀덕을 야단치자) 아니네. 괘념치 마시게. 화

단에 물을 주고는 있으나 꽃이 보이질 않으니 궁금도 할 터이지. 은방울꽃이라네. 작고 하얀 꽃이지.

귀덕　은방울꽃이라면 이미 꽃이 진 시절이온데 무엇하러 그리 열심히 물을 주어 화단 가득 키우시는지?

최영진　어허, 영특한 아이로세. 허나 꽃은 없어도 뿌리가 있지 않느냐? 뿌리가 있는 꽃은 언젠간 또다시 그 향을 날리지. 헌데 웃긴 것은 뿌리가 없이도 꽃을 피워 그 향을 날리기도 한다는 것이지.

조이경　무슨 말씀이신지.

최영진　아닐세. 그저 규중심처에 있다 보니 말벗이 그리웠던 모양일세. 그래? 내게 궁금한 것이 무엇이란 말인가?

조이경　복중 아기씨가 계신다 들었습니다. 민망하오나 죽은 시신을 복검하며 이상한 점이 있었사온지라... 죽은 이는 어릴 적부터 함께 자라온 마님의 동무라 들었사온데

최영진　어찌 그리 잔인하게 죽일 수 있었느냐, 그 말인가? (이경, 대답 없이 읍한다.) 자네같이 궁에 메인 신분으로서야 아녀자의 하찮은 감정을 어찌 소소히 알 수 있겠는가? 친할 친 오랠 구. 친구의 정이 있었지. 하지만 자네가 아무리 궁에 매여 남녀 간의 정을 모른다 한들 어찌 지아비를 쫓는 아녀자의 마음을 이해할 수 없단 말인가?

조이경　하오면, 얼굴에 난 시신의 인두 자국 말씀이온데, 원래 살아 있는 시신을 인두로 지졌을 때와 이미 죽은 자를 다시 벌하였을 때는 그 주변의 살점 반응이 다르옵니다. 살아 있는 육체에 가해진 화형은 주위의 살을 오그라들고 비틀리게 만들지요. 하오나 죽은 이라면...

최영진　내가 죽인 개똥이의 시신은 인두자국 옆으로 어떤 살점의 변화도 일어나지 않았다, 이 말 아니냐?

조이경	그러하옵니다.
최영진	너희 의생들은 모두 그리 똑같은 말로 괴로운 이의 마음을 다시 한 번 헤집는 것이라더냐? 그것은 이미 초검 때에도 나왔던 질문이라 내 대답을 했건만.
유모	마님은 그때 제정신이 아니었습니다. 개똥이년이 실신을 하였다 생각하였지요. 그래서 여지를 두지 않고 죄를 족친 것이온데.
최영진	그것이 아마도 그때 이미 목숨이 끊어진 게지. 실신한 그년을 두고 나는 방으로 돌아와 마음을 진정시키고 개똥의 처리를 어찌할지에 관해 여기 이 유모와 함께 이야기를 한 뒤 새벽녘 다시 광으로 나갔는데 그년이 아직도 실신한 채 그대로였지. 난 격해 있었고, 그년이 살아 있었는지 죽어 있었는지 살펴볼 겨를이 없었지. 그 길로 잠자는 듯이 눈을 감은 그년의 얼굴을 대하니 다시 부화가 치밀어 옆에 있던 인두로 얼굴을 지졌던 것일세. 그러나 그년이 아무런 반응이 없자 유모가 나를 만류하여 방으로 들어갔네. 그것이 전부일세. 이만하면 데리고 있던 계집종에게 배신당한 주인의 넋두리로 들을 만한가, 아니면 무언가를 더 추궁하여 이미 죽은 종년의 시신을 손댄 나쁜 주인으로 만들어야겠는가? 그도 아니면 나를 잡아 가둘 생각이라도 하고 있는 겐가?
조이경	아닙니다. 감히 좌상의 종부에게 이년이 어찌 그런 마음을 품을 수 있겠사옵니까? 하오나 하나만 더 여쭙겠사옵니다. 이곳에 오던 중 소문을 들었사온데, 마님께서 노하신 이유 중 하나는 사자가 복중에 아기를 잉태한 것이 이유가 되었다 하더이다.
최영진	(노려보며) 그래서?
조이경	헌데 이년이 검시한 것으로는 사자는 잉태한 적이 없는...

최영진 그럼 자네는 내가 지금 태기는커녕 내 지아비와 통정도 한 적 없는 처녀였던 불쌍한 종년을 누명을 씌워 억지로 죽였단 말인가? 그 말이 하고 싶은 겐가? 한데 왜? 내가 왜 그래야 하지? 내 말이라면 목숨처럼 따르던 계집년을 누명을 씌우면서까지 죽여야 하는 이유가 무엇인가 말일세.

조이경 마님, 이년은 방금 태기가 없다 하였지, 처녀였다고는 말씀 올리지 않았사옵니다.

유모 (놀라 말을 가로막으며) 무엄하오. 감히 어느 안전이라고 그리 함부로.

최영진 (놀라며) 되었네. 그래서 그게 무엇이 대수란 말인가? 하기야 평생을 수절의 몸으로 살아야 하는 궁의 것이 아녀자의 마음을 어찌 알겠는가? 자네가 혹 아기를 낳아 본 적이 있다면 모를까? (놀라는 이경을 보며) 무에 그리 놀라나? 어허 이런 얼굴색도 파리하니 꽤 놀랐나 보이.

귀덕 천부당만부당하오신 말씀이옵니다. 소녀, 그저 저를 맡아 주시는 마마님께 사사로이 어머님이라 부를 뿐 저를 낳으신 것은 아닙니다. 참말이옵니다. 소녀는 사대문 밖 사로 곽진의 딸로서 엄연히 제 모친이 있사옵니다. 정말이지 그것이 아니옵니다.

최영진 아하하, 농일세. 그 아이의 자네에 대한 마음이 아주 각별하구면.

조이경 말씀이 듣기 민망하옵니다.

최영진 어찌되었건 설령 그것이 처녀라 한들 내 지아비를 유혹하고 마음을 흔든 것은 친구이자 상전인 나에게 칼을 들이댄 것이 아니고 무엇이겠는가? 몸은 그년이 죽었지만 실상 배신의 칼을 맞은 것은 그년이 아니라 내가 아니겠는가? 자네의 말을 듣고 있자면 일리가 없는 것은 아니네. 또한 내가 그년을 죽이지 않았다고 잡아떼는 것은 아니질 않는가? 그러니 그리 추정만 하지 말고 사실을 사실대로 기록하여 죄를 물을 것이면 죄를 묻고 처벌을 할 것이면 또 그리하면 되는 것 아니겠는가?

조이경   송구하옵니다. 하오면 이년 이만 물러갈까 하옵니다.

최영진   그러시게. (나가는 이경에게) 아무래도 자네 안색이 좋질 않네. 내 궁으로 자네의 원기를 돋울 약을 좀 보낼 것이니 자네 몸 보전이나 먼저 챙기시게.

조이경   받들기 민망하옵니다. 아직 검시도 끝나지 않았고, 혹여...

최영진   왜, 내가 자네에게 지금 뇌물이라도 건넨다 생각하시는겐가? 우습구만. 좌상의 종부이며 옥당에 계신 분이 내 지아비이거늘 내 힘 쓸 데가 없어 자네 같은 의생에게 뇌물을 전할까? 괴이히 생각지 마소. 내 아이를 가져 보니 여인네의 몸 보전이 얼마나 중한가 하는 생각이 들어 같은 여인네로 이 복더위에 아녀자의 몸으로 고생하는 의생에게 마음을 전하는 것일 뿐일세.

조이경   이년 나라의 녹으로 살아가오니 필요한 것이 있으면 스스로 해결할 것이옵니다. 또한 의녀이기에 스스로의 원기를 챙길 줄 아옵니다. 걱정해 주시는 마음만 감사히 받겠습니다.

최영진   그래, 그럼 그리하시게.

귀덕   어머님 일단 높은 분이 주시는 것이온데 받고 보는 것이 (이경의 눈짓으로 입을 다문다.)

조이경   그럼 이만 물러갈까 하옵니다. (읍하고 물러 나온다.)

돌아서서 나오는 이경에게 채부확이 다가온다.

채부확   그래 뭐라 하시던가?

귀덕   마마님의 몸이 아이를 낳은 듯하다고...

채부확	뭐, 뭐라.
조이경	별다른 언질은 없었사옵니다.
채부확	어, 그런가? 휴.
조이경	허나.
채부확	허나?
조이경	짜 놓은 듯이 초검 때와 같은 말씀만 있으셨습니다.
채부확	그게 무에 그리 이상하단 말인가? 지체 높은 좌상 영감댁의 안살림을 맡고 계신 종부이온데 그깟 계집종 하나 죽은 것에 무에 그리 생각을 되새길 것이 있다고 이때 다르고 저때 다를 것이란 말인가? 그리고 오히려 일의 내용을 한결같이 정확히 진술한다니 그 또한 진실임이 아니고 무에란 말인가? 그리고 설마 지체 높은 좌상의 며느님이 자네에게 쫄아 말을 버벅거릴 것을 기대했단 말인가?
조이경	지나치게 정갈하옵니다.
채부확	그리 고결하신가, 그분이?
조이경	그것이 아니옵고, 죽은 개똥이란 계집종은 이 댁 마님의 어린 시절을 함께 한 소꿉동무이며 시집와서도 유일한 말벗이었다고 하는데 그런 아이를 죽여 놓고도 미동도 없는 얼굴 하며 마치 준비된 책을 읽는 듯한 언변하며.
채부확	그러니 아녀자의 투기심이 얼마나 무서운가 말일세. 어린 시절 함께 자란 동무를 죽여도 풀리지 않는 것이 아녀자들의 투기심이 아닌가 무서울 따름일세, 허허.
조이경	석연치 않습니다. 아랫것들의 말에 따르면 죽은 개똥은 아기를 가졌다 하온데 검시를 한 시신은 태기는커녕 분명 처녀이었사옵니다.
채부확	이런들 어떠하며 저런들 어쩌리요. 설령 죽였다 한들 좌상의 며느님이 그래, 뭐 국청이라도 받게 된단 말인가? 처녀든 아

니든 무에 중요해. 죽었으면 끝인 게지. 이 나라 조선이 아무리 투기를 죄악시하나 그같이 지체 높은 안방마님이 제 종년 하나 다룬 것을 가지고 무에 복검씩이나, 이건 애초부터 초검의 수사를 지휘했던 변대장의 그 지랄 같은 보고문 때문이야. 괜히 나만 귀찮게스리.

조이경   (부활을 노려보며) 인명이 죽었습니다. 억울하다 말 한마디 못해 보고 제 몸보다 귀히 여겼던 단 하나 믿었던 상전에게. 설령 개똥이가 이대감과 불미스런 일이 있었다고 한들, 그것이 누구의 힘에 의해 자행되었을지 모를 일이 아니질 않습니까? 이 땅 조선에서 감히 상전의 능욕을 피할 아랫것이 있을 수 있겠습니까?(채부확을 노려본다.)

채부확   아니 나를 왜 그리 보나? 허험 (분위기를 바꿔) 고얀지고. 반상의 법도가 엄연한 이 나라 조선에서 그 같은 말은 반상의 법도를 흔드는 것이 아니고 무엇이란 말인가? 차후에 다시 한 번 이런 말을 지껄일 때는 내 그냥 보고 있지만은 않을 것일세. (퇴장하려 한다.)

조이경   반상의 법도라 했습니까? 지금 반상의 법도를 논하실 참입니까?

귀덕   제가 그리 혼날 줄 알았사옵니다. 영감께옵선 매번 우리 마님께 야단을 들으시면서도 그리 바득바득 기어오르십니까? 눈치껏 사십시오.

조이경   시끄럽다. 어린 것이 어디라고 감히 끼어들어?

귀덕   송구하옵니다.

조이경   넌 잠시 나가 있거라.

귀덕   네. (퇴장)

채부확   아니 내 말은 그저 거 뭐... 흠흠. 그건 그렇고 자네는 이리 톡 쏘아 줄 때가 제일 귀엽구만. 오늘 상부에 보고서만 올리면 되는 것인데 우리 잠시 어디 가서.

조이경   그 말이 그리 쉽게 나오십니까? 어디 또 한 번 건드려 보시지요. 이제는 정말 이년도 가만히 있지만은 않을 것입니다.

채부확   내 무어라 했다고 이리 소리를 지르고 지랄이야. 흠흠. 그놈의 성질머리 하고는. 아, 나를 이리 만든 건 자네 아닌가? 아, 적당히 즐기면 되지. 어쩌자고 아이가 생겨 생기길? 자네나 나나 그리되면 둘 다 죽은 목숨 아니었겠는가? 차라리 뭐 잘된 일이지. 안 그런가?

조이경   그래서 아이와 저를 죽이려 했답니까? 다시는 그 입에 죽은 아이를 올리지 마시지요. (부확이 노려보자) 아님 지금이라도 발고하여 보시던지요.

채부확   내가 그런 것이 아니라니까 그러시네. 아이가 죽은 것은 안 된 일이나 흠, 그 보고서 다 작성되면 내 방으로 가져오게. 난 먼저 들어가 보겠네. (서둘러 퇴장)

조이경   (독백) 지랄하고 있네. 미련했던 지난날의 나는 어리석게도 니놈을 믿었었지. 사랑이라 생각했지. 니가 니 사랑의 씨앗을 죽이고자 그리고 그 어미인 나마저 죽이고자 했던 것을 내 모를 줄 아느냐? 상전은 종년을 겁탈해도 된다는 것이 반상의 법도라는 것이냐? 인의와 덕으로 이루어진 이 나라 조선에서 지금의 너희들의 어디에서 인의와 덕을 찾을 수 있단 말이냐? 반상의 법도를 내세워 계집을 노리개로 농락하는 것이 가하다면 여인의 정절이 목숨보다 중하다는 가르침은 없었어야 옳지 않은가? 아가야, 내 너의 앞날에 이미 죄지은 어미가 되고 말았다만 너의 목숨만은 지킬 것이야. 부디 이 어밀 잊고 평안히 잘 살아다오. (눈물을 흘린다.)

3. 지장사찰

무대, 지장사에 여명이 비친다.

상수 뒤쪽으로 사찰 안에서 영진과 개똥이 주지와 함께 나온다. 주지, 합장한 뒤 사라진다.

최영진 잠시 앉았다 가자꾸나.

개똥 예, 아씨. 예서 잠시 쉬시지요. (바위에 앉는 영진을 보며) 그럼 잠시 스님께 이것(보퉁이) 전해 드리고 오겠습니다.

최영진 그래, 스님 뵙고 정중히 올려 드려야 한다. 그리고 필요한 것은 없는지 눈치껏 꼼꼼히 살펴보고.

개똥 예, 아씨. (하수로 퇴장)

영진, 하늘을 보고 일어나 서성인다.

최영진 도련님, 도련님이 가신지 오늘로 꼭 일 년이옵니다. 이년 아직 그날을 잊지 않고 있사옵니다. 또한 죄 많은 이년 이리 목숨을 보전하고 있는 것 또한 그날의 약속을 저버리지 않기에 가한 것이옵니다. 이년이 살아 있는 이유를 언젠가 보시게 될 것입니다. 우리 휘가 태어났으니까요. 훤한 장부로 자랄 것입니다.

상수의 앞쪽에서 이경 등장한다. 조용히 절을 향해 합장한다. 조용히 절을 하던 이경, 눈물을 흘린다.

조이경 무엇이든 어디에 있든 넓은 마음으로 세상을 보게 하소서. 내 그리움이 무엇이든 그 아이에게 누가 되지 않게 하여 주소서. 이 어미의 업이 아이의 업으로 쌓이지 않게 하여 주소서.

궁녀의 삶을 살아가면서 감히 왕의 여인으로서의 삶을 버리고 한 남자의 유희의 눈빛을 사랑이라 믿고 싶었던 이년의 죄를 용서하소서. 아니 용서하지 마소서. 이년 죽어서도 그 죄 달게 받겠습니다. 허나 우리 아이만은 아무런 죄가 없습니다. 어미의 죄로 날 때부터 고통의 삶을 살아야 했던 우리 아이, 얼굴 한 번 보지 못하고 젖 한 번 물리지 못한 채 버렸던 우리 아이, 이 어미를 잊고 부처님의 덕 아래 평온히 살아가길 원합니다.

하수로 들어오는 개똥, 하늘을 본다.

개똥   죄 많은 몸입니다. 개똥 같은 이년을 처음으로 인간답게 대해 준 우리 아씨의 정인을 연모하였습니다. 나쁜 년입니다. 하지만 무식한 이년, 양반들의 윤리 의리 그런 거 모릅니다. 마음이 먼저였습니다. 저를 바라봐 주시던 석이 도련님의 눈빛 하나로 제 인생 모두를 던질 수 있었습니다. 무엇을 욕심내고자 한 사랑이 아니었습니다. 그저 사모하였습니다. 그분을 위해 이년 목숨 내걸어도 좋다 생각하였습니다. 이제 억울하게 돌아가신 우리 도련님의 혼백을 위로할 이년의 춤을 그분이 보아주신다면 이년 죽어 무엇을 원망하겠습니까? 달게 죽겠습니다. 허나 죄 많은 이년의 몸에서 나온 우리 무이만은 아무 죄가 없습니다. 그 착한 것의 업은 모두 이년의 것이오니 모든 일 무사히 마친 후 부처님의 처분대로 따를 것입니다. 그러니 불쌍한 우리 무이를 보살펴 주십시오.

개똥, 눈물을 훔치고 영진에게 오른다.

개똥   (들어와) 아씨, 밤기운이 차옵니다. 몸에 좋질 않습니다. 아기씨를 보신 지 얼마 되지도 않았는데 이리 찬바람을 맞으시면...

최영진   힘들기는 너도 마찬가지 아니냐? 이리 오느라 힘들었지? 아이 이름을 무이라 지었다고?

개똥   예, 아가씨 (가만히 따뜻한 눈으로 아씨를 바라본다. 눈물을 글썽이다 말고) 어서 돌아가시지요. 쇤네도 여기서 그만 하직인사 드릴까 하옵니다.

최영진   개똥아, 언제나 몸조심하구. 바우 아범더러 필요한 것들을 구하여 사는 데 불편한 것 없도록 하라 일렀다. 몸조심하거라.

개똥   개똥같이 살아온 이년 인생인데 아이 하나 낳은 것쯤은 문제없습니다요. 이년 걱정은 마시고 부디 몸조심하시옵소서. 오늘 도련님의 기일을 맞아 이리 아씨를 뵈었사오나 이제 인사 올리면 아기씨가 장성하실 십오 년은 있어야 아씨를 뵈올 수 있을 것이니 그때까지 부디 편히 계시옵소서. (인사 올린다.)

최영진   아주 헤어지는 것이 아니질 않느냐? 내 바우 아범을 통해 연락할 것이니 살아가는 데 불편한 것이 있으면 언제라도 기별하거라. 자, 어서 내려가자꾸나.

영진 다시 한 번 사찰을 향해 합장하고 계단을 내려 하수 쪽으로 나가려다 탑 아래 울고 있는 이경을 바라본다. 시선을 의식한 이경 역시 의아한 듯 일어나 그녀를 본다. 세 여인은 서로 합장한다.

최영진   (개똥에게) 자넨 어서 내려가 보게. (고개를 돌려 이경에게) 이게 누군가? 자넨... (놀라 읍하는 이경에게) 인연인가 보네, 자네와 나. 그래 이 야삼경에 사찰엔 어인 일로...

조이경   (놀라 읍하며) 그저 사가로 나왔다가 잠시. 마님께서는 어쩐

일로...

최영진 　나야 갓 태어난 우리 아이를 위해 불공드리러 왔다네.

조이경 　하온데 방금 그 여인은...

최영진 　왜 그러시나?

조이경 　방금 전 개똥이라 이름하는 것을 들은 싶사온데...

최영진 　그랬나?

조이경 　망자의 이름을 들은 듯하여...

최영진 　저기 저 하늘의 달을 보시게. 사람들은 그저 둥글게 떠 무심
히 지나가는 저 달을 두고 보름달이니 하며 소원을 빌고, 그
믐달이니 하며 멀리 간 정인을 그리지. 달의 모습이 변하는
것이 아니라 달을 보는 우리의 눈이 그 변함을 쫓는 것일 뿐
인데 말일세.

조이경 　그러하오시면 변치 않는 그 이름의 주인이 하나였음을 인정
한다는 뜻인지요?

최영진 　글쎄. 허나 그건 내게 할 물음은 아닌 듯하네. 둥근 모양이 그
원래인지. 보름을 두고 날마다 변하는 그 모습이 원래의 모습
인지... 하하, 그건 아마도 저 달을 만나 물어보아야 하지 않을
까? 어차피 우린 달빛을 쏘일 뿐 달을 안을 순 없지 않은가?
난 이만 내려가겠네. 뭐... 다시 보세. 자네도 내 보아하니 이
사찰에 인연이 닿아 있는 듯싶으니 우리 인연이 닿는 날 다시
또 보지 않겠나?

조이경 　(나가는 영진을 바라보며) 뭐지? 저 당당함은? 그나저나 아까
그 여인 분명 개똥이라 하였는데, 그렇다면 개똥이라는 아이
가 살아 있었단 말인가?

이때 주지, 마당으로 나오다 이경을 보고 합장한다. 이경 역시 합장하고 손짓하는 법당으
로 함께 오른다.

사이 음악, 무대엔 나무 한 그루 사이로 달빛이 변하며 조명변화로 시간의 흐름을 보인다.

그 사이 음악 연주 흐른다.

4. 15년 후

유모   마님, 바우 아범이 서찰을 보냈습니다.

최영진   (유모에게 서찰을 받아 읽으며) 유모, 우리 휘는 어딜 간 겐가?
아침 문안 이후로 종일토록 얼굴을 볼 수가 없질 않나?

유모   송구하옵니다. 아침나절에 잠시 활쏘기를 다녀오마고 동이와
나가는 걸 뵈었사옵니다만, 사랑에 계신 대감마님의 접대에
신경이 쏠려 그만, 말씀 올리지 못했습니다. 죄송합니다. 이년
이 얼른 기별을 넣어 보겠습니다요.

최영진   아닐세. 그 아이가 그렇다면 그럴 것이지. 무에 걱정거리가
있을라고.

유모   아무렴입쇼. 도련님께서야 이제 지학(地學)이오나 문무를 겸
비하였사옵고, 헤헤 뭐 긴 말이 필요하겠습니까? 말이야 바른
말이지, 이년이 젖어미를 해서가 아니라 이날 이때껏 이리도
모든 것을 갖추신 분은 없었지요. 무에 거칠 것이 있다고 걱
정을 하겠사옵니까?

최영진   내 자식 자랑이라 겸연쩍기 그지없으나 유모의 말이 사실인
즉 내 과히 듣기 싫은 소리는 아니구만.

유모   그뿐입니까요, 이 나라 조선의 대 좌상 영감마님의 종손이시
자, 옥당에 계시는 대제학마님의 독자로서...

최영진   그 입 다물지 못할까? 우리 휘를 감히 어디다가.

유모   마님, 이년이 실성을 했나 봅니다. 미천한 년의 정신 나간 소

리로 들으시고, 그만 노여움을 푸시지요. 남들에게 하던 말이
입에 익은지라. 죽을 죄를 지었습니다.

최영진　(노기를 참으며) 그래, 잔치 준비는 다 끝났다 하는가?

유모　(주위를 살피고 난 후) 달포 뒤 그믐이면 모든 상이 차려질 것
이라 하옵니다.

최영진　그래, 그럼 그날, 지장사로 오를 것이네.

유모　예, 그럼 알아서 차비하겠습니다.

　　이때, 이정한이 들어온다.

이정한　(호쾌히 들어오며) 무에 그리 정답게 담소를 나누고 있는 것이
오?

유모　(뒤로 자빠지며) 에구머니나.

이정한　어허, 이 사람, 실성을 했네. 왜 이리 놀라는가?

유모　아, 아닙니다요. 갑자기 인기척이 나는 바람에.

이정한　아니, 내가 못 올 데를 왔단 말인가?

유모　송구하옵니다. 이년이 늙어 실성을 했나 봅니다. 대 대감마님.

이정한　당신은 어찌 보면 지아비보다는 유모랑 더 가까워 보인단 말
이오. 이것 투기가 나려 하는구만.

최영진　농도 잘하십니다. 그저 내달이면 성균관에 들어갈 휘 때문에
조촐한 음식이나 마련해서 불공을 드릴까 하고 의논 중이었
습니다.

이정한　어허, 이제는 유모에 한 술 더 떠 아들에게서도 밀리는구만.
그럼 내 차례는 언제나 돌아온단 말이오? 혹여 오늘 밤은 아
니 되겠소...

최영진　(정한을 밀어내며) 아랫것 앞에서 체통을 지키시지요. 그나저
나 사랑에 손님이 드셨다던데.

이정한	아, 뭐 연줄을 놓아 보려고 오는 손님이 어디 하나둘인가? 뭐 그저 객담이나 늘어놓다 돌려보냈지.
최영진	그런 사람도 시대가 되면 서방님의 앞일을 도울 자가 될지 알 수 없는 일이지요. 너무 청렴히 내치지 마시고, 거리를 두고 인물됨을 살펴 가려 뽑아 제 사람을 만드셔야지요.
이정한	예, 부인. 내 그리하지요. 우리 집안이야 어디 당신 말 들어 그릇된 일이 있었게 말이오. 아 안 그런가? 유모.
유모	아, 아 네. 지당하신 말씀이옵니다. 하오면 소인은 이만. (물러가며 영진과 눈짓을 주고받는다.)
이정한	그나저나 당신은 휘의 공부 불공드린다고 나를 멀리한 지가 얼마나 되는지 아오?
최영진	소첩이 아녀자의 도리를 다하지 못하고 있사옵니다.
이정한	그런 뜻이 아니라... 아이 참, 나도 사내란 말이오. 사내대장부가 되어 안주인에게 소박을 맞는 것도 한두 번이지. 정 이러시면 내 소실을 들여도 당신은 할 말이 없을 것이오.
최영진	여부가 있겠사옵니까? 다만 소첩은 이 집안 3대 독자의 앞날을 위해 몸가짐을 바로 하고 자식의 앞날을 정성스레 비는 것이 종부로서의 도리라 생각하였고, 그 생각은 지금도 변함이 없습니다. 그러나 언제나 서방님께는 송구한 마음 그지없으니 달리 첩을 들인다 해도 소첩이 무어라 할 말이 있겠습니까?
이정한	혹여 그 개똥이년 때문에 화기가 누그러지지 않아 나를 아직도 멀리하고 있는 것은 아니오? 내 말이 났으니 말이지 지난일은 입에 담지 않는 것이 장부의 일이나, 내 당신이 개똥이년을 족친 것을 보고 실은 무섭기도 했으나 부인께서 그리한 것은 실은 나를 사랑하기 때문이 아닌가 하고 생각하니 은근히 기분이 나쁘진 않더이다.
최영진	가문과 아버님, 서방님, 그리고 우리 휘를 위해 한 시의 정갈

함도 놓지 않고 불공을 올리고 있었사온데 서방님께서 저의 오랜 친구인 개똥이를 건드렸다는 사실이 참아내기 어려워 투기를 하고 말았던 것은 사실이옵니다.

이정한 괜찮다니까요, 내 괜히 말을 꺼냈군. 내 잘못했소. 실은 그 또한 나의 당부로 시작된 일이었으니 내 무엇을 이유로 부인을 투기한다 말할 수 있겠소? 휘의 출산을 앞둔 성스러운 때에 그년이 덜컥 아이라도 낳게 된다면 서출로 태어난 그놈이나 서출의 에미가 되는 그년이나 좋을 게 무에 있겠소. 그러니 내 그년을 족치라 부인께 부탁을 했을 밖에.

최영진 이년 역시 우리 휘를 가지고 있었던 몸으로 좋은 태심을 갖기 위해 노력해야 하는 그때에 아무리 서방님의 당부가 있었다고는 하오나 피를 보는 잔인함으로 태중 아이를 가르쳤으니 죄가 하늘에 닿아 있음이옵니다.

이정한 무슨 소리. 그게 다 가문과 우리 휘를 위한 것임을 내 어찌 모르겠소. 자자 미안하오. 내 다시는 그때의 일을 입에 올리지 않으리다.

최영진 이년이 무엇이건대 서방님과 아버님을 이리 힘들게 하는지... 하오나 우리 휘가 성균관에 들어가 문성공을 배알하고 나라와 임금을 위할 인재가 될 날이 머지않았사오니 그리 되는 날이면 서방님을 위해 소첩이 무엇을 아끼겠사옵니까?

이정한 부인 (안으려 하는데 휘가 들어온다.)

이휘 어머님, 다녀왔습니다.

이정한 어, 어 그래 왔느냐, 아들아. 참 때마침 들어오는구나.

이휘 찾으셨사옵니까?

최영진 아, 아니다. 그저 종일토록 네가 보이질 않아 걱정을 하고 있을 따름이었다.

이휘 활쏘기를 다녀오고자 고하였사오나, 유모가 어머님 기도 중이

	라 하여 미처 말씀 올리지 못하고 다녀왔습니다. 죄송합니다.
최영진	아니다. 그리고 내 이미 유모에게서 들어 알고 있었다. 마음 쓸 것 없다.
이정한	그래, 활쏘기는 할 만하더냐? 오늘도 영상 영감의 종손인 여학이와 다녀온 것이냐?
이휘	그러하옵니다.
이정한	젊은 것들이 호기롭게 산으로 들로 호연지기를 익히는 것이 무에 흥이 되겠느냐마는 네 조부와 이 애비를 봐서라도 글공부를 게을리해서는 아니 될 것이다.
이휘	명심하겠사옵니다.
최영진	아버님께서는 네 문장의 깊음을 알고 계시오나 언제든 낮은 자세로 학문에 임하고 또 임하라 이르는 말씀이시다. 새겨듣도록 하여라.
이휘	부모님의 말씀, 뼛속 깊이 새기겠습니다.
유모	나으리 마님, 영감마님께서 찾아 계시옵니다.
이정한	어, 그래. 부인, 그럼 내 잠시 아버님께 다녀오겠소.
최영진	네.

나가는 정한을 향해 영진과 휘가 읍한다. 이후 영진과 휘가 정답게 한담을 나누는 동안 하수의 초가집으로 개똥이가 바느질을 하고 있다. 그리고 무이가 들어온다.

무이	(문을 닫고 들어서며) 어머니, 다녀왔사옵니다.
개똥	오냐, 오늘도 늦었구나. 저녁상 봐 두었다. 어서 들도록 해라.
무이	어머니, 하온데 오는 길에 저자에 들렀사온데...
개똥	왜 무슨 일이라도 있다 하더냐?
무이	그것이 아니옵고 바우 아저씨께서 어머니께 이 서찰을 전하라 하셨기에.

개똥	그래? 이리 다오.
무이	예
개똥	(무이에게서 서찰을 받아 들고 한참을 읽는다.) ...
무이	어머니, 무슨 일이옵니까?
개똥	무이야, 이 어미가 평소에 무어라 너에게 가르치더냐?
무이	어이 그러하십니까, 어머니.
개똥	어서 이야기해 보거라.
무이	제 이름은 무이라는 것. 그것은 이씨 가문은 없다는 것. 그것이 제 출생의 이유이며 제가 살아갈 이유라는 것. 때가 되면 내 손으로 그 이가를 멸하여 어머니의 한을 풀 것. 어머니?
개똥	그래, 이제 때가 왔구나.
무이	하오시면 드디어...
개똥	그래, 전갈이 왔다. 무이야, 이 어미는 한평생 오늘과 같은 날을 기다리며 너를 키웠다. 이 어미의 원한은 사모하는 이의 한으로부터 시작되었단다. 한평생 그분의 한을 갚겠다는 일념으로 오늘을 기다리며 살아왔단다. 감히 바라볼 수 없는 그분의 죽음을 지켜보며 죽어서야 피는 꽃의 피의 향기를 느낄 수 있었단다. 내가 이리 숨어 홀로 너를 낳고 너를 키우며 살아올 수 있었던 것도 그분을 향한 피향기의 꽃을 피우기 위해서다. 이제 그 순간이 다가오고 있구나.
무이	어머니, 그러면 이 전갈을 보내오신 분은 어느 분이신지
개똥	이제 곧 알게 될 것이니라. 어쨌든 오는 보름엔 지장사로 올라 갈 것이니 너는 그동안에라도 촌음을 아껴 무예에 힘써야 할 것이니라.
무이	어머니, 태어나 지금껏 어머님의 말을 서책으로 삼고 어머님의 소원대로 무예와 글을 익히며 오늘에 이르렀습니다. 또한 어머님의 말씀을 통해 적이 누구인지 그자가 어찌하여 죽어

야 하는지를 잘 알고 있습니다. 집안의 원수 때문에 어머님의 정인은 죽음을 당하셨고, 이제 그분의 원수를 갚아야 한다는 것 또한 잘 알고 있습니다. 하지만 의문스럽지 않을 수 없습니다. 혹 그분이 제 아비인지 이제야 여쭙습니다.

개똥   아직 내 답이 이를 것이다. 모든 일이 끝난 뒤 너의 궁금증을 풀어줄 것이다. 다만 너는 이 어미의 말만을 믿고 따르면 족할 것이야.

무이   (잠시 침묵) 그리하겠습니다.

무대 반대편 조명, 밝아온다.

이휘   어머니, 저는 걱정이 있사옵니다.

최영진   걱정이라니 무엇이란 말이더냐?

이휘   제가 출사를 하는 것은 집안을 맡은 종손으로 당연한 일이오나 어머님을 두고 성균관엘 들어가려 하니 날마다 저를 위해 걱정하실 어머님이 마음에 걸리옵니다.

최영진   그리 생각해서는 안 된다. 이 어미야, 고대광실 넓은 집에서 무에 걱정이 있겠느냐? 우리 휘가 이 에미 걱정으로 공부를 게을리한다면 그것이야말로 불효임을 명심하거라.

이휘   명심하겠습니다. 어머니.

최영진   또한 성균관엘 들어가면 무슨 일이 있어도 집안일에는 신경 쓰지 말고 어떤 일이 있더라도 공부에만 전념해야 할 것이니라.

이휘   무슨 일이라니요?

최영진   만약에 말이다. 만약에. 이 에미 말 명심하여야 할 것이다. 알겠느냐?

이휘   예. 어머니.

최영진   그래, 그만 들어가 보도록 하여라.

이휘   예, 어머니. (퇴장)

최영진   도련님.

영진의 조명과 개똥의 조명 같이 암전

5. 은방울꽃

시체 검시 보고서를 쓰고 있는 이경에게 어린 의생 귀덕이 들어와 서찰을 전한다.

귀덕   어머님, 서찰이 왔습니다.

조이경   서찰? 어디서 보낸 것이더냐?

귀덕   그것이 아니옵고 분부하신 대로 내의원에서 맹독성 있는 화
           초류를 조사하고 오는 길인데 이것이 대청마루에 떡하니 올
           려져 있는 것이 아니겠습니까? 그래서 이렇게 제가 잽싸게...

조이경   (말없이 서찰을 받아 읽어본다.)

귀덕   뭐라 적혔는지요? 예? 예?

조이경   (조용히 내려놓는다.)

귀덕   (서찰을 펼쳐 보고는) 이게 뭡니까요? 서찰이 아니고 그림 한
           점이 아닙니까요? 꽃인가? 누가 꽃을 그려 보낸 것이지? 혹여
           깊은 구중궁궐 속에서 어느 무뢰한이 소녀를 은혜하다 이렇
           게? 히히 농입니다요. 그런데 색깔이... 어머님, 이건 그냥 그
           림에 쓰는 채색분은 아닌 듯 싶습니다. 뭐지? 피! (이경이 놀라
           돌아본다.) 핀가? 어머님 이건 피가 분명합니다. (이경이 다시
           서찰을 받아 살핀다.) 모양은 이쁘다. 은방울꽃이 아닙니까?

조이경   은방울꽃?

귀덕   예. 좀 전 내의원 첨정께서 버섯류와 비교하시며 보여 주셨지
           요. 꽃이 하도 예뻐 정말 이런 꽃이 그리 독이 많사옵니까? 하

고 여쭈었더니.

조이경 　위장장애와 함께 내장을 괴사시키는 맹독을 가지고 있지.

귀덕 　예 그리 말씀하셨습니다.

조이경 　너도 많이 컸구나. 그래, 이건 피로 그려진 은방울꽃이로구나. 뿌리와 잎도 없는...

귀덕 　누가 보낸 것일까요?

조이경 　글쎄다.

귀덕 　혹 낭청 영감께옵서...

채부확, 급히 들어온다.

귀덕 　(놀라며) 아이구머니나.

채부확 　이보시게 서두르시게. 좌상 대감댁으로 가셔야겠네.

조이경 　사건이옵니까?

채부확 　아닐세. 좌상대감이 위독하시다네.

조이경 　하온데...

채부확 　상께서 직접 어의 영감을 보내라 명하셨는데 영감께서 자네 를 함께 데려가시겠다 기별을 보내오셨네.

조이경 　하오나 소인은 지금...

채부확 　어허 그 보고는 다녀와 마무리하도록 하고 어서 서두르시게. 원래부터가 오랫동안 복통에 시달리셨는지라 노환이시겠지 만, 아 뭐 이참에 좌상영감과 그 아드님이신 대제학께 잘 보 여 나쁠 건 없지 않겠는가?

조이경 　좌상이라면... 알겠습니다. 의구를 차려 곧 따르겠습니다.

채부확 　어서 서두르시게. (퇴장)

귀덕 　(아주 점잖이) 준비토록 하겠습니다.

채부확 　넌 또 왜 이러냐? 어쨌든 서둘러 나오시게. 하, 참, 이거 좌상

대감댁엘 가면서 빈손으로 갈 수도 없고 무슨 선물을 준비한
다... (퇴장)

귀덕   (나가는 부확을 바라보며) 저분은 원래부터 저런 것입니까? 아
       니면 살다 보니 저리 된 것입니까? 여하튼 좀 모자라 보입니다.

조이경   (같이 처다보며) 아마 날 때부터가 아니겠느냐? 흠흠, 어여 의
       구를 챙기고. 아, 그리구 검시 때 쓰는 시약함도 함께 준비하
       거라.

귀덕   예? 예.

조이경   준비되었으면 가자꾸나.

귀덕   네. (퇴장)

       암전

채부확   (다시 들어오며) 수고했네. 좌상영감께서 자네가 제조한 약을
       드시고는 곧 맥을 다잡으시며 편한 숨을 쉬시지 않았는가?
       정말이지 이번에 좌상영감이나 대제학께 제대로 눈도장을 찍
       고 온 셈이 되었네. 어쨌든 자네 덕을 단단히 보았네. 간단히
       보고서만 올리고 퇴청하시게.

조이경   (부확에게) 허나 말씀 올린 대로 원기를 되찾으신 것은 아니
       옵니다. 일시적인 복통이 멎은 것에 지나지 않습니다. 은저의
       반응으로 혀와 살점에 독성의 잔해가 나왔습니다. 오랫동안
       독성의 물질을 잡수신 것입니다.

채부확   그 입 조심하시게. 자네 시신의 부검에 빠져 지내더니 모든
       병이 살인으로 이어진다 생각하시는 겐가?

조이경   그것이 아니오라.

채부확   이 나라 좌의정의 문제일세. 자네의 말이 퍼지는 날, 피바람
       이 불 수도 있는 일일세. 입조심하시게. 우린 굴러가는 세를

	보고 줄만 잘 서면 그만일 뿐일세.
조이경	이건 계획적인 독살의 증거입니다.
채부확	그래서 영감께서 돌아가시기라도 했단 말인가?
조이경	당장은 아니라도 이러한 맹독이 벌써 내장의 괴사를 일으키고 있사옵니다. 이대로 두었다간...
채부확	그럼 해독약이나 지어 드리고 이 일은 함구에 부치세. 입을 잘못 놀렸다간 어느 세파에 의해 쥐도 새도 모르게 죽을 수도 있는 일이야. 내 다시 한 번 말함세. 입조심하게. (퇴장)
조이경	자연사를 가장한 살인이 계획되고 있음이야. 혀의 독극물 반응, 괴사된 내장의 혈흔... 은방울꽃? 그래 부인을 뵈러 갔을 때 규방 뜰 가득 키우던 은방울꽃. 틀림없이 영감마님은 이 꽃의 독을 오랫동안... 서찰? 피로 그린 은방울꽃. 그렇다면? 침착하자. 서두르지 말자. 상대는 대제학의 안주인이 아닌가? 허나 도대체 그 여인에게 무슨 일이 있었기에 제 몸종과 시부에게까지 이런 참극을 준비한단 말인가? 무슨 일이 있었단 말인가?

사이 음악

6. 숙적

무대, 어스름하게 밝아오면 새벽임을 알리는 조명. 무대는 지장사. 상수 뒤쪽엔 작은 사찰이 자리 잡고 있고, 무대 멀리 탑이 서 있다. 조명이 들어오면 탑 앞에 조용히 기도하고 있는 영진. 그리고 그 뒤를 지키는 개똥. 조용히 기도를 하던 영진과는 달리 개똥은 몹시 초조해 한다. 이와 함께 음악연주가 라이브로 진행된다. 리듬보다는 분위기를 밝히는 음악으로 천천히 악기의 협음이 들리도록 연주한다. 현대악기와 전통악기의 장점을 살린 음으로 연주한다. 이때 개 짖는 소리 간간히 들린다.

개똥	아씨. 왜 이리 조용한지요. 혹 아니 오시는 건 아닌지요.
최영진	소란스럽다. 야삼경의 사찰에 계집의 소리가 산사를 울리는 구나.
개똥	하오나 이러다간 도련님을 뵙기도 전에.
최영진	어허.
개똥	아니옵니다. 이년이 저 아래 산문까지라도 가 보겠사옵니다.
최영진	(퇴장하는 개똥을 바라보지도 않고 수심에 잠긴 채 탑 아래를 응시하다 돌아서며) 도련님, 어찌 이리 더디시옵니까? 기다리는 이년의 마음은 어찌하라고 이리 더디시옵니까? 우리에게 남겨진 시간이 얼마 없음을 소녀 모르지 않사옵니다. 그러기에 귀한 시간이옵니다. 사대문은 지나셨는지요. 산문으로는 오르셨는지요. 서두르셔야 합니다. (다시 탑을 돌며 기원한다.)
개똥	(황급히 올라와 주변을 돌아보며) 아씨.
최영진	어찌 되었느냐?
개똥	오셨습니다.
허석	(주위를 두리번거리며 들어와) 낭자.
최영진	도련님.
허석	영진 낭자, 시간이 없소. 그들은 오경이 되면 아버님이 계신 우리 집으로 들이닥칠 것이오. 피할 수 없소. 운명이오. 지금은 저들이 왕의 총명함을 가려 나와 우리 집안을 죽일 것이나 밝고 어두움은 하늘이 알 것이오. 두렵지 않소. 다만. (영진의 손을 잡는다.)
최영진	소녀 또한 운명이옵니다. 이제 소녀 역시 서방님과 가문을 위해 종부의 노릇을 다할 것입니다.
허석	서방님?
최영진	이제 영원한 제 낭군은 도련님 한 분뿐이십니다.

허석	아니 되오. 이러다간 낭자의 앞날마저.
최영진	제 운명은 이미 정해졌습니다. 두렵지도 무섭지도 않사옵니다.
허석	내 마음 역시 죽어도 당신만을 향할 것이오. 허나 당신마저 그리 살아서는 아니 될 것이오.
최영진	그 마음이면 되옵니다. 이제 소녀는 양천 허씨의 종부로 그 삶을 살아갈 것입니다. 이것은 소녀의 운명으로 정해진 것이오며, 이 또한 문중과 가문의 일임을 머지않아 아실 것입니다. 그러하오니 서방님은 가문을 위해 장부로서의 일에만 매진하시면 되실 것입니다. 이 말씀을 전하고자 오늘밤 서방님을 기다린 것입니다.
허석	마음만을 두고 떠나오. 이미 사경이 다가오고 있으니 나는 어서 돌아가야 하오. 허나 내 마음만은 낭자에게 두고 떠남을 알아주시오. 은혜하였소.
최영진	서방님. (안긴다.)
무사1	(급히 들어오며) 도련님, 저들이 산문을 넘어 이리로 오고 있습니다. 도련님의 뒤를 밟은 듯합니다.
개똥	(급히 들어오며) 도련님 어서 몸을 피하시지요.
최영진	무어라, 사찰에 무사들이 온단 말이냐?
허석	그렇다면 아버님께선 벌써 변을 당하신 모양이로구나. 낭자. 어서 여길 피하시오. 당신마저 화를 당한다면 사내대장부 허석 무슨 낯으로 당당히 죽음에 맞서겠소.
최영진	저를 보옵소서. 도련님 (무슨 말인가를 하려는데 웅성하는 소리가 산 밑에서 울려오고 급히 개똥이 영진을 데리고 사찰로 숨는다.)

허석, 갓을 벗고 부처가 계신 각전을 향해 세 번 절을 한다. 그리고 좌정하여 앉는다. 이때 석의 무사들이 밀려들어 오고 그 뒤를 이어 이정한과 그 일족이 몰려와 허석을 에워싼다.

이정한	네놈이 이 산사로 숨어들면 내 너를 찾지 못할 줄 알았더냐? 사내대장부가 깨끗이 죽음의 순간을 맞을 것이지 아비를 버리고 산사로 도망을 쳐?
허석	그리 말하는 것을 보니 당쟁에 눈이 멀어 도원결의한 죽마고우의 부모를 죽인 뒤 그 후안을 없애기 위해 나를 뒤쫓아 온 것이로군. 내 분명 오경에 당당히 너를 맞을 것이라 했거늘 내가 없는 틈을 타 장부의 약속을 어기고 내 아버님을 베어 버린 것이로군.
이정한	네 약속을 무엇으로 믿겠느냐? 오경이라 해 놓고 그 전에 줄행랑을 칠지 우리를 먼저 벨지 어찌 알고 너를 믿느냔 말이다.
허석	(호통치듯 큰 소리로) 이놈. 네 이놈. 니가 나를 모른단 말이냐? (정한, 움찔한다.) 지금은 네놈이 당파의 힘을 지고 나와 내 가문을 제거하겠지만, 그렇다고 손바닥으로 해를 가릴 수야 있겠느냐? 나는 분명 네게 내 모든 명예를 걸고 약속을 했다. 내 모든 것을 정리한 후 당당히 너의 칼을 받겠다고. 그런데도 너는 비겁하게 내 가문을 멸하고 아버님을 음해하여 역적으로 몰아 죽였으며, 이제는 마지막 인간의 도리마저 져 버리려 하지 않느냐? 허나 새벽이 깊을수록 아침이 목전에 있음을 니가 알 것이라. 임금의 성총에 다시 빛이 비치는 날 나는 죽어서도 광명을 찾을 것이나, 너는 살아서 멸문의 치욕을 면치 못할 것이라.
이정한	그래, 그래. 내 벗 석이는 궁지에 몰릴수록 가장된 당당함으로 남들에게 인정받았지. 하지만 이젠 아니야. 난 최소한 친구인 너를 생각하여 멸문의 화만은 피하려 했지만, 넌 마지막 내 제의마저 거절하지 않았느냐?
허석	너는 니 목숨을 구걸하는 인간인지 몰라도 나는 내 목숨 위에

존재하는 명예와 예의의 가치를 알지. 이깟 목숨 하나로 영원의 명예를 팔지는 않는다.

이정한　무어라, 흐흐 그래 좋다. 그 얄량한 주둥이가 언제까지 그리 기개 있게 떠드는지 내 두고 볼 것이라. 하지만 너의 마지막 숨이 넘어갈 때 그 명줄만은 옛 친구의 신의로서 내 직접 끊어 주지.

허석　새벽이 다가오는데 이 고요한 사찰까지 쳐들어온 불한당들이 무에 겁을 먹고 이리 주저하는 것이냐?

정한의 눈짓으로 무사들은 석을 에워싼다. 한바탕 싸움이 일어난다. 차례차례 막아내던 석은 점점 칼을 맞고 쓰러진다. 주위를 물리친 정한은 마지막 순간에 칼을 뽑아 석의 앞으로 천천히 다가가 칼을 겨눈다. 그리고 칼을 휘두른다. 석은 칼을 맞고 피를 토하며 쓰러진다.

이정한　(석의 앞으로 다가가) 너의 모든 것이 부러웠던 적이 있었지. 하지만 어리석게도 진정한 승자는 나였다는 것을 그땐 내 너무 어려 몰랐었지. 이제 니가 없어짐으로써 너희 가문은 멸족된다. 허나 나는 너의 정혼녀를 취하여 내 피를 이어 갈 것이다. 내 부러움 중 유일하게 거두지 못한 것이 영진 낭자거든. 내 그녀를 당당히 내 아내로 맞아 진정한 승리자가 누구인지 너의 혼백 위에 알리겠다.

허석　어리석은 놈. 너는 내가 이리 죽는 것을 보면서도 아직도 모른단 말이냐?

이정한　무슨 말이냐?

허석　너 같은 놈이 알 리 없지. 목숨 위에 있는 사랑을 네놈이 알 것이란 말이냐? 하하하. 사랑을 어리석은 질투의 희생물로 채우려는 너 따위에 마음을 둘 여인이 아니다. 그 이름을 더러운 네 입에 올리지 마라.

이정한	하하하하. 진정 어리석은 놈이로구나. 이미 우리 집에선 매파를 보냈고. 최 좌수께서도 이번 정혼을 허함을 서찰로 보내 오셨네. 그리고 내달 스무여드레로 낭자와의 혼인날이 잡혔지. 이제 곧 사주단자를 주고받을 터인데 죽을 놈이 그래도 주둥아리는 살아 나불대는 꼴을 보니 가소롭구나.
허석	그럴 리가 없다.
이정한	그리 생각하고 싶겠지. 그리하면 네 죽음이 너무 보잘것없어질 터이니 말일세. 내 자네를 친구로 내 혼인날 초대하고 싶으나 우린 서로 갈 길이 다르겠지. 자자, 날은 밝아 사찰의 해가 오를 시간이니 이제 우리 그만 여기서 헤어지도록 함세.

돌아서며 과감히 베어버리는 정한과 쓰러지는 석. 한동안 정적이 감돈다.

이정한	어서 여기를 피하라. (나가려던 정한은 다시 한 번 석을 돌아보고는 싸늘한 웃음으로 퇴장)

무사들은 쓰러진 무사를 데리고 나간다.

이후 개똥의 만류를 뿌리치며 영진이 뛰어나오고 영진은 아직도 온기가 남은 석을 안고 눈물을 흘린다. 이어 새벽에 불전에 불을 밝히러 나온 스님이 이 광경을 보고 조용히 읍한 후 석의 시신을 안고 퇴장한다. 이후 나와 다시 영진에게 합장한다. 처절히 울고 있는 영진과 개똥. 이때 이경이 부른 배를 안고 절로 뛰어 들어온다.

조이경	(다급한 목소리로) 살려주세요. 아이가 아이가 어, 어, 악. (쓰러진다.)
주지	(이경에게 다가가 급히 맥을 짚은 후 안고 절로 오르며) 아씨, 따르시지요. 좀 도와주셔야겠습니다. (개똥을 보며) 너는 어서 물을 끓이고. (계단을 오르다) 어서 서두르시지요.

영진과 이경, 황급한 중 정신을 수습하여 주지의 뒤를 따른다.

암전.

암전 중 전면에 달빛에 비치는 구름의 그림자와 조명의 변화를 통해 약 20초간의 정적 속에 음악만이 흐른다.

7. 다시 지장사

무대가 밝아오면 멀리 절의 목탁소리와 함께 불경소리 들린다. 한적한 산길을 걸어 절로 들어오는 이경. 그녀는 절 입구에서 부처님을 향한 합장을 하고 탑돌이를 한다. 그때 주지 스님이 나와 합장한다.

주지	(읍한다.)
조이경	스님 그간 평안하셨는지요?
주지	나무관세음보살.
조이경	그 아이...
주지	속가의 법을 이미 끊고 사는 몸 그 아이의 정진에 도움이 되지 않습니다.
조이경	그저 먼발치에서 얼굴만 한 번 보고자 할 뿐입니다. 무에 욕심을 가지겠습니까?
주지	하고자 할 욕, 그 자체가 욕심이고 업입니다.
조이경	알고 있습니다. 하나 그 아이를 이리 보내고 단 한 번도 아니 보여 주시니... 아무리 업을 끊고자 하나...
주지	보살께서 그리 속세의 업을 끊지 못하시니 아이의 업이 씻겨나질 않습니다. 아직도 그 아이의 정진이 끊나질 않으니 보살님께서 먼저 아이의 업을 끊을 수 있도록 자중해 주시지요.
조이경	단 한 번입니다. 단 한 번. 그것도 안 되나요? 그리 차갑게 거

절할 것이면서 이년에게 서찰을 보내어 이곳으로 부르신 것
은 무슨 이유이신지요?

주지 서찰이라니요? 소승은 서찰을 보낸 적이 없습니다. 나무관세
음보살. (돌아서 퇴장)

조이경 스님. (스님 퇴장 후) 무슨 말이신가?

이경은 스님을 바라보다 힘없이 법당 앞에 주저앉아 있는데 법당 안에서 이야기가 들려 나
온다. (사막 안의 법당에 앉은 개똥과 영진이 보인다.)

개똥 (흐느끼는 목소리로) 오랜만에 뵙겠습니다. 마님. 그동안 찾아
뵙지도 못한 이년의 죄가 막급합니다요.

최영진 잘 있었니? 그동안 많이 초췌해졌구나. 너도 나이를 먹는 게
로구나. 바우아범에게 불편한 것 없이 잘 돌보라 했는데.

개똥 아닙니다요. 불편한 것 없이 잘 지냈습니다요. 이 개똥이 년
이 나이를 먹어 이리 늙은 것뿐인데 괜히 아씨께 걱정만 끼쳐
드립니다.

최영진 그래, 준비는 되었는가?

개똥 예. 이 아이입니다. 무이야 인사드려라. 니가 뵙고 싶어 한 마
님이시다.

무이 무이이옵니다.

최영진 그래, 개똥이의 아이로구나.

조이경 (일어나 나가려다) 개똥? 개똥이라면?

개똥 마님, 밖에 인기척이 있는 듯합니다.

최영진 되었다. 이 산중에 무슨. 그만두거라.

개똥 예 아씨마님. 이제 좌상으로부터 뒤틀어진 모든 것을 바로잡
을 때가 되었습니다요. 바로 우리 무이가 그 일을 해 낼 것입
니다.

조이경   좌상?

개똥   마님, 이년은 이날 이때껏 마님의 부르심을 기다리며 십오 년을 기다려 왔사옵니다. 이 아이 또한 이년의 가르침으로 아씨 마님의 모든 일을 따를 각오로 오늘까지 살아 왔습니다요. 이제 분부만 내려 주십시오.

최영진   시간은 보름 뒤 휘가 성균관에 들어간 다음 날이다. 그 아이에게 피를 보여선 안 될 것이야.

개똥   여부가 있겠습니까? 피의 역사로 사라지는 것은 여기까지입니다. 다시 피는 도련님은 그 핏빛이 스민 흙을 바탕으로 활짝 피기만 하면 되는 것을요.

최영진   고맙다.

개똥   천부당만부당한 말씀입니다. 아씨는 생각나지 않을지 모르겠습니다만 이년은 잊을 수가 없습니다. 천것으로 태어난 이년을 친동기간처럼 아껴 주시고, 보살펴 주신 은혜를 어디에 비할 수 있겠습니까? 전염병으로 부모 잃고 길거리에서 죽어가는 이년을 거두어 주시고 보살펴 주시어 이년의 목숨을 살려내 주신 것만도 하늘에 닿을 은혜인데, 이년의 목숨에 이 아이의 목숨까지 거두어 주시고... 아씨, 그 은혜를 모른다면 이년은 짐승보다 못한 년이 아니겠습니까? 아씨의 원수는 저의 원수. 아씨의 한은 저의 한이옵니다. 그러니 어찌 그런 민망한 말씀으로 이년을 더욱 죄스럽게 만드시는지 모르겠습니다.

최영진   그 기나긴 고통의 시간 동안 니가 없었다면 나 역시 지금까지 살아 있지 못했을 것이야. 넌 나에게 친동기간이나 마찬가지야.

조이경   개똥이, 좌상, 휘 도련님? 그렇다면?

무이   모든 일은 소인에게 맡기시고 편히 계시오면 될 것으로 아옵니다.

최영진   무이라 했느냐?

무이, 묵언으로 고개를 끄덕인다.

최영진   너에게 기대가 크구나. 이 일을 정리하는 대로 우리 휘를 만
          날 것이다. 둘은 같은 나이에 이리 훤칠히들 잘 자란 것도 똑
          같구나. 나이는 같지만 우리 휘가 조금 앞설 것 같구나.
개똥   그러하옵니다.
최영진   나와 니 어미처럼 너희들 또한 동기간처럼 잘 지내길 바란다.
개똥   천부당만부당한 말씀이옵니다. 감히 어찌 동기간이라 칭할
          수 있겠습니까?
최영진   아니다. 너와 내가 그 불굴의 원수 집안만 아니면 어찌 이리
          긴 세월을 따로이 지낼 수 있었겠느냐? 이제 너와 나의 묵은
          한 또한 이 아이들로 풀 것이야. 넌 이제 아무 염려 말거라.
개똥   마님.
최영진   무이야, 이제 너는 내 자식이나 다름없다. 아무 염려 말거라.
개똥   마님, 어서 들어가시지요. 남의 눈에 띌까 걱정입니다요.
최영진   그래, 그러자꾸나. 이제 보름만 지나면 다시는 헤어지지 않아
          도 될 것이야. 이제 다시 그 옛날처럼 한식구로 모여 사는 거
          야. 개똥아, 그동안 고생했다.

무이, 고개 숙인다.

문밖의 이경이 놀라 탑 아래로 내려와 서는데, 영진이 나와 개똥과 무이의 인사를 받고
내려선다. 이경은 모르는 척 돌아서는데 무심히 내려서던 영진이 지나가다 문득 발을 멈
춘다.

최영진	자네...

이경, 멈춰 선다. 둘은 한참 서로를 쳐다본다.

최영진	그래, 그랬구만. 못 알아볼 뻔했구먼. 자네였어.
조이경	그동안 평안하셨습니까? 지난번 좌상 대감마님의 일로 찾아 뵈었습죠.
최영진	그렇지. 그러고 보니 우리 인연도 보통 인연은 아닐세그려.
조이경	하온데. (개똥을 쳐다본다.)
개똥	(급히 서두르며) 그럼 소인은 이만. (무이와 함께 인사 후 나간다.)
최영진	그럼.
조이경	개똥이라 했습니까? 저 여인.
최영진	(돌아서며) 그렇네. 개똥이라 했네. 어찌 그러나?
조이경	개똥이라면 오래전 마님께서.
최영진	영민한 친구인 줄 알았더니 내 잘못 본 게야. 개똥이는 이미 내 십오 년 전에 자네에게 보였는데 아직도 저 아이가 살았는지 죽었는지를 의심하고 있단 말인가?
조이경	허면 부러 그런 끔찍한 일을 꾸몄단 말씀이신지요?
최영진	여보게. 자넨 내게 할 말이 많을 걸세. 아니 그런가?
조이경	혹 좌상 대감을 찾아뵙던 날, 피로 그린 은방울꽃을 서찰로 보내신 분이?
최영진	이미 알고 있을 거라 생각했는데.
조이경	그리고 오늘 또 서찰을 보내 저를 이리 지장사로 부르신 것이구요.
최영진	역시 내가 사람을 잘못 본 건 아니로구나. 허나 아직은 의문을 토해 내지 말게. 곧 때가 올 것이니, 그때가 되면 모든 걸

알게 될 것일세.

조이경 그것이 언제이온지.

최영진 내 오늘은 조용히 기도를 올리러 왔으니 그만 돌아감세. 또
보세.

내려가는 영진을 멀리서 바라본다.

조이경 보름날이라...

해인, 법당 안에서 나와 지나가다 이경과 읍하고 지나간다. 무심히 인사하던 이경, 돌아서
다 다시 돌아서 지나가는 해인의 뒷모습을 쳐다본다.
암전

8. 보름날

보름달이 뜬 언덕에서 이경이 걱정스러운 발걸음으로 서성댄다.

조이경 분명 오늘 밤 무슨 일이 일어날 것이야. 알고서도 모른 척할
순 없어. 그래. 아무래도 무슨 일이 있는 거야.

다시 정한의 집. 규방.

이정한 (잠자리에서 들어오는 영진을 보며) 어허, 어서 오시오. 이리 보
니 꼭 신혼 첫날밤 같소이다.

최영진 이년의 죄가 큽니다. 아버님께서는 아직도 병환 중이시온데

이정한 내 그것을 어찌 모르겠소. 허나 우리 휘가 성균관에 들어가길 기
다리며 보낸 세월이 얼마인데. 이제 우리도 휘의 동생을 보아야

하지 않겠소. 아버님도 그리 바랄 것이오. 여보 이리 오시오.

최영진 　서방님, 이년은 어제 우리 휘가 성균관으로 들어가는 그 뒷모습을 잊을 수가 없습니다. 이 모든 것이 서방님의 자애와 가르침 덕분이옵니다.

이정한 　어허, 이거 왜 이러시오. 이 집에 시집온 뒤 살림살이며 아버님의 바깥일이며 내 모든 일 또한 당신이 없었다면 오늘의 우리 집은 없었을 것이오. 아니 그렇소. 어허, 그건 그렇고 밤은 짧고 우리의 시간도 아까우니 어서 잠자리에 들도록 합시다.

최영진 　먼저, 이것부터 한 잔 드시지요.

조이경 　개똥이, 무이, 은방울꽃.

이정한 　무에 이런 것까지 (단숨에 들이킨다.) 그런데 술이 좀 쓰구려. 무슨 약주인지.

최영진 　드시기 전 물으셨으면 좋았을 것을.

이정한 　무슨 기력 보강이라도.

최영진 　약간의 기운을 흐리는 약을 탔습니다. 생명에는 지장이 없을 것입니다. 몸의 힘을 뺄 뿐이지요. 정신은 외려 맑아질 것입니다. 그래야 고통을 바로 받아들이실 수 있을 터이니.

조이경 　복수야. 복수를 계획하고 있음이야.

이정한 　무슨 말씀이신지.

최영진 　몸이 불편하시겠지만 지금부터 이년의 말씀을 잘 들으십시오. 15년 전 당신의 손에 죽은 당신의 죽마고우를 기억하는지요?

이정한 　내 손에 죽은 친구라, 석이를 말하는구만. 그런데 어찌 그러시오?

최영진 　허자 석자. 저의 정인이셨죠.

이정한 　...당신 입에서 그자의 이름이 나오다니, 아직 그자를 잊지 못했단 말이오?

최영진 　잊을 수 있는 이름이 아니질 않사옵니까? 그분 허석 도련님만이 저의 유일한 정인이자 서방님이십니다.

무대 상수에 그날 밤의 허석이 나타난다. (함께 무대에는 점점이 은방울꽃 형상의 조명이 켜진다. 무사들의 몸에 부착해 움직임과 함께 빛들이 움직일 수 있도록 한다.)

최영진   기억합니다. 그날 당신이 석이 도련님을 베던 그날 밤. 이년 은 사찰에 숨어 당신의 모든 말을 들었지요.

이정한   이럴 수가.

최영진   당신은 당신보다 뛰어난 친구를 이겨 보기 위해 죽어가는 친 구의 여인까지 취하려 한 분이지요. 하지만 가시면서 하신 석 이 도련님의 마지막 말을 기억할 것입니다. 저 역시 정절을, 사랑을 권세에 바꾸는 그런 년이 아니옵니다.

허석   어리석은 놈, 목숨 위에 있는 사랑을 네놈이 알 것이란 말이 냐? 하하하. 영진 낭자는 사랑을 어리석은 질투의 희생물로 채우려는 너 따위에 마음을 둘 여인이 아니다. 그 이름을 더 러운 네 입에 올리지 마라.

등을 단 무사들의 움직임이 시작된다.

이정한   허나, 다 당신은 내 아내로 살았소. 당신은 내 여자란 말이오.

최영진   하하하, 아직도 그런 말씀이 하고 싶으신 것이옵니까? 우리 휘를 보세요. 보시고도 모르셨습니까? 우리 휘가 누구를 닮은 듯하옵니까?

이정한   그럼 우리 휘가 우리 휘가.

최영진   우리 휘가 아니라 허석 도련님과 저의 휘가 되는 것이지요. 저는 휘를 가진 채 당신에게 시집을 온 것이지요. 그러니 우 리 휘는 이 휘가 아니라 허 휘가 되는 것이지요. 그런데 어찌

	합니까? 이씨 문중의 대를 휘가 우리 휘가 이을 것인데.
이정한	부인, 정녕, 그것이 사실이란 말이오? 어찌 이런 일이. 내 그토록 부인을 위하고 은혜했건만.
최영진	은혜라 하셨습니까? 사랑이란 말이지요. 하오나 사랑은 그런 것이 아닙니다.
허석	네깟놈이 사랑이라는 것을 알 리 없지.

등을 단 무사들이 무대 상단으로 이동한다.

최영진	사랑이란 짐승끼리 다투어 얻어내는 한 점 살코기가 아니란 말입니다. 당신은 파당과 권세, 질투에 눈이 멀어 친구를 죽이고 그 가문을 멸하려 했지만, 그것은 당신의 착각일 뿐이었습니다. 당신은 친구를 죽여 십오 년간의 삶을 연장할 수 있었지만, 가문을 멸하고 대를 끊어 멸문지화를 당하는 것을 오늘 보게 될 것입니다. 그리고 그것이 당신의 업으로 이루어졌음을 알고서 죽어야 할 것입니다.
허석	내 오늘은 너에게 죽임을 당한다만 하늘의 해가 다시 떠오를 때 나는 죽어서 내 명예를 찾을 것이나 너는 살아서 멸문의 화를 면치 못할 것이라.
이정한	아버님.

무대 이층에서 실루엣으로 무이가 무사들을 이끌고 주위를 무찌르며 달려가 단칼에 좌상을 죽이는 모습이 보인다. 이후 싸움신이 펼쳐진다. 이때 무대 위 등은 몹시 흔들리며 좌상이 죽은 후 일제히 꺼진다.

| 최영진 | 편히 가셨을 겁니다. 한 칼로 베라 했으니까요. |

개똥과 무이가 방문을 열고 들어온다.

개똥   인사드립니다. 대감마님. 무이야, 예를 갖추어 인사 올리거라.

무이, 고개를 숙인다.

개똥   (무이가 천천히 칼을 뽑아 한칼, 한칼 베는 사이에 말을 잇는다.)
            이년 십오 년 전 대감마님을 뵙고 이제야 뵙습니다.

이정한   (팔에 칼을 맞고 쓰러지며) 니년이 죽지 않고 살아 있었더란 말
            이냐?

개똥   이년은 죽을 수가 없었지요. 우리 무이를 가졌으니까요.

이정한   무엇이.

최영진   아이를 가진 개똥이를 내게 죽이라 한 것이 당신이었지요. 불
            쌍한 어린 계집을 그것도 아내의 친구를 건드려 놓고도 부끄
            러워하기는커녕 임신한 아내를 이용해 피를 보게 한 것. 그것
            이 당신의 실체이지요. 나를 사랑했다고? 어림없는 소리. 당
            신은 당신의 욕망으로 눈앞에 보이는 것이 없을지 모르나 여
            인들도 사람이기에 진정이라는 것이 있지요.

이정한   (다리에 칼을 맞아 쓰러지며) 어찌.

개똥   아씨마님의 원수는 저의 원수이옵죠. 그리고 저는 그 원수를
            갚기 위해 우리 무이를 무사로 키웠습니다. 우리 아이 무이의
            눈을 보십시오.

이정한   ...

개똥   무이, 이씨 가문은 없다는 뜻이지요. 성도 없이 그저 무이라
            지었습니다.

순간, 무이와 정한의 시선이 마주친다. 이때 무이 가슴을 향해 대검을 찌른다.

개똥	당신과 나의 아이지요.

순간, 무이와 정한은 다시 서로를 쳐다본다. 놀란 무이는 칼을 뽑고 칼을 떨어뜨린다. 정한은 피를 토하며 쓰러지면서 손을 저어 무이를 가리킨다.

무이	어머니, 이게 무슨 말씀입니까? 제 아비가 누구라 하셨습니까? 진정이십니까? 이분이 지금 제 아비라 말씀하시는 것이옵니까?
개똥	(미동도 없이) 가시는 아버지 앞에 절을 올려야지. 시간이 없질 않느냐? 이 계집 개똥은 오늘만을 기다리며 당신의 아이를 가지고 열 달 동안 배를 키워 혼자 탯줄을 끊었지요. 이제 그 아이가 이씨 가문의 마지막 후손으로서 제 아비를 죽였으니 당신의 죽음이 어디로부터 연루되었는지를 아시고 조용히 운명을 받아들이시옵소서.
최영진	이제 당신의 가문은 나의 가문이 되고, 이제 이씨 문중은 허씨, 허석 내 정인의 후손으로 그 대를 이을 것입니다. 사람들은 문중을 지키는 일이 사내 대장부의 일이라 생각하겠지요. 허나 아이를 낳아 대를 잇는 것은 아녀자의 몫이지요. 이제부터 이 가문은 나의 가문으로 다시 흘러갈 것입니다.
이정한	무이.
무이	(어쩔 줄 몰라 하며 우물대다 쓰러지는 정한을 받아 안는다.) 어머님의 말씀이 정녕 사실이옵니까? 이것이 정녕 이 무이의 운명이란 말씀이옵니까?
개똥	사실이다. 허나 그 자는 너에게 육체적인 생명을 준 생부인 것은 사실이나 네 진정한 아비는 아니다. 그러니 괘념치 말아라.

무이   (절규하며) 어머니.

이정한   네가, 네가 무이... (숨을 거둔다.)

무이, 절규한다. 절규 소리를 듣고 방안으로 이경이 뛰어든다. 모두 망연한 모습으로 앉
아 있다. 무이만이 글썽한 눈으로 죽은 정한을 끌어안고 절규한다. 그리고 뛰어 나간다.
무대 위엔 하얗고 커다란 꽃무더기가 내려온다. 흰 꽃은 조명 변화에 의해 붉은 꽃으로
바뀐다.

최영진   역시 자네구만.

조이경   제가 올 것을 알고 계셨지 않습니까?

최영진   그래, 그리 생각했지. 이 가문의 마지막을 지켜볼 제삼자가
          내겐 필요했지. 어찌 된 일인지는 잘 알겠지.

조이경   어찌 이런 일을.

최영진   어찌? 어찌라 했는가? 자네는 나를 이해할 줄 알았는데.

조이경   무엇을 말입니까? 묵은 사랑의 빚으로 남편을 죽인 아씨마님
          의 원한을 이해하란 말입니까? 아니면 상전의 원한을 위해
          자신의 인생을 송두리째 망가뜨리며 아들로 하여금 아비를
          죽이는 패륜을 이해하란 말입니까? 이것은 명백한 살인입니
          다. 잔인한 복수극입니다. 아시겠습니까? 이건 당신의 순수한
          사랑도 개똥이의 맹목적인 충성심도 그 아무것도 아니란 말
          입니다.

최영진   그러한가? 흐흐. 그렇군. 하지만 자네 역시 채부확에 대한 살
          의를 품은 채 살아가고 있질 않은가?

조이경   그걸 어찌.

최영진   자네 아이 생일이 구월 초닷새가 아닌가?

조이경   어찌 아시는 것이옵니까?

최영진   올해로 열여섯이 되었겠구만. 눈이 똘망한 아이였지. 자네가

채부확이 보낸 자객을 피해 지장사로 올라와 실신했을 때가 바로 내 정인이셨던 허석 도련님께서 여기 이 사자의 칼에 의해 돌아가신 날이니 내 어찌 그날을 잊을 수 있겠나? 그런 자네이기에 나를 이해할 것이라 믿었지. 자식을 낳아 젖 한 번 물리지 못한 채 아이의 목숨을 살리기 위해 버린 어미의 마음이나 정인의 아이를 품은 채 원수의 손에서 키워 나가야 했던 어미의 마음이나 복수를 위해 원수의 자식으로 삶을 지탱해야 했던 이 아이의 마음이 무엇이 다르겠는가? 이 모두 여인의 사랑 아니겠는가? 우리 여인은 아름다운 꽃을 피워 내지만 때론 죽어서조차 그 꽃의 향을 잃지 않기도 하지. 그렇게 죽어 다시 피는 꽃이 우리 여인네의 사랑이고 정절이고 모정이 아니겠는가? 나는 내 모든 것을 이루었네. (순식간에 은장도를 꺼내 스스로 가슴을 찌른다.)

개똥   아씨마님, 이제 모든 것이 끝났사옵니다. 어찌 이러십니까? 이러시면 아니되옵니다.

최영진   내 동무 개똥아, 우리 휘를 부탁한다. 그리고 불쌍한 무이를 잘 보살피거라.

조이경   아니되옵니다. (응급처치를 하려 하나 영진, 거부한다.)

최영진   자네 아이, 스님께서 해인이라 지으셨네. 이승의 모든 업을 풀라 하신 뜻일 게야. 해인스님, 지금 지장사에 계실 것이야. (숨을 거둔다.)

개똥   아씨마님. (쓰러지는 영진을 안는다.) 마님. 이러시면 이년은 어찌하라고. 으흑. 어찌하라고.

암전

9. 죽어 피는 꽃

새벽 풍경 소리, 지장사
개똥과 이경이 산사 앞에 앉아 달을 보고 있다.

개똥   달이 참 밝지요.

조이경   그렇네. 참으로 밝구먼.

이때 무대 뒤로 소복의 영진이 달빛을 받으며 등장해 둘을 미소로 내려다본다.

조이경   그래, 자네는 이제 어쩔 셈인가? 상전에 대한 맹목적인 충성
            심으로 자식마저 아비를 등지게 만들었으니 자네의 마음도
            편치만은 않겠구먼.

개똥   이년의 업보지요. 허나 상관없습니다. 업보도 인연이고 우리
            모두 그런 인연의 고리 속에서 살아가는 것이니까요. 이년이
            충성스런 개가 되었든 사랑에 빠져 미친년이 되어 자식을 팔
            았든 그건 모두 부처님 손바닥안 아니겠습니까요. 허나 꼭 하
            나를 말하자면 이년도 사람이기 때문이었지요. 이 천한 것에
            게도 자애로운 눈빛을 주신 그분 허석 도련님은 우리 아씨의
            정인만은 아니었습니다. 저에게도 이 세상 단 한 분의 정인이
            셨습니다. 받지 못한 사랑도 사랑이지요. 피지 못한 꽃도 꽃
            인 것처럼. 화전놀이를 갔던 어느 해 봄, 아씨를 위해 꽃을 꺾
            던 도련님이 건넨 한 가지 봄꽃, 그 꽃 한 송이에 이년의 마음
            이 그분을 향해버렸다면 믿으시겠습니까요. 허나 사랑이라는
            것이 그리 이유도 없이 시작되어 끝도 없이 향해지던걸요.

조이경   하기야 도덕과 논리로만 이해되는 것은 아니지. 나 역시 그러
            하였으니까. 여인네의 사랑이라는 것이 그러한가 보군.

개똥 사내들은 모른답니다. 여인네는 사랑의 힘으로 살아간다는 것을. 운명 같은 사랑으로 스스로의 길을 정한 우리 아씨의 사랑이나 순간의 어린 사랑으로 고통의 세월을 살아올 수밖에 없었던 마마님의 삶이나, 그리고 바라볼 수밖에 없는 해바라기 같은 이년의 사랑도 모두 우리 여인네가 스스로 택한 사랑이라는 것을요. 그것이면 충분하지 않을까요? 살아 화려한 향기를 뿜는 꽃도 있고, 죽어 피는 꽃도 있지요. 그 모든 꽃의 향기가 여인의 사랑이 아니고 무엇이겠습니까?

영진 퇴장

조이경 그렇긴 하네만, 우리의 사랑은 우리의 몫이지만, 우리 아이들의 업은 어찌해야 하는지.

개똥 자식의 업보는 부모의 업보 아니겠습니까요. 죽어 억만겁을 짐승으로 환생하여 내 자식의 밭을 갈 수만 있다면 부처님의 은덕으로 알 것인데, (눈물을 훔치며) 우리 무이...

조이경 해인스님... (분위기를 바꾸며) 차나 좀 들까?

개똥 (눈물을 훔치며) 그럼 이년이 샘물을 좀 길어 오겠습니다.

조이경 그럼 같이 샘가로 산보나 가 볼까?

개똥 그리하시겠습니까?

둘은 법당을 내려선다. 눈발이 날린다. 둘은 잠시 퇴장.

무이, 머리를 올리고 걸어 하수 앞쪽에서 들어오며

무이 여인으로 태어나 한 순간도 여자로 살아본 적이 없었다. 내 스스로 어머니의 한을 풀기 위해 아버지를 죽이고 죄인이 되었다. 이제 다시 내 무이로 돌아간들 그 무엇이 의미가 있단 말인가. 남은 내 삶은 이씨 문중의 여자도 아닌 무사 무이도 아닌 이름 없는 아낙으로 세상을 돌아보련다. 허무하구나.

이휘   아버님과 할아버님이 돌아가시고 어머님마저 자결하셨다. 세상 사람들의 추측만 난무하고 내게 아무도 진실을 알려 주지 않는다. 단지 어머님의 유품으로 내게 보내진 것은 양천 허씨의 족보 그리고 제일 끝줄에 적혀 있는 내 이름 허 휘. 나는 누구로 살아야 한단 말인가?

해인   (합장하며) 나무관세음보살. 달이 밝구나. 어머니는 저 달을 보시며 나를 생각하실까? 아버지는 저 달을 보시며 나를 생각하실까? 만나보고 싶구나. 내 인연. 허나 인생은 알 수 없는 것. 달이 참 밝구나.

각자의 조명이 사라지면 해인만이 조명 속에서 합장, 기도를 올린다. 이때 개똥과 이경, 다시 들어온다.

조이경   헌데 한 가지 풀리지 않는 것이 있네. 마님은 어찌하여 그 모든 살인과 복수의 과정을 내게 알리신 것인지 아무리 생각해도 알 수가 없네.

개똥   천한 이년이 마님의 속뜻을 어찌 알 수 있겠습니까? 허나 어쩌면 그것은 반상의 법도 이전에 있는 여인의 마음이 통했기 때문이 아닐까요? 또 모르지요. 우리 아씨의 지난 삶을 보여드림으로써 살아계신 마님의 한을 위로해 드리려는 것인지도.

조이경   그런가? 하긴 나 역시 육신은 살아 있으나 그간 죽음의 삶을 살아 온 것과 마찬가지니 따지고 보면 자네나 나, 그리고 돌아가신 마님 모두 죽어 있는 목숨을 살았고, 그 죽음을 넘어서 꽃을 피우고 있었던 것은 아닌지 모르겠네.

해인스님과 두 여인 만난다. 탑을 향해 합장 후 절을 올린다.

개똥   해인스님이십니다.

이경, 하염없이 바라본다. 해인이 웃으며 합장하자 역시 이경, 합장한다. 해인은 계단을 올라 각전으로 들어가고 부처님 앞에서 목탁을 치며 합장한다. 개똥과 이경, 부처께 합장 후 산을 내려간다.
눈 내린다.

서서히 암전

연애戀愛, 그 오래된.

꽃 피는 봄 그녀를 만났습니다.
아주 오래된 별의 시간 저편에서
그녀는 나를 향해
나는 그녀를 향해 다가왔었음을
그때는 알지 못했습니다.

등장인물

이준하	선희의 첫사랑
우선희	준하의 첫사랑
성준하	선희의 딸
준하모	본명 박복녀. 준하의 홀어미
김재형	준하의 동네친구
성찬구	우선희의 남편
정정미	재형의 회사 경리
의사	
등산객남	
등산객여	

무대 앞에서 60대의 성준하, 조용히 글을 쓰고 있다. 간헐적으로 기침을 한다. 간단히 약을 먹고는 다시 펜을 들어 무언가를 써 나간다. 잘 안 써지는 모양이다. 한참 글을 쓰고 있는데 전화가 온다. 전화를 받는다.

성준하   아이고 편집장님... 아니, 괜찮아요. 어? 어, 먹었어... 괜찮다니까. 야, 조하영. 사람은 누구나 죽어. 난 그냥 그날을 다른 사람보다 정확히 알고 있는 것뿐야. 그나저나 죽어가는 소설가한테 글 독촉하는 편집장은 당신밖에 없을 겁니다. 아, 아, 농담... 이상하게 마지막이 정리가 안 돼. 뭐가 막혀 내려가지 않는 체증을 앓는 것 같기도 하고. 어? 야야, 너 친구라도 그런 소리 하려면 끊어. 암 걸렸다고 내가 오늘 죽니? 나는 나 사는 대로 살다 갈란다. 알았어. 걱정 마. 내 미완의 원고를 남겨 놓고 가진 않을 거니까... 어? 어. 뭐라구? 이준하? 글쎄. 뭐? 어. 그래서? 그래? 알았어. 일단 볼게. 글쎄 나도 봐야 알겠지만, 누구 장난이거나 아니면 소설가 협회서 잘못 보낸 건지도 모르지. 알았어. 어제 보냈으면 오늘쯤 오겠네. 그래, 고맙다, 친구야. 어. 어.

전화를 끊고 그녀는 하수 쪽으로 가 우체통을 열어 본다. 봉투를 꺼낸다.

성준하   이건가 보네. 우체부가 언제 왔다 갔지?

준하는 봉투를 뜯는다. 종이뭉치를 받아든 그녀는 안경을 찾아 끼고 다시 바라본다.

성준하   연애, 그 오래된...

음악이 흐르고 무대가 바뀐다. 무대 전면에는 수돗가를 같이 쓰는 1960년대 산동네 주택.

수돗가 뒤로 안채와 건넌방의 집이 있고, 그중 하수 쪽 집은 주인집이다. 상수 2층은 주인집 아들 준하 학생의 독방이다. 멀리 집 뒤로 산동네 모습이 보이고 산을 깎아 시멘트를 바른 축대를 돌아 내려오는 좁은 골목길(계단)이 보인다. 집의 하수 쪽은 대문이 있고 그 앞으로는 가로등이 하나 있으며 좁은 길이 나 있다.

꽃 피는 봄

전면에 있는 산복도로에 이준하가 서 있다. 준하가 뭐라고 결심을 한 듯 미끄러지듯 이준하가 목도리를 두른 채 교복을 입은 채 뛰어 내려온다. 집 앞 가로등 밑에 선다. 준하모는 부엌에서 상을 들고 나와 방으로 들어갔다가, 다시 나와 손을 부비며 아들을 기다리다 하늘을 보고 아들의 합격을 기원한다. 이때 준하 들어온다.

이준하	(소리를 질러) 엄. (부르려다 말고) 아, 아니야. 잠깐만. (가로등 앞을 왔다 갔다 한다. 무언가 생각난 듯 대문 안으로 들어선다. 대문에 달린 종이 딸랑거린다. 준하는 사뭇 심각한 표정을 짓는다. 종소리가 들리자 안에서는 이준하모가 미친 듯 뛰어나온다.)
준하모	준하 왔 (소리를 지르며 나오다 이준하의 얼굴 표정을 보고 어찌할 바를 몰라 하며) 준하야, 괜찮나. 아, 뭐 어떻노? 괜찮다. 이 엄마가 있잖아. 괜찮다, 괜찮다.
이준하	엄마.
준하모	응, 우리 아들.
이준하	엄마, 나... 합격했어요.
준하모	그래 괜찮다아. 내년에 다시 (놀라며) 뭐? 뭐? 진짜가? 정말이가? 이 자식이. (숨을 고르고) 정말이지. 아이고, 내 아들 장하다. 예끼 이놈아. 에밀 두고 장난을 치나. 내는 그것도 모르고 니 얼굴 보고 괜히 놀랐잖아.
이준하	하하, 엄마 놀랐지? 놀랐지?

준하모	아이고 우리 아들 대학생 됐다. 바래이. 이 산동네에서 대학생 엄마는 나밖에 없다 아이가.
이준하	엄마, 고마워요. 이게 다 엄마 덕분이에요. 그동안 힘드셨죠. 제가 꼭 멋진 소설가가 되어 효도할게요.
준하모	뭔 소리고. 은자부터가 중요하지. 아, 이런 산동네에서 뭐 아무나 대학생이 되는 줄 아나? 니는 아무 걱정 말고 공부만 열심히 하면 되는 기라. 알겠나?
이준하	알겠다.
준하모	떼. 에미가 암만 갱상도 사투리를 써제끼도 니는 서울 사람인기라. 서울말을 쓰야제. (다시 웃으며) 아이고 장하다. 내 아들. (둘 포옹) 대한민국 만세다. 국민 여러분, 우리 아들 준하가 대학생이 되뿄습니다. 이 산동네에서 (울먹이며) 이 홀어미 밑에서 아들 하나 믿고 산 이 박복녀 아들 이준하가 드디어 대학생이 되뿄습니다. 하하 으하하 으허 허허. 준하 아버지. 우리 준하가 대학생이 됐으. 흐흐흐. 아이고, 이 주책. 가만히 있어 바라. 내 동네잔치라도 해야 되겠다. 아이고 좋아라.
이준하	엄만 내가 대학생이 된다는 게 그렇게 좋아?
준하모	좋기만 하나? 돌아가신 니 아버지가 살아오신대도 이것만은 못하지. 아이고 이럴 게 아니라 영순이 엄마, 영순이 엄마한테 다녀와야겠다.
이준하	아줌만 왜?
준하모	아이고, 확성기가 따로 있냐? 영순 엄마한테 말해 놓으면 5분 안에 이 동네 구석구석까지 소문이 다 퍼질걸. 아마 저녁 때 즈음엔 우리가 따로 방송 안 해도 이 동네 사람들이 다 몰려올 기다. 내 얼른 갔다 오꾸마. 얼른 들어가라. 상 봐났다.

준하모, 나가려는데 재형이 들어온다.

김재형	어이, 대학생.
이준하	왔냐? 어떻게 알았어.
김재형	학교에 현수막 붙었다. (준하모를 보고) 어, 대학생 어머니. 축하드립니다.
준하모	대학생 어머니. 하이고, 그래 고맙다. 그래, 벌써 학교에 현수막이 쫘악 붙었다고.
김재형	그럼요. 그뿐만이 아니예요. 골목길 올라오는데 영순이 엄마가 우리 동네 대학생 나왔다고 온 동네 아줌마들한테 방송을 하고 계시던걸요. (준하에게) 야, 니 덕에 완전 동네 잔치 분위기다. 소라도 잡을 분위기야.
준하모	그래, 그깟 소 잡자. 까짓 그기 머시라꼬. 가만히 있어 봐라. 그라믄 은자 이 대학생 엄마 잠깐 동네 한비퀴 마실이라도 돌고 와야겄제.
김재형	아, 네. 다녀오세요. 어머니.

준하모, 신이나 내려가다가 다시 머리를 한 번 쓸어 올리고 우아하게 걸어나간다.

김재형	야, 가자.
이준하	아, 어딜?
김재형	애들이 오늘 우리 동네 대학생 뺏겨 먹겠다고 난리다. 빵꾸는 음악다방 가자구 난리고, 식충이는 술 먹잖다. 글구 나는 개인적으로 오늘 너랑 디스코텍 가서 발바닥에 땀 좀 흘려 보면 좋겠다 싶네. 크크 우리도 이제 성인이잖아. (신나게 디스코를 춰 보인다.)
이준하	자식, 제법인데.
김재형	얌마, 이걸론 안 되지. (마루 위의 기타를 보고 달려가 잡으며)

이런 날 흥이 빠지면 안 되지.

기타를 잡은 재형의 반주에 맞춰 준하, 노래를 하기 시작한다. 둘은 노래에 빠져 한참을 즐기는데 선희가 종이 한 장을 들고 집으로 들어선다. 둘의 노래를 한참 들으며 빠져든다. 그러다 노래가 끝날 즈음 동시에 세 사람이 마주 본다.

우선희   (쭈뼛쭈뼛 문 안으로 들어서며) 저...

이준하   (무심결에 돌아서며) 누구세요?

둘, 마주치는 순간, 스탑 모션. 이때 음악 흐른다. 70년대 올드 팝으로 (낭만 샤랄라 팝.)

우선희   학생, 여기 방 내놨어?

김재형   (첫눈에 반한 듯 선희에게 눈을 떼지 못하며) 아, 네.

이준하   아, 네. 이쪽으로 오세요. (쭈뼛거리며 상수 쪽 방으로 가서) 여기 이 방이에요. 보세요.

우선희   방은 어때? 누난 추위를 많이 타서 딴 건 몰라도 웃풍은 없어야 되거든.

김재형   누나?

이준하   누나? 누난 몇 살이에요?

우선희   왜 나한테 관심 있니? 누난 사회인이니까 너희 같은 교복쟁이 하곤 다르지. 꿈 깨. 근데 어른은 안 계셔?

이때 엄마 들어온다.

이준하   엄마, 방 보러 오셨어요.

김재형   누나래요.

준하모   뭐? 어, 그러냐? 어서 와요. 넌 어여 들어가라. 춥다. 아이고, 잘

	왔어요. 여기가 그래도 이 동네선 수돗물 젤 잘 나오는 집이지.
재형준하	수돗물 잘 나오죠.
준하모	방 절절 끓지.
재형준하	앗, 뜨거.
김재형	저, 여기 엉덩이. 여기 데어서 아직도 고약 바르잖아요. 방이 너무 뜨거워서.
준하모	(이상하다는 듯 줄을 쳐다보다 다시 선희를 향해) 거다가, 사실 머 자랑은 아인데 우리 아들이 이번에 서울에 있는 대학에 떡 하니 합격을 했다 카네. 사실 이 동네선 대학은 꿈도 몬 꾸는 동네 아인교. 근데 우리 아들이 떡하니 그것도 서울에 있는 대학에 들어가가꼬...
이준하	아, 엄마. 제가 대학생이 되었다고, 그것도 서울에 있는 대학에 떡하니 붙은 대학생이 되었다고, 대학생 어머니가 되신 어머니께서 자꾸 그렇게 대학생 자랑을 하시면...
준하모	아, 이 주책, 어쨌든 그렇다 보니 은자 우리 아들 대학생이 서울로 가야 되니까 여기 방을 빨리 놔야 해서 내 싸게 놓을 생각이야. 그래 아가씬 혼자야?
우선희	대학, 아, 네.
준하모	이 방 혼자 살긴 딱 좋아. 그래, 올해 아가씬 몇 살이고?
우선희	네. (이준하 눈치를 보며) 올해 청주고등학교 졸업했어요. 시내에 취직이 되어서요.
준하모	아이고, 그럼 우리 준하랑 동갑이네. 우리 아들은 이번에 서울에 있는 대학교에 합격이 돼서 올라가니까 여긴 내밖에 없어서 집도 조용할 거야. 그래 내 이 방 세놓고 의지하며 살 사람이 필요한데 아가씨면 나도 참 좋겠네.
준하재형	참 좋겠네.
우선희	(웃는 준하를 미안스레 보며) 아, 네. 근데 전 웃풍이...

준하모	이 방? 이 방이 이래도 남향이라 추위, 더위 걱정 안 해도 돼.
김재형	약간 고지대라도 이 집은 수도가 있어서 아래 동사무소에서 물 길어 올릴 필요가 없어요.
이준하	우린 옥상에 단독으로 텔레비전 수신기가 있어서 그거 걸치면 수신료 안 내고 텔레비전 봐도 돼요.
김재형	공짜.
준하모	집도 조용하지. 그다가 대학생을 배출한 집 아이가? 어데 보통 집이가? 이 근방에서 이 가격에 이만한 방 없지. 아가씨가 참해서 나도 맘에 드네.
준하재형	나도...
우선희	(어색해하다)웃풍은?
준하모	뭐 들었노? 추위 더위 걱정 없다니까. 웃풍? 없어. 걱정 마.
우선희	아, 네. 그럼 잠시 방 좀...(방으로 들어간다.)
준하모	그래, 어여 (방으로 들어가도록 손짓한다.) 느그는 뭐하노. 들어가 밥이라도 무라.
이준하	엄마랑 같이.
준하모	아이고 이제 대학생이나 된 놈이 알라같이. 내 따라 들어갈 테니 어여 들어가라. 날이 찹다.

이때 따라 나오던 선희가 댓돌을 헛디뎌 넘어질 뻔한다. 둘은 어머니를 제치고 선희를 붙잡는다. 준하와 눈이 마주친다. 준하는 그녀를 순간 붙잡으려다 그녀와 눈이 마주치자 같이 웃는다. 모두 정지 동작. 앞의 정지 동작과 같은 음악 흐른다.

김재형	야, 애들 기다린다고 했는데.
이준하	아, 엄마. 애들이랑 좀 놀다 올게요.
준하모	그럴래? 그래, 놀다 와. 이때까지 공부한다고 제대로 놀지도 못했는데 실컷 놀다 와, 우리 대학생. 어, 여기, 저녁도

안 먹었는데 친구들하고 맛난 것도 사 먹고. 대학생이 한턱 내야지.

이준하 (선희를 보고) 다녀올게요.

김재형 (역시 선희를 보고) 안녕히 계세요.

준하모 오야. 실컷 놀다 온나.

준하, 재형. 인사하고 나가며 선희에 대해 뭐라고 수근거린다.

준하모 그래, 아가씨 어때?

우선희 (환하게 웃으며) 네, 좋아요.

준하모 씩씩해서 좋군.

성준하 (암전 후 마당의 평상에만 조명 비취면 성준하 책을 읽고 있다.) 그때 그렇게 시작될 줄 알았습니다. 그녀의 눈빛을 본 순간. 그 장난스럽고 당당했던 똘망똘망 눈동자가 나를 향해 우리 의 미래를 알려 주었습니다. 그러나 아직은 그때 난 몰랐습니 다. 이 여자를 얼마나 사랑할지 얼마나 그리워할지... 꽃 피는 봄 그녀를 만났습니다. 아주 오래된 별의 시간 저편에서 그녀 는 나를 향해 나는 그녀를 향해 다가왔었음을 그때는 알지 못 했습니다.

성준하는 무언가를 생각하다 말고 급히 외투를 차려입고 집을 나선다. 조명 서서히 들어 오면 무대는 여름 방학이 되어 있고, 성준하는 마지막 구절을 읽고는 책을 안고 퇴장.

여름방학

우선희 아주머니, 다녀왔습니다. (안방을 건너다보며) 어, 어디 나가

230

셨나?

그녀는 방 입구 마루에 가방을 두고, 마당으로 나와 세숫대야에 물을 떠 손을 씻는다. 무대 전면 위쪽 산복도로에 준하가 대학생이 되어 나타난다. 그때 갑자기 비가 내린다. 준하는 뛰어 내려와 집으로 들어오고, 선희는 널어놓은 채소며, 빨래를 급히 거둬들이고 있다. 이 때 준하 뛰어 들어오다 이를 보고 빨래를 같이 걷는다. 마지막 빨래를 같이 잡다가 웃곤 뛰어 마루에 앉는다.

이준하   잘, 있었어?
우선희   응. 참, 지난번에 편지 보내 줘서 고마워. 동생한테 네 추천대로 공부방법이며 참고서 목록을 보냈어. 우리 동생도 너처럼 빨리 대학생이 되었으면 좋겠다.
이준하   어머닌 어디 가셨나? 여긴 하나도 안 변했네.
우선희   넌 좀 변한 것 같다.
이준하   그래? 어디가?
우선희   뭐 그냥 분위기랄까? 어쨌든 달라진 것 같네.
이준하   그러니?

어색한 침묵

우선희   아주머닌 시장 가셨나 봐. 퇴근하고 오니까 안 계시네.
이준하   응 그렇구나.
우선희   그럼. (일어나 방으로 들어가려 한다.)
이준하   저, 선희야? (돌아보는 선희에게) 우선희 맞지? 네 이름.
우선희   고맙네. 맞아. 선희.
이준하   우리 집에 반년이나 살았는데 아직 통성명도 안 했네. 정식으로 하자. 난 준하, 이준하. 깊을 준 여름 하. 여름에 날 낳으신 어머니께서 돌아가시며 이름도 짓지 못한 아버지를 대신해 지었던 이름이야. 멋있지. 한여름. 내 이름이야.

우선희   난 선희야 우선희. 착할 선 빛날 희. 난 별로 착하지도 않은데 말이야. 그래서 난 사람들에게 내 이름을 써니라고 말해. 좀 있어 보이잖아.

이준하   아니, 선희가 더 이뻐. 우선희.

어색한 침묵.

준하모, 낑낑거리며 장바구니를 들고 들어온다.

이준하   어머니.

준하모   아이구 내 새끼. 벌써 왔나. 에미가 장 보러 갔다가 너 먹일 거 산다고 좀 늦었지 뭐냐. 어여 들어가자.

우선희   (장바구니를 받으며) 무거우셨겠어요. 전화를 하시지.

준하모   내 새끼 먹이는 게 무에 무겁다고 전화에 돈을 쓰노? 선희야, 니도 오늘 저녁 같이 먹자. 내 오늘 거하게 한턱 쏜다. 고기 좀 먹어 보자. 날 덥제? 아들, 넌 올라가서 좀 쉬라. 밥 다 되면 부르께.

김재형   (공장 잠바 입고 들어서며) 어머니, 대학생 온다면서요?

준하모   소식도 빠르다. 왔나?

이준하   야, 넌 안 본 사이에 제법 사회인 티가 난다.

김재형   그럼. 우리 공장이 내가 없으면 안 돌아가거든. (선희를 보고 어쩔 줄 몰라 하며)선희 씨 잘 있었어요?

우선희   아, 네. 어서 오세요.

준하모   재형아, 너도 밥 먹고 가라. 준하야, 그래도 재형이가 너 없는 동안 때때마다 찾아와서 수도 고장 난 거랑 부엌에 곤로 나간 것도 다 봐 주고 고생이 많았다.

이준하	그랬냐? 형님 없는 동안 고생 많았다.
김재형	고생은 자식. 당연한 거지. (선희 눈치를 본다.)
우선희	아주머니, 그럼 전.
준하모	그래, 나중에 상 차리고 부르마.
우선희	아니예요. 옷 갈아입고 나와 거들게요. (들어간다.)
준하모	참 참한 처녀데이. 누군지는 몰라도 저런 아가씨 데려가는 사람은 호박이 넝쿨째 굴러 들어오는 거지. 안 그러냐? 재형아.
김재형	아, 아 네. 히히.
이준하	올라가자.
김재형	아, 네. 어? 어어. 그럼 어머니 올라가 있을게요.

준하와 재형은 이층 준하 방으로 올라가 기타를 치고 노래를 한다. 엄마는 신이 나 부엌으로 들어가 음식을 준비하고, 선희는 옷 갈아입고 방 정돈을 하다 말고 준하의 노래에 빠져 자신도 모르게 따라 부른다.

암전

연애1.

산복 도로에서 내려오고 올라가며 준하와 선희가 만난다. 준하는 선희의 무거운 가방을 들어 주고 선희는 부끄러워한다.

암전

연애2.

늦은 밤 가로등 아래에서 퇴근하는 선희와 운동하러 나가는 준하가 만난다. 둘은 조금 편한 미소를 보인다. 준하는 자기가 듣던 음악의 이어폰을 선희에게 주고 둘은 음악을 함께 듣는다.

암전

연애3.

준하는 자기 방으로 올라가는 계단에 앉아 책을 보고 있다가 선희 방에서 들려오는 울음소리를 듣고 그녀 방 앞으로 가서 앉는다. 선희의 울음소리를 듣고 한참이나 마루에 앉았던 준하는 위로의 노래 하나를 불러 준다. (휘파람이면 좋겠다.) 그 소리를 듣고 눈물을 훔치고 선희가 나온다. 둘은 말없이 마루에 앉아 하늘을 바라다본다. 무언가 생각했는지 준하가 갑자기 선희의 손목을 잡고 이층 자기 방으로 올라가 난간에 기대어 선다.

이준하   이 높은 꼭대기 동네에서도 우리 집, 그중에서도 내 방은 이
         층이잖아. 여기선 그만큼 별이 더 잘 보여. 마침 바람도 부네.
우선희   그렇네. 여기 살면서 한 번도 별을 본 적이 없네. 별이 참 많다.
         너 멋있다. 국문학도라더니. 넌 정말 멋진 소설가가 될 거야.

         준하, 방에서 소주 한 병 꺼내 온다. 한 모금 마시고는 선희에게 건넨다. 선희도 보더니 말
         없이 한 모금 마신다. 둘은 서로 마주 보고 웃는다.

우선희   사는 게 너무 힘들어. 넌 대학생이니까 나 같은 처지 이해 못
         할 거야.
이준하   그럴 거야. 하지만 누구나 자기 몫의 고통은 있는 거야. 나도
         그렇고.
우선희   넌 뭐가 고민이야?
이준하   너 먼저 얘기해.
우선희   남자가 쫌스럽긴. 후, 어디서부터 시작해야 하나. 난 내가 싫
         어. 돌아가신 아버지 대신 집안을 책임져야 하는 것도 싫고,
         우리 집이 가난한 것도 싫어. 장녀라는 것도 싫고, 여자라는
         것도 싫어. 그냥 난 나이고 싶은데 난 항상 누구의 딸, 누구의
         누나, 누구네의 장녀로 살아야 돼. 그냥 나일 순 없는 건지.

이준하	그건 나도 마찬가지야. 넌 내가 대학생이라 부럽다고 했지만, 난 다른 걸 생각할 수가 없었어. 우리 어머닌 아버지 돌아가시고 날 당신이 생각하는 최고의 아들로 키우기 위해 고향도 버리고 바로 이곳으로 이살 오셨어. 서울이 가깝다는 이유야. 난 어머니의 꿈으로 살아야 했고, 대학생이 되는 것 외엔 그 어떤 꿈도 꿀 수 없었지.
우선희	호강에 바쳐서 오강에 똥 싸는 소리 한다. 난 그렇게라도 대학생 한 번 돼 봤으면 좋겠다. 후. 어제 집에서 편지가 왔어. 어머니가 논일을 하시다 다쳤대. 근데 난 내려갈 수도 없어. 여기서 일해서 병원비라도 보태는 게 더 나으니까.
이준하	미안해. 힘들었겠구나.
우선희	근데 정말 기가 찬 게 뭔지 알아? 이런 상황에서도 난 식구들보다 내 인생이 짜증 나고 화가 날 뿐이야. 나 정말 못됐지? 그래서 난 선희가 싫어. 난 써니로 살고 싶어. 빛나는 태양처럼. 난, 난 나도 내 인생을 살고 싶어. 남들처럼 공부도 맘껏 하고, 대학도... (허탈한 웃음) 나 이 집에 왜 들어왔는지 알아? 니가 대학생이 됐다는 말 듣고서 나한테도 너의 그런 행운이 조금은 옮아 올 수 있지 않을까 싶어서였어. 나 정말 우습(이준하는 우선희의 입에 키스한다. 둘은 한창 키스한다. 예쁘게. 음악 흐른다. 하늘에 별은 깊어지고 매미소리 커져간다.)
이준하	(쑥스러워하며) 내 요즘 고민이 뭔지 알고 싶댔지. 난 요즘 아파. (가슴을 가리키며) 여기가. 어떤 여자애의 생각이 여기서 나가질 않으니까 점점 더 아프기만 해. 그 여자도 내가 이렇게 아픈 걸 알까? 그것 때문에 글도 쓸 수가 없어.
우선희	푸훗. 그 여자도 여기가 답답하대. 어떤 애가 자기 맘도 몰라줘서.

둘은 한동안 앉아서 서로 주뼛거린다. 한참 후 준하, 눈을 감고 입술을 내민다. 선희는 입술을 손으로 민다.

우선희　　넌 소설도 입으로 쓰겠구나. 하지만 이젠 가슴 아파하지 않아도 될 거야. 이제 니 얼굴을 내 가슴에 묻을 거거든.

선희, 그의 얼굴을 손으로 훑어 내려 가슴에 댄다.

이준하　　그럼 나도 이렇게 (따라 한다.)

둘은 다시 뽀뽀.
암전

음악다방

들어오는 준하에게 재형이 손을 들어 반긴다.

김재형　　어이, 대학생.
이준하　　어. 우리 동네에 이런 데가 있었어?
김재형　　응. 얼마 전에 새로 생겼는데, 이 동네에선 여기가 레코드가 가장 많데. 음악도 좋고.
이준하　　그건 그렇고 웬일이냐? 날 이런데 불러 내고.
김재형　　음, 조금 기다려. 어, 저기 오네. (들어오는 정미를 보며) 어이, 정미 씨.

정미, 자리로 와서 도도히 인사하고 앉는다.

이준하	야, 뭐야?
김재형	자, 자. 이쪽은 우리 회사 경리부에 일하는 정정미 씨. 작년에 여상 1등으로 졸업하고 우리 회사로 바로 입사했지. 똑똑하고 야무지고 크, 이쁘고 크크.
정정미	(도도히) 첨 뵙겠어요. 정정미라고 해요. 대학생이라구요?
이준하	아, 네. 안녕하십니까? 야, 뭐야?
김재형	그리고 정미 씨, 이쪽은 내 친구. 이준하. 서울에서 내려온 우리 동네 유일의 대학생이에요. 큭. 국문학도죠. (준하에게) 야, 사실 우리 정미 씬 우리 회사의 최고 사원이야. 그리고 정미 씨, 이 친군 우리 동네 최고의 엘리트죠. 여름 방학을 맞아 내려온 내 죽마고우를 위해 내 이렇게 친히 미팅의 자리를...
정정미	아이, 재형 씨. 너무 띄우지 마세요. 사실이긴 하지만.
이준하	야, 누가 니 맘대로 이런...

재형, 들어오는 선희에게 손을 든다.

김재형	여 여기예요. 선희 씨.

준하와 선희, 서로 보며 놀란다. 재형은 일어나 정미를 준하 옆으로 앉히고, 자신은 선희 옆으로 가 앉는다.

김재형	이렇게 해서 오늘 모일 사람은 다 모였고, 이렇게 커플도 완벽하게 짜졌으니 우리 나가서 신나게 놀아 볼까?
우선희	재형 씨, 이게 무슨 일이에요?
김재형	뭐 내가 이렇게 플랜을 짰다고 하면 다들 모였겠냐구요? 하하하, 그러니까 몰래 계획을 짰죠. 어떠냐, 나의 액션 플랜이?

이준하	(선희를 보다) 이렇게 되어서 정말, 미안합니다, 정미 씨. 하지만 오늘 이 자리는 여기서 정리해야겠군요. 죄송합니다.
정미	뭐, 뭐라구요? 재형 씨, 이게 뭐예요? 정말 기가 차서. 저도 바쁜 사람이거든요. 허 나 참. (화가 나 나간다.)
김재형	야, 너 정말 왜 이래? 그냥 오늘 하루 신나게 놀면 안 되냐? 난 정미 씨한테 뭐가 되냐? 아이, 선희 씨. 잠시만요. 정미 씨, 정미 씨. (따라 나간다.)
이준하	난 정말 모르고 나왔어. 오해하지 마.
우선희	내가 오해하고 말게 뭐 있어? 그건 그렇고 내가 올 때까지 넌 그 뭐야? 그래 정미 씨, 아주 이름도 다 외웠더라.
이준하	그러는 넌? 재형이 옆으로 가서 턱 하니 잘도 앉더라.
우선희	그건... 참 기가 차서 너도 봤잖아. 난 오늘 무슨 일이 있는지도 모르고 왔다고.
이준하	그래? 뭔지도 모르는 일인데 재형이가 부른다고 쪼르르 달려 오냐?
우선희	뭐, 쪼르르? (화가 나서) 나 그만 갈래!
이준하	(나가는 선희를 붙잡으며) 화났어? 그만하자. 내가 잘못했어. 나 알아. 넌 나만 좋아하지. 꺼질 줄 모르는 이놈의 매력 때문에 나 말곤 딴 남자가 안 보이지? 알고 있어.
우선희	너 어디 아프지? 가만 보니까 넌 몸보다 정신이 이상한 것 같아. 세상이 너를 중심으로 빙글빙글 돌고 있는 것 같지. 쯧쯧 병원 가 봐라.
이준하	어허, 이것 봐. 그새 내 말 듣고 기분이 좋아졌지. 귀여운데
우선희	뭐야? 징그럽게. 풋.
이준하	사실은 나도 너밖엔 안 보여. 아까 그 여자 이름이 뭔지 난 몰라.

우선희	몰라?
이준하	응 몰라. 영잔가. 숙환가? 희숙인가? 너 아니?
우선희	참, 나.
이준하	어쨌든 여기서 나가자. 조금 있으면 재형이 이놈이 돌아와서 나 잡아먹으려 할 거다.
우선희	그럼 어디로 가?
이준하	데이트. 영화 보자. 〈러브스토리〉 끝내준다던데. 시간 없어. 빨리 가자. 오빠 믿지?
우선희	뭐야?
이준하	어서, 가자. 어서.

둘이 뛰어나가는데, 재형이 들어온다.

| 김재형 | 어디가? 준하야! 선희 씨! |

돌아서다 말고 무언가를 느낀다.

여관

빗소리와 함께 여관방 안에 어색하게 앉아 있는 두 사람. 여인숙 간판이 깜박이며 비치고 있다. 창가엔 빗물이 떨어지고 뒤로 마지막 통금을 알리는 사이렌 소리가 흐른다.

우선희	이게 뭐야? 잠시만 놀자더니.
이준하	미안해. 통금시간이 다 된 줄 몰랐어. 비도 내리고 밖에서 날 밝을 때까지 비 맞으며 있을 순 없잖아.
우선희	뭐, 그래도 영화는 재미있었어.
이준하	그치. 남자인 내가 봐도 〈러브스토리〉 정말 찡하더라. 너 아까

울었지? 제니퍼가 죽을 때?

우선희 내가 언제. 그러는 너도 울더라.

이준하 아니야. 난 감기 기운이 돌아서...

침묵

이준하 이대로 있다가 날 새면 바로 들어가자. 정말이야. 나 늑대로 보지 마. 이래 봬도 사나이 이준하 매너 있는 대한의 남아라고. 나, 너한테 손가락 하나 까딱하지 않을 거야.

우선희 바보, 손가락도 까딱하지 않을 거면서 여관엔 왜 들어 와.

이준하 그래 까딱하지 않을... 뭐? 뭐라구?

우선희 애구, 바보야. 바보야.

준하, 얼른 선희에게 뽀뽀하고는 놀라 자기 입을 만진다.

이준하 미안해.

우선희 사랑은 미안하다고 하지 않는 거야.

이준하 선희야.

둘은 서로 얼굴을 쓰다듬어 가슴에 담는다. 풋 하고 웃는 선희에게 준하, 다가가 키스하면서 서서히 암전.

새벽이 되어 둘은 손을 잡고 집 앞에 서 있다. 몰래 들어가려다 준하는 선희의 이마에 뽀뽀를 하고 꼭 안아 준다. 집 안의 분위기를 살핀 뒤 둘은 몰래 집으로 들어간다. 서로 눈짓을 하고 선희는 자기 방으로 준하는 이 층 자신의 방으로 들어간다. 방에서 나오는 엄마가 무심코 이 둘의 행동을 지켜본다.

조명이 밝아 오면 다시 집. 준하모는 밥상을 평상으로 내온다. 준하는 이 층에서 편지를 쓰고 있다. 그러다가 멍하니 하늘을 바라보며 미소를 짓는다. 선희는 아래층에서 책을 읽다 말고 멍하니 하늘을 바라보며 미소를 짓는다. 그러면서 둘은 동시에 자신의 입술을 부끄 러운 듯 만진다.

준하모	준하야, 밥 먹자. (이 소리에 둘 다 무엇에 놀란 사람처럼 정신을 차린다.)
이준하	(소스라쳐 놀라) 네, 네. 내려가요.
준하모	선희야, 너도 어서 나와 밥 먹자.
우선희	(놀라며) 아, 네.

둘 다 마당으로 나온다.

우선희	오늘 올라가는 날이구나.
이준하	그러게. 나중에 역에서 만날까?

준하모, 상을 내온다.

준하모	아이고, 낼모레가 구월인데 아침 기운이 이래 더버서야, 엄마 야 뭐 여름이 안 가서 우리 아들 서울로 안 가면 좋겠지만 덥 다꼬 여름이 안 갈 리도 없고. 그래 올라갈 준비는 다 했나? (선희만 신경 쓰는 준하를 보며) 올라갈 채비는 다 차렸냐고?
이준하	(엄마의 말은 아랑곳없이 둘은 서로 신경전을 펼치며 서로에게 사 랑의 눈길을 보인다. 엄마의 말이 끊어지자 놀란 준하가 말을 꺼낸 다.) 어, 어. 엄마. 어! 이거 갈치잖아. 우리 엄마 갈치는 유명 하지.
준하모	아휴, 우리 아들 아직도 엄마 식성 안 잊었나. (받아먹으려 입 을 연다.)

이준하	(선희의 숟가락에 생선을 발라 올려 주며) 선희 씨 이거 한 번 먹어 봐요.
우선희	아, 아니요, 아, 네.

준하모 한참 신나게 이야기하다 말고 둘의 행동을 이상하다는 듯 쳐다본다. 이때 술에 취한 재형이가 등장한다.

김재형	어머니, 저 왔어요.
준하모	어, 재형이 왔니? 아이고 너 술 먹었니? 무슨 일 있어? 얘가 왜 이러누?
이준하	야, 임마 너 왜 이래? 무슨 일이야?
준하모	아니 순한 재형이가 와 저라노? 집에 뭔 일이 있나? 저러는 거 처음 보네. 아이고 준하야, 방에 데리고 가 뉘어라. 꿀물 좀 타 갈게.
우선희	아주머니, 제가 타 올게요. (부엌으로 간다.)
이준하	임마, 일단 올라가자. (재형의 어깨를 부축하려 한다. 선희는 막 꿀물을 타 나오고)
김재형	(준하의 손을 뿌리치며) 이거 놔. 나 안 취했어. 선희 씨 저 안 취했어요. 이 정도론 저 안 취해요. 제가 대학생은 아니지만요, 그래도 저도 비틀즈도 알고, 커피도 좋아한다구요. 이거 왜 이러십니까?
이준하	야, 너 왜 이래? 갑자기 선희 씨는 왜 끼어들이고...
김재형	시끄러 임마. 니가 뭘 알아? 넌 방학 끝나고 올라가면 그만이잖아. 난 여기서 죽 있으면서 계속 바라봐 왔다구, 너보다 훨씬 오래.
이준하	무슨 말...
준하모	(무슨 말인지 알겠다는 표정으로) 준하야, 어서 데리고 올라가.

준하가 재형을 부축하려 하지만, 재형은 뿌리친다.

김재형   너, 이준하. 너 뭐가 그리 잘났냐? 뭐가 그리 잘났냐구?

재형이 뛰쳐나간다.

이준하   정말 저 자식이 왜 저래?

준하모   별 일이야 있겠나? 서울로 올라갈 놈이 너무 그런 일에 신경 쓰지 마라. 밥 다 먹었으면 어서 준비해라. 역에 가서 미리미리 기다려야지.

이준하   아휴, 우리 어머니, 아들을 왜 이리 빨리 보내려 하실까? 난 가기 싫은데.

준하모   실없는 소리 말고 어여 서둘러.

이준하   선희 씨, 우리 엄마 잘 부탁해요. (엄마의 시선을 피해 윙크를 해 보인다.)

준하모   (말을 자르며) 선희야, 친딸 같은 아인데 뭘 걱정하노? 너희들 도 한집안 오누이나 다름없다 아이가? 이 에민 걱정 말고 어 여 서둘러. 선희야, 좀 있다 영순 엄마가 동네 반상회비 걷으 러 올 기다. 마루 전화기 밑에 300원 넣어 놨다. 그거 좀 전해 도. 다녀오꾸마.

우선희   네, 네. 다녀오세요.

준하모 서둘러 앞장선 채 나간다.

이준하   우리 엄만 눈치도 없어. 역엔 우리끼리 가야 하는 건데. 올라 가서 또 편지 쓸게. (선희에게 편지를 건넨다.)

| 우선희 | 알았어. 얼른 가. (준하, 주춤거리며 나가는데 선희 뛰어와 얼굴을 가슴에 담고 준하에게 뽀뽀를 하고 돌아서며) 편지 기다릴게. |
| 준하모 | (소리로) 준하야, 어서 서둘러. |

둘은 서로를 바라보며 헤어진다. 음악 흐르고, 선희는 무대에 홀로 남아 편지를 읽는다.
성준하, 선희 옆으로 다가와 앉는다.

〈편지〉 (성준하의 목소리로)

나의 태양 써니

넌 언제나 나의 태양이야.

그러니까 우린 떨어져 있어도 난 널 언제나 볼 수 있어. 매일 뜨는 태양처럼.

겨울방학 땐 빨간 목도리를 사 올게.

나의 태양 나의 빛 우선희

사랑한다.

선희, 웃으며 눈물을 닦는다. 그리고 편지봉투 속에서 함께 나온 머리핀을 꺼내 조심스레
머리에 꽂는다.

| 우선희 | 이준하, 너 서울 가서 여대생 보고 나 잊어버리면 가만 안 둬. 하기야 뭐 서울에 있는 여대생이 뭐 나보다 이쁠까? 난 울지 않아. 뭐 조금만 기다리면 돼. 그래, 조금만 기다리면 빨간 목도리를 사서 준하가 내려올 거야. 괜찮아. 건 이별이 아니야. 괜찮아 선희야. |

선희, 눈물을 닦고 상을 부엌에 치운 뒤 방으로 들어가려는데 준하모 들어온다.

| 우선희 | 벌써 다녀오셨어요? 아직 반장 아주머니는 안 오셨어요. |

준하모	선희야, 내 물 한 잔 줄래?
우선희	아, 네. 더우시죠.
준하모	(가져다주는 물을 마시고) 이리 좀 올라 온나. 이야기 좀 하자.
우선희	네.

둘은 약간의 침묵을 갖는다.

준하모	난 네가 우리 집에 처음 왔을 때부터 니를 딸처럼 여겨 왔데이.
우선희	알아요, 아주머니. 감사해요.
준하모	우리 준하가 대학에 간다고 서울에 갔을 때 그 녀석 태어나 처음으로 떼어 놓으며 너를 의지해 반년을 살았지. 내 니가 얼마나 착하고 성실한 아인지 잘 안다.
우선희	아주머니.
준하모	그래, 잘라 말하마. 난 그래도 네 엄마가 아니라 준하 엄마다. 우리 아들은 니나 내하고는 다르다. 준하가 내 배 속에 있을 때 돌아가신 준하 아버지를 두고 나는 맹세했다. 우리 준하만 은 최고로 키우겠다고. 내는 내 인생이 없었다. 오로지 준하 만를 위해 살았다. 그래서 그래서 우리 준하는 내하고는 다른 삶을 살게 하고 싶다. 큰 세상 가서 크게 배우고 우리 준하를 더 크게 해 줄 걸맞는 여자를 만나야 한다고 생각한다. 이런 말 하면 니가 야속해 할지 몰라도 어쩔 수 없다. 니는 착하니 까 내 여러 얘기 안 해도 이해해 주리라 믿는다.
우선희	아주머니, 하지만 전...
준하모	재형이, 참한 총각이다. 니도 지켜봐 와서 알 기다. 아까 재형 이 눈빛 봤제? 그 녀석도 널 마음에 두고 있는 기라. 가가 대 낮에 술을 먹고 그럴 정도면 니도 어느 정도 재형이한테 그런 추파를 던졌던 거 아니겠나? 가들은 이 동네서 같이 자라난

형제 같은 아이들이야. 머스마들끼리 투닥거리고 지내기도 하지만, 가들은 싸움 한 번 한 적 없이 자란 아들 아이가. 근데 좀 전에 재형이가 와 그랬다고 생각하노? 네가 들어 친구들 사이를 그래 갈라놓아서야 되겠나?

우선희 아주머니, 전 재형 씨에게 아무 짓도 하지 않았어요. 그리고 준하 씨가 재형 씨를 잘 달랠 거예요. 제가 부족한 거 잘 알아요. 하지만.

준하모 그래, 너는 내가 이리 얘기를 해도 니 고집을 못 꺾겠단 말이재. 검은 머리 짐승은 거두는 게 아닌데. 내가 미친년이다. 그래 좋다. 니들 젊은 것들 한때 불장난을 뭘로 막겠노? 하지만 잘 들어라. 니가 준하랑 헤어지지 못하겠다면 니는 하나뿐인 에미 자식 사이를 갈라놓고, 형제 같은 친구 사이를 갈라놓는 천하의 못된 년이 될 게다. 못된 것. 어른이 이렇게 힘들게 이야기를 하면 알아들어야지. 무슨 고집이 그리 세누? 내가 사람 잘못 봤구나. 느그 어머니는 니를 그래 가르친 모양이구나.

우선희 아주머니. 흑흑.

성준하 (여행복장 차림으로 골목에서 나와 가로등 앞에 서서) 그렇게 끝날 줄은 몰랐습니다. 어머닌 날 군대로 보내셨고, 선희는 우리 집을 나갔죠. 난 미친 듯 그녀를 찾아보려 했으나, 그제서야 알았습니다. 난 그녀의 고향이 충청도라는 것 외엔 아는 것이 하나도 없다는 걸. 내가 그녀를 찾기엔 우리의 추억은 너무나 짧았던 한여름 그 추억이 다였다는 걸. 서둘러 간 군대 3년 동안 한여름의 추억만을 되삼키며 그녀를 잊어 가야만 했습니다. 그녀는 내게서 다시 멀어져갔고, 그렇게 나의 청춘은 끝이 났습니다. 한여름 소나기와 같던 내 사랑도 기억의 저편으로 그렇게 사라져 갔습니다.

가을, 사랑 사랑 사랑

중년의 준하, 회사를 마치고 바바리를 입은 채 가방 하나를 들고 집으로 가는 길이다. 작은 포장마차 하나에서 국물이 끓어 넘치는데 여주인의 뒷모습을 보다 그리로 가서 소주 하나를 시키고 앉는다. 그는 물끄러미 지나가는 사람을 바라보며 소주 한 잔을 들이킨다. 그러다 문득 국물을 내 오는 아주머니의 머리핀을 발견한다. 그는 이상한 생각이 들어 그녀를 물끄러미 바라본다. 나이가 든 선희는 아무렇지도 않다는 듯 국물을 내려놓고 돌아선다. 이때 선희의 남편이 술에 취해 나온다.

우선희   또 술 잡쉈어요?

성찬구   잔말 말고 술이나 내와.

우선희   잔뜩 취해 놓고 뭘 또 마셔요? 들어가요. 애 혼자 있어요.

성찬구   이년이 어디서 돈 좀 번다고 남편한테 이래라저래라 난리야.
          술 가져오라면 가져오지 뭔 말이 그리 많아?

우선희   여보, 왜 이래요. 손님도 있는데.

성찬구   시끄러 이년아. 왜 돈 못 벌어오는 남편은 남편도 아냐?

우선희   아, 왜 이래요. 어서 들어가요. 준하 혼자 있다니까요.

준하, 고개를 들고 그녀를 바라본다.

성찬구   근데 이년이 어디서 자꾸 잔소리야? 술 가져오라면 가져오지
          뭔 말이 그리 많아?

우선희   여보, 나도 힘들어. 그렇다고 자꾸 이렇게 술만 먹으면...

남편, 선희의 뺨을 때린다.

성찬구   뭐 여기 아니면 술 먹을 데가 없는 줄 알어? 이년이 어디 재수

없게 이래라저래라 지랄이야. (퇴장)

선희, 물끄러미 있다가 주변을 정돈하고 돌아서다 준하와 눈이 마주친다. 처음엔 모르고 넘어가려다 무슨 생각인지 다시 고개를 돌려 준하를 본다. 이미 중년이 된 그 둘은 한 동안 서로를 말없이 쳐다본다. 그 옛날 음악다방에서 듣던 음악이 흐른다. (정지 동작)

선희는 쭈뼛쭈뼛 다가와 앉는다.

우선희   뭐 주까?

이준하   응, 아무거나. 소주. 아, 여기 있구나.

우선희   …

이준하   그래 그동안 잘 지냈니?

우선희   (물을 한 잔 마시고 피식 웃더니) 나 이러고 사는 거 보고서 그런 질문이 하고 싶니?

이준하   아니 난 뭐.

우선희   괜찮아. 뭐 다 그런 거지? 그래 너 잘사니?

이준하   으, 응. 뭐 먹을래.

우선희   여긴 내가 주인이야.

이준하   그 그렇지.

우선희   그래 넌 소설가가 되었니?

이준하   소설은 무슨. 그냥 작은 신문사에 다녀. 나, 찾았어?

우선희   그래. 어? 아니, 뭐 그냥. 그래도 넌 소질이 있었어.

이준하   저, 난 니가 이 서울에 살고 있는지 몰랐어. 세상이 이렇게 좁다니.

우선희   그러게 말이야. 어머닌 잘 계시니?

이준하   어, 작년에 돌아가셨어.

우선희   아직 정정하실 나인데 어쩌다

이준하	지병이 있으셨어. 그래 넌 어디 사니?
우선희	여기 근처. (소주 한 잔을 마시고) 남편 원래 그런 사람 아니야. 좋은 사람인데 얼마 전 사업이 부도가 나서 공장이 통째로 넘어가는 바람에...
이준하	어, 그랬구나.
우선희	결혼은... 했지?
이준하	어? 어.
우선희	아이는?
이준하	어, 아들 둘.
우선희	그래? 난 딸 하나야.
이준하	딸 이름이 준하야?
우선희	들었어? 그래 준하야.
이준하	응, 처음엔 긴가민가했는데 준하라는 이름 때문에... 그리고
우선희	그리고 뭐? 내 매력적인 얼굴?
이준하	여전하구나. 그 머리핀. 아직도 하고 있었네.
우선희	아, 이거. 잊어버리고 있었는데 얼마 전 딸애 장난감 정리하다가 찾았어. 이게 그 머리핀이었나?

침묵

이준하	보고 싶었다. 니가 그렇게 떠나 버리고.
우선희	(말을 자르며) 어쨌든 우리가 인연이었다면 어떻게든 다시 만났겠지. 하지만 아니잖아. 이제 와서 지나간 이야기 해서 뭐해? 넌 너대로 열심히 살면 되는 거고 또 난 나대로 열심히 살면 되는 거지.
이준하	응 그래. (일어서는 선희에게) 저 언제 영화라도 보러 갈까?
우선희	생각난다. 〈러브스토리〉. 너 그거 알아? 내겐 그 영화가 처음

이자 마지막이었다는 걸. 나 이제 영화 안 봐. 그럴 시간도 없고. 먹고살기도 빠듯하거든. 이거 마시고 일어나. 그리고 이제 오지 마. 다시 만나는 거 내겐 별 의미 없어. 그만 가라. 나도 이제 들어가 봐야 돼. 애가 혼자 있어서.

이준하   응, 그래.

준하, 엉거주춤 일어나 나오는데 눈물이 고인다.

준하, 퇴장하려다 말고 돌아서 뛰어가 선희를 안고 격렬하게 키스한다. 잠시 후, 선희가 먼저 자리를 뜨고, 이어 준하도 퇴장한다.

이어 성준하 등장해 이준하의 술을 마시다 이야기한다.

성준하   (준하가 앉았던 포장마차에 앉아) 한여름의 태양. 준하의 써니. 그렇게 가을은 깊어 갔습니다.

이준하, 다시 포장마차 앞을 지나가려 한다.

이준하   선희야, 이제 와서 그 옛날의 추억을 다시 살리기엔 너나 나나 너무 많은 시간을 보냈지. 하지만 이제 곧 겨울이 올 텐데 네게 끝내 주지 못했던 빨간 목도리 선물 정도는 해도 되겠지. 선희야.

짐꾸러미를 들고 등장하는 선희. 그녀를 보고 준하, 다가가려는데 남편이 어디선가 나타나 무조건 그녀를 때린다. 그러다 옆에 있던 삽으로 그녀를 내리찍는다. 여자는 고함을 지르고 뛰쳐나와 다리를 절뚝이며 준하 앞으로 쓰러진다. 준하, 그녀를 보더니 일어나 남편과 대치한다. 남편, 잠시 주춤한다.

성찬구   이건 또 뭐야? 어, 그래 저년이 어디서 기둥서방 하나를 구했구만.

이준하   이게 뭐하는 짓입니까?

성찬구   뭐? 참, 기가 차서. 당신이 뭔데? 왜 남의 가정일에 끼어드는
          거야? 지나가는 길면 그냥 지나가. 남의 집안일에 끼어들지
          말고. 마누라가 잘못한 일이 있으면 남편이 질을 들여야지.
          아, 안 그래? 당신 같은 쫌팽이가 낄 일이 아니란 말야? 알겠
          어? 죽고 싶지 않으면 저리 비켜.

위협을 가하려는데 준하, 남편을 쓰러뜨린다. 그리고는 선희를 부축해 일으켜 데리고 사
라진다.

성준하   (객석에 앉은 채) 아무 생각도 나지 않았습니다. 그 순간 나는
          내 삶의 내 모든 힘와 내 열정과 의식을 그 한순간에 모두고
          있었음을 그때는 느끼지 못했습니다. 삶이 나를 더 이상 붙잡
          을 수 없을 만큼 선희를 향한 내 마음은 간절했고 돌이킬 수
          없었습니다. 그것은 이미 그 옛날의 풋사랑이 아니었습니다.
          운명이었습니다. 아니 사랑도 운명도 넘어선 먼 곳으로부터
          오고 있었던 약속의 순간이었습니다. 그것이 우리들의 예정
          되어 있는 사랑이었고 운명이었고 약속이었을 것입니다. 아
          주 오래된 곳으로부터 날아오던 두 개의 별이 만나야 하는 정
          확한 순간이라고밖에는 설명할 수 없을 것입니다. 우리는 무
          엇이든 다시 만날 수밖에 없었을 것입니다. 그 가을 저녁, 다
          시는 정상적으로 걸을 수 없다는 그녀를 안고 병원을 나와선
          나는 나의 모든 것을 버리고 그녀만을 선택한 채 사람이라곤
          없는 강원도 어라연 골짜기로 숨어들었습니다. 사실 아무 데
          라도 좋았습니다. 무작정 강원도행 버스를 탔고, 밤새 역 앞
          여인숙에서 추위를 피하다 새벽 첫 버스를 타고 제일 마지막

에 내렸습니다. 그리고 다시 산을 걸었죠. 늦가을이었지만, 그곳의 추위는 벌써 겨울이었습니다. 그녀를 데리고 아침 해가 뜰 때까지 걸었습니다. 강물이 흐르고 산이 둘러쳐 있고, 더 나아갈 힘이 없이 마침내 멈춰 선 그곳. 어라연이었습니다. 어라연, 산과 강과 바람과 하늘만 있던 곳. 지금 생각하면 어라연 역시 우리 인생의 어디쯤에 약속되어진 별자리가 아니었나 생각합니다. 그곳에서 우린 잃어버렸던 우리의 20년을 거슬러 다시 우리의 인생으로 돌아갈 수 있었습니다. 그것이면 족했습니다. 더 이상 욕심낼 것도 욕망할 것도 없었습니다. 이미 나는 그녀와 함께였으니 그것으로 그만이었습니다. 원시로 돌아선 아담과 하와처럼 그때 나는 천국에 살고 있었습니다.

겨울, 어라연

둘은 행복한 포즈로 평상에 앉아 강을 내려다본다. 예전처럼 준하는 그녀의 어깨를 감싸 안는다. 그녀는 가끔 기침을 한다. 빨간 목도리를 두른 선희는 아픈 기색이다.

이준하   빨래 다 널었어. 밥도 올려놓고. 아직도 열 나? 어쩌니? 우리 선희.

우선희   우리 소주 한 잔 할까?

이준하   감기 같은데 괜찮아?

우선희   감기엔 소주가 최고지.

이준하   그래, 내일 병원 갈 거니까 에라 모르겠다. 한 잔 하자.

준하, 부엌으로 가서 술상을 봐 온다.

이준하　　나, 가정주부 다 된 것 같다.

우선희　　(기침하며) 그런 것 같다. 잘 어울리는데.

술 한 잔씩 한다. 준하, 선희를 안고 이야기를 시작한다.

우선희　　춥다.

이준하　　어, 그래 요즘 계속 감기 기운이 있더니. 이리 와. (선희를 뒤에
　　　　　서 안아 준다.)

둘은 한동안 그렇게 한 곳을 응시한다.

이준하　　선희야, 강바람이 차다. 곧 눈이 내리겠지.

우선희　　너 그거 알아. 나, 당신 졸업식에 갔다. 당신이 학사모를 쓰
　　　　　고 웃는 모습을 보며 얼마나 울었는지 몰라.

이준하　　미안해. 난 세월이 가면서 당신을 미워만 했었어. 당신은 어디
　　　　　선가 나 보란 듯이 잘살고 있을 거라고. 고통받는 건 나뿐이라
　　　　　고 나 같은 건 벌써 잊었을 거라고. 어머닌 내게 사진 한 장을
　　　　　내보이며 여자를 소개했고, 난 그 여자와 무조건 결혼했지.

우선희　　남편은 내가 다니던 회사 공장장이었어. 회사를 그만둔 날 찾
　　　　　아와 술 한 잔 하자고 하더니 술에 취한 날 데리고 여관으로
　　　　　갔어. 난 준하를 가졌고, 그와 결혼했어.

이준하　　미안해. 모두 나 때문이야.

우선희　　아니. 모든 게 정해져 있었던 것만 같아. 지금은 그저 편안하
　　　　　게 느껴져.

이준하　　지나간 이야긴 그만하자. 저기 강을 봐. 예전에 단종이 어린
　　　　　나이로 이곳 영월에 유배를 왔지. 유배도 모자라 그 숙부인
　　　　　세조가 어린 조카를 죽였을 때 이곳 어라연 물고기는 모두 수

면 위로 올라와 울다가 죽었대. 우린 지금 그 어라연 강을 바라보며 사는 거야. 여긴 슬픔을 슬퍼할 수 있는 곳이야. 그러니까 우리는 이곳에서 우리 지난 과거의 아픔을 위로받고 다시 행복해질 수 있을 거야.

우선희   고마워, 어머니께서 보시면 다시 나를 나무라시겠지만 그래도 이젠 어쩔 수 없어. 당신과 살고 싶어. 나 지금 정말 행복해. 콜록콜록.

이준하   아무래도 내일 읍내 나가서 당신 병원부터 가 봐야겠어.

우선희   아니야. 이제 길도 알고 내가 혼자 다녀올게. 시장 구경도 좀 하고. 당신 낼 부엌바닥 보일러 공사한다 했잖아. 겨울 오기 전에 서둘러야지. 나 고생시키지 말고. 난 내일 파마도 좀 하고 당신 옷도 하나 사 오고 싶어. 흉하게 따라다닐 생각 마.

이준하   선희야. 꿈같다. 좋다.

둘은 석양을 바라보며 따뜻하게 안는다.

암전

다음 날. 읍내로 간 선희는 하수에 열심히 공사를 하는 준하는 상수에 있다. 준하는 시계를 보며 그녀를 기다린다.

이준하   아직 막차 오려면 멀었지. 거의 다했네. 마무리하고 자전거 몰고 정류장에 데리러 가야겠다. (휘파람을 불며 일한다.)

우선희   (의사 가운 입은 여자 앞에 서 있다.) 이게 무슨 말이에요? 이제 겨우 살 만한데. 이제 겨우 나도 사람답게 살아보려 하는데. 왜 내가 죽을병이 걸려요. 왜 저예요? 왜?

이준하   어, 벌써 시간이 이렇게 되었나? 씻고 나가 봐야겠는걸.

의사	죄송합니다만, 보호자에게 연락하시고 이럴 때일수록 마음 굳건히 해야 해요. 또 살다 보면 기적이라는 것도 있을 수 있고.
우선희	기적이라구요? 기적이라구요? 의사가 겨우 환자에게 한다는 말이 기적이나 바라라구요? 정말 잔인하군요. 차라리 골방에 앉아 죽을 날만 기다리가고 하죠 왜. (오열한다.)
의사	이렇게 흥분하시면 안 돼요. 당분간 드실 약 처방해 드릴 테니까 다음 번엔 보호자와 함께 와 주세요. (퇴장)
우선희	너무 행복하다 했어. 내 인생에 처음으로 태양이 뜬다 했어. 벌받은 거야. 내가 너무 많은 걸 욕심냈어. 남편 자식 다 버리고 나 하나 좋자고 준하 씨마저 저리 죄인 만들고. 어머니 말씀이 옳았어. 어머니, 제가 졌어요. 어머니께서 옳았어요. 제 간 게 준하 씨를 욕심내다니 천벌을 받아도 싸죠.
이준하	(자전거를 세워 둔 채 선희를 기다리며) 선희야, 사랑하는 선희야. 어디만큼 왔니? 읍내서 버스는 탔니? 동강 입구는 들어섰니? 어디만큼 왔니? 빨리 와라. 보고 싶다.
우선희	준하야, 이제 더 이상은 당신을 힘들게 하고 싶지 않아. 준하야.

암전

조명 들어오면 성씨, 선희와 함께 가방을 싸서 마당으로 나온다. 성찬구, 마당에 서 있는 준하에게 다가간다.

| 성씨 | 이제 정말 제가 잘해 줄 겁니다. 형씨한테는 미안합니다. 하지만 저 여잔 우리 준하 엄마고 애가 엄마가 보고 싶어 학교도 안 가요. 나요 이제 술도 끊었고 둘이서 열심히 노력하 |

면서 잘살 겁니다. 다시는 준하엄마 손찌검하지 않을 겁니
다. 미안하게 됐소. 하지만 나 저 여자 사랑하오. 저 여자도
마찬가지 아니겠소. 그러니 내게 전화를 해서 데리러 와 달
라고 했지 않겠소. 그리고 이런 말 이상하게 들릴지 몰라도,
고맙소.

이준하　　　선희는 뭐라...

준하, 선희에게로 간다.

우선희　　　미안해. 하지만 딸애가 너무 보고 싶어. 미안해 준하 씨.

이준하　　　약 챙겨 먹어. 감기가 낫질 않으니 걱정이다.

우선희　　　그만해. 이제 그런 말 지겨워. 이제 그냥 내 현실로 돌아가고
싶어. 준하 씨한텐 (콜록콜록) 미안해. 하지만 당신도 이제 당
신 집으로 돌아가. 우리 이야기는 여기서 끝이야. 그 옛날 한
여름의 사랑이야기는 그때 끝냈어야 했어. 니가 현실적인 년
이라고 욕해도 할 수 없어. 꿈은 꿈이고, 현실은 현실이야.

이준하　　　선희야, 넌 원하는 삶을 살아. 딸애도 보고. 그렇다고 우리들
의 추억마저도 없는 것이라곤 말하지 마. 그리고 내가 여기서
당신을 기다린다는 건 잊지 마. 내 말 잘 들어. 난 안 돌아가.
널 데리고 이곳으로 들어왔을 때 내 모든 걸 다 버렸어. 그러
니 난 다시 돌아갈 곳이 없어. 하지만 언제든 저 사람이 당신
을 다시 괴롭히면 이곳으로 와. 난 언제든 여기서 당신을 기
다릴 거니까.

우선희　　　제발, 난 돌아오지 않아. 이제 그만 현실로 돌아가. 이런 거 나
이제 짜증 나.

이준하　　　아니 난 가지 않아. 하지만 여긴 오롯이 당신과 나만의 추억
이 깃든 곳이잖아. 이곳에 있는 동안 당신은 언제나 내 여자

이고 내 태양이야. 잊지 마. 난 여기서 당신를 기다릴 거야.

떠나가며 우는 선희를 바라보며 준하 얼굴을 쓸어 가슴에 담는다.

하수에 선희, 상수에 준하

성준하 (선희가 돌아 서 있다.) 난 얼마 살지 못한대. 그 마지막 고통까
　　　　지 당신에게 줄 순 없어.

이준하 선희야 사랑해.

우선희 (고개를 돌려) 그 옛날의 당신처럼 나를 원망하고 저주해.

이준하 선희야, 사랑해.

우선희 나를 잊어.

이준하 선희야, 사랑해. 영원히

성준하 (선희, 돌아선다.) 준하야, 사랑해.

이준하 선희야, 사랑해.

선희는 친구와 퇴장하고, 준하는 그녀의 뒤를 따라 나간다.

성준하 선희의 말대로 남은 날은 내게 하루하루 고통으로 다가왔습
　　　　니다. 술을 먹지 않으면 잠을 잘 수 없었고, 약을 먹지 않으
　　　　면, 두통을 가라앉힐 수 없었죠. 오랜 세월이 흘렀습니다. 다
　　　　시 그녀의 얼굴이 가물거리기 시작했죠. 나는 늙어갔고, 그녀
　　　　도 그랬을 테죠. (기침을 하다 다시 전화를 받는다.) 어, 하영아.
　　　　아니 괜찮아. 어, 나 급히 어딜 좀 다녀와야 하는데, 아마 며칠
　　　　걸릴지도 모르겠어. 어? 아냐? 별일은 아니고, 원고만 일주일
　　　　늦추자. 미안해. 어? 아냐? 무슨 일 있으면 내 전화할게. 그래.
　　　　알았어. 전화기 딱 붙들고 다닐게. (시계를 보다 다시 원고를 들
　　　　고 읽는다.) 그녀가 떠나고 나는 그제서야 그녀를 위한 글을

쓰기 시작했습니다. 포기했던 청춘의 꿈을 백발의 노인이 되어 다시 꿈꾸기 시작했죠. 선희 때문에 가능했죠.

이준하   (서서히 조명 들어온다. 조명 들어오면 노년의 준하가 책상에 앉아 글을 쓰고 있다. 고개를 들어 밖을 내다보며) 하지만 선희만은 아직도 내게 스무 살 처녀 적 그 씩씩함으로 살아 있죠.

    남녀 등산객이 들어온다.

남자   어르신 여기 장사하나요? 걷다 보니 여기까지 들어왔는데 이 친구 뭘 좀 먹여야 할 것 같아서 근방엔 가게는커녕 인가도 보이질 않네요.

이준하   (병색이 완연한 얼굴로 기침을 하며) 저 산 쪽으로 한 10킬로 걸어가면 나룻배를 태워 주는 영감이 있어요. 거길 가 보시든지. 여긴 겨울엔 장사하지 않아요. 돈은 안 받을 테니 부엌에 있는 라면이나 끓여 먹고 가도 되고. (기침)

남자   감사합니다.

여자   자기야, 여기 정말 예쁘다.

남자   우연히 온 곳이지만 정말 좋다. 그치

여자   응. 근데 할아버지께선 여기 혼자 사셔요?

이준하   어? 응. 그렇지.

여자   겨울 나시긴 힘드실 텐데. 얼굴도 안 좋아 보이시는데 어디 편찮으신 건 아니죠?

이준하   괜찮아, 봄이 올 거잖아.

여자   할아버지, 멋있으셔요. 사연 있으신 분 같아요.

남자   어르신께 실례야. 하하 죄송해요. 이 친구가 워낙에 씩씩하기만 해서.

이준하   우리 선희도 그랬지.

여자	선희요? 누구예요? 그분, 애인이셨어요?
남자	야아.
이준하	(기침) 아냐. 괜찮아.
남자	아무래도 이 친구 입 막으려면 뭐라도 좀 먹여야 될 것 같네요. 부엌 좀 쓸게요. 가자.
여자	다녀올게요. 감사합니다. (둘 퇴장)
이준하	우리 선희? 우리 선희? 내 애인이지. 아주 오래된.

둘, 준하를 바라보면 준하는 눈을 들어 밖을 내다본다.

눈이 내린다. 성근 눈발.
준하는 쓰던 글을 덮고는 책을 어루만지다 밖으로 나와 하늘의 눈을 맞는다. 기쁜 표정이다.

이준하	(기침을 하며 원고를 봉투에 담는다.) 선희야, 눈이 오네. 당신이 눈 보고 있소? 눈이 내리는데 난 왜 이리 포근하고 따뜻한지 모르겠소. 오늘은 정말이지 꼭 당신가 내게 오는 것만 같군.

등산객 남녀가 다시 나온다.

남자	감사합니다.
여자	어, 눈이다. 여기 정말 멋진 곳이야. 여름이 되면 꼭 할아버지 뵈러 올게요. 할아버지의 연애 이야기 들으려요.
이준하	그러구려. 아참, 이거 부탁 하나 해도 될는지.
여자	무슨 일인데요?
이준하	(봉투를 건네며) 이걸 좀... 읍내 가는 길에 있는 아무 우체통이나 넣어만 주면 돼요. 우표랑 다 붙여 놨어.

남자	아, 네 그거야 뭐 어렵지 않죠. 그럴게요.
여자	(봉투를 보다) 어, 웃긴다. 이준하가 성준하에게? 우연인지 인연인지. 훗훗.
남자	야, 어른 성함을 그렇게 함부로 부르면 어떡해?
여자	죄송해요.
이준하	아, 아니야. 괜찮아. 그렇게 됐지. 이준하가 성준하에게.
여자	선희 씨라는 분께 보내는 줄 알았는데.
이준하	그럴 순 없지. 그건...
남자	어쨌든 읍에 도착하자마자 바로 보낼게요. 감사합니다. 신세 많이 졌습니다.
여자	할아버지. 내년에 꼭 들려주세요. 준하와 선희의 이야기.
남자	그럼.

둘, 퇴장한다.

성준하   (마루에 걸터앉으며) 엄마는 저와 아빠에게 돌아온 후 다음 해에 돌아가셨습니다. 저는 자라면서 나의 유년 어느 한 구석에 비워져 있는 엄마의 행적이 궁금했죠. 〈연애, 그 오래 된〉. 이 원고를 통해 한때 빛났던 선희와 준하를 만나고, 나는 다시 내가 어릴 때와 내가 태어나기도 전의, 여자였던 엄마의 삶을 생각해 보게 되었습니다. 엄마는 돌아가시기 전 병상에서 버릇처럼 나를 보며 내 이름을 불렀습니다. 준하야, 준하야. 그 이름이 성준하였을까요? 아니면 이준하였을까요? 이제야 성준하. 내 이름에 깃들어 있는 오래된 비밀을 알게 되었습니다. 어머니의 살지 못한 삶을 살면서 어머니가 살아 보지 못한 모습으로 늙으면서, 나는 내 모습 어딘가에 있을 어머니를 애써 그려 보았습니다. 이제 어머니보다 더 늙은 모습의 딸이

어머니가 앓던 병을 그대로 받아 앓으며, 어머니가 원하던 소설가가 되어 어머니의 소설을 선물받았습니다. 여기 이곳 어라연에 묻힌 연애, 그 오래된 이야기를 이제야 듣게 되었습니다. 그리고 이제야 저도 저의 소설, 그 마지막을 갈무리할 수 있을 것 같군요. 어라연 이곳까지 왔지만 굳이 당신을 만나지 않아도, 아니 오히려 만나지 않는 것이 당신과 어머니에 대한 나의 예의가 아닐까 합니다. 눈이 정말 많가 오네요. 그럼.

성준하는 천천히 퇴장하고, 이준하는 앞으로 걸어 나오며 눈을 맞는다. 이 때 선희의 영혼이 준하에게 온다. 선희는 준하를 보고 다가오지만, 준하는 그녀를 보지 못한다. 성준하는 둘을 바라보며 미소를 짓고 퇴장한다.

이준하	(기침) 나도 이제 다 되었구만. 지난밤 꿈에 당신이 날 데리러 왔지 뭐요?
우선희	준하야, 준하야. (그녀는 준하의 얼굴을 쓸어 가슴에 담는다. 준하 무언가를 느끼며 얼굴을 내밀고 눈을 감는다.)
이준하	(기침) 선희야, 허허. 정말 당신이 온 것만 같이 따뜻하구료. (기침한다. 선희는 준하를 안는다.)
이준하	당신이야. 당신이이구나. 선희야.
우선희	준하야.

둘은 서로 바라보고 미소를 짓는다. 준하, 선희에게 안겨 눈을 감는다.
하늘엔 눈이 점점 더 내리고 준하 선희의 품에 안겨 눈을 감는다.
암전

연애의 시대

그럼 난 연애를 하겠네.
그러니 자네는 문학만 열심히 하게.
혹여 그 여학생에게
다른 마음을 두어서는 안 될 것이야.

때	1920년대
장소	갑남의 고향과 경성 일대

등장인물

감갑남	드라마를 끌어가는 인물, 혼란한1920년대를 겪으며 사랑과 시대관을 정립해 가는 현대적 여성
마리아	김정필. 신여성. 갑남의 아버지와의 자유연애를 통해 서울로 새살림을 차린 여성. 결국 갑남의 아버지를 음독살해 하고, 감옥에 갇히게 된다.
장명화	갑남의 서울 친구. 자신의 이름을 유명한 기생을 따라 강명화로 개명하고, 진실한 사랑을 찾았던 인물. 그러나 결국 진실한 사랑은 비극으로 끝나 버리고 자신마저 기생 강명화처럼 자살한다.
어머니	갑남의 어머니. 구여성의 대표적 인물. 남편을 빼앗기고 평생의 한을 그대로 수용하며 자식인 갑남에게 모든 것을 거는 전형적 여성
아버지	감호철. 사랑을 찾아 어머니를 떠났으나, 결국 사랑했던 마리아로부터 음독살해 당한다.
노자영	갑남과 편지를 주고받으며 연정을 느끼는 소설가
길삼식	친구 명화의 연인. 집안의 반대로 둘의 사랑이 좌절되자 자살한다.
젊은 어머니	어머니의 회고 속 인물. 구시대의 전형
섭섭이	갑남의 고향 친구
옥현임	명동다방의 사장이자 문학모임의 후견인
아버지 서울 친구	
삼식의 부친	
삼식의 모친	
순이	마리아의 몸종
여급	명동 다방의 여급
집배원	
홍보동	
간수	
객1, 2, 3, 4, 5	
경성의 사람들	똥장군/ 지게꾼/ 우산장수/ 순사/ 기생/ 양산 한복녀/ 선비/ 인력거꾼/ 신여성/ 양복쟁이/ 학생/ 사무라이/ 서양여자/ 상투쟁이/ 예술가/ 기생들

1. 고향

무대는 작고 초라한 시골집. 마당 평상 위에서 어머니는 옆에서 바느질을 하고 있고, 갑남은 열심히 무언가를 쓰고 있다.

갑남 〈하루의 생활을 다음과 같이 시작하면 좋을 것이다. 즉 눈을 떴을 때 오늘 단 한 사람에게라도 좋으니 그가 기뻐할 만한 무슨 일을 할 수 없을까, 생각하라.〉... 니체의 말을 인용한 노자영선생님 아니 Y님은 도대체 어떤 분일까? 어떤 마음으로 이리 내 마음을 흔들어 놓는 글을 보내셨을까? 생각하였지요. 하지만, 니체를 인용한 그 말씀은 저를 두고 하신 말씀일 터인데, 저 역시 선생님이 어떤 분인지를 생각하며 하루를 보낸답니다. 아니야, 이건 너무 노골적이야. 다시. 음, 니체는, 아름다움으로 인해 여자는 영리하지 못하다 했으니 이런 여성과의 편지는 그저 속된 의미에서 저를 희롱하는 것은 아닌지요? 아니야, 이건 너무 딱딱하잖아. 아이, 이럴 땐 뭔가 모던한 말을 써 보아야 할 터인데. 그냥 이렇게 마무리 짓자. 저 역시 이 작은 편지가 Y님이 기뻐할 작은 무엇이 되길 바라며 이렇게 몇 자 적어 봅니다. 그럼 이만 총총. 갑남이, 갑. 남. 아니야, 이젠 모던하게 이니셜을 써야지. 뭐야, 갑남. GN? 어째 나는 이니셜도 이리 부르기 촌스러울까? 아이 그냥 N으로부터 이렇게 하자. (바느질을 하는 어머니를 보며) 어머니, 근데 난 왜 하필 갑남이우?

어머니 또 왜 그러누?

갑남 아니, 여기 책 좀 보우. 이광수 선생님의 『무정』만 봐도 선형이, 영채. 얼마나 좋아. 낭만적이잖수. 하다못해 신여성 병욱이도 괜찮은데 왜 하필 그 많은 이름 중에 난 갑남이우?

어머니	아, 아버지가 그리 지으신 걸 낸들 어쩌누?
갑남	아, 어머니도 날 낳으셨잖수? 어머닌 나 가졌을 적 무어라 짓겠다 이런 다짐도 없었단 말이우?
어머니	여자가 그런 생각해서 뭐 하누? 아비가 없으면 몰라두, 아버지가 어엿하게 계신데 여자가 뭘 안다구...
갑남	내가 미쳐. 아, 어머닌 아직도 아버지 아버지, 아, 아버지가 지금 여기 어디 계셔요? 그리 아버질 위했는데 왜... (눈치를 보다) 아니우.
어머니	(딴청 부리듯) 아휴, 안 그래도 집안 꼴이 우스워 너 이 나이 되도록 시집도 못 보내고 있는데, 기집애 말버릇이 그래가지구선 오는 혼처도 도망가겠다.
갑남	아니, 얘기가 왜 글루 가우? 난 그냥 이름 얘기한 것뿐인데.
어머니	니 아버지, 니가 딸인 것 보시더니 한숨만 푹푹 내쉬셔. 그래 내 한참을 기다렸지. 그래도 말이 없으시기에 여쭸지. 우리 아가 이름은 뭘로...

무대 한 켠에 아버지 등장

젊은 아버지와 젊은 어머니가 앉아 있고 옆 강보에 어린 갑남이 싸여 있다. 아버지는 못마땅한 듯 담배를 피워 물고 있다.

젊은 아버지	거 기집애 이름을 뭘로 짓고 말고 할 게 뭐 있소? 거 참... 그리고 나 지금 신문사 김기자랑 약속이 있어 나가는 길 아닌가? 별일도 아닌 걸로 아녀자가 사내 갈 길을 막어.
젊은 어머니	아니, 그래도 애는 자랄 텐데 뭘 시키더라도 갑남을녀 뭐라도 불러줘야 알아듣고 답이라도 하지요.
젊은 아버지	(구두끈을 묶고 일어서며) 그래, 그럼 갑남을녀 갑남이 하지.

그걸로 하자구. (퇴장)

다시 방

어머니   그때 내가 차라리 을녀라고 하자고 했으면 니 이름이 좀 고왔
                으려나?

갑남   어머닌, 거나거나. 바둑이나 삽살이나 개 꼬라진 마찬가지 아
                니우? 그리고, 갑남이도 갑남이지만, 우리 집 성이 더 문제 아
                니우?

어머니   조상 욕하믄 못쓴다. 넌 배운 애가...

갑남   아니, 이런 걸 뭐 조상욕이라 할 순 없잖수? 왜 하필 감가냐
                구? 이름이 감갑남이 뭐야? 발음도 안 돼. 차라리 감나무라
                지었으면 재미나 있지... 아휴, 괜히 잘못 읽으면 강간남 되질
                않아요.(부끄러워 킥킥댄다.)

어머니   못하는 소리가 없다. 기집애가 숭하게. 함부로 그런 말 하믄
                못써요. 누가 들을까 겁난다. 그래도 벼슬 있는 집안이야.

갑남   알아. 노국공주를 모시고 온 회산 감씨 25대손. 그러면 뭐하
                우? 이름이 놀림감인데. 그러고 보니 노국공주를 모시고 왔으
                면 우리 선조는 일찍부터 신문명을 받아들인 거나 진배없네.
                (장난기 어린 목소리로) 그럼 벼슬 있는 조상의 가르침을 받아
                그냥 확 이름부터 바꿀까? 아, 왜 요즘 신여성처럼 애리사, 헬
                렌... 어, 그래 헬렌 좋겠다. 헬렌. 멋진데.

어머니   뭐라구? 에미가 뼈 빠지게 품 팔아 너 고생시키는 건 너만은
                이 에미처럼 살지 말라는 거 몰라서 그러니? 하라는 공부는
                뒷전이고 이젠 족보를 고칠 셈이야.

갑남   알았우. 알았다구. 열심히 공부한다니까요.

갑남   우리 어머닌 날더러 공부 많이 해 어머니처럼 살지 말고 신
여성이 되라면서 신여성이 뭔지도 잘 모른다우. 어떨 땐 신
여성이 되랬다가 어떨 땐 신여성이 되지 말라시고 원... 뭐 사
실은, 나도 신여성이 뭐라고 딱히 꼬집어 이르집긴 힘들지만,
하지만 뭐 서양 옷 입고 남자들하고 길도 걷고 신교육받는 여
성 아니겠수? 뭐 그리고 연애도 하고 킥킥. 사실 우리 어머닌
신여성이 부러우면서도 신여성이 싫으실 터이니 나한테 그
리 오락가락 갈피를 못 잡고 말씀하시는 것도 다 이유는 있는
셈이지요. 신여성이란 말만 하면 어머니의 눈빛부터가 달라
지거든요. 사실은 바로 그 신여성 마리아라나? 아 그 왜 있잖
아요. 지금 경성뿐 아니라 온 조선이 열광한다는 그 연극배우
마리아. 그 여자가 우리 아버지를 꼬셔 갔지 뭐유?

무대 한쪽, 아버지와 엄마, 마리아 등장. 회고의 장면으로, 현재의 어머니는 바느질을 하다
회상포즈로 연기한다. 아버지와 양산을 쓴 신여성 마리아를 보며 어머니는 죄인처럼 고개
를 떨구고 있다.

아버지   거, 흉하게 이리 굴 것이오? 그냥 그러려니 하면 안 되는 거냐
구? 원 여자가 저리 무식해서야.

마리아   (빙글빙글 하얀 양산을 돌리며) 행여 이나 저를 원망하진 마
세요. 어차피 사랑 없이 맺어진 부부관계는 서로에겐 아무 의
미 없는 것 아니어요?

젊은 어머니   (말을 잘라 외면하며) 부부간에는 지켜야 할 도리라는 것이 있
답니다. 사랑이 뭔지 나는 잘 몰라두, 내 부모에게서 배운 대
로 조신하게 굴다가 시집 와 남편 하늘같이 모시고 아이 낳아

	아녀자의 할 바를 좇으며 지금까지 살았지요. 평생의 생사고
	락의 동반자요, 가문과 하늘이 정한 부부의 의가 아무 의미가
	없다는 말이 내겐 더 의미 없이 들릴 뿐이지요. 애들 놀음처
	럼 사랑은 무슨...
아버지	이러니 무식하달 밖에. 애들 놀음? 그래 난 애들 놀음처럼 사

아녀자의 할 바를 좇으며 지금까지 살았지요. 평생의 생사고락의 동반자요, 가문과 하늘이 정한 부부의 의가 아무 의미가 없다는 말이 내겐 더 의미 없이 들릴 뿐이지요. 애들 놀음처럼 사랑은 무슨...

아버지 이러니 무식하달 밖에. 애들 놀음? 그래 난 애들 놀음처럼 사랑 타령이나 할 터이니 잘난 당신도 이제 당신 인생을 다시 찾아 봐. 어, 그리고 당신이 배운 구닥다리 사상으로도 이 투기는 칠거지악이야. 알아? 당신이 나와 같이 시대를 고민할 수가 있어 내 말을 알아들을 수가 있어? 말이 통해야 살지 말이 통해야. 숨통이 막혀 살 수가 없어. 애초 부모가 정해준 대로 얼굴도 모르고 혼인해 사는 이런 구닥다리가 폐습이 우리 조선의 앞날을 막고 있는 것이란 말이오. 사실 내게서 이렇게 떨어지지 않으려는 것이 어디 나를 사랑해서겠소? 부모가 정해준 사내를 결혼 첫날 보고는 이유도 없이 나만 바라보는 것 아니오? 도대체 그게 무슨 의미가 있단 말이오? 나만 바라보는 당신 얼굴을 보면 (가슴을 가리키며) 여기, 여기가 터져 버릴 것 같단 말이야! 아, 각설하고 마리아, 말해도 이 사람 못 알아들으이. 우린 그만 올라가지.

마리아 (미소를 띠며 어머니에게 다가와) 뭐 제가 이렇게 몇 마디 해도 알아들으실지 모르겠지만, 사랑은 세상의 모든 것이지요. 세상 그 무엇보다도 값진 것이 사랑이지요. 아무리 이해가 안 된다고 남의 목숨과 같은 사랑을 막아서는 파렴치가 되진 말아야 하지 않겠요? 우린 지금 (다정히 아버지를 바라보며) 그런 사랑을 하고 있다구요. 당신의 그 고루한 이야기로 막을 수 있는 게 아니라니까요. 그게 사랑이라는 거거든요. 그럼 이만 실례.

아버지 가지. (마리아를 안고 돌아서다 어머니를 돌아보며) 에이 원. 집

안 단속이나 잘해요.

젊은 어머니, 고개를 숙인 채 흐느낀다.

젊은어머니   사랑? 사랑? 흐흐. 내겐 사랑이 없다구요? 부모가 정해 준 대로 살아왔을 뿐이라구요? 당신, 벌써 있으셨군요. 부모님 간의 정혼이 있은 후 몰래 나를 찾아와 내게 서신을 건넸던 일, 붉어지는 내 볼을 보며 어여쁘다 했던 말. 전 다 기억하고 있어요. 당신의 눈, 당신의 음성. 그렇게 우리도 그때 사랑이라는 것으로 시작되었던 인연이 아니었던가요? 이제 와서 그 많은 시간이 사랑이 아니었다 하시면 다시 무어라 말해야 합니까?

다시 평상. 어머니는 그림처럼 바느질을 하고, 갑남은 어머니의 눈치를 보다 소설책을 꺼내어 들고 읽는다. 갑남의 동무 섭섭이 들어온다.

섭섭이   남아, 안녕하세요, 아주머니. 별고 없으시죠?

어머니   어, 그래. 다 늦은 저녁 때 어인 일이니?

섭섭이   집배원이 주소를 잘못 봤는지 우리 집으로 올 등기 우편을 아랫마을 수복이네 갖고 갔더랬나 봐요. 그 집서 일 마치고 돌아 와 보니 아 우리 오빠 이름 석 자가 떡하니 적혀 있으니까 아, 그래 저녁 먹기 전에 그것 갖다 준다고 온 것이 이제야 편지가 제 집을 찾아왔네요.

어머니   어, 그랬구나.

갑남   그래, 그럴 수도 있겠다. 수불오라버니랑 같은 목숨 수자 아니니? 글도 비슷하니까 잘못 본 모양이네.

섭섭이   그랬나 봐. 아, 그래 마음은 급한데, 다 늦은 저녁에 구장님께

	서신 뵈는 것이 그렇다고 울 어머니께서 니가 잠깐 다녀가 주었으면 하시더라구. 아, 그래 내 얼른 델꾸 온다고 나섰지 뭐니.
어머니	그래, 그런 일이라면 서둘러 다녀와야지. (바라보다) 헬렌?
갑남	?
어머니	아, 너 헬렌 하고 싶다며. 신여성 헬렌. 섭섭아, 얘 이제 성도 없이 그냥 헬렌이란다. 그리 불러 주고 어머니께도 갑남이 죽어 헬렌으로 다시 태어났다 잘 설명 드리거라. 혹여 놀라지 않으시게.
섭섭이	이게 다 무슨 말이실까?
갑남	아, 어머니, 제가 잘못했어요. 그만하셔요. (내려서며) 얼른 다녀올게요.
섭섭이	아주머니, 저녁은 같이 먹고 보낼 것이어요.
어머니	아이고 그건 안 된다. 거 남의 집 폐 되게...
섭섭이	이 고을서 구장님 다음으로 언문 한문 줄줄 읽는 것은 우리 남이뿐인데, 그 남이 없인 당신 아들 소식 날아와도 못 본다고, 울 어머니 지금 남이 대접한다고 한 상 거하게 차리고 계셔요. 어쩔 수 없어요.
어머니	아휴 저런 고마울 데가. 남아, 아무거나 덥석덥석 주는 대로 다 먹으면 안 된다. 조신히 다녀와. (섭섭이에게) 어머니께 문안 전해 드리고 수불에게서 좋은 소식 있음 알려 주십사고 전해 드리거라.
섭섭이	예 아주머니. 그럼 계셔요.
갑남	어머니, 다녀올게요.

　　　둘, 퇴장

어머니	저 아이 하나로 저는 괜찮아요. 당신을 기다릴 거랍니다. 내

나이 15세에 당신에게 시집와 당신의 일본 공부 길 3년 동안 시부모님 모시고, 상주도 없이 두 분의 마지막 길을 당신을 대신해 홀로 지냈습니다. 다시 당신이 서울로 올라가셨을 때에도 저는 남겨진 우리 남이 키우며 이 집안을 지켜왔습니다. 빈천지교 불가망이요 조강지처 불하당이라 했거늘 아들은 낳지 못하였어도 저는 조강지처요, 힘든 시절을 함께 보낸 아내이어늘, 어찌하여 하루아침에 저를 버리고 등을 돌렸단 말입니까? 하지만 저는 저의 본분을 지키며 이 집안을 이끌 것입니다. 그것이 회산 감씨 24대손의 안사람으로서 해야 할 도리이니까요. 그것이 지아비를 섬기는 아녀자의 몫일 테니까요.

암전

다음 날. 열심히 편지를 쓰고 있는 갑남

갑남   (자신의 글을 읽어 가며 편지를 쓰고 있다.) 지난번 편지는 잘 읽었어요. 신생이라 함은 신생이겠으나, 그 말은 역시 구생을 차별하여 말한다는 것인데, 그것은 구생의 의미를 한편으로 밀어 버리겠다는 것이 아닌지. 뿌리 없는 나무가 있을 수 없으며, 조상 없는 후손이 있을 수 없는 것처럼, 구생 없는 신생이 무슨 의미가 있는지 저는 잘 모르겠어요. 신생의 의미가 위대하고 위대할수록...

어머니가 편지를 들고 온다.

어머니   남아, 서울서 편지가 왔구나. (주저하다) 아버지이시다.
갑남   (영문 모른 채) 네? 아버지께서요? (외면하며) 갑자기 무슨 일

272

이시래요? 언제부터 우리에게 서신왕래를 하셨다구.

어머니 　그런 말 하믄 못 쓴다. 아버지께선 약속을 지키시는 거란다.

갑남 　약속이요?

어머니 　그래, 아버진 네가 나이가 차면 아버지처럼 새로운 학문을 배울 수 있도록 길을 열어 주신다셨어. 여자 아이지만 당신의 말과 사상이 통할 수 있는 신학문을 배우게 하신다셨지. 그래 시간은 자꾸 가고, 너 나이는 먹고 해서 지난번 서울로 서신을 보냈더니 그새 이렇게 일처리를 하셔서 보내셨구나.

갑남 　...

어머니 　왜 믿기지 않니? 이 에미가 농하는 것으로 들리니? 그럼 이 편지 안에 동봉된 통지문을 보렴.

갑남 　어머니... 하지만 어머님을 두고 저 혼자 서울로 가야 한다면, 전 싫어요.

어머니 　그래도 갈걸. 이걸 보고 이야기하렴.

갑남 　(통지문을 꺼내 들고) 진명여자고등보통학교.

어머니 　그래, 니가 노래를 하던 그 학교다. 아버지께서 입학 허가원을 받아 보내셨구나. 너도 이제 경성에 가서 신학문을 배우는 신여성이 되는구나.

갑남 　어머니.

어머니 　암말 말거라. 다 안다. 이 어미. 걱정하지 말거라. 자식이 크면 큰 세상으로 나아가는 건 당연하지. (한참 후에야) 나도 그랬단다. 나도. 혼례보다는 더 큰 세상으로 나아가고 싶었지. 그러니 암말 말고 올라가거라. 가서 어미 흉잡히게 행동하지 말고.

갑남 　어머니 (뒤에서 안는다.)

어머니 　아이고, 내 정신 좀 봐라. 빨래를 삶고 있었는데. (분주히 움직이며) 얘야, 기차는 낼모레 탈 것이니, 넌 동네 어른들 찾아뵙고 인사드리고 동무들도 만나 보아야지. 바쁠 거야. 책보도 싸고. 아참, 내일 아침엔 선산에 올라 할아버지, 할머니, 선조들께도 하직인사 올려야지. 빠뜨린 것 없게 단단히 준비해야 된다. (퇴장)

갑남   어머니.

암전

떠나는 날

어머니   잊어버린 것 없이 다 채비했니?

갑남   예, 어머니. 다녀오겠습니다.

어머니   기차를 놓치면 낭패니 서둘러 가거라.

섭섭이   (울먹이며) 걱정 마셔요. 아주머니. 제가 역까지 가서 남이가 기차 타는 것 다 확인하고서야 돌아설 것이어요.

어머니   그래, 고맙구나. 그럼 어서 가거라.

갑남   어머니, 올라가자마자 편지 올릴게요. 그리고 아버지께 말씀 드려 어머니를 모셔 올 거처를 장만하고 다시 연락드릴 터이니 어머닌 아무 걱정 말고 계시다 제 편지를 받으시면 곧바로 경성으로 오시면 되는 거여요. 아시겠죠?

어머니   행여 그런 일로 아버지께 심려 끼칠 생각 마라. 그리고 이 어민 여기 이 집을 지켜야지. 어미 걱정 말고 넌 새로운 학문 배워 새 세상을 살아 보거라. 이 어민 그거면 족하단다.

갑남   어머니.

섭섭이   아이, 어서 서둘러. 여기서 역까지 가는 길이 얼만데.

갑남   (섭섭이에게) 섭섭아, 이거 노자영 선생님께 보내는 서신이야. 오늘 오후 집배원이 우리 마을에 들리면 이걸 꼭 전해줘. 그러면 노자영 선생님께서 내가 서울로 가게 된다는 걸 알고 서울로 편지를 보내올 것이야. 행여 그 사이 선생님의 편지라도 온다면 꼭 서울로 다시 보내줘야 돼.

섭섭이 알았어. 너, 서울 가서 여학생들 사귄다고 나 잊어버리면 안 된다. 이 섭섭이 그러면 정말 섭섭하다.

갑남 넌 내 영원한 동무야, 서울 가면 연락할 테니 한 번 놀러 와. 그리고 네게도 편지 쓸 테니 그 사이 언문공부 잘해 둬. 이제 나와는 서신으로밖엔 말할 길이 없잖아.

섭섭이 알았어. 내 걱정 말고 열심히 공부해서 조선 제일의 신여성이 되려무나.

갑남 정말, 열심히 해 볼 테야. 서울 가면 선생님께서 문학모임에도 소개를 해 주신다셨어. 그 문학 모임에 들어 나도 한 번 신세계를 맛볼 테야.

섭섭이 그래 넌 잘할 수 있을 거야.

어머니 너무 지체하면 못쓴다. 어서 서둘러라.

갑남, 하직인사를 올리고 떠난다.

암전

2. 경성

멀리 화면에 1920년대 경성역이 보인다. 무대, 전체가 밝아지면 그 앞의 각 사람들의 군상이 정지화면으로 서 있다. 각 계층, 성별, 나이별로 다양하고 독특한 의상으로 경성역 앞의 다양한 사람의 군상을 보인다. 그런 가운데 갑남, 역 광장으로 나온다.

갑남 와아, 이게 경성역이로구나. 웬 사람들이 이리 많아. 이야, 정말 대단하다.

순간, 하늘에는 종이 꽃가루 날리며 다양한 군상들의 환호와 함께 경성역 앞의 화려하고도 분주한 풍경을 춤과 노래로 표현한다. 모던 보이, 모던 걸, 기생, 한복의 남녀, 군인, 학생, 어린이, 인력거꾼, 순사, 일본인, 외국인, 여학생, 똥장군, 지게꾼 등 많은 사람들이 등장해 흥성거리는 경성역 광장을 표현한다. 노래의 중반부에 가서 모두들 윗옷을 벗으면 남자와 여자로 대변되는 모던 보이와 모던 걸의 의상으로 나누어진다. 혹은 숨겨진 장신구를 이용하여 분위기를 만드는 것도 좋다. 그들은 잠시 댄스만으로 통일감이 부여된 춤을 추다 마무리로 다시 화려한 춤과 노래로 갑남이 느끼는 경성의 환상을 표현한다.

〈연애의 시대〉

와우! 와우! 와우! 와우!

여기는 경성 사람과 세상이 만나는 최고의 도시

진흙길은 신작로 되고 철길이 되어

기차도 달리고 전차도 달리고

옛날 사람 지금 사람 우리 사람 외국사람

모두모두 하나 되어 딴 세상을 이루었네. 딴 세상을 이루었네.

러브 러브 러브 러브! 아모르 아모르 아모르 아모르!

리베 리베 리베 리베! 아이 아이 아이 아이!

우리는 연애 연애 자유연애 지금은 자유연애

이마와 지유 렌아이 이마와 지유 렌아이 아이노 지다이

지금은 너와 나의 연애를 하는 새 세계

경성은 사랑의 물결 연애의 물결이 넘치네

지금은 연애의 시대 연애의 경성

사랑과 연애가 넘치는 새로운 세상

노래가 끝나면 경성의 모든 사람들은 다시 분주히 거리를 지나간다.

갑남   (흥분을 감추지 못하고) 우와, 나도 이제 이런 경성 사람이 되
         는 거야? 여학생이 되는 거야? 우와.

그때 어디선가 연극 공연을 홍보하는 아이가 등장한다.

홍보동   눈물 없이 볼 수 없는 연극 〈이수일과 심순애〉가 드디어 일본
         공연을 돌아 동양극장에 오릅니다. 아, 눈물 없이 볼 수 없는
         심순애, 눈물 없이 볼 수 없는 애절한 여배우 마리아. 공연을
         보시려거든 서둘러 동양극장으로 모이시오. 오실 땐 손수건
         을 잊지 마시오. 보시다가 저고리가 다 젖을 것이외다. 자 자
         서둘러 극장으로 모이시오. 〈이수일과 심순애〉의 마리아 심
         순애를 보러 오시오.

객들이 지나가며 이야기한다.

객1   뭐야, 마리아가 일본 공연에서 돌아왔나 보이.
객2   그럼 이번 연극 또한 눈물바다가 되겠구만. 뭐라 해도 심순애
         는 마리아지. 그녀가 아니면 볼 맛이 안 나. (1, 2 퇴장)
객3   마리아가 나온다구. 표 구하기 힘들겠구만.
객4   아 그 마리아가 그리 유명한가?
객3   이 사람 마리아를 모른단 말인가? 당신 경성사람 아니지? 마
         리아는 말이야 그러니까 말이지.
객4   아, 말이야 말이지 말고 마리아 이야기 좀 해 보란 말이야.
객5   그러니까 말이지, 마리아는 말이야, 조선 최고 여배우라 할
         수 있지. 그녀의 눈물연기 한 번이면 되종곳이 솟은 왜놈 순

사들의 수염도 꼬랑지를 내린다니까.

객3   아, 말도 마. 경성 한성목재 외아들 알지? 그가 유부녀인 마리아에게 얼마 전 청혼을 했다지 뭔가?

객4   무에야? 숭하게.

객5   숭하긴. 평양 양조회사로 이름난 거부가 고대광실 기와집을 그녀에게 그냥 떡하니 안겼다는 말도 있어.

객3   어허. 어디 그뿐이야. 소설가 정석호 선생은 그녀에게 매일매일 보낸 연서로 소설을 쓰고 있다는구만.

객4   그래, 그럼 뭐해 이 사람들아. 아, 어서 극장으로 가자구. 표를 사야 얼굴을 보든지 눈물을 흘리든지 할 것 아닌가? (급히 퇴장)

객5   어허, 발바닥에 불이 붙었구만. (3, 4, 5 퇴장)

갑남   무에야, 하여간 남자들이란. 그리고 마리아는 이미 울 아버지 아내인데 어찌 행동했기에 어휴, 이제 가 보면 알겠지. 아버진 이런 사실을 알고 계신 건가? 하기야 뭐, 난 여학생이 되면 그만인 것을 뭐. 그나저나 집으로 안내해 줄 이를 보낸다 하셨는데, 왜 이리 아니 올까? 길이 어긋났나? 아이, 그냥 내가 찾아가자. 서울 구경도 할 겸. 자 그럼 서울살이를 시작해 볼까?

3. 서울집

집 앞에 상을 알리는 등이 밝혀져 있다. 갑남, 의아해한다. 어수선한 가운데 들어선 집에는 사람들이 왔다갔다 하는 상가의 풍경이 펼쳐진다. 무언지 몰라 주소지를 확인하던 갑남은 다시 한 번 주위를 둘러본다. 상청에는 마리아, 상복을 입고 넋을 놓고 있다. 그것을 알아보고 다가가려던 갑남은 상청 위에 마련된 아버지의 영정 사진을 본다.

갑남   (의아해하듯) 아버지? 아버지?

이 때 마리아가 갑남을 알아본다.

마리아   왔구나. 네가 남이로구나. 아버지께 인사드려야지.
갑남   아버지라뇨? 이게 다 무슨 일이어요?
마리아   일단 인사를 올려야지. 여보, 당신 상주가 왔구려. 인사를 받
           으셔요.
갑남   어찌된 일이냐고 묻고 있질 않아요?
아버지 친구 남이로구나. 난 니 아버지 친구다. 어릴 때 보곤 처음이구나.
           너 공부시킨다고 서울로 부르겠단 말 들어 알고 있다. (영정
           을 보며) 이 친구야, 자네 여식이 왔네. 하나밖에 없는 여식이
           왔네. 혼백이라도 있다면 말을 해 보게나, 흑흑 (갑남을 돌아보
           며) 오늘 새벽 아버지가 갑자기 쓰러지시더니 곧바로 돌아가
           셨단다.
마리아   여보, 여보. (절규한다.)
아버지 친구 원래 니 부친, 위병이 있으셨지. 요 며칠 계속 술이더니만. 십
           년이 지나 여식과의 해우를 앞두곤 좋다더니 결국 상주하라
           고 부른 꼴이 되었구만.

주위 사람들, 갑남을 데리고 상청으로 오른다. 갑남, 정신이 없는 얼굴로 사람들이 하는 대
로 몸을 맡긴 채 멍하니 있다. 절을 하고 돌아서자, 마리아가 다가온다.

마리아   앉거라. 마음이 어지러울 줄 안다만, 이왕지사 이렇게 된 것,
           너와 이야기를 아니 할 수 없구나. 먼저, 너의 공부며, 학비는
           걱정 말아라. 아버지의 여식이면, 나의 여식이기도 하지. 아
           버지께서 약속하신 너의 학문 길은 내 열어 줄 것이야. 그리

고 여기, 여기 이곳에 거처하긴 너나 나나 서로 불편할 것이
니 내 따로 기숙할 조용한 집도 알아 봐 주마. 여기 정리되고
나면 학교는 절차를 밟아 들어가면 될 것이고, 이후에 고향의
모친을 모시든 그건 네 알아서 할 양으로 하면 될 것이야.

갑남 어찌 가셨습니까?

마리아 새벽까지 술을 잡숫고 들어오셨지. 그래 내 아버지의 술끼를
없애는 차를 타 드렸지. 그리곤 주무셨는데 일어나시질 않으
셨어. 그리 가셨다.

갑남 그것을 지금 믿으라 말씀하시는 겁니까?

마리아 그럼, 지금 내가 거짓을 말한다는 거니? 무엇 때문에 왜? (어조
를 누르며) 막 상경해 경황이 없어 그런 걸로 알겠다. 다시는 그
런 무례한 말로 돌아가신 아버님을 욕되게 하지 말아라. (퇴장)

갑남 아버지, 이게 무어란 말입니까? 이리 가시려 저를 부르신 것입
니까? 철들어 원망스럽기만 했던 아버지, 그러나 뵙고 싶었습
니다. 부르고 싶었습니다. 다른 집 여식들처럼 저도 아버지의
무릎에 앉아 재롱을 피우고 싶었습니다. 이제 겨우 아버지를
뵙는가 했는데, 그래서 원망의 말을 털어내어 보려 했는데 그
것조차 하지 못하게 저도 보시지 않고 가 버리셨단 말입니까?
홀로 남으신 어머닌 우리 어머닌 어찌하란 말이어요. 어머닌
아직도 아버질 기다리구 계신단 말입니다. 이제 어찌하란 말
입니까? 아버지, 아버지 이제 전 어찌하란 말입니까? (암전)

4. 명동다방

길삼식과 노자영, 그 둘은 차를 마시며 담배를 피며 한창 이야기 중이다.

삼식 조선의 사실을 이리도 통쾌하게 알려 주는 소설이 또 어디에

	있단 말이오. 정말이지 명작이라 아니 할 수 없소. 노형, 참으로 훌륭한 글이 아니오. 이것이 이 시대의 참 리얼리즘이 아니고 무엇이란 말이오.
자영	언제나 칭찬만 해 대는 길형의 말을 내가 곧이 들을 사람 같소? 이제 그만하고 본론으로 들어가 흠을 잡아 보시오. 나는 언젠가부터 길형의 핀잔을 듣지 않고는 글이 써지질 않는 묘한 중독증이 들었단 말이오, 하하하.
삼식	아니 내가 무슨 독설가라고 그리 폄하하여 말씀하시는 것이오. 난 어제 노형에게 이 글을 받고서는 집에 들어가 첫 장을 펼치면서부터 단번에 읽어 내려갔지요. 정녕 당신의 팬의 말을 이리 무안히 만들 셈이오? 하하.
현임	무슨 말씀을 이리 재미있게들 하시나요? 보아하니 우리 노선생님께서 탈고를 하셨나 보네.
자영	오셨습니다, 옥여사님.
삼식	마침 잘 오셨습니다. 우리 노선생 제대로 한 번 뒤를 봐 주셔야겠습니다. 대단한 소설이 나왔어요.
현임	아, 그렇다면야, 제가 발 벗고 나서서 출간을 도와 드려야죠. 먼저 제가 읽어 보고 나서 말이죠.
자영	아, 감사합니다. 물론 옥여사님께 보이고 기탄없는 말씀을 듣고 싶지만, 이것은 아직 어디까지나 습작, 출간은 아직 이릅니다.
삼식	무슨 말입니까? 노형. 이건 지난번 내가 낸 사설보다도 힘 있는 소설이오.
자영	소설이 어디 힘 있는 웅변 같기만 해서야 되겠습니까? 어딘지 이 소설엔 사람 냄새가 나질 않아서 말입니다. 주제는 선명할지 모르나 아직 감동이 적은 것 같아서.
현임	아, 그럼 이리 논쟁을 할 것이 아니라 우리 모임 모두에게 원

고를 돌려 읽게 한 후 의논을 하지요. 어차피 이번 모임은 노
선생님의 글로 모일 테니 말이죠.

자영 모두들의 고견을 저도 기다리지만, 어디까지나 의견을 위한
것일 뿐 아직 출판은 아니 될 말입니다. 그것은 작가로서의
저의 양심이니까요.

현임 아휴, 귀여우셔라. 우리 예술가님. 알았어요, 알았어. 이 옥현
임이 죽지 않고 살아 있는 한 우리 노선생님 오케이 나오면
바로 후원회를 만들어 볼 테니 걱정 말고 아직은 예술을 즐겨
보지요 호호.

삼식 고집스러운 친구구만, 정말이지 그 원고는 내가 읽은 노선생
의 원고 중 가장 보옥이오. 것 참, 나중에 이 글이 세상에 발
표되어 빛을 낼 때 내 평을 꼭 서문에 추억담으로 써 주어야
하오.

자영 허 참, 이거야 원, 민망해서. 그건 그렇고 길형은 오늘 정인을
소개한다 하지 않았소. 아직이오?

삼식 그게 오늘은 집안에 일이 좀 있는 모양이오. 다음번엔 내 꼭
동행을 하지.

자영 그렇다면 나 역시 다음 모임엔 숙녀 한 분을 동행해 보리다.

현임 누구, 정인이 있나 보지요? 아휴, 샘나는데.

삼식 혹

현임 혹 누구?

삼식 혹 그 서신왕래를 한다던.

현임 무에요? 언제부터요? 조선의 우편국 설립이 신문명 사업인
줄 알았더니 우리 노선생 사랑 놀음 하라고 만들어진 것인가
보지요?

삼식 아하, 따지고 보면 그렇네. 자넨 그럼 우편국의 설립으로 정
인을 찾았으니 우편국 대문 앞에 가서 절이라도 해야겠구만.

	아, 나라에서 노선생 연애를 위해 우편국을 만들었나 보오.
자영	(당황하며) 어허, 객담은... 그저 문학적 동무라고나 할까? 그러니 내겐 길형이나 마찬가지...
삼식	무에요? 그런데 달변가인 우리 노형이 어째 말을 더듬질 않나, 아 그리고 왜 그리 얼굴은 붉어지는 것이오?
자영	어허, 내 졸필에 대한 평을 듣자 했지, 내 언제 이 대면대면한 얼굴 감상을 해 달라 했소? 왜 이리 농을 하는지 원.
삼식	뭐요?
삼식, 현임	하하하.
자영	말이 났으니 오해가 없도록 그녀를 먼저 설명해 드리리다. 그녀는 이제 막 여학생이 되어 서울살이를 시작하게 되었소. 그런데 그녀의 글재주가 뛰어나고 본인도 그리로 장래를 마음먹고 있기에 내 우리 모임에 소개를 할까 생각하는데 어떻겠습니까?
삼식	아, 거야 대찬성 아니오? 우리 문학 모임이야, 문학을 사랑하는 이면 누구나 환영인 것을. 더구나 여학생이라면야, 안 그렇소, 옥여사님?
현임	그렇긴 하지만, 길선생님은 정인이 생기시고, 노선생님은 여학생 동무가 있다는데 이 늙은 마담 말벗은 어딜 가 찾아야 할까?
삼식	아, 걱정 마시오. 내 적당한 구애의 대상을 알아보리다.
현임	아이, 농담도 잘하신다. 이미 남편 죽어 과부된 몸에 정인은 무슨? 세상이 아무리 변했다 해도 내 자식 하나 있는 거 앞길 망칠 어미는 아니라우. 난 그저 이렇게 재주 있는 분들의 후견인 노릇하는 것만으로도 족해요. 호호.
자영	어찌되었건 한동안 이 명동 다방에 문학과 연애의 물결이 흘러넘칠 것은 자명한 일이겠네그려.

현임	그런가요? 아 그러면야 저로서는 무조건하고 환영이지요.
삼식	그럼 난 연애를 하겠네. 그러니 자네는 문학만 열심히 하게. 혹여 그 여학생에게 다른 마음을 두어서는 안 될 것이야. 알아듣겠지? 자네로 말할 것 같으면 모던한 리얼리스트이니, 그런 이중적 생활로 이 친구를 속이는 일은 없어야 할 것이야? 안 그런가?
자영	어허, 이 친구 아직도. 참, 걱정 말게. 자네야 말로 다음 모임이 되면 경성서 제일 아름다운 정인이 있다는 자네 말의 리얼리티를 우리가 확인할 수 있도록 지금부터 부지런히 뛰어야 하지 않겠나?
삼식	어허, 이 사람. 내 말은 지금도 리얼리티 그 자체라니까.
자영	아, 글쎄 두고 보자니까.

모두, 웃는다. 음악, 높아지면서 암전

5. 편지

무대 밝아지면 무대 하수에 장명화, 상수에 갑남 각자 위치하여 앉는다. 그 뒤로 각각 길삼식과 노자영이 선다. 그들의 서신교환을 보인다. 각자 편지의 말들을 연기할 때 각각의 상대방은 내용에 어울리는 연기를 한다.

명화	어제는 비가 내렸어요. 저는 무엔지 모를 가슴조림으로 하루 종일 마음이 어수선했답니다. 이것이 무엇인가요? 정녕 무엇인가요? 장명화.
삼식	비가 오면 빗방울 속에 당신의 모습이 보이는 듯하오. 바람 불면 바람 속에 그대의 향기가 전해지는 듯하오. 길삼식 전함.
자영	그대 부친의 부고는 들었소. 사내의 몸으로 당신을 욕보일까

감히 문상조차 가지 못해 더욱 답답하다오. 하지만 정녕 답답한 것은 이럴 때 당신을 위로하는 어깨가 되지 못한다는 것이오. y로부터.

갑남 이런 예상치 못한 서울 생활에 제가 유일하게 기댈 수 있는 것이 선생님의 편지입니다. 무어라 말할 길 없는 제 마음에 위안과 평안을 주는 선생님의 글만이 제겐 희망이 되고 있답니다. N으로부터.

명화 (부끄러워하며) 삼식씨 같은 대학생이 나 같은 기생 출신과 어울린다는 것은 생각만 해도 죄스럽고 죄스러운 일이지만, 삼식 씨에게로 다가가는 이내 마음 저도 알 수 없답니다. 당신의 명화.

삼식 (느끼하게) 당신은 어엿한 여학교의 학생이 아닌가요? 당신의 출신이 무엇이든 그것은 나와는 상관이 없소. 당신이 기생이면 나는 당신의 거문고 줄이 될 것이고, 당신이 학생이면 나는 그대가 읽을 책이 될 것이오. 무엇이 어떻단 말이오? 내겐 당신 그 자체만으로도 감사하오. 당신만이 나의 글이요, 인생이요, 조국인 것을. 당신이 없다면 내 인생은 단도를 꺼내어 삽시간에 찔러 버리고 말 심장인 것을, 내게 더 이상 그런 바보 같은 말을 전한다면 정말이지 그것이야 말로 바보. 그대의 삼식.

갑남 어제 저는 여학교에 입학원을 내었어요. 이제 진정 여학생이 된 것이어요. 앞으로의 제 인생이 두려웁지만, 선생님이 계셔서 제겐 여간한 힘이 되는 것이 아니랍니다. 보내는 제 짧은 글을 읽어 주시면 제겐 더없는 힘이 될 것입니다. 부끄러움으로 남이가 글 올립니다.

자영 당신의 글은 아름답고도 기품이 있소. 이런 글을 적는 당신을 이제는 직접 보고 이야기하고 싶소. 이제 아버님의 상도 어느 정도 정리된 듯하니, 다음 주 우리 문학 모임에 나와 주지 않겠소? 당신을 보고 싶어 하는 친구들이 많이 있다오. 무엇보다 당신을 그리는 영.

명화 저, 명화, 어제는 많이 울었어요. 어찌하여 해질녘이면 꼬박꼬박 하루도 어기지 않고 오던 당신의 서신이 어제는 그만 오지 않았지 뭐예요. 그런데 어제 그만 다리를 다친 집배원이 어제의 당신의 글과 함께 오늘의 글 두 통을 한 번에 전해 주니 제 눈엔 다시 기쁨의 눈물이 두 배가 되었답니다. 당신의 눈물로부터.

삼식 다리를 다친 집배원은 위로를 받아야겠지만, 편지를 전하지 않아 그대 고운 눈에 이슬 같은 눈물을 흘리게 한 그 집배원은 당장이라도 요절을 내고 싶소. 이제 우리는 더 이상 따로 일 수 없을 것 같구려. 난 당당히 당신을 나의 정인으로 소개할 것이오. 이번 주에 있을 문학모임에 나와 함께 동행해 주겠소? 당신의 승낙을 학수고대하는 당신의 어린 아기로부터.

명화 저, 갈게요. 당신을 위한 일이라면 어디든 함께할게요. (갑남 외에 모두 퇴장)

갑남 선생님의 배려에 응하지 않는다면 그것은 너무나 인정 없는 행동이겠지요. 약속한 날, 약속한 장소에 가겠으나, 부디 저를 보시고 실망하지 않으시길. 선생님을 보고파 하는...

마리아 (무표정하게 술잔을 들고 들어오며) 너도 이제 학교에 입학하게 되었으니 새로이 묶을 곳을 알아보자꾸나. 그래, 어머니껜 연락을 드렸니?

갑남 네. 서신은 보내 드렸어요.

마리아 잘했구나. 난 내일부터 공연이 있어 한동안 이 집에 있지 않을 거란다. 그리고 이 집도 내놓았으니 복덕방에서 사람이 올지도 몰라. 손님이 오더라도 놀라지 말라고 이야기하는 거란다.

갑남 상중에 공연을 한다구요, 그리고 이 집을 내놓으셨다구요?

마리아 그래, 그럼 대중과의 약속을 한 배우가 무대를 비우겠니? 그리고 네 아버지도 아니 계신데 이 넓은 곳에서 나 혼자 무얼 하겠니? 어차피 나야 공연 때문에 자주 집을 비우는데 굳이 이 큰 집을 갖고 있을 리가 없지.

갑남 하지만, 이건 우리 아버지가.

마리아 넌 날 싫어할 게야, 알아. 그래서 내가 아버지 돌아가시고 나서 재산이라도 탐내는 것처럼 보이지? 그럴 게야. 세상이 다 그러니까. 하지만 이것만은 알아 둬. 난 니 아버지와 십년을 넘게 살아 온 네 아버지의 아내야. 그리고 아버지를 사랑했어. 뭐 니가 알아들을진 몰라도, 그래 그랬었지. 니 어머니도 내 사랑을 이해하지 못했으니까.

갑남 제 어머니를 함부로 입에 올리지 마세요.

마리아 어머나, 이것 실례했구나. 고멘나사이. 하하, 그래 넌 니 엄마의 여식이지. 하지만 내 집에서 내게 이래라저래라 명령하지 마. 알겠니?

갑남 여긴 우리 아버지 집이기도 한 것을요.

마리아 그래 그런데 그 아버진 돌아가셨지, 안 그러니? 그러니 이젠 내 집이지. 그리고 명심해. 이제 니 학비며 생활비는 아버지가 아닌 내가 댄다는 걸.

갑남 그리할 것이면 아니 받으면 될 것을 무엇하러 처음부터 생색은 내시면서 말씀하셨을까요?

마리아 (화를 내며) 왜냐구? 왜냐구? 내가 네 아버지의 아내이니까. 아내가 남편의 자식을 거두는 일은 당연하니까. 그것만이 내가 네 아비의 아내였다는 증거가 될 거니까. 니가 알아? 니 아버지가 어떤 분이셨는지 너 같은 기집애가 아냐구? 네 아버지 나랑 사는 동안도 호적은 안 바꾸셨지. 그래 니 아버지 몸뚱인 내가 갖고 회산 감씨 집안 며느리는 니 어머니가 가지셨지. 그래, 이제 니 아버지 돌아가시니 그냥 난 아무것도 아니야. 초상 때도 보지 않았니? 서울친구 몇을 빼곤 문상객이라곤 죄다 내 손님이었어. 잘난 감씨 가문 사람들은 하나도 보이지 않았지. 아마도 철철이 착한 종부노릇 하고 있는 니 어머니 계신 곳으로 몰려들 갔을걸. 너마저도 종내는 내려갔다 오질 않았니? 근데 근데 넌 겨우 이깟 집 한 채 가지고 나를 돈이나 뜯어 먹으려는 치사한 첩년으로 만드는 거야? 니 아버지가 사랑한 사람은 나 마리아, 김정필이었다구? 알아? 너 똑똑히 네 어머니께 전해 드려. (돌아서며) 형님, 형님은 남편도 없는 감가네 며느리 하셔요. 전 사랑을 받았으니까, 감호철, 그이는 내 남자라구요. 그러니 난 이제 미련도 아쉬울 것도 없다구요. 알겠니? 하하하하 하하하하 그이는 내 남자야. (퇴장)

갑남   그 옛날 그리 예뻤던 마리아, 한여름 양산을 쓴 당신의 얼굴을 보며 저리 예쁜 이가 내 어머니였으면 좋겠다 속으로 생각했던 그 마리아. 하지만 지금의 저 맥없는 얼굴은 뭐지? 저 불안하고 초조한 얼굴은 뭘까? 우리 아버지가 저리 만든 것일까? 그렇다면 진정 사랑은 삶의 환희이기도, 독약이기도 한 것인가. 정말이지 알 수 없는 것이구나, 사랑.

암전

6. 명동다방

명동다방. 몇 개의 좌석에 연인, 토론을 하는 양복쟁이, 그리고 룸펜 등 다양한 군상이 앉아 커피를 마시며 한담을 나누고 있다. 뒤쪽은 유리창으로 장치하고 그 뒤로 화사한 차림의 사람들이 거리를 지나다니는 모습이 보인다. 시대적인 음악이 흐르고 삼삼오오 연인들과 사람들이 왔다 갔다 한다. 다방 급사는 한복을 비뚜로 입은 채 쟁반을 들고 주문을 받는다. 옥현임 다방 안을 다니며 손님들과 한담을 나눈다. 전주가 흐르면 모두 천천히 움직이며 함께 춤과 노래를 보인다.

〈명동의 거리〉

명동의 거리 커피와 음악과 낭만이 있는 곳
문학과 시대를 이야기 하는 젊음의 공간
피어오르는 담배 연기와 함께 젊음의 고뇌도
속삭이는 말소리와 함께 사랑도 피어나는 곳
우우우우 명동의 거리 명동의 찻집
문학과 지성의 공간 낭만과 환희의 공간
니힐과 나르시스 사랑과 인생을 노래하는 곳
우우우우 명동의 거리 명동의 찻집

삼식	(들어오는 노자영에게) 어이.
자영	먼저 와 계셨습니다. 숙녀분은.
삼식	아직. 어서 앉지.
급사	어서 오세요. 뭘 드시겠어요?
삼식	음, 손님이 오시면 함께하겠소.
급사	네.
명화	(문을 열고 들어오며 두리번거린다.)
급사	어서 오세요.
명화	아, 저.
삼식	(앞으로 나와) 이제 오셨습니다.
명화	아, 네 제가 좀 늦었나요?
삼식	그럴 리가요? 언제나 명화가 오는 시간이 약속 시간인 것을.

자, 자. 저리로 갑시다.

현임   아, 이분이 그 조선에서 가장 아름답다던.

명화   네?

삼식   하하, 그렇소. 인사하지요. 명화, 여긴 이 명동다방의 사장님
이시자 우리 문학모임 후원인이신 옥현임 여사시지. 여사님.
여긴

현임   알아요. 길선생이 얼마나 말을 아끼지 않는 분인지, 명화 씨
에 대해선 내가 모르는 것이 없을 정도지요. 저야 뭐 이리 예
쁜 아가씨는 대환영이죠. 일단 저쪽으로 앉으셔요. 아직 다
오지 않았으니 모두 모이면 그때 정식으로 인사하죠.

삼식   (자리로 안내해 노자영에게 소개하며) 노선생, 여긴 장명화 씨.
명화, 여긴 내 글동무 노자영 선생. 서로 인사하지.

자영   안녕하십니까? 처음 뵙겠습니다. 노자영입니다.

명화   안녕하세요, 장명화예요.

삼식   그런데...

자영   응, 아직일세. 온다고 약속을 했으니 올 테지. 아직 서울 지리
가 익숙지 않을 테니.

명화   누구, 더 오실 분이 있나 보아요.

삼식   응. (귓속말로 설명하고, 명화 웃는다.)

이때, 갑남 다방 문을 연다.

자영   갑남 씨다. 저 사람이 틀림없어. 내 생각과 조금도 틀리지 않아.

삼식   뭐야? 그럼 서로 대면하는 것이 오늘이 처음이란 말인가?

자영   (길삼식의 말을 듣지 못한 채 급히 일어나 갑남에게 다가가) 제가
노자영입니다.

갑남   아, 네 선생님. 처, 처음 뵙겠습니다.

자영	그런 말은 너무 섭섭한데요. 저흰 이미 오래전부터 서로를 알고 있지 않았습니까?
갑남	아, 네. 그런가요?
삼식	노형, 아 숙녀분이 오셨으면 응당 자리로 모셔야 할 게 아닌가?
자영	아, 자, 자리로 가시죠.
갑남	네.

네 사람 마주 앉는다.

삼식	이거 제가 먼저 인사를 드리겠습니다. 저는 길삼식. 노형의 글동무입니다. 그리고 이쪽은 서울 사대문은 물론이고 조선서 제일 아름다운 장명화씨라고.
명화	(부끄러워하며) 왜 이러셔요.
갑남	네, 안명하세요. 감갑남입니다. 두 분 다 처음 뵙지만 노선생님을 통해 말씀은 많이 들어 알고 있습니다.
삼식	아, 그런가요. 혹시 평양 지주 아들놈 주제에 글이나 쓴답시고 빈둥대는 놈이라고 얘기하진 않던가요?
갑남	아니에요. 경성제국대 영문과 수재라고 들었어요. 대학생은 처음 뵙네요.
자영	우리 갑남 씬 이번에 진명여학교에 입학했지. 신여성이지요. 우리 갑남 씨는 앞으로 문학을 하여 볼 생각이랍니다.
삼식	뭐야, 진명여학교. 아니 거기라면. (명화를 본다.)
명화	저도 이번에 거기에 입학하는데.
삼식	하, 이것 참, 그럼 이거 오늘 문학모임이 동창회가 되는 건가?
자영	마침 잘 되었군요. 우리 갑남 씬 아직 서울 지리가 익숙질 않을 터이니 동무인 셈 치고 명화 씨가 잘 돌보아 주시면 감사하겠습니다.

삼식	이건 뭐야, 우리 갑남 씨, 우리 갑남 씨. 아니 연애를 하는 것도 아닌데 어찌 호칭이 그리 친근하단 말인가?
자영	(말을 더듬으며) 어허 이 친구 또 객설이 시작되었구만.
삼식	어허 이 친구 또 말더듬이가 시작되었구만.

모두 웃고, 자영 민망해 한다.

명화	걱정 마셔요. 당연히 동무인데 제가 챙겨야죠. 더구나 이제 우린 문학모임 동무이기도 하니 두 말하면 잔소리죠. 안 그러니, 갑남아, 맞지. 갑남이.
갑남	아, 네. 아니 응. 내 이름 한 번에 이름하기 쉽지 않은데. 어쨌든 고마워. 앞으로 많이 도와줘. 부탁해. 잘 부탁드립니다.
명화	어어?
갑남	어? 어, 잘 부탁해.

모두, 웃는다.
급사가 다가온다.

삼식	주문부터 할까요? 명화.
명화	삼식 씨 먼저.
삼식	전 핫 코피.
명화	저두.
갑남	그럼 저두.
자영	그러면 여기 모두 핫코피 네 잔 부탁합니다.

음악이 흐른 후, 그들의 사담이 다시 진행된다.

자영	어허, 내 주제에 무얼. 아직 탈고한 원고가 없어서 그렇지 갑남 씨의 글은 그동안의 무수한 편지로 많이 보았지요. 오히려 제가 배워야 할 필력을 지녔다고나 할까?
명화	호호, 그래요? 이제 동무가 되었는데 그럼 학교에서건 밖에서건 날 좀 도와주겠니? 난 작가 지망생은 아니지만, 우리 삼식 씨를 위해서라도 책을 좀 제대로 읽어 보고 싶어.
갑남	내가 무얼, 하지만 나도 읽는 걸 좋아하니까 같이 읽고 이야기하면 더 좋을 거야.
명화	고마워.
갑남	무슨 말이야. 서울살이에 새 동무가 생겨 오히려 내가 더 고맙지.
명화	아니야, 이렇게 아니라 나도 무언가 도움이 되어야 할 터인데.
자영	(말 속에 끼어들며) 그러면 우리 갑남 씨를 위해 꼭 하나 더 도움을 줄 수 있을지도, 갑남 씬 현재 기숙할 집을 찾고 있지요. 혹 여성분이 머무를 만한 소쇄한 집을 구할 수 있을지.
갑남	아니어요. 폐 되는 것은 싫어요.
명화	무슨 말이니? 내가 너희 고향에 내려가면 넌 날 외면할 모양이구나.
갑남	그런 뜻이 아니라.
명화	그러면 넌 오늘부터 짐 옮겨 나랑 한 방 쓰는 거다. 괜찮지? 마침 저도 학교 때문에 경성서 혼자 지내려니 밤엔 무섭기도 하고 쓸쓸하기도 한 처지여요.
삼식	하하하, 우리 명화 씨 보시게. 배포가 사내를 넘지. 이게 매력 아니겠나?
명화	아이, 왜 이러실까? 우리 삼식 씨의 가장 친한 친구분인 노선생님의 부탁인데 제가 어찌 거절하겠어요?

자영	어쨌든 두 분 모두에게 감사드립니다. 아무래도 오늘 찻값은 제가 내야겠죠. 하하하.
삼식	어허, 이 친구가 또 나를 치졸한 지주 아들놈으로 만들려고 하네. 오늘 코피 값은 당연히 내가 계산해야지
자영	가난한 글쟁이도 차 한 잔은 대접할 줄 안다네. 더군다나 우리 아니 갑남 씰 처음 뵙는 자리인데 무조건 하고 오늘 찻값은 내가 낼 것이야.
삼식	이거 어쩔 수 없구만. 그럼 저녁은 제가 모시도록 하지요.

모두, 웃는다.

음악이 깔리고, 그들은 화사하게 이야기하고 창밖엔 어느덧 비가 내리고 점점 암전.

7. 친구

갑남	이렇게 너희 집에 신세를 지게 된 게 벌써 한 달이 다 되어 가는구나. 정말 고마워.
명화	음... 갑남아, 우린 비록 여자지만, 우정과 의리만은 남자들에게 지지 않는다고 생각해. 인연일 거야 우리. 나 너 처음 봤을 때부터 그런 느낌이 들었던 것 같아. 그러니 이제 친구끼리 그런 말하기 없기다. 정말이지 난 너랑 같이 지내고 학교 다니는 지금이 제일 좋아.
갑남	넌 참, 예뻐. 얼굴도 예쁘지만, 마음이 더 예뻐. 이러니 장안의 인물 삼식 씨가 너를 사모할 수밖에.
명화	넌 어떻고? 넌 정말이지 멋있어. 기품이 있어 보여. 언젠간 너의 마음을 드러낼 수 있는 감동적인 글을 꼭 쓸 거야, 난 믿어.
갑남	그래도 예쁘단 말은 않는구나.
명화	아니, 무슨 말이야, 이뻐.

갑남	엎드려 절 받기네.
명화	그런가? 사실 넌 이쁘기보단 귀여워. 예쁘긴 내가 좀 더 이쁘지.
갑남	기집애. 그래 요즘도 삼식 씨는 자주 만나니?
명화	응? 응.
갑남	그분은 어떤 분이시니?
명화	글쎄. 니가 생각하는 노 선생님과 다를 바 있겠니?
갑남	(놀라며) 무에야, 아니야, 우린 그런 게 아니야. 우린 그저
명화	그저 뭐?
갑남	(한숨 쉬며) 그냥 선생님과 제자지.
명화	그래, 아직은 마음대로 생각해라. 하지만 사랑은 자기 마음대로 시작하고 끝내는 게 아니다.

상수에 김삼식이 학생복장으로 등장한다.

명화	우리 삼식씬 꿈속 같은 분이지.

삼식, 옆에 노자영, 양복차림으로 나타난다.

갑남	(노자영을 생각하며) 참말 꿈속 같은 분이지.
명화	그분은 언제나 내게 미소를 잃지 않으셔. (삼식, 미소를 짓는다.)
갑남	그분은 글을 쓰시지. (자영, 펜과 종이를 꺼낸다.)
명화	그분의 부드러운 음성 (삼식, 허밍으로 나발나바나바라 한다.)
갑남	그분의 음성은 (자영, 무언가 말하려는데 삼식이 입을 막는다.) 하지만 그 문필력만은 내게 음성보다 더 많은 가르침을 주시지. (자영, 삼식의 입을 밀치고, 의기양양해한다.)

명화	난 그분을 사모해. 이 세상 그 무엇보다도. 그분 역시 죽음도 갈라놓지 못할 사랑을 맹세해 주셨지. (명화, 턱을 괴며 부끄러워한다. 삼식, 입키스를 전하고, 하트를 머리 위로 그려 보인다.)
갑남	난 아무 사랑의 맹세도 없었어. (노자영, 머쓱해한다.) 하지만 난 그분을 믿어. 그분을 존경해. (자영, 신사의 절을 한다.)
명화	정말 우리의 사랑이 이루어질까?
갑남	우리의 미래는 해피엔딩일까?

두 남자, 고개를 끄덕인다. 두 여자 공상에 젖어 고개를 돌리다 시선이 마주친 후 서로 간지럼을 태우며 웃는다. (두 남자, 서로 보며 여자들과 똑같이 웃는다. 암전)

명화	난 이곳 경성에 와서 내 모든 것을 이루었어. 신여성이 되었고, 사랑하는 정인을 만났고, 평생의 친구를 얻었으니.
갑남	나 역시 마찬가지야. 여학생이 되고, 글공부를 시작하고, 동무를 만나고.
명화	이 혼란한 시대에 우리, 이렇게 행복해도 되는지 가끔 겁이 날 정도야.
갑남	나야 말로 그래. 상경하자마자 당한 아버지 초상, 아직 봉분의 흙도 자리 잡지 못했을 터인데 이렇게 나 혼자 행복해도 되는 건지, 고향에 계실 어머니는 어찌 계실지 마음이 편하지만은 않아.
명화	하지만 우리가 할 수 있는 건 지금 이 행복을 놓치지 않는 것인지도 몰라. 안 그래?
갑남	그래. 그럴지도 모르지. 그럼 넌 이 행복을 놓치기 전 얼른 시집을 가야 할 터인데 어디 보자. 좀 컸나 한 번 볼까? (가슴을 만지려 한다.)

까르르 거린다. 암전

8. 공원 벤치

상하수로 나누어 두 개의 벤치. 갑남과 명화의 커플이 각각 들어와 앉는다. 삼식, 명화에게 손수건을 깔아 주고 앉힌다. 자영, 이것을 보고 손수건을 꺼내 드는데 갑남 씩씩하게 그냥 앉는다.

갑남   (써 온 글을 노자영에게 보인다.) 오늘날 저의 이런 경성 생활
        은 저에게는 작은 충격이면서 동시에 새 삶을 꿈꾸게 하고 있
        답니다. 저는 아직 모를 저의 미래를 상상하며 하루하루 저의
        모습을 새로이 만들어 가려고 노력하고 있어요. 그리고 저 역
        시 이 시기가 원하는, 우리들이 가장 바라는 젊은이들의 사랑
        을 글로 써 보고 싶다는 꿈을 가지고 있습니다. 아직은 미흡
        하지만, 언젠가 저도 제 이름이 새겨진 책 한 권을 받아 쥘 수
        있겠죠?

자영   아닙니다. 이 글은 나름대로 습작으론 훌륭하다 할 수 있어요.
        이야기의 진행과정이 흥미롭군요. 그런데 이건 친구 장명화
        씨와 삼식 군의 이야기에서 모티브를 얻은 것이 아닌가요?

갑남   맞아요. 제가 본 아름다운 자유연애의 첫 작품이 그들이거든요.

자영   하지만 이야기가 너무 일방적으로 해피엔딩으로 흐르고 있군
        요. 리얼리티가 조금 부족하다고나 할까? 갈등과 우여곡절을
        조금 더 넣어 보면 훨씬 좋을 것 같습니다.

갑남   저도 그렇게 생각해요. 그런데 당최 주인공들이 힘들어하는
        걸 볼 수가 없어서. 전 아직도 시골내기인가 봐요. 그저 행복
        한 게 좋아요. 글이라도 슬픈 것은 싫어요.

자영   남이 씨처럼 우리 이야기도 언젠가 해피엔딩이 될 수 있다

면...

| 갑남 | 네? 뭐라 하셨죠? |

자영 아, 아니오. 그럼 다음 번 모임 때엔 여기 두 주인공이 만나게 되면서 새로운 인물을 하나 만들어 갈등 구조를 만들어 봅시다. 개인적으론 심각하거나 단순한 삼각관계보단 둘의 관계 전환이 일어날 수 있는 매개적 사건이 좋을 듯하오. (읽은 갑남의 원고를 정리하여 보자기에 싸 준다.)

갑남 노력해 볼게요. 선생님이 계시니 전 언제나 든든해요. (혼잣말로) 이렇게 언제나 함께한다는 건 불가능하겠죠?

자영 (보자기를 건네며) 네? 미안하오. 매듭이 안 묶여서? 난 이 보자기 싸거나 옷가지를 개는 건 도저히 되어먹지가 않아서 늘 애를 먹는다오. 하하.

갑남 아니어요. 열심히 고쳐 본다고만 하였어요.

갑남, 부끄러워하고, 자영은 바바리를 벗어 갑남에게 걸쳐 준다. 그렇게 노을이 진다.

삼식 당신 이야길 집에다 했소.

명화 ...

삼식 조금 힘들 수도 있을 거요. 그러나 나를 믿는 마음으로만 나를 보아주오. 그 나머지는 이 당신의 남자가 모두 알아서 할 것이니까

명화 전 어떻게든 다 좋아요. 삼식 씨만 있다면 전 다 괜찮아요.

삼식 우리의 사랑이 지금 힘든 것은 창대한 미래의 행복이 있기 때문이라고 믿읍시다. 그것이 우리의 오늘을 보상해 줄 것이오.

명화 저는 보상을 받을 것도, 힘들 것도 없어요. 강원도 산골에서 자라나 가난한 환경 때문에 기생이 되었지만, 결국 신여성이 되어 당신을 만났고 원도 한도 없는 사랑을 나누었잖아요. 전

그거면 족해요. 전 지금이 가장 행복해요.

삼식   일간 집에 한 번 다녀와야 할 것 같소. 내 올 때는 평양의 명물, 스카프를 사다 줄 것이야.

명화   (투정부리듯) 아이, 그걸 쓰고 무얼 하게?

삼식   배를 타고 현해탄을 건너려면 당신의 살결을 감싸 안을 것이 필요할 것 아니오?

명화   현해탄을 건너다니요?

삼식   난 당신과 일본으로 가서 본격적으로 영문학을 배울 것이오. 그리고 미국이나 불란서로 옮겨 더 많은 공부를 해 당신에게 부끄럽지 않은 남자가 될 것이오. 힘든 여정이지만, (반지를 끼워 주며) 이 작은 반지 하나에 나를 믿고 그 먼 나라들을 함께 갈 수 있겠소?

명화   (반지를 보며) 당신과 있는 곳은 어디나 파라다이스요, 당신이 없는 곳은 그 어디든 불지옥인데, 일본이 멀며, 미국이 멀겠어요? 어디든 당신 가시는 곳으로 나도 따를 것이어요. 나를 버리고 배를 탔다간 황천강이라도 건너 당신을 따라 갈 것이어요.

삼식   그럴 일은 없을 테니 걱정 마시오.

둘, 서로를 바라보다 안는다.

자영   저, 당신에게 내 마음을 전하고 싶소만, 이 가난한 글쟁이가 줄 수 있는 것이 겨우 이것이오. 내 첫 원고. 아직 출판이 된 것은 아니지만, 당신께는 보이고 싶었소. 겨우 이런 것에 내 마음을 담아야 하다니 내 장부로서 당신에게 미안할 따름이오.

갑남   미안하다뇨? 〈사랑의 불꽃〉 제목이 마음에 들어요. 이 글 속엔 선생님의 모든 큰 마음이 다 들어 있을 것인데, 오히려 제가 이런 선생님의 큰 마음을 읽을 자격이 있는지 부끄럽습니다. 이 원고를 다 읽고 이 이야기가 세상에 나오게 된다면 그때 저는 선생님을 더 큰 세상 속으로 보내야만 하겠지요?

자영 하지만 그 원고는 출판하지 않을 생각이오. 이게 무어 큰 글이라고. 이건 출판하고 말고 할 글이 아니오. 단지 나의 진심일 뿐이오. 그리고 이 글로 인해 받아야 할 사회적인 상처가 두렵소. 정말이지 아직도 난 습작기인 것만 같소. 그리고 이 글은 당신을 향한 내...

갑남 무얼 그리 겸손히 생각하셔요? 지난번 만세운동 때에 선생님께서 기고했던 글은 우리 조선민중을 하나로 묶기에 충분하지 않았어요? 전 정말이지 그 기고문을 읽을 때 피가 끓어 올라? (눈치를 보다) 저 같은 시골 크내기도 알아볼 수 있는 문필력이라면 이 세상 모든 이의 마음을 울릴 수 있지 않겠어요?

자영 하하하, 운동가로군. 당신은 준비된 신여성 같소. 어찌 나보다 이리 씩씩할 수 있죠? 하하하.

갑남 그런가요? 이거 부끄러운데요.

두 커플은 해 지는 노을을 감상한다. 자영은 어깨를 안으려 하다 망설이며 손을 엉성히 든 채로 정지한다. 암전.

9. 피크닉

넷은 짝을 지어 야외 피크닉을 나왔다. 산들바람이 부는 강변 저 멀리 명화와 삼식이 등장한다. 하수 먼 곳으로부터 천천히.

명화 이야, 정말 아름다워요.

삼식	내 이 숨은 곳을 찾으려 애 좀 먹었지요.
갑남	정말이지 경성 가까운 곳에 이리 한적하고 아름다운 곳이 있는 줄은 몰랐어요.
자영	바람이 참 시원하질 않소.
삼식	나도 장소만 알아냈지 초행인데, 정말이지 여긴 조선과는 딴 세상 같기만 하구만.
명화	네. 그래요. 명동 다방에 야외음악당에 이젠 이렇게 소풍도 나오고, 정말이지 전 삼식 씨를 만나 딴 세상을 사는 것만 같아요.
삼식	어허, 앞으로는 정말이지 딴 세상을 살아야 할 텐데. 이쯤은 그냥 예고편으로 해 둡시다 하하. 자, 명화 씨 이 둘은 떨쳐 버리고 우리 좀 더 딴 세상으로 가 봅시다. 저쪽으로.
명화	무에요? 아이, 부끄러워요.
갑남	다녀와. 설마 삼식 씨가 널 잡아먹기라도 하겠니?
자영	그래도 거 조심하십시오, 명화 씨. 남자는 다 똑같이 늑대나 호랑이와 같소. 허허.
명화	아이 참.
삼식	이날 이때껏 명분과 명예로 살아온 이 길삼식에게 정말이지 명화씨가 이리 할 줄은 몰랐소. 흥. (먼저 걸어간다.)
명화	아이, 이를 어쩌누.
갑남	어쩌긴 무에 어째. 이번엔 너의 신의로 삼식 씰 좇아야 하지 않겠니? 어서 가 봐. 저러다 삼식 씨 울겠다.
명화	그럼 그럴까? (자영에게) 정말이지 금방 다녀올 것이어요.
자영	네네. 어서 가 보셔요. 저 친구 저 기세로 걷다간 저 절벽 아래로 떨어질 것만 같소. 제발이지 우리 길 군을 살려 주시길 간청드립니다.
명화	아이 참, 노 선생님까지두, 그럼 금방 다녀올 것이어요. 명화

야, 금방 올게.

둘은 이층 무대 위로 오른다.

자영   그럼, 우린 여기 그냥 앉아나 볼까요.

둘은 앉아 원고를 들고 이야기한다. 이후 삼식과 명화의 이야기가 진행되는 동안 산보를
할 양으로 잠시 퇴장한다.

명화   아이 참, 명화 신 벗어지려나 봐요. 거기 좀 서 보아요. 화내지
말고 이 명화의 말을 들으셔요. 저 정말이지 삼식 씰 믿어요.
그러니 (넘어지려 한다) 어어.

삼식   (얼른 안아주며) 어허, 이건 참말이지 신사의 도리로서 넘어지
는 아녀자를 그냥 볼 수 없어 이리 한 것이니 나를 파렴치로
몰아선 아니...

명화   아이 참, 이것 좀 놓아요. 허리 부러지겠어요.

삼식   아하, 아 네. (명화를 일으켜 세운다).

명화   이야, 정말이지 풍광이 절경이군요. 여기보다 더 큰 우리의
앞날은 얼마나한 새 세상일까요?

삼식   거야 닥쳐보면 자연 알 것이지만, 내 제일의 걱정은 그대 명
화가 새 생활에 잘 적응하여 줄지 혹 변화 속에서 몸이나 상
하진 않을지 그것이 걱정이라오.

명화   큰 공부를 결심하신 분께서 한갓 아녀자 하나가 가장 큰 걱정
거리라니요? 안 될 말이어요.

삼식   명화, 내 무슨 공부를 하든 그것은 당신을 위한 것이오. 나는
노형처럼 시대를 걱정하는 무슨 위대한 뜻을 품고 있는 것은
아니오. 그저 앞으로의 신생을 당신과 함께 하고픈 것뿐이오.

그러니 내게 있어 당신이야말로 진정한 신생이란 말이지오.

명화   아이, 저는 정말 행복한 여자여요. 내 동무 남이도 나처럼 행복할까요?

삼식   글쎄, 내가 보기엔 노형은 갑남 씨를 이미 오래전부터 사모하고 있는 것 같소만, 아직은 두 사람 다 서로의 마음을 내어놓질 못하고 있으니. 그들을 위해서라도 우린 잠시 이리 자리를 피하는 것이 좋지 않겠소.

명화   그렇게 생각하고 계셨군요. 저도 그리 보았어요. 갑남의 눈에는 언제나 노 선생님이 보이고 있는데도 제가 이야기라도 꺼낼라치면 화들짝 놀라며 역정을 내지 뭐예요?

삼식   그것이 바로 노형에 대한 갑남 씨의 진정이 아니겠소?

명화   그럼 우리가 무얼 좀 방도를 내어 보는 것이 어떨까요?

삼식   나도 그러고는 싶소만, 오히려 우리의 도움이 둘을 힘들게나 하지 않을지 싶어 망설여진다오.

명화   그도 그래요. 남이가 워낙 진중한 아이라.

삼식   그러니 우린 오늘의 이런 자연스런 기회를 주는 것으로 우선은 만족해얄 것이니...

명화   그런가요? 호호.

삼식   그렇지. 그러니 지금 저기로 가는 것은 모양새가 좋질 않단 말이지.

명화   그럼.

삼식   그럼 뭐 잠시 이대로.

명화   아이, 이거 원 부끄러워서.

삼식   무엇이 부끄럽단 말이오? 우린 평생을 함께할 약속을 하지 않았소?

명화   그렇지만.

삼식   (느끼한 연설조로) 이런 나의 행동이 한때의 객기로 치부되지

않는다면 내 진심을 받아주길 바라오. 난 이제 당신을 향해
이 붉은 마음을 담은 입술을 그대에게 보낼 것이오. 그대는
나를 밀쳐내도 되오. 하지만 난 진심으로 그대를 사랑하고 있
소. 그러니 이 사람의 진심을 거절하여 오늘 한 청년의 자결
신문 기사를 보고 싶지 않거든 순결한 사랑의 정열을 그대로
받아주길 간곡히 부탁드리오.

명화   아이, 이를 어째? 이러면 아니 되어요. 누가 오면? 아이 이를
어째?

삼식   자 그러면 나는 들어가오. (둘은 키스한다. 이후 어색한 명화, 놀
라 퇴장. 웃으며 삼식도 뒤따라 퇴장하며) 아니, 아직 멀었소. 기
다리시오.

자영과 갑남, 천천히 걸어 들어온다.

자영   지난번 원고보다 오늘이 훨씬 더 흥미로웠소. 특히 채영이 시
골 학교로 부임해 가며 춘석과의 이별을 선언하는 장면은 가
슴 아프도록 감동적이었소.

갑남   저도 글을 써 내려가며 너무 가혹한 건 아닐까 가슴 조이며
적었지 뭐여요? 하지만 아무래도 너무 단편적인 언어만을 쓰
고 있는 건 아닌가 싶어요. 글 자체의 아름다움보단 줄거리
위주의 대중소설이 되는 건 아닌지 싶어 걱정이어요.

자영   아직은 그런 생각을 말아 봅시다. 일단은 당신이 생각하는 대
강의 이야기를 구성하고 글은 그 뒤에 다시 수정을 해 보아도
될 듯하오. 우선은 줄거리를 잡아가는 구성력이 독자에게 끌
려가는 것이 아닌 작가의 선이 분명히 보이고 있어 흡족했소.

갑남   (멈춰 서서 자영을 바라보며) 선생님은 언제나 제게 용기를 주
시는군요.

자영	이거 나를 잘 모르고 하시는 말 같소. 나를 아름다운 여인에 게 말허세나 부리는 놈으로 보신다니, 섭섭한데요. 나 노자영 이 아직 글에 대한 내 진언을 포장할 정도로 내 생각을 숨기 지는 않소.
갑남	(놀라) 그런 뜻이 아녀요. 전 그저 감사하다는 말을 하고 싶어 서...
자영	아니 이거 내가 농이 너무 심했나 보오. 얼굴색이 변하질 않 았소. 미안하오. 나 역시 그런 뜻으로 한 말은 아니라오. 그 저 남이 씨의 글에 대한 내 감정이 진솔하다고 말하려는 것이 그만.
갑남	그나저나 명화는 어디로 간 게야. 금방 돌아오겠다더니 코빼 기도 뵈지 않네요.
자영	두 사람에겐 지금이 연애의 시대가 이니겠소? 그러니 우린 조연으로서 두 주인공의 결정적 장면에선 빠져야 되는 것이 합당하지 않겠소? 하하.
갑남	그런가요? 그렇겠죠.
자영	(하늘만 바라보며) 그렇겠죠. (무색해하며) 여기 좀 앉을까요?
갑남	아, 네. 그럴까요?

자영은 손수건을 꺼내어 깔아준다. 갑남, 앉는다.

갑남	(어색한 자리를 모면하려는 듯) 아이, 참 이애는 어디루 갔누? 이럴 것이면 같이 오자는 말을 말 것이지... (계속 갑남만을 바 라보는 자영 쪽으로 고개를 돌리다 두 눈이 마주친다.)
자영	저... (무언가 말하려 한다.)
갑남	네. (분위기가 어색해지자 당황해한다.)
명화	(멀리서) 남아, 우리 저기로 가 보지 않을래? 강변에 나룻배가

있는데 삼식 씨가 넷이서 한 번 타 보자는구나.

자영과 갑남 놀라 일어나며

자영   아, 나룻배요? 아 나룻배

갑남   어, 그래 가 가자.

삼식   그러려면 서둘러야겠소. 하늘을 보니 비가 곧 들이닥칠 것이
니...

자영   뭐 그 그러지 뭐. 자 가지요.

암전

9. 독거미 여인

명화   (다급히 찾으며) 남아, 여기 있었구나. 네게 손님이 왔어.

갑남   손님?

명화   응, 섭섭이라구 네 동무라고 하더라. 어머님을 뫼시고 왔다고
해서 안으로 모시라 했어.

갑남, 일어나는데 어머니, 섭섭이 들어온다.

섭섭이   남아, 이게 무슨 일이니?

갑남   어머니, 오셨어요. 어찌 연락도 없이.

섭섭이   뭐야, 이거 전혀 모르는 눈치네. 등잔 밑이 어둡다더니. 큰일
났어 애. 아저씨, 그 여자가 죽였대. 독거미.

갑남   무슨 말이야? 그 여잔 누구고, 독거민 누구야?

섭섭이   아, 그 왜 마리아, 네 아버지 첩년. (말하려다 어머니의 눈치를

보고 입을 다문다.)

갑남 뭐라고?

모두 망연자실

어머니 너도 모르고 있었더란 말이냐? 이 일이 무슨 일이냐? 어찌 하늘 아래 이런 일이 일어날 수 있단 말이더냐?

섭섭이 아휴, 아주머니. 고정하세요. 이제 곧 순사들이 낱낱이 밝혀낼 것이어요.

어머니 앞장서거라. 가자.

섭섭이 그 여자, 지금 형무소에 잡혀 있대.

갑남 네? 아, 네.

퇴장, 명화 멍하니 바라본다.

김정필과 아버지 감호철 들어온다. 뒤에 하녀 순이, 정필의 가방을 들고 들어온다.

마리아 아, 이번 일본 여행은 너무 힘들었어. 날씨 때문에 견딜 수가 있어야지. 안 그래요, 여보. 역시 내 조국이 최고야. 이제 한동안 공연 없이 푹 쉬고만 싶어.

감호철 아니 될 말이오. 당신의 눈물연기를 고대하는 우리 조선 민중들을 생각하시오. 오늘은 그만 쉬도록 하고, 내일부턴 다시 연습에 들어가야 할 거요. (나가려 한다.)

마리아 어디 가시는 거여요? 이제 막 돌아왔는데.

감호철 아녀자가 사내 일에 일일이 나서는 것은 모양새가 좋지 않아.

마리아 아니, 난 당신과 온천이라도 다녀올 요량으로.

감호철 내게 그럴 시간이 어디 있소? 당신은 무대에 서서 박수를 받으며 공연만 올리면 되지. 난 공연의 모든 것을 준비하고 마무리해야 돼. 내겐 쉴 시간이 없다구. (분위기를 바꾸며) 내 금방 다녀와 내일 온천을 가면 될 것 아니오. 동양극장 황 사장과의 선약이 있소. 어찌나 공연을 올리자고 성화인지 일본으로 전화가 와서 약속을 잡아 놓은 터라 나로서도 어찌할 수 없소.

마리아   그럼 나도.

감호철   어허, 노독도 풀지 않고. 여배우가 파리해 보이면 좋지 않아요. 푹 쉬고 있어요. 내 대신 저 아이를 데려가 심부름도 시키고, 당신의 의상 문제도 해결해 놓지. 가지.

마리아   네? 순이를. 아 순이는 왜?

감호철   (소리를 지르며) 아, 내가 당신의 의상 사이즈를 일일이 말하고 다녀서야 체면이 서겠소? 비서도 하나 없이 일하고 다니는데 이제 제발 그만 좀 보채구려.

마리아   하지만 당신 지난번에도 채옥이를 건드려... 그것만도 아니잖아요.

감호철   어허, 이거 원 망신스러워서. 그건 내 실수라고 그리도 말했건만 사내를 못 믿고... 아 그래 내가 조선 제일의 배우를 아내로 두고 저런 가방이나 들고 다니는 아이를 품을까? 내 다녀오리다. (순이에게) 가지.

마리아   그럼 다녀오세요.

마리아 들어가려다 무언지 다시 돌아서 남편을 부르려는데 남편 힘 있게 순이의 허리를 안고 나가는 모양을 지켜본다.

암전

아침 식사 시간이다.

마리아	당신이 항상 앓고 있는 위병을 고치려면 이 약을 드시어요. 이 약은 저의 오촌이 먹고 신효하게 나았다고 하니 안심하고 드셔도 될 것이어요. 차에 타 역하지 않게 했으니 맛이 이상하더라도 참으셔야 해요.
감호철	무에 약까지. 밥이 보약이지. 약은 무슨?
마리아	예부터 양약고어 구이어병이라 했지요. 본시 몸에 좋은 약은 쓴 법이라. 내 당신을 사랑하는 마지막 정으로 달달하게 조청까지 섞어 잡숫기 용이토록 만들었지요. 왜 역할 것 같으셔요?
감호철	아니오. 사내대장부가 되어 아녀자의 연정을 그리 무시해선 안 되는 것 아니겠소.

호철, 차를 마시더니 갑자기 표정이 변하고 숨을 못 쉬는 듯 쓰러지며 김정필을 바라본다.

마리아	마지막 정이라 하지 않았어요. 남자는 언제나 여자의 말을 귀담아 듣질 않지요. 어제 순이가 찾아왔더군요. 당신의 아이를 가졌다구요, 그래, 울며 통사정을 하더군요. 당신과 함께 있게만 해 달라구요. 그 아인 당신을 사랑하고 있더군요.

호철, 구역질을 하며 마리아를 붙잡는다. 마리아, 그를 안고 바라본다.

마리아	무대에 서는 것 말고는 아무것도 몰랐던 나에게 당신은 내 전부였었죠. 그렇게 우린 하나가 되었고 서로를 사랑했어요. 당신에게 아내가 있다는 것도, 아이가 있다는 것도, 내가 그 집안의 며느리가 될 수 없다는 것도 모두 인정했어요. 당신만을 원했으니까. 그거면 된다고 믿었으니까.

감호철	마리아. 아, 이 독한 년. 나에게 독약을 먹이다니. 이런 나쁜 년 (기침하며 쓰러진다.)
마리아	세상 사람들 모두가 나를 욕해도 당신은 그리할 수 없어요. 왜냐구요? 난 당신을 배신하진 않았으니까. 우리 사랑을 배신한 건 당신이니까. 나 하나만으로는 만족하지 못하는 당신을 보며 내가 어떻게 살아왔을 것 같아요?
감호철	(마리아를 손으로 잡으려 하며) 내 사랑이 나를 죽이는구나. 마리아, 정필이.

마리아, 호철을 안고 절규하며 울부짖는다.

마리아	난 당신을 사랑한 것밖에 없어요. 그것으로 나를 단죄할 명목은 없을 것이오. 하지만 잘 가시오. 사랑하는 내 당신. 나를 사모했던 무수한 이들 중에서 내게는 당신만이 유일한 사랑이었어요. 아, 가시는 그 눈빛은 차마 보기 힘들군요. 하지만 이제 당신은 아시겠지요. 나의 사랑을 나의 진정을. 그 마음 하나 안고 가시기에 외롭지 않을 것이오. (절규하며) 아아, 사랑하였습니다. 우리의 아름다운 연애의 시대는 끝이 났지만, 우리의 사랑은 그대의 죽음과 함께 영원히 지켜질 것이어요. 내 사랑. 내 연인.

자영과 삼식, 커피를 마시며 이야기한다. 신문을 보던 삼식. 놀라 기사를 읽는다.

삼식	이것 보시오. 노형. 이거 시대의 사건이 났구려.
자영	왜 누가 또 사랑의 도피 행각이라도 벌였답니까? 기생 강명화가 살아 왔답니까?
삼식	그것이 아니고 아내가 남편을 음독 살해하였소.

자영	뭐요? 어허 이것 참, 이 조선이 개화가 되는 것은 좋으나 이런 개화가 되어서야 원.
삼식	(더욱 놀라며) 아니 뭐야?
자영	이번엔 또 무슨 일이오?
삼식	그 남편을 살해한 여인이 다름 아닌 마리아요. 마리아.
자영	무어라 했소? 심순애의 순애보. 배우 마리아 말이오?
삼식	(신문, 표제를 읽는다.) 마리아, 눈물의 여왕인가? 남편을 살해한 독거미인가?
자영	어디, 읽어나 봅시다. (신문을 받아 읽는다.) 꽃 같은 미인이자 경성의 여인, 배우 마리아, 남편을 살해하다. 독거미 여인 마리아 본명은 김정필. 16년의 세월 동안 함께 살아온 남편에게 독약을 타 먹여 사망케 한 사건. 남편을 독살하고 재판소에서 사형 선고를 받은 사건이 작일에 경성 복심법원으로 넘어왔는데 그는 함경북도 명천군 하가면 지명동 638번지 김정필(35)이라는 여자다. 그는 열아홉 살의 나이로 회산 감씨 감호철에게 재취로 시집을 갔는데, 본부인은 아니다. 그 여자는 감호철의 잦은 외박과 다른 여자와의 관계에 앙심을 품고, 지난 23일, '랏도링'이라는 쥐 잡는 약을 사다가 차에 섞어 평소 감호철이 앓고 있는 위병에 좋은 약이라 속여 먹게 하여 사망케 했다. 그녀는 남편의 상을 치르고 49제가 끝난 지난 13일, 스스로 자신의 죄를 고백하고 동리 순사에게 자술하는 서신을 보냈다 한다.
삼식	이것은 원 무어라 말해야 한답니까? 이 조선이 아무리 그래도 동방예의지국인데 어찌 여자가 남편을 살해할 수 있단 말이오? 그것도 순애보 마리아가? 아하, 어찌 이리?
자영	잠깐. 감호철. 회산 감씨.
자영, 삼식	갑남 씨의?

자영   부친. 돌아가셨다는.

둘, 망연자실

장면이 바뀌면 삼엄한 순사들이 극장 안으로 들어선다. 무대에선 배우 이수일이 수표교
아래에서 순애를 찾는다. 순애, 포대기를 안고 천천히 들어온다. 이후 죽는 순간까지의 짧
은 연기. 공연을 마치고 모두 박수. 그리고 암전이 되었다 다시 조명이 들어오면 모두 사라
지고 분장을 지우는 마리아 뒤로 순사들이 들어온다.

정필   내 스스로 갈 것인데 이리 친히들 와 주셨군요. 공연을 마쳤
         으니 분장 지울 시간은 주시겠죠. 이제 여기의 모든 것을 지
         우고 가야 할 것이니까요.

무대 상수 쪽에 있는 감옥. 갑남과 섭섭이는 면회지를 간수에게 건네고 초조히 앉아 정필
을 기다린다.

갑남   마리아. 아버지 상을 치른 후 어느 날 밤, 그녀와 잠시 이야기
         를 나누었는데 그때 그녀의 얼굴이 기억 나. 어린 시절 그 고
         왔던 얼굴은 어디론가 사라지고 초조하고 슬픈 얼굴이었지.
         아마도 그날 밤 자술서를 쓴 모양이야.
섭섭이   어쨌든 말만 들어도 무서워 어찌 아녀자가 지아비를.
갑남   신문의 기사대로라면 그것은 내 아버지의 잘못도 없다 할 순
         없을 것이야.
섭섭이   넌 무슨 말이 그러니? 너희 아버지셨어.
갑남   어머닐 버렸던 분이지.
섭섭이   하지만 널 낳아 주셨어.
갑남   그래, 하지만 우리 어머니도 날 낳으셨어.

섭섭이   남아, 너 그런 말 하면 못써. 어쨌든 넌 아버지 때문에 세상에
         태어난 거야. 그리고 그건 천륜이야.

갑남   천륜에 매어 사는 어머니, 천륜을 버린 아버지. 두 분 다 행복
         하시진 못했어. 결국 천륜보다 더 근본적인 무엇인가가 있다
         는 말이겠지. 마리아도 아마 그걸 찾았던 건 아닐까?

섭섭이   너 정말, 쉿, 조용히 해. 니 어머니 들어오신다. 쓸데없는 말
         말고. 난 나가 있을게. 이런 곳에 온 것도 울 어머닌 모르셔.
         더구나 그런 무서운 얼굴 난 볼 수가 없어.

갑남   그래.

어머니   어, 그래 섭섭아, 고맙다. 잠시 밖에서 기다려 주련.

섭섭이   네 아주머니 천천히 말씀 나누셔요.

         말없이 둘은 앉는다. 한참 후

간수   0153번 면회요.

         이어 김정필, 죄수복으로 등장. 창살 안에 앉은 김정필은 둘을 보더니 일어나 정중히 어머
         니에게 인사한다.

정필   먼 길 오셨습니다.

어머니   앉지요.

정필   오실 줄은 몰랐습니다.

         갑남, 묵례한다.
         모두, 한동안 충격으로 말없이 앉아 있다.

정필   무엇이든 사실대로 말하지요. 물으세요.

갑남	독살이다 아니다 말들이 많아요. 무엇이 진실인지요?
어머니	조용히 해라. (침묵) 잘 가셨나요?
정필	네. 잠시 괴로우셨겠지만, 잘 가셨습니다.
어머니	그랬네요. 잘 가셨네요.
갑남	진실을 말해 주세요.
정필	진실? 진실. 글쎄 그걸 누가 알겠니? 무대 위의 심순애가 나일까? 니 아버지를 죽인 내가 나일까? 하지만 내가 무대에 서든 독약을 타 내 남편을 죽이든 그분에 대한 사랑은 변함없지. 그런 게 사랑이란다. 그런 게 진실이지.
어머니	사랑, 나는 무식한 시골 아낙이라 평생을 생각해도 알 수 없었던 그 위대한 사랑. 그것이 이것이오? 이리 서로를 죽여야 한다는 말이오?
정필	그래요. 당신은 나를 원망하겠지요. 하지만 아직도 모르는 것이 있답니다. 당신 사랑의 방식은 일방향으로 그분을 해바라기하였지만 우린 함께 사랑했고 함께 바라보았죠. 그래서 난 원도 한도 없어요. 이제 곧 우린 다시 만날 것이니까요.
어머니	그래요? 당신 사랑을 위해 그이 곁으로 간다구? 당신은 내 남편에게 가는 것이 아니라 인류를 헤친 벌로 사형을 당할 뿐이오. 당신 사랑을 미화하지 마시오. 지금의 당신은 그저 남편을 죽인 독거미. 그 이상도 이하도 아닌 것이오. 당신의 그 잘난 사랑을 죽인 것은 바로 당신이야. 지금의 당신 모습을 똑똑히 보시오. 거기 어디에 당신의 뜨겁던 사랑이 묻어 있는지. 남아, 가자. (어머니, 일어나 나간다.)
정필	아니야, 우린 서로 사랑했어. 그것이 내겐 전부이고, 그 사랑은 아직 나와 함께 있어.
갑남	내게 찾아왔던 당신의 모습은 분명 화사하고 아름다웠어요. 그런데 지금 당신의 모습은 정말이지 초라할 뿐이군요. (퇴장)

마리아	아니야, 난 사랑했어. 두렵지 않아. 우리의 사랑은 끝나지 않았어. 우리 사랑은 끝나지 않았다구.

마리아, 멍울진 눈으로 멍하니 응시하며 쓰러진다. 암전

10. 명화와 삼식

갑남	난 모르겠어, 정말이지 모르겠어. 이게 무어야? 사랑 하나에 목숨을 걸고 우리에게서 아버질 빼앗아 가더니 결국 아버지마저...
명화	일단 아무것도 생각하지 말고 좀 쉬도록 해.

삼식의 부친과 모친 등장

삼식부	여기 장명화란 사람 있소?
명화	저입니다만, 어디서 오신 분이신지...
삼식부	(말없이 노려본다.)
명화	(누구인지 알아차린 듯 고개 숙여 절하며) 아버님.
삼식부	누가 니 아버님이란 말이더냐? 난 너 같은 천한 계집을 며느리로 받아들인 적 없다. 내 너를 오늘 이리 찾은 것은 니 주제를 가르쳐 주기 위함임을 잊지 말아라. 우리 식이는 우리 길가 가문의 장손이자 독남으로 내 모든 걸 바쳐 키운 귀한 자식이다. 너도 사람이건대 우리 가문이랑 원수가 지지 않고서야 어찌하여 이런 일을 벌인단 말이냐? 니가 진정 내 자식을 생각한다면 니 도리 어찌해야 할지 니 스스로 잘 알려니와 그리할 수 없다면 나도 더 이상 구차히 이야기하지 않겠다.
명화	부족한 계집, 어찌 그것을 모르겠습니까? 단지 이미 저희 둘

의 사랑이 깊은지라 그 깊은 사랑 이제 다시 배반할 수 없는
것 또한 사람의 의리인지라...

삼식부 (명화의 뺨을 때리며)의리, 너 같은 천한 계집이 신학문을 조금
맛보았다고 지금 내 앞에서 의리를 운운하다니 이러니 집안
을 볼 수밖에. 그래 니들의 의리 때문에 무고한 아비자식 간
의 연이 끊어지고 집안에서 내침을 받을 처지에 놓인 우리 삼
식일 보아라. 그래도 니 방자한 주둥아리로 의리를 운운하며
어른을 희롱할 터이더냐? 더구나 우리 삼식인 정해 놓은 혼
처도 있다. 너 하나 들어서 도대체 우리 집안을 얼마나 쑥대
밭으로 만들 작정이더냐?

명화 아버님

삼식부 여러 소리 할 것 없다. 니가 조금이라도 인륜을 안다면 어찌
해야 할 지 스스로 알 터, 그도 저도 못한다면 난 우리 가문에
서 내 자식을 내 칠 것이며 내 죽어 흙이 되어도 그놈을 보지
않을 터이다. 그리고 너 같은 미천한 것들을 어찌 다스려야
좋을지는 내 이미 잘 알고 있는 터. 너 하나 능욕하는 것은 내
게 어려운 것이 아니야. 단지 인정을 생각해 너를 찾아왔더니
무어 의리! 그래, 이제 너 좋도록 하여라. 삼식일 부자간의 연
을 끊은 놈으로 만들고 너마저 거리의 계집으로 전락하든지
아니면 그나마 인간다운 처사로 동정을 받든지. 갑시다.

삼식모 (부친이 나가자) 저 어른은 절대 말을 바꿀 분이 아니시다. 나
또한 지아비의 명을 어기면서까지 너희를 용납할 생각이 없
다. 이제 니 처신이 우리 삼식이를 죽일 수도 살릴 수도 있다.
제발 내 아들을 돌려다오. 너만 아니면 우린 아무 문제가 없
다. (돈을 꺼내 주며) 제발 내 아들에게서 물러나 다오. 네 정녕
내 아들을 사랑한다면 우리 아들을 위하는 길을 알 것이라 생
각한다. (퇴장)

갑남	정말 너무들 하시는구나. 어찌하면 이렇게까지 하실 수가 있니? 어찌하면 이러실 수가 있느냔 말이다. 도대체 삼식 씨는 어딜 간 게야? 나타나 무어라 말이라도 있어야 할 게 아니니?
명화	남아, 그러지 마. 그분이 오늘의 이 일을 짐작이나 하구 계시겠니? 그리구 말인 즉은 틀린 말이 아니지 않니? 그동안 내가 분수도 모르고 너무나 높은 곳을 바라보았던가 봐.
갑남	무슨 소리야? 왜 그런 바보 같은 소리를 하는 것이야? 이것이 어데 삼식 씨가 싫다는데 너 혼자 하여 온 일이니? 일단 삼식 씨를 만나고 볼 일이야. 그다음에 무언가 결정해도 늦지 않아.
명화	처음부터 걱정하던 일이 벌어지고 만 거야. 하지만 남아, 난 나만을 생각할 수가 없어. 그러기엔 이미 나보다 그분을 더 사랑하는걸. 이제 내 사랑이 헛되지 않다는 것을 증명해 보일 테야.
갑남	그래, 잘 생각했어. 너의 사랑을 증명해 어른들의 마음을 돌려.
명화	내 동무, 남아. 넌 만난 진 얼마 되지 않았어도 나랑 가장 마음 통하는 참동무였어.
갑남	갑자기 그런 말은 왜 하는 거니?
명화	그러니 가서 내 말을 삼식 씨에게 전해 줘. 내가 여기서 기다린다고 이 명화를 보러 오시기를 기다린다고.
갑남	염려 마. 내 얼른 다녀올게. 너 절대 이상한 생각하면 안 된다. 한걸음에 삼식 씨를 모시고 올게. 오늘이 문학모임 있는 날이니 모두 명동에 있을 게야. 내 얼른 다녀올게. (일어나 나가며 한 번 명화를 돌아본다. 명화, 힘없이 웃어 보인다.)
명화	내 마음 알죠. 나는 삼식 씨 당신이 부자라서 대학생이라서 당신을 사모한 것이 아닙니다. 세상은 내가 기생이라, 가진 것 없는 계집이라, 나를 욕할지 몰라도, 당신만은 내 진심을 알고 계실 것이기에 두렵지 않습니다. 오로지 두려운 것은 나

의 사랑으로 인해 당신이 불행해지는 것뿐입니다. 이제 이 명화 당신을 위해 나의 사랑을 위해 당신 곁을 떠나야 할 것입니다. 당신을 떠나 갈 곳은 내게 있어 단 한 곳밖엔 없지요. 그러나 울지 마셔요. 이 시대는 나의 사랑을 결국 비극으로 만들어 버렸지만, 저의 사랑만은 영원히 변치 않을 것이니까요. 사랑했습니다.

장면이 바뀌면 상하수에 명화와 삼식 나란히 거리를 두고 따로 조명을 받고 있다.

삼식   (상수에 서서) 사랑하는 것을 어찌하란 말입니까? 부모님의 말씀을 따르고 싶지 않아 이런 것이 아니고 이미 시작되어 버린 것을 어찌하란 말입니까? 새로운 문명을 배우라 하셨던 가르침대로 새 세상으로 나아가 보니 새로운 사상과 새로운 사람들이 즐비하였습니다. 그곳에서 영혼을 나눌 수 있는 새로운 사랑을 만나 버린 것을 어찌하란 말입니까? 이것을 철없는 한때의 장난으로 치부해 버리신다면 저는 그것만은 인정할 수가 없습니다. 그리하여 부모님 뜻대로 정해 버리신 여자와 평생을 산다면 그것은 정말 지독한 아이러니 아니겠습니까?

명화   나 장명화. 기생 강명화의 아름다운 사랑을 본받고자 이렇게 개명하여 장명화로 살았지요. 그리곤 이제 그 이름값으로 사랑하는 이를 위해 이렇게 가지만 난 후회하지 않아요. (기침) 삼식 씨 내 사랑. 내 하나뿐인 사랑. 당신을 사랑합니다.

삼식   내 가는 곳에 그대 따르겠다 약속했듯이 나 역시 그대 가는 곳을 어찌 아니 따르리. 이 세상 모두를 통틀어 유일한 나의 진실, 그것은 나의 당신 그대 장명화뿐이오. (울며 다가가자 명화 쓰러지려 하고, 이에 명화를 안아 일으킨다.) 그대를 외롭게 하지 않으리니 그대 아직 온기를 잃지 않은 입술에 내 사랑을 전하오. (키스한다.) 자, 이제 갑시다. 우리의 낙원으로.

장면이 바뀌면 무대 정면에 갑남과 자영이 서 있다. 그리고 뒤쪽으로 삼식과 명화가 서로 행복한 얼굴로 서 있다.

삼식   그대, 내 우정과 사상을 나눈 친구. 그리고 그대의 연인 갑남 씨. 이미 내 죽음을 알고 있을지 모르겠으나 우리를 보아 주시오.

갑남   (사진 한 장을 주으며) 세상에. 명화와 함께 죽기 전 사진을 찍었어요.

자영   여기 편지도 있소.

삼식   우리의 얼굴을 기억해 주시오. 나 길삼식은 이 세상의 오직 하나 장명화를 만나 사랑하였고, 행복하였소. 이제 우리는 하나가 되어 신생을 시작할 것이오. 믿어 주시오. 난 지금 행복하오. 그리고 그대들, 사랑하시오. 둘의 아름다운 인연이 우리의 한을 푸는 실타래가 되게 해 주오. 부디 오래도록 행복하여 우리의 사랑 또한 함께 이야기해 주오. 지상에서의 마지막 길삼식과 장명화. (둘은 행복하게 서로를 바라보다 안는다.)

갑남   명화야, 삼식 씨. (자영에게 안겨 운다.)

11. 이별

바람 부는 벤치에 갑남 앉아 있다. 천천히 바바리를 입은 노자영 들어와 옆에 앉는다. 얼굴 표정 없이 앉은 갑남을 자영, 힘주어 안는다. 그러나 뿌리치는 갑남. 노자영, 망설이다 입을 연다.

자영	어제는 어찌하여 명동엘 오지 않으셨소. 자자, 힘을 내요. 그들의 부탁이지 않소. 못다한 사랑이 잊혀지지 않도록 우리는 우리의 몫으로 그들을 오랫동안 기억합시다.
갑남	(조소하듯) 모르겠군요. 무엇이 사랑이죠?
자영	자, 자 지금은 그런 생각 도움이 안 돼요.
갑남	왜 모두들 목숨 걸고 한 사랑이 이렇게 끝나 버리는 거죠. 어머니는 사랑으로 죽은 삶을 살고, 사랑만이 최고였던 마리아는 아버지를 죽이고, 평생 새로운 사랑 찾기에만 골몰한 아버지는 그녀에게 살해당하고, 이 시대의 로미오와 줄리엣이 되어버린 삼식 씨와 명화는 젊은 날 스스로 목숨을 끊어 버리고, 그리고 당신은 당신은. 정말이지 내가 생각한 경성의 신생은 이런 것이 아니었어요. 이젠 정말이지 무엇이 무엇인지 아무 것도 모르겠어요. 사랑이 이 시대의 리얼이라면, 사랑의 결말 또한 이 시대의 리얼 아닌가요? 그러면 결국 이 시대 사랑의 결말은 모두 이리 비극적일 수밖엔 없단 말인가요? 정말이지 혼란스러워 아무것도 알 수가 없어.
자영	나를 보시오. 나 노자영, 그대를 처음 보았을 적부터 그대를 사랑하는 마음을 숨길 수 없었소. 그러나 나같이 가진 것 없는 사람이 당신 같은 이를 욕심낸다는 것은 당신을 무시하는 처사가 아니겠소. 그리고 사실 난 부모님의 강요에 의한 것이지만 시골에 처가 있소. 아무리 그녀에게 내 마음이 없다고, 어찌 결혼한 몸으로 그대를 욕심낼 수 있었겠소. 하지만 길 군과 명화 씨의 죽음이 헛된 것만은 아니었소. 나에게 당신을 향할 용기를 준 것이기 때문이오. 이제까지 세상을 향해 무엇 하나 제대로 이룬 것 없는 이 노자영이 이제 당신의 사랑을 구하는 것으로 세상과 당당히 맞서 볼 생각이오. 그대 내 진심을 받아주겠소?

| 갑남 | 우린 언제나 엇갈린 운명놀음만 하게 되는군요. 내가 바라보면 당신은 다른 곳을 보고 계시고 당신이 말을 하려 할 땐 내가 듣질 못하고 그리고 이제... 아녀자가 할 소리인지는 몰라도 저 역시 선생님을 뵈면서부터 선생님과의 인연을 원했어요. 모두들 사랑으로 지쳐 가고 죽어가도 당신을 향한 내 마음은 변치 않았어요. 하지만 선생님은 나를 두고 장난을 치셨더군요. (품에서 편지를 꺼내 건네며) 어제 명동에서 당신을 기다릴 때 당신께 온 편지라며 옥여사님이 건네주더군요. 주소는 당신 고향인데 보내는 이가 여자의 이름이더군요. 그래선 안 되지만 펼쳐 볼 수밖에. 당신을 절절히 걱정하는 당신의 고향, 아내이더군요. 네. 우린 여기까지여요. 시대를 앞서가는 당신의 글은 이 시대의 리얼리즘이었지만, 당신은 이제 더 이상 내게 리얼이 아니어요. |

자영 말하려 했었소. 하지만 당신의 어머니를 생각하는 당신을 보며 용기를 낼 수 없었소.

갑남 그럴 수 있었겠죠. 어쩌면 당신이 처음 내게 그 사실을 솔직히 고백해 주었다면 내가 그동안 그렇게 힘들게 당신을 바라보지 않아도 되었을 거예요. 당신은 당신이 유부남이라는 사실 하나에 마음 졸였는지 몰라도, 난, 난 당신의 그 망설임 속에서 당신을 그리워하며 우리의 미래를 상상하고 당신만을 바라보며 마음을 태웠죠. 아쉽지만 여기까지가 우리의 이야기입니다. 어머니, 마리아, 아버지 그리고 명화와 삼식 씨 그 모두의 이야기가 우리 사랑의 끝을 보여 주는 꼴이 되었군요. (자영, 갑남을 붙잡으려 하나 뒤로 물러서며) 그만, 그만해요. 이제 그만. 스스로 사랑을 선택할 수 있는 자유연애는 더 이상 해피엔딩이 아니라는 사실을 알아 버렸어요. 그렇기에 아름다운 사랑 소설을 적어 보겠다는 내 꿈도, 당신을 향하던 낸 눈빛도 이젠 아무 의미가 없는 것이 되어 버렸죠. 아무 말 말고 우리 이대로 헤어져요. 세상은 우리의 사랑을 그냥 놔두지 않을 거여요. 저는 이제 그만 경성을 떠날 것입니다. 경성에 없는 이 갑남이를 잊어 주시길 바랍니다. (갑남, 퇴장)

12. 사랑의 불꽃

무대의 이중구조를 이용한다. 앞쪽에선 갑남, 뒤쪽으로 다른 배우들이 탑으로 하나 둘 켜지며 갑남의 상념을 돕는다. 마리아, 아버지, 어머니 그리고 명화와 삼식 무대에 등장한다. 그들은 사랑의 희노애락을 몸짓으로 보인다. 격렬한 움직임 뒤에 음악 분위기 바뀌며 삼식 등장한다. 그는 실루엣으로 등장하여 가만히 서 있다. 그의 곁으로 갑남이 다가간다. 그들은 손을 잡으려 한다. 그러나 무리들은 그들을 갈라놓는다. (군무로 표현) 갑남, 엎드려 고함을 지르면 잠시 암전 후 모두 사라지고 갑남, 꿈에서 깨어나 헉헉댄다.

어머니   정녕 어인 일이니? 경성을 다녀온 뒤로 통 말도 없고, 그 좋아하던 글을 적나, 책을 보나, 아휴 정말. 이 땀은 웬 말이니? 또 악몽을 꾼 거야? 괜찮아. 괜찮아. (남이를 안아주며) 다 괜찮아질 거야.

갑남   어머니 (울음은 서서히 통곡이 된다.) 어머니 아아 어머니.

암전

싸늘한 겨울. 갑남, 마당에 앉아 차를 마시며 먼 곳을 바라보고 있다. 말이 없다.

어머니   (들어오며 딸을 보고 한숨을 짓다가) 남아, 오후엔 동치미 국수해 볼까? 너 겨울만 되면 먹고 싶다고 노래를 했잖니?

갑남   ...네? 네. 어머니.

집배원	(들어오며) 갑남아.
갑남	어, 아저씨. 어서 오셔요.
집배원	한동안 이 집엔 서신이 없어 내 할 일이 없더니 오늘 오랜만에 네게 소포가 왔구나.
어머니	(들어오며) 아휴, 오셨어요. 오랜만이어요.
집배원	아, 그러게요. 우리 남이가 보내는 서신이 없으니 통 볼 일이 없더니 오늘 경성서 소포가 왔군요. 남아, 도장 좀 주어야겠다.
갑남	경성, 아, 네.
집배원	무슨 책인 것 같은데, 여기 있다. 그럼 있거라.(퇴장)
갑남	예, 가셔요. (잠시 망설이다 소포 속에서 소설 〈사랑의 불꽃〉을 발견한다.) 아니, 〈사랑의 불꽃〉? 작가 노자영. 자영 씨가 소설책을 출판했구나.
어머니	아이고 경성서 왔다구, 누구냐? 어, 여기 편지도 있구나.
갑남	(애써 표정을 감추며) 노자여... 아니어요, 어머니. 제 친구에게서 온 것이네요.
어머니	어, 그러니? 아이고 내 정신 좀 봐. 국수를 삶는다 해 놓구선. (급히 부엌으로 들어간다.)

마당엔 약하게 눈이 쏟아지고 갑남은 책을 꺼내 들며 그 속의 편지 한 통을 꺼내 읽는다. 이때 자연스럽게 무대로 노자영이 여행객 차림으로 나와 그녀에게 편지의 내용을 말로 대신한다.

자영	그대 이 글을 읽고 나를 용서하시오. 처음 당신과 편지를 주고받게 되며 나는 새로 생긴 우편국에게조차 그 감사의 말을 잊지 않았소. 그러나 당신이 그러했던 것처럼 너무나 조심스러웠던 나는 당신에게 다가가는 것이 두렵고 떨리기만 하였소. 명동다방에서 당신을 처음 보았을 때 나는 당신의 눈빛을

보고 우리의 인연을 짐작했지요. 당신이 겪었을 무수한 많은 사건들과 죽음을 통해 당신은 경성을, 친구를, 우정을, 꿈을, 그리고 사랑을 잃었을 것이오. 거기에 뜬금없는 나의 고백으로 당신의 가슴은 더욱 힘들었을 것이오.

하지만 당신이 고향으로 내려간 뒤 생각하여 보았소. 내게 책을 출판하라는 것도 당신이 준 용기가 아니겠소. 그런데 결국 당신은 내게 당신의 용기를 던져 버리곤 자신은 몸을 감추어 버렸더군요. 그래 내 이제 당신을 그 어둠의 동굴 속에서 끄집어낼 생각이오. 다른 것 말고 우리만 한 번 더 생각해 봅시다. 난, 사랑 없는 내 결혼 생활에 종지부를 찍었소. 그리고 이렇게 책을 출판했소. 내 마음을 담았던 첫 원고를 세상을 향해 보인 것이오. 그리고 이제 당신에게 갈 것이오. 그리하여 당신에게 배운 용기로 당신을 일으킬 것이오.

우리의 사랑이 행복할지 비극일진 솔직히 나도 모르겠소. 하지만 시작도 않은 채 주저앉는다면 그것은 이 세상에서 가장 재미없는 이야기가 될 것이오. 이제 내가 이 편지를 부치고, 그대가 받을 즈음엔 내가 당신 고향 기차역에 다다르고 있을 것이오. 그렇기에 이제 이 편지는 다시 시작될 것이오. 아직도 세상은 사랑의 불꽃이 여전히 타오르고 있지 않소. 우리 기차역에서 만나 우리의 인생을 다시 이야기 해 봅시다. 내가 지금 당신에게로 가고 있소. 당신의 자영.

갑남, 흐느낀다.

그 위로 음악 흐르면서 눈 쏟아져 내린다.

암전

막

로딩하는 여자

그건 아니죠.
전 당신의 그 말은 전적으로 옳지 않다고 생각해요.
자, 오른손. 보세요. 다들 들잖아요.
그러니까 우린 완전히 신뢰를 하고 있다구요.
신뢰란 그런 거죠.

등장인물

이여자

그여자

저여자

목소리

무대는 비어 있다. 중앙 뒤쪽에는 냉장고가 하나 있을 뿐이다. 공연은 시작되었다. 그러나 무대엔 아무런 변화도 없다. 조명의 다급한 변화로 공연의 시작을 재촉한다. 음악으로 표현해도 좋다. 바닥엔 앵글로 사용될 장치들이 어지럽게 널려 있다.

목소리   아, 안녕하십니까? 늦어서 죄송합니다. 공연시간이 다 되었는데 갑자기 배우 한 명이 똥 싸고 있는 중이라 나올 수가 없다네요. 조금만 기다려 주십시오. 네 감사합니다. 기다리는 동안 잠시 공연 홍보 조금 하겠습니다. 우리 공연 〈로딩하는 여자〉는 부산문학펼쳐보기 프로젝트로 진행되고 있습니다. 소설가 최은순의 「로딩하는 여자」를 희곡으로 재해석해 주제 공유를 한 작품입니다. 연극 〈로딩하는 여자〉는 무대를 통해 봐 주시고, 소설 「로딩하는 여자」는 이 팸플릿에 수록되어 있으니 팸플릿을 이용해 주시면 감사하겠습니다. 아 드디어 저기 오는군요. 헉, 손은 안 씻은 모양인데, 그대로 공연에 들어가려는 모양입니다. 뭐 어쩔 수 없죠. 냄새가 나진 않겠죠? 악수만 안 하면 되는 것 아니겠습니까? 어쨌든 시작합니다. 우리는 지금 로딩하는 여자를 기다리고 있습니다. 우리는 지금 로딩하는 여자를 보고 있습니다. 우리는 지금 로딩하는 여자입니다. 그럼 로딩하는 여자를 볼까요? 박수 부탁드립니다. 아, 전화기! 전원 켜고 계신 분 안 됩니다. 여기선 아무것도 로딩되지 않아요. 전원을 꺼 주세요. 안 되겠군요. 아직도 끄지 않은 분이 있네요. 다 보여요. 도대체 왜 이렇게 단합이 안 되는 거죠? 그럼 안 되죠. 하나가 중요해요. 한마음. 다 같은 마음으로 정갈히 깔끔히 일심단결해서 관극하는 것이 관객의 도리가 아닐까요? 음, 도저히 지나칠 수가 없군요. 간단히 여러분의 단합을 돕고 들어가도록 하겠어요. 제가 지금부터 오른손 하면 여러분은 다 같이 오른손을 드는 겁니다. 아시겠죠? 그리고 왼손 하면 왼손을 드는 겁니다. 됐나요? 못 믿겠어요. 실험을 해 보죠. 오른손. 왼손. 다시 한 번 오른손. 왼손. 뭐 완벽하게 마음에 드는 건 아니지만, 일단 공연을 해야 하니 이 정도로 하죠. 잊지 마세요. 오른손, 왼손. 누가 물어도 우린 한 팀이에요. 하나 된 마음으로 따라 주셔야겠죠. 신뢰가 중요한 겁니다. 그럼 진짜 가겠습니다. 지금은 로딩 중. 로딩하는 여자.

음악

다시 조명이 밝으면 무대, 비어 있다. 냉장고 문이 열린다. (끼익 소리) 책 한 권 던져진다. 갑자기 음악, 전환되고 이여자 나온다. 무대 위의 모양들을 보고 마뜩잖아 하는 모습을 보인 후 다시 냉장고 안으로 들어간다. 장갑을 끼고 다시 나오면 저여자 따라 나오며 물건들을 꺼낸다. 저여자가 도움을 청한다.

저여자   (눈짓으로 도움을 요청한다.)

이여자   미안해요. 그건 제 일이 아니예요.

다시 이여자는 정돈을 하고, 저여자는 힘겹게 일을 처리한다. 마지막엔 이여자 냉장고 안으로 다시 들어갔다 곰인형 하나 들고 나온다. 눈알이 뽑혀 있다. 다시 그것을 박아 넣는다. 저여자 백을 들고 나와 앉아 화장한다. 이후 그여자 고상히 트렁크를 끌고 냉장고를 통해 나온다. 이후 프레임을 맞춘다. 이여자는 막대를 구조별로 놓는다. 그여자는 파이프를 끼운다. 저여자는 프레임을 세운다. 역시 저여자가 도움을 청한다.

이여자   미안해요. 그건 제 일이 아니에요.

세 개의 프레임이 세워지면 자기 앞으로 세워 액자를 만들어 그 안에서 세 명의 포즈를 만들어낸다. 이후 이여자 치워 두었던 테이블 위의 책을 펼친다. 책 표지는 〈로딩〉이라고 적혀 있다. 여자는 심기 불편한 소리를 내며 책을 읽는 듯 자세를 취한다. 책을 꺼낼 즈음 그여자, 같은 동작으로 트렁크에서 책을 꺼내 든다. 책 표지에는 〈하는〉이라고 적혀 있다. 그 사이 저여자는 택배 상자 속의 책을 꺼내 든다. 〈여자〉다. 셋이 포즈를 잡고 책을 읽는다. 셋이 한 음절씩 읽어 나가지만 괴상한 소리로 들리도록 한다.

이여자	여
그여자	자
저여자	는
이여자	열
그여자	십
저여자	자
이여자	모
그여자	양
저여자	의
이여자	네
그여자	개
저여자	의
이여자	지
그여자	역
저여자	구
이여자	로
그여자	향
저여자	하
이여자	는
그여자	팔
저여자	차

이여자	선
그여자	도
저여자	로
이여자	앞
그여자	횡
저여자	단
이여자	보
그여자	도
저여자	에
이여자	서
그여자	서
저여자	신
이여자	호
그여자	를
저여자	기
이여자	다
그여자	리
저여자	고
이여자	있
그여자	다.

잠시 후

이여자	뭐지?
그여자	뭐지?
저여자	아 뭐냐구?

멈춘 뒤 음악이 나오고 다시 자신의 프레임을 이동한다. 이여자의 프레임은 상수 앞쪽으로, 그여자와 저여자는 트렁크를 끌고 상수 뒤쪽으로 가 뒤돌아서서 정지한다. 저여자 시계를 본 후 급히 냉장고 안으로 들어가고. 이여자 냉장고 문을 잡고 선 채 정지 동작을 취한다.

차임벨이 울린다.

이여자	(독백조로 이야기한다.) 뭐? 하하 그렇게 갑자기 들이대면 누가 좋아하니? 니 신랑은 좋아하디? 뭐든 살살 다뤄야지.
그여자	(돌아서 웃음을 터뜨리며) 아 그랬구나. 나도 그러려구 했지. 근데 왜 나만 잘 안 되는 거지?
이여자	다 종류가 있지. 종류별로 방법도 다양히 써야지.
그여자	꼭 그런 건 아냐.
이여자	아니 종류별로 다 그만의 순서가 있지.
그여자	응? 어떻게?
이여자	처음에 바로 들이대면 안 돼. 뭐든 워밍업이 필요하잖아. 우선 흠뻑 적셔 줘.
그여자	난 내키지 않아.
이여자	그리군 천천히 어루만져 주는 거지. 물론 계속 그 짓만 할 순 없어. 방향도 바꾸고, 속도도 바꾸고 흐흐.
그여자	됐어. 근데 너무한 건 아니겠지.
이여자	아냐, 그렇지 않으면 만족이 안 될걸. 그러다 최고 절정의 속도엔 사정없이 마구 힘차게, 빙글빙글. 그리곤 방출. 간단하잖아.
그여자	어떻게 벌건 대낮에 그런 말을.
이여자	어떡하긴 뭘 어떡해? 그다음엔 탈수하고 문 열고 빨래 꺼내 탈탈 털어 널면 되지. 아니아니 요즘은 코스별 버튼이 있어서 하나만 누르면 처음부터 끝까지 다 돼. 나이가 몇인데 아

직 세탁기도 안 돌려 봤니? 야야 빨래 색깔별로 하는 건 알

지? 여보세요? 여보세요? 이년이 말도 안 끝났는데 전화를

끊어.

그여자   알았어. 그놈에겐 내가 직접 할게. 고마워.

대사가 끝나면 둘 정지 동작을 펼쳐 보인다. 이여자는 앉아서 정면을 향해, 그여자는 뒤

돌아서서 잠을 잔다. 그러는 사이 이여자는 곰돌이 눈알 박기를 한다. 이후 목소리가 들

린다.

목소리   여자는 열십자 모양의 네 개의 지역구로 향하는 팔차선 도로

앞 횡단보도에 서서 신호를 기다리고 있다. 자신의 몸을 관통

할 듯한 경보음을 울리며 달리는 차에 흠칫 놀라며 뒤로 물

러선다. 여자의 시선은 파도에 휩쓸리 듯 몰아쳐 가는 차들의

흐름을 쫓기도 하고 지하철과 인근에 있는 시장, 회사에 출근

하기 위해 오가는 사람들을 향하기도 한다. 순식간에 사라지

는 차들과 사람들. 그러다 여자는 도로 가장자리에 빼곡히 들

어선 빌딩들을 올려다본다. 삼성생명 대한투자신탁 외환은행

한국감정공단 종합 메디컬센타...

그여자는 놀라 깬 후 위 대사에 맞춰 거리 한가운데서 길을 찾는 연기를 펼친다. 책의

내용 속에서 이여자와 그여자는 둘 다 똑같이 움직인다. 처음엔 멍하니 바라보고 있

다가.

1. 손가락 두드리기

2. 커피 마시기

3. 이-냉장고를 향해 가기, 그-여기저기 헤매다 다시 돌아오기

5. 이-TV 켜기, 그-전화 보기

6. 이-채널 돌리기, 그-전화기 만지기

7. 이-웃기, 그-울기

순서와 시작 포인트는 같으나 표현은 각자 다르다. 위 동작은 목소리와 같은 속도로 진행된다. 그러다 이여자는 코를 곤다. 그여자는 이여자 옆으로 나와 자연스럽게 이야기를 시작한다.

그여자   램(REM). Rapid Eye Movement. 램수면상태란 사람의 수면 단계 중 꿈을 꾸는 단계를 말하는데 눈이 빠르게 움직이는 상태를 동반하죠. 사실 이런 램수면상태와 깨어 있는 각성 상태의 뇌의 활동에는 큰 차이가 없다는 보고도 있죠. 그러나 몸상태, 즉 의식상태와 근육상태는 매우 다르다는 사실 또한 사실이죠. 신경세포 속에 있는 신경전달물질 중에는 잠이 들 때 활성이 달라지는 화학 물질들이 있는데, 세로토닌, 노르에피네프린, 그리고 히스타민 등이 있죠. 지겔은 이 세 화학물질이 수면과 어떤 관계가 있는지 알아보기 위해 발작성 수면증에 걸린 개를 이용해 실험을 했죠. 발작성 수면증이란, 종일 과도한 잠기운에 시달리다가 갑자기 잠이 들기도 하고, 잠에서 깨어 있는데도 몸을 움직일 수 없기도 한 병입니다. 이 중 후자처럼 각성 상태의 의식 수준이면서도 근육상태는 램수면상태와 같아 몸을 마음대로 움직일 수 없는 경우를 카타플렉시 상태에 있다고 합니다. 지겔은 각각 각성, 램, 카타플렉시 상태에 있을 때 뇌세포를 비교하는 방식으로 실험을 진행했죠. 특히 앞서 말한 세 화학물질을 분비하는 세포 중심으로 말이죠. 그 결과 각성 상태일 때는 세 세포 모두 활발하게 활동했고, 램수면 상태에서는 세 세포들의 활동이 중지되거나 크게 약화되었죠. 그런데 카타플렉시 상태일 때는 세로토닌과 노르에피네프린을 분비하는 세포들이 램수면상태처럼 거의 활동이 없었으나, 히스타민을 분비하는 세포는 각성 상태처럼 활발한 활동을 했다고 해요. 이것으로 우리는 의식 상태의 차이는 히스타민과 관계가 있다는 것을 알게 됐죠. 그 결과 우리의 의식에는 히스타민이 중요한 역할을 하고 있으며, 히스타민의 분비가 줄면 잠에 빠져들게 되는 거죠. 따라서 이 상황에서 잠이 온다면 그건 항히스타민제를 복용했을 가능성이 매우 높으며 항히스타민제는 주로 알레르기 치료제로 쓰이는데, 이때 체내에 알레르기 성분이 나오면 히스타민이 분비되어 재채기, 콧물 등을 유발하죠. 그러니 그걸 막으려고 항히스타민제인 알레르기 약을 복용했다면 잠이 올 수밖에 없는 거죠.

이여자   (잠에서 깨려는 듯) 에취.

그여자, 상수로 가서 트렁크를 열어 다른 모자로 바꿔 쓴다. 썼던 모자는 벽에 건다. 그러는 사이 이여자는 다시 일어난다. 커피를 마신다. 그여자가 자가온다. 이여자가 마주선다. 이후 이여자가 자신의 프레임으로 문을 만든다.

이여자   안녕하세요?

그여자   안녕하세요.

이여자   (놀라지만 침착하게) 잘 지냈어요?

그여자   잘 지냈어요.

이여자   그런데 어떻게.

그여자   이사 왔어요. 4444호. 여기로 가 봐야 한다더군요.

이여자   아, 그러시구나. 하지만 당신이 단지 우리 아파트에 이사 왔다는 것만으로 우리 집에 초대하긴 좀 그런데.

그여자   전 당신 집엔 절대 가지 않을 생각입니다. 누군지도 모르는 당신 집에 갈 이유가 없죠.

이여자   그건 아니죠. 전 당신의 그 말은 전적으로 옳지 않다고 생각해요. 왜냐하면 제가 방금 여기 있는 이분들과 함께 이야기를 하고 있었는데요, 우린 한민족. 그러니까 우린 모두 하나죠, (객석을 향해) 자, 오른손. 보세요. 다들 들잖아요. 그러니까 우린 완전히 신뢰를 하고 있다구요. 신뢰란 그런 거죠.

그여자   그럼 전 당신을 신뢰하지 않나 보죠. 간단하네요.

이여자   아니죠. 그 점은 그렇게 말할 수가 없답니다. 우리 미치구 환장동 지랄아파트는 그런 거 없기로 했죠. 왜냐면 완벽히 신뢰할 만한 사람들이 사는 곳이니까요. 동네를 둘러보셨다면 아시겠지만, 저희 아파트는 도둑, 강도, 살인, 강간으로부터 안전한 곳이죠. 그것 때문에 집값도 얼마나 올랐는지 몰라요. 이제 입주하셔서 정신없으시겠지만 사실 이 아파트로 이사 오실 때 그 정도 정보는 알아보신 것 아닌가요?

그여자   뭐 그런 셈이죠. 안전하다고는 하더라구요.

이여자   그렇죠. 그것 때문에 이 아파트를 결정하게 되었다고 해도 과언은 아니죠?

그여자   뭐 그런 셈이죠.

이여자   그것 보세요. 안전, 평화는 우리들이 요구하는 지상의 마지막 주제라구요. 그런 안전과 평화는 신뢰에서부터 나오죠.

그여자   실례합니다, 실례? 아니면 믿음 신뢰 할 때 신뢰?

이여자   내가 (관객에게 다가가 가방을 뺏어 들며) 이렇게 다가가도 놀라지 않는, 다시 말해 서로를 완전히 믿는 신뢰. (관객에게) 안 가져가요. 내가 이렇게 껴안아도 전혀 놀라지 않는 신뢰. (역시 관객에게) 감사해요. (관객과 악수한다.) 괜찮죠. 그런 신뢰가 있어야 한다는 거죠. 봤죠? 믿어요. 그러니까 당신은 이 아파트의 주민인 저를 믿음으로써 우리 아파트 전체 주민을 믿

는다는 신뢰를 보여 주는 것이고, 그 신뢰가 아파트 주민전체
에게 받아들여질 때 이 아파트는 다시 안전한 아파트 최고의
아파트가 될 수 있는 것이죠.

그여자   그런가요?

이여자   그럼 이 아파트 주민 전체를 못 믿는다는 건가요?

그여자   그건 아니지만...

이여자   그럼 됐어요. 아파트 주민을 못 믿는 게 아니라면 아파트 주
민을 믿는다는 거죠.

그여자   그렇게 되나요?

이여자   그럼 아파트를 믿기 위해 저를 믿어야겠죠?

그여자   말의 순서는 그렇게 흘러가야겠군요.

이여자   그럼 이제 저를 믿고 저의 초대에 정중히 인사하며 저희 집으
로 오실 수 있겠군요. (안으로 인도한다.)

그여자   네. 저는 물론 당신을 믿고 아파트 주민을 믿으니까, 그리고
이 아파트의 안전과 평화를 위하니까 당연히 당신 집으로 흔
쾌히 기꺼이 즐거운 마음으로 들어갈 겁니다.

이여자   (들어온 후 프레임을 다시 하수로 옮겨 세우고 그걸 보고 불안해
하는 그여자에게) 그런데 뭐 이상한 것을 갖고 있거나 하지는
않겠죠?

그여자   이상한 거라면?

이여자   거 왜 망치라든가? 칼, 톱, 가위!

그여자   제가 어째서 당신에게 그런 의심을 받아야 하는 거죠? 방금
전까지 믿음에 대해 그렇게 이야기를 늘어놓고는, 지금 절 못
믿겠다는 건가요?

이여자   그건 이야기가 다르죠. 말인 즉은 제가 이 아파트의 안전을
책임지는 반장이라는 것에 있죠. 저는 누군가를 의심하는 것
에서부터 이 아파트의 안전을 지키는 거죠.

그여자	의심하는 것으로 믿음을 얻는다는 건가요?
이여자	그렇죠. 이해력이 있네요. 대학 어디 나왔어요?
그여자	서울대학교.
이여자	그럴 줄 알았어. 역시 고학력자가 이해력이 높아.
그여자	그냥 서울에 있는 대학곤데. 그럼 당신은?
이여자	나? 비슷해. (뚫어져라 보는 그여자에게) 셔~~ 대학교.
그여자	네?
이여자	못 들었으면 땡. 어쨌든 중요한 건 나로부터 시작된 의심이 나로부터 믿음이 되어 나간다는 거지.
그여자	어렵군요?
이여자	이래서 서울대는 안 된다니까? 융통성이 없어. 아 뭐 학벌로 뭐라는 건 아닙니다. 난 공평한 사람이죠. 박애주의자라고 할 수 있죠. 이리 앉죠.
그여자	아, 뭐 그러죠.
이여자	방금 커피를 내렸어요. 향이 좋을 겁니다. 우리 아파트 3333호에 사시는 박 사장님 동생의 부인의 삼촌이 직접 경영한다는 인도네시아 농장에서 긴꼬리 사향고양이의 똥구멍을 통해 얻은 와일드 아라비카 루왁 커피예요. 들어는 보셨죠?
그여자	아, 그럼요. 제가 즐겨 마시는 커피죠.
이여자	우린 서로 취향이 통하네요.
그여자	그렇네요. 결국 고양이 똥 수준이죠.
이여자	그건 아니죠. 특별히 고양이 똥만은 아닌 거죠. 다람쥐 똥 커피도 괜찮죠.
그여자	정말 그렇군요. 사회가 발달하면서 사람들의 수준은 점점 아래로 아래로...
이여자	똥이죠.

그여자	그렇죠. 똥이죠. 이러다간 지구상의 사향고양이는 물론 다람 쥐까지 죄다 똥꾸멍이 헐지도 모르겠군요.
이여자	거야 뭐 별일 아니죠. 고양이나 다람쥐가 안 되면 개나 소, 돼 지, 토끼나 거북이, 악어나 코끼리, 뱀 등도 있으니까, 뭐 많이 있죠.
그여자	뱀 똥 커피? 정말 그렇군요. 그럼 굳이 인도네시아의 한 농장 에서 죽어가는 긴꼬리 사향고양이의 눈물을 걱정할 필요는 없겠군요.
이여자	그렇죠. (커피를 음미하며 마신다.)
그여자	커피의 깊은 맛이 느껴지는군요.
이여자	그렇죠. 구수하죠.
그여자	네. 그렇군요. 깊은 맛이에요.
이여자	그럼요. 숙성되었으니까요.
그여자	숙성된 깊은 맛이어요.

둘은 서로 같은 모습으로 커피를 마신다. 둘은 서로의 모습을 응시하다 딴전을 피운다.

이때 저여자 들어온다. 손에는 여러 택배 상자들이 들려 있다.

이여자	어서 오세요.
저여자	(무어라 말하려는데)
이여자	박사장님과 아드님 배웅 갔다 오시는 길이구나. 아니, 근데 웬 택배가 이렇게 많아요? 이거 다 직접 주문하신 거예요?
저여자	으으 (도리질을 한다.)
이여자	그럴 리가요? 우리 아파트 택배기사는 그런 실수 안 하는데. 이상하네.
저여자	...
그여자	그건 그렇게 이상한 일이 아니죠. 자신이 주문을 해 놓고 기

억을 못하고 있을 수 있을 확률도 배재할 순 없으니까요.

저여자, 뚫어져라 그여자를 쳐다본다.

이여자　　이런 소개가 늦었군요. 이쪽은 3333호 박사장님 사모님이자 국제로열킹덤외국어학교에 재학 중인 박사장님의 외동아들의 모친인... 애엄마. 그리고 이쪽은 이번에 우리 아파트에 이사 오신...

그여자　　(저여자에게 손을 내밀며) 아, 고양이 똥. 안녕하세요.

저여자, 매우 불쾌한 표정을 짓는다.

이여자　　일단 인사는 해야죠.

저여자, 도래질을 한다.

이여자　　처음부터 삐그덕거리는 것도 분위기 관리상 좋을 건 없죠.

저여자, 할 수 없이 악수를 하고서는 얼른 손을 빼 자기 손수건으로 손을 닦는다.

저여자　　(신음소리를 낸다.)

이여자　　그럼 이쪽으로. (그여자와 저여자가 서로 한 의자에 앉으려 신경전을 펼친다.)

그여자와 저여자, 눈싸움 하다가 나누어 앉는다. 이후 한동안 서로 눈치를 보며 서로 침묵을 유지한다.

그여자	(갑자기 일어나) 그럼, 전 이만.
저여자	(같이 일어나 손을 내젓는다.)
이여자	아직 아무 대접도 하지 못했는데.
그여자	마셨잖아요.
이여자	그러나 식사를 하지는 않으셨잖아요.
저여자	(그렇군요. 라는 의미의 신음 소리)
그여자	저를 붙잡아 두실 건가요?
이여자	전혀. (동작은 저여자와 같이한다.)
그여자	그렇다면 전 이만.
이여자	그렇다면 어쩔 수 없죠. 하지만 그래도 소용없어요.
그여자	소용이 없다니요.
이여자	그러니까 얘기는 사필귀정이라는 거죠. 모든 일은 반드시 정해진 대로 흘러간다는 거죠.
그여자	그러니까 사필귀정이겠군요.
이여자	그렇죠.
그여자	그럼 전 이만.
이여자	그런데 가족이 혼자시더라구요?

그여자, 멈칫한다.

이여자	아니 뭐 별 뜻은 아니고, 다른 가족은 보이질 않아서.
그여자	네, 지금은.
이여자	지금은 이라뇨? 이혼? 사별? 딴 집 살림?
그여자	천박하긴. 남편이 외국에 있죠.
이여자	일단은 그렇게 말해야 편하겠죠.
그여자	아이를 데리고 함께 나가 있어요.
이여자	구닥다리 변명. 그런데 왜. (손으로 가리킨다.)

340

그여자   뭐?

이여자   이름이 뭐냐구요?

그여자   아니 왜 제 이름을 말해야 하죠?

이여자   아니 왜요? 이름이 없어요? 그럴 린 없고, 뭐 숨기고픈 게 있
          으신가?

그여자   매우 천박하시군요. 난 왜 내가 굳이 내 이름을 여기에 버려
          야 하는지 모르겠거든요.

이여자   윤리죠.

그여자   네?

이여자   인지상정. 사람이 물으면 아는 것에 관해선 최선을 다해 얘
          기해야죠. 그게 예의죠. 예를 들어 제가 이렇게 물을 수 있죠.
          1+1=

저여자   18

이여자   이것 보세요. 이렇게.

그여자   뭘 보라는 거죠?

이여자   모르겠어요? 이해력이 좀 떨어지시는군요. 참, 잘 보세요. 3
          ×6은?

저여자   18

이여자   9×2=

저여자   18

이여자   너희 집은 몇 층?

저여자   18

이여자   세상 돌아가는 꼬라지를 보면?

저여자   18

이여자   지리산 꼭대기 천왕봉에 올라서서?

저여자   18

이여자   돛대 꺼내 피워 무는데 변소에 빠져 버리면?

저여자	18
이여자	지금 같이 있는 사람 얼굴 보면? (그여자에게 다가가 선글라스를 벗긴다.)
저여자	18
그여자	으악. 그만.

모두 침묵. 그여자의 얼굴엔 상처가 나 있다.

이여자	이렇게 하죠. 신뢰를 보인다는 측면에서 저부터 희생을 하죠. 전 뼈대 있는 집안 출신이죠. 전주 이가예요. 왕족의 혈통이 흐르죠. 이여자. 제 이름이죠.
그여자	전 그여자예요.
저여자	(더듬다) 전 저여자예요.
이여자	이런 게 예의의 전형이죠.
그여자	이렇게 사시는군요.
이여자	네? 이렇게 살다뇨? 다소 무례하시군요.
그여자	무슨 말을 하시는 건지.
이여자	그러니까 사람은 한 면만 보고 판단하시면 곤란하죠. 이런 단순한 사고가 우리 사회를 병들게 한다니까요.

저여자, 소리를 지르려 한다.

이여자	괜찮아요. 이해하셔야죠. 이제 막 이사 오신 분인데. 앞으로 살다 보면 우리의 일들이 조금 늘어나겠지만 그런 희생이 전체 우리 아파트의 행복을 증진시킬 것이고, 우리 조국의 행복도 가져오겠죠. 훌륭한 어버이가 되는 거죠.
저여자	공리주의?

이여자	오케이.
저여자	최대다수의 최대행복.
이여자	난 이런 고차원적인 대화를 해야 밥맛이 돌아.
그여자	공리주의의 모순점이 여기서 드러나는군요.
이여자	모순점이라뇨?
그여자	그렇잖아요. 개인의 권리나 존엄성은 전혀 염두에 두지 않는.
이여자	그러니까 지금 그여자의 말은 고상한 삶이 싫다, 이 말이죠?
저여자	그여자?
이여자	(그여자를 가리키며) 그여자.
저여자	(응과 같은 신음 소리.)
그여자	전 그렇게 말하지 않았어요.
저여자	(일어난다. 시계를 보며 나가려 한다.)
이여자	가시게요? 이거 생각보다 문제가 심각하군요. 아무래도 반상회를 해야겠어요. (그여자를 돌아보며)댁도 오실 건가요?
그여자	뭘?
이여자	그러니까,
저여자	반상회?
그여자	아뇨, 전 그런덴 가지 않아요. 그런 건 시간 낭비일 뿐이죠.
이여자	다행이군요. 아니 댁이 오지 않는 것이 다행이라는 말은 아니어요. 그저... 그렇다는 거죠.
그여자	어쨌든 이젠 끝나겠군요.,
이여자	뭐가요?
그여자	두 분은 반상회에 가셔야 할 거고, 그럼 저 혼자 이 빈 집에 있어야 하는데, 그건 신뢰의 문제상 두 분이 불편할 거고, 두 분이 불편하면, 그건 공리주의의 입장에 반하는 것이고, 그런 입장은 두 분 다 원치 않을 것이니 인지상정에 사필귀정을 따라...

이여자   입만 살았군.

그여자   아직 죽진 않았어요.

저여자   (점점 더 큰 소리를 지르며) 으악, 시끄러. 난 몰라. 뭘 자꾸 물
          어. 난 요리가 하고 싶어. 그런데 할 줄을 몰라. 왜냐구? 해 본
          적이 없어. 가정부가 다 하니까? 난 그저 옆에서 콩나물 대가
          리를 딴다든지. 몇 번 당근을 썰어 본다든지. 그것도 얼마 못
          하지만. 난 내 요리를 하고 싶어. 처음부터 끝까지. 하나를 만
          들어 보고 싶어. 킬킬. 아무도 날 봐주지 않아. 아무도 작은 것
          엔 신경 안 써.

이여자   할머니가 빈 방에서 얼어 죽었대. 5년 뒤에 발견됐다지 아마.
          그 할머니 위장은 언제부터 비어 있었을까? 따뜻한 음식이
          먹고 싶었을 텐데.

그여자   한여름에 어린이집 봉고 안에서 어린아이 혼자 갇혀 죽었다
          지. 다 내린 줄 알고 닫아버린 차 안에서. 킬킬. 작은 창문으로
          아이스크림 한 조각만 먹을 수 있었어도.

저여자   (감정을 바꾸어) 내 눈알만 뽑아 놔도 그게 내 것인지 아는 사
          람이 있을까? 난 요리를 하고 싶어. 살아서 펄떡이는 커다란
          참치를 바다에서 건져 올려 칼등으로 때려 숨을 멈추고, 거기
          에 약간의 소금과 후추. 그거면 돼. 그리고 활활 타오르는 참
          나무 장작불에 구워 입가에 검댕이가 묻도록 통째로 뜯고 싶
          어. 요리를 하고 싶어.

이여자   (그여자에게 가서) 살다 보니 별 드러운 경우가 다 있죠?

그여자   그러게 말이에요. 이래서 사람은 ses가 중요하다구요?

이여자   ses. 바다, 유진, 슈. 우리 나인 다 알지. 아이돌의 원조인데.

그여자   socio-economic status. ses. 사회 경제적 지위.

이여자   알아요. ses. 난 단지 사회 경제적 지위의 사회적 전달 체계를
          중의적으로 해석해 약간의 코믹성을 가미한 전달을 하고자

한 것뿐이죠. 설마 나의 중의적 의사 전달의도를 의심하는 건
아니죠?

두 여자, 어깨를 으쓱해 보인다.

그여자   뭐죠? 이 난해함.

이여자   이럴 줄 알았죠. 우리 이야기가 너무 고차원적이라 단번에 이
         해하긴 좀 힘들죠. 괜찮아요. 여긴 이런 대화가 일상이죠. 그
         렇다고 너무 자책할 필요는 없어요. 다 적응이 될 거예요. 괜
         찮죠. 다 이해해요. 어휴 피곤해 보이는구나.

그여자   그렇군요. 피곤하긴 하네요.

이여자   그럼. (문으로 안내한다.)

저여자   그럼.

그여자   그럼. (인사 후 프레임을 나간다.)

각자의 프레임 안에 서서 ses가 되어 노래한다. 뒤로 ses의 〈달리기〉영상이 똑같이 보
인다.

모두   지겨운가요 힘든가요 숨이 턱까지 찼나요
         할수없죠 어차피 시작해 버린 것을
         쏟아지는 햇살 속에 입이 바싹 말라 와도
         할 수 없죠 창피하게 멈춰설 순 없으니
         단 한 가지 약속은 틀림없이 끝이 있다는 것
         끝난 뒤에 지겨울 만큼 오랫동안 쉴 수 있다는 것

저여자   ses. 달리기.

이여자   자살을 생각하며 쓴 노랫말.

그여자	1996년 윤상과 신해철의 프로젝트 앨범 노댄스에 수록된 곡이지.
이여자	자살하란 거야? 말란 거야?

음악이 흐르고 세 여자, 프레임을 이동한다. 프레임을 사이사이에 칸막이로 쓰며 그 사이에 각 세 여자가 선다. 이여자와 저여자가 프레임을 뒤로 하고 둘이 만난다. 그여자 눈을 감고 잠을 잔다.

이여자	이상해.
저여자	(그렇죠?의 몸짓)
이여자	확실히 이상해.
저여자	(확실히 그래요. 뭐 알아낸 거라도...)
이여자	일단 남편과 아들이 외국엘 갔다는군요. 걸로 봐서는 남편과 아들이 그여자의 가족이겠군요.
저여자	(그렇군요.)
이여자	그래서 지금은 혼자 있나 봐요.
저여자	(그렇겠군요. 아무래도 뭔가 수상한데.)
이여자	이름을 말하려 하지 않았잖아요.
저여자	(악수도)
이여자	역시 그렇군요.
저여자	(뭐가요?)
이여자	확실히 이상해.

프레임 속에 갇힌 그여자는 트렁크에서 하나씩 물건을 꺼낸다. 망치, 칼, 톱, 가위 등이다. 그여자, 망치로 후두를 까 먹고, 가위로 손톱을 자르고 톱으로 마무리하고 칼을 꺼내 얼굴을 비춰 본다. 이때 이여자와 저여자가 그여자를 돌아본다. 그 순간 그녀는 책을 꺼내 읽는다. 둘은 고개를 돌리다 다시 돌아본다. 그여자도 책을 놓으려다 다시 들

고 읽는다.

목소리   여자의 걸음을 멈추게 한 것은 좁은 쇼윈도를 빼곡히 채우고 있는 곰인형들이었다.

저여자   곰인형?

목소리   곰인형들은 하나같이 고슬고슬하면서도 부드러울 것 같은 원단에 리본을 매달고, 예쁘게 옷을 차려입고 있다. 다양한 크기와 색깔의 곰인형들은 언뜻 보기에는 생김새가 비슷해 보였지만 자세히 들여다보면 귀와 눈, 코와 연결된 인중과 입 모양이 모두 제각각이다. 여자는 얼굴을 쇼윈도에 더욱 가까이 가져간다. 쇼윈도에 여자의 입김이 하얗게 서린다. 양 손을 이마에 가져가 차양을 만들어 안을 유심히 들여다본다.

목소리가 책을 읽는 동안 둘은 냉장고에 들어갔다 나오며 선글라스를 준비한다. 이후 선글라스를 동시에 끼고 손가림을 해 하수에서 상수 쪽으로 눈을 돌려 그여자를 본다. 이상한 느낌이 든 그여자가 바라보자 두 여자는 천천히 일어나 그녀를 냉장고에 밀어 넣는다. 이후 두 여자는 프레임을 제자리에 갖다 놓는다. 이후 둘은 느긋하게 커피를 마신다. 냉장고 안에서 다급한 소리가 난다. 둘은 딴청을 피우고 여전히 커피를 음미한다. 소리는 점점 작아진다. 마침내 끊어진다. 둘은 냉장고에 집중하며 서서히 다가간다. 조심스럽게 문을 열자 튀어나오듯 그여자가 나온다. 의상이 바뀌어 있다. 잠옷 바람이다. 선글라스는 여전히 끼고 있다. 트렁크도 들고 있다. 여자는 이들에게 다가가려고 한다. 잠시 막은 후 저여자가 프레임을 세우고 정식으로 이여자가 손안내를 하고 그여자가 들어온다.

그여자   여기 선물을 가져왔어요.

이여자   글쎄요. 이것을 무턱대고 받아야 할지.

저여자	뭔가 바라는 게 있을지도 모르죠.
그여자	아뇨. 오히려 아무것도 바라는 게 없음을 알려 드리려구요.
저여자	모략.
그여자	전 분명히 바라는 게 없다고 말했을 텐데요. 왜 사람이 말을 하면 곧이곧대로 못 알아듣죠?
이여자	자자, 일단 앉아서 얘기합시다. 흥분에 시간만큼 약이 되는 건 없죠.
그여자	나쁘지 않은 말이군요.
이여자	통할 때도 있군요.
저여자	함정.
그여자	(앉았다 다시 일어나며) 이것 보세요.
저여자	미쳤어.
그여자	됐어요. 어차피 난 당신을 찾아온 건 아니니까. 제가 참도록 하죠. (자리에 앉는다.)
이여자	자, 다시 시작하죠. 그여잔 좀 전에 선물을 가져왔고, 이여잔 잠시 망설였죠.
저여자	권모술수.
그여자	없다구요.
이여자	제가 정리하죠. 그여자는 아무것도 바라는 게 없다고 말했어요.
그여자	네, 정확히 맞아요.
이여자	하지만 저여자의 말은 그 아무것도 바라지 않음을 바라고 있다고 말하고 있는 거죠.
저여자	지당한 말씀.
그여자	그렇게 되나요?
이여자	이제 그여자는 그럼에도 불구하고 스스로 바라지 않음을 바라고 있는 자신을 발견할 수 있겠죠.

그여자   그런가요. (털석 앉으며) 놀랍군요. 그랬다면 미안해요. 난 정
        말이지 바라는 게 없다고 말하려 했는데.

이여자   괜찮아요. 다 이해해요. 우리는 한 동네 주민이잖아요. 사
        람들은 입으로 떠들면서도 정작 자기가 무슨 말을 시부리
        는지 모를 때가 더 많죠. 우리는 그여자가 바라는 게 없다
        는 걸 알아주길 바라는 그 마음속에서 바라는 게 없다는 소
        박한 소망만은 사실일 거라는 바람을 갖게 되었죠. 그러니
        까 모든 일이 다 나쁘게 가는 것만은 아니죠. 너무 자책하
        지 말아요.

그여자   그런데 이거.

이여자   이거 (그여자의 상처를 바라보며)

그여자   이거.

이여자   이거.

저여자   쏘세지.

그여자   쏘세지예요.

이여자   이런. (열어 보려 한다.)

저여자   (막으며) 안 돼.

둘 다 처다본다.

이여자   (침을 삼키며) 음 냄새가 좋은데.

저여자   모략술수.

이여자   아무래도. (상자를 열려고 한다.)

저여자   안 돼.

놀란 이여자, 객석으로 가 상자를 열어 소시지를 확인한다.

이여자	오, 정말인데.
그여자	거 봐요. 소시지라니까요.
이여자	그렇군요.(한 입 먹는다.) 음 지대로다.
저여자	정말?
그여자	의심은 의심을 낳고 미움은 미움을 낳고.
이여자	진짜 맛있어.
저여자	진실? (혀로 핥아 먹기 시작한다.)
이여자	이런 내 정신 좀 봐. 커피 좀 드세요. 이거 정말 맛있군요.
그여자	네 전 됐어요. 자려던 참이라. 전 밤엔 커피를 마시지 않아요.
저여자	불면증?
그여자	아, 아니에요. 그런 건. 단지...
이여자	단지...
그여자	아니에요. 좀 더 드시죠.
이여자	도대체 이건 뭘로 만들었는지. 어쩜 이렇게 맛있을 수 있죠.
그여자	이웃 주민이니까요. 서로를 완전히 신뢰하는 거죠.
저여자	두말하면 잔소리.
그여자	고맙군요.
이여자	그런데 사실 오늘 이렇게 우리가 한자리에 앉게 된 것엔 이유가 있어요.
그여자	그게 뭔지 저도 궁금하군요.
이여자	사실, 그건 당신이 이사 온 4444호 때문이죠.
저여자	정확히 말하자면 4444호에 살던 사람 때문이죠.
그여자	살던 사람?
이여자	4444호는 자꾸 이상한 사람들만 들어오는 거 있죠.
그여자	이상한 사람이라면?
저여자	그 전에 살던 사람도, 그 그전에 살던 사람도 자살했죠. 그러니.

이여자	그만해요.
그여자	괜찮아요, 전 4444호에 이사 온 4444호의 주인이에요. 우리 집의 역사에 대해 알 권리가 있죠. 전 당신들을 완전히 신뢰하니까 당신들 역시 그럴 것이고, 그렇다면 저를 완전히 신뢰한다는 증거로 이전 사람들에 대해 정확히 알고 있는 모든 것을 설명해 주실 수 있으리라 생각합니다만.
저여자	안 돼.
이여자	네, 물론 우린 당신을 완전히 신뢰해요. 하지만.
그여자	이거 한 조각 더 드세요.
이여자	것도 좋은데 가만있어 봐. 이런 이야기를 맨정신에 하는 건 좀 무리거든. 괜찮으시다면 와인 한 잔 어때요? (냉장고를 열어본다.) 어머나 와인이 없구나.
그여자	(트렁크에서 와인을 꺼낸다.) 여기 있어요. 와인.
이여자	어머, 이웃을 배려하는 마음이 있으시구나.

이후 와인을 열어 빨대를 꽂고 빨아 먹는다.

저여자	사실, 명백한 팩트.
그여자	그여자, 그러니까 제가 아니고 저 이전에 우리 집에 살던 여자는 어떤 사람이었죠?
이여자	먼저 살았던 여잔 젊었어요. 대학을 갓 졸업한, 스물네 살이었죠. 남자 친구가 있었나 봐요. 근데 뭐가 문제인지 어느 날 다퉜고, 그 여잔 변사체로 발견되었죠. 경찰이 왔을 때 그 여잔 아주 예쁘게 잠옷을 입은 채 침대에 마치 잠자는 공주처럼 누워 있었다고 했어요.
저여자	산사람, 산사람처럼이라고 했어요, 경찰이.
그여자	그 남자 친구는 어떻게 되었어요?

이여자	물론 구치소에 수감 중이죠. 재판을 기다리는 중이니까. 그런데 그 총각은 아직도 자기는 범인이 아니라고 말하고 있다죠 아마. 무서워요, 요즘 아이들.
그여자	그 남자, 범인이 아닐 수도 있죠.
이여자	물론 그럴 수도 있죠. 하지만 정황상.
그여자	정황? 정말 웃기는군요. 정황이라는 단어만큼 비과학적인 단어가 있을까요?
저여자	신뢰할 수 없는 단어. (잠깐 기절하듯 잠이 든다.)
그여자	그다음은.
이여자	그다음은 혼자 사는 할머니셨는데, 베란다에서 그만 아래로. 글쎄 근데 그걸 건너편 아파트에 사는 어떤 미친놈이 동영상을 찍어 인터넷에 올리는 바람에 집값이 얼마나 떨어졌는지, 수습한다고 혼났죠. 게다가 하필이면 그때 떨어지면서 우리 집 자동차 위로 떨어졌다는 거. 차체가 좀 찌그러지긴 했지만 수리는 가능했어요. 그러나 도저히 그 차를 탈 용기가 나야 말이죠. 그냥 바꿔 버렸어요.
그여자	그 할머니는 왜.
이여자	할머니? 외로웠대요. 기가 차서.
그여자	기가 차다구요?
이여자	그렇지 않구요? 그 할머니 나이가 그때 일흔여덟이었어요. 난 도대체 이해가 안 돼요. 78년이나 살면서 중간중간 외로웠을 땐 뭐하고 이제 와서 외롭다고 죽는담? 정말 어이가 없는 일이지 않아요?
그여자	어떻게 그렇게 말할 수 있지? 78년이나 참았을 외로움에 대해선 생각해 보지 않았어?
저여자	(그여자의 말이 끝날 즈음에 일어나) 지랄발광.
그여자	(감정을 추스르고) 어쩔 수 없이 외로웠더라도 분명한 건 누구

	나 일부러 외로우려 하는 건 아니지.
이여자	당신이야말로 뭘 안다고 그런 말을 하는 거지? 내가 외로움도 모르고 지껄이고 있는 것 같아?
그여자	그렇지 않구요. 만약 외로움에 마음 아파 본 사람이라면 이렇게 말할 수는 없죠.
이여자	아니. 난 말할 수 있어. 난 할 수 있다구. 당신이 뭘 알아? 외로움? 웃기고 있네. 순진한 것들. 아무것도 모르는 것들이 주둥이만 살아선.
그여자	갑자기 왜 이래요?
저여자	아이씨 오줌 싸고 싶어. (냉장고로 들어간다.)
이여자	아니 나도 몰라. 이거 몸이 좀 이상해. 그냥 몸은 점점 굳어 가는데 정신은 멀쩡해. 이상하네. 어쨌든 생각대로 다 이야기를 해야만 할 것 같은 기분이 드네. 나 이런 여자 아닌데.
그여자	일종의 약물 복용의 효과죠.
이여자	약물?
그여자	그렇죠. 아, 안심해요. 뭐 몸에 많이 해롭거나 한 건 아니예요. 오히려 도움을 줄 수 있죠.
이여자	그럼 보약?
그여자	둔하긴.
이여자	그러지 말고 속 시원히 이야기해 봐요. (기절한다.)
그여자	발작성 수면증. 갑자기 자제할 수 없는 짧은 시간의 잠을 자는데, 이때 졸도, 마비, 환각증 등이 동반되기도 하지. 이러한 발작성 수면은 일종의 램수면상태가 불규칙적으로 일어나는 것이라 할 수 있는데 시간과 환경을 가리지 않고 갑자기 잠에 빠져드는 증상으로 잠에 빠지는 시간은 대부분 수초에서 수분 정도 되며 발작을 일으키면 깨우기가 어렵지만 깨어나면 정상인과 특별히 다르지 않지. 물론 이전의 상태를 기억하지

도 못하고.

이여자   어쩌라고.

그여자   나, 발작성 수면증이야. 그리고 난 매일 타지마를 돌려.

이여자   난 매일 인형의 눈알을 박아.

그여자   셔츠가 완성된 모습은 보지 못한 채 그저 셔츠의 왼쪽 가슴에 P자 하나를 빨간색 실로 박아 넣지. 기계가 후져서 다른 색깔 실을 한 번에 박을 수 없기 때문에 난 그저 붉은 P자만 새겨 넣을 뿐이야. 붉은 P. 뭘까? 밤을 새워 상상을 해도 그 뒷글자의 하나도 알아맞힐 수가 없어. 하루 종일 B자를 새겨 넣으면 난 어느새 붉은 P가 되지.

이여자   아무것도 없는 얼굴에 눈알을 박지. 이 곰이 웃게 될까? 울게 될까? 왜 못난이 삼형제 인형 있잖아. 그것처럼. 난 모르지. 그저 눈알을 박을 뿐. 눈알 100개를 박으면 오천 원을 받지. 2013년 시간당 최저 임금 4860원인 세상에서 거보다 조금은 더 받지. 시발, 100개 다 박으면 하루 온종일이 걸리는데.

그여자   선택의 문제야. 내가 고통을 받든지. 아님 내가 내가 아닌 게 되든지. 하지만 난 내가 아닐 수 없나 봐. 점점 선명해져. 내 앞의 붉은 P는 점점 거대해지고 피를 흘리고 내 앞에서 주저 앉지.

이여자   돈 때문에 눈알을 박는 건 아니라고 위안을 해. 왜냐면 적어도 난 시간을 죽이는 게 더 필요하니까. 난 내가 아닌 것이 되는 게 편해. 그런데 눈알을 박다 보면 그 눈알이 나를 바라보는 것만은 피하기가 쉽지 않아. 인형의 눈알이 나를 노려보고 있어, 눈물을 흘리며.

그여자   내 아이가 지 아빠에게 강간당했어.

이여자   내 남편은 평생을 일해 이 아파트 하나를 남기고 떠났어.

그여자   난 미쳐 버렸고, 남편은 그런 날 병원에 집어넣어 버렸어. 병명은 발작성 수면증.

이여자   개처럼, 아니 개보다 못하게 일만 했어. 그런데 회사는 내 남
        편을 쓰레기처럼 버렸어. 술 처먹이고, 야근시키고, 아들뻘 되
        는 어린 사장이 아침이고 밤이고 개처럼 끌고 다니다 개 잡듯
        이 죽여 버렸어.

그여자   퇴원하기 하루 전, 딸아이는 따로 살던 아파트 베란다에서 아
        래로 뛰어내렸지. 그 사실을 듣는 순간 난 수면증이 찾아와
        졸도를 했고, 남편은 그런 상황에서도 날 벗기고 자기 욕심을
        채웠어. 일어났을 때 내 알몸과 남편의 친절한 설명이 없었다
        면 몰랐겠지만.

이여자   어느 날부터 시름시름 앓더니 살이 빠지고, 온몸이 검어지
        더라구. 그러나 남편은 집으로 돌아오는 길을 찾지 못했어.
        회사 술자리에서, 술 안 먹는다고 욕하는 사장 앞에서 그 술
        잔 비우다 채 한 잔을 다 마시기도 전에 쓰러졌대. 죽은 사
        람을 안 일어난다고 그 사장은 늙은 개가 쓰러졌다며 발로
        밟기 놀이를 시켰대. 그리고 그 술자리가 파할 때까지 밟고
        다니며 노래를 불렀대.

그여자   제약회사 다니는 친구 덕에 약을 만들고. 남편에게 처먹여 봤
        지. 청국장이 아주 구수하고 특별히 맛있다며 우걱우걱 잘도
        처먹더군. 그러더니 하품을 하고, 몇 마디 말도 하고 눈도 떠
        있는데 몸은 점점 움직이질 못하더군. 난 주방 가위와 칼, 망
        치, 톱 등으로 남편을 부위별로 잘라냈어. 위로 아래로 지가
        처먹은 걸 몽땅 도로 내놓더군. 하하하. 아마 똥구멍이 헐었
        을 거야. 그래서 난 루왁 커피가 좋아.

이여자   아 이상해, 몸이 좀.

그여자   일종의 약물 복용의 효과죠.

이여자   약물?

그여자	그렇죠. 아, 안심해요. 뭐 몸에 많이 해롭거나 한 건 아니에요. 오히려 도움을 줄 수 있죠.
이여자	그럼 보약?
그여자	멍청하긴.
이여자	난 이여자. 아직 한 번도 100개 눈알을 박아 오천 원을 받은 적이 없어. 매일 밤 눈알을 박고는 또 뽑아 버리거든.
그여자	난 그여자. 이제 과거는 의미가 없지. 이 가방에 뭐가 들었을까? 호호호 냉동팩에 상하지 않게 잘 싸서 요리할 때마다 꺼내 쓰지. 음식이 맛있지. 그랬을 거야.

둘, 정면을 바라본 채 기절을 하고, 저여자 택배 상자들을 들고 비틀거리며 냉장고로 나오다 엎어져 잔다. 다시 둘 일어난다.

그여자	그런데 궁금한 게 있어요. 두 번째 사셨다는 할머닌 누굴까? 난 세를 준 적이 없는데.
이여자	세를 주다니. 그럼 그게 당신 아파트였어?
그여자	우리 딸 알아요?
이여자	무슨 소리야. 그 아가씨, 왜 내가 좀 점에 얘기했던, 기억나?
그여자	무슨 소리야.
이여자	그 여자애가 떨어지는 장면을 본 것같이 꿈에 나왔네.
그여자	그래요? 그 할머니?
이여자	할머니?
그여자	두 번째로 떨어져 죽은.
이여자	난 할머니라고는 이야기하지 않았는데.
그여자	그랬나? 그냥 호칭이었을 뿐인걸요.
이여자	말했나? 그 할머닌 엄밀하게 말하면 그 집에 사는 사람은 아니었나 봐. 아님 어쩌면 그 여자 아이와 뭐 친척이거나 해서

	같이 살았을 수도 있고. 하여튼 죽었지.
그여자	그건 정말 의문이네. 혹시 로딩하는 여자라고 하진 않던가요?
이여자	로딩하는 여자?
저여자	(잠에서 깨어나 일어나며) 우씨, 내가 뭘 하고 있더라. (옆에 있는 책을 집으며) 그래. (객석에 들어가 책을 펼친다.)
목소리	여자는 잠시 숨을 고른다. 이제 곰 인형의 얼굴에 눈과 코, 인중을 만들어야 한다. 눈은 크리스탈 재질의 푸른색의 유리구슬을 박는다. 이마와 코에서 너무 멀어지지 않게 다는 것이 중요하다. 코와 인중으로 연결되는 입은 보라색의 수실을 사용한다. 양쪽 눈 아래에 적당한 위치를 잡아 역삼각형 모양의 코를 수놓는다. 역삼각형 아래 꼭지점에서 인중을 조금 내리고 다시 턱 아래쪽으로 입술을 양쪽으로 내려 수를 놓는다. 그리고 마지막으로 리본 줄을 꺼내 곰인형 알렌의 목에 리본을 단다.

목소리가 나올 동안 이여자, 실과 바늘을 꺼내 그여자의 상처를 기워준다. 그여자, 정면을 향해 상처를 보이며 이여자의 시술에 몸을 맡긴다.

이여자	나 말야. 내가 술 먹었다고 하는 소린 아냐. 정말이지 내가 왜 이런 이야기를 하는지는 모르겠지만.
그여자	내 처방이 도움이 될 거예요. (저여자 일어나 무대로 돌아온다.)
저여자	무슨 처방?
그여자	일종의 약물 복용의 효과죠.
저여자	약물?
그여자	그렇죠. 아, 안심해요. 뭐 몸에 많이 해롭거나 한 건 아니에요. 오히려 도움을 줄 수 있죠.
저여자	그럼 보약?
그여자	병신.

저여자	나한테 병신이라고 말하지 마.
이여자	눈알을 박으며 고민하지.
그여자	심사숙고.
이여자	난 그 젊은 사장놈이 우리 아파트에 살고 있다는 걸 알아. 남편이 그놈 때문에 이리로 이사를 결정했거든.
저여자	난 병신이야. 남편도, 시어머니도 날 그렇게 불러.
그여자	총체적 난국.
이여자	장례식장에도 한 번 나타나지 않고 비서를 시켜 부의금과 꽃을 보냈지. 근데 그 근조 화환에 뭐라고 적혀 있는 줄 알아. 근조가 아니라 축이라고 적혀 있었어.
저여자	박사장 그놈이 오면 난 숨을 쉴 수 없어. 바람 피면서도 당당해, 아마 지구 위의 절반은 그놈하고 잤을걸.
그여자	음. 고양이, 다람쥐, 개나 소, 돼지, 토끼나 거북이, 악어나 코끼리, 뱀 등도 있으니까, 뭐 많이 있죠.
이여자	어떻게 이럴 수 있냐고 따져 물었던 내게 그놈이 뭐라고 한 줄 알아? 법대로 하자더군.
그여자	똥이군요.
저여자	14년 동안을 살면서 난 틈만 나면 뭐 훔쳐 가는 년처럼 감시를 받으며 살았어. 시어머닌 날 언젠가는 집안에서 치워 버릴 낡은 가전제품쯤으로 생각해. 박사장은 건너편 아파트에 또 한 년의 살림집을 차려 주었지.
이여자	난 그 자식을 어떻게 할지 매일 밤 고민해.
저여자	난 박사장을 어떻게 할지 매일 밤 고민해.
이여자	죽이는 건 너무 쉬워. 잘근잘근 썹어 먹어야 돼.
저여자	난 요리가 하고 싶어. 하지만 무서워. 난 정말 병신이니까.
이여자	하지만 무서워 그놈이 없어지고 나면 무얼 생각하지.
그여자	4444호가 필요하겠군요.

이여자   4444호?

그여자   요리. 요리를 도와 드리죠. 맛있는 음식은 때론 그 이상을 창
         조하기도 하죠.

저여자   그렇긴 해.

이여자   그렇긴 해.

그여자   제가 준비했죠.

         그여자 냉장고에 가서 큰 냄비를 꺼내 온다.

         테이블 위에 올려놓자, 이여자가 냄새를 맡는다.

이여자   음, 구수한데.

저여자   깊은 맛이 느껴지는데요.

이여자   (뚜껑을 열고)음, 이건 곰국이네. 해장엔 딱인데. 고기도 두툼
         하네.

그여자   나랑 살던 놈이 살집이 많았거든요.

저여자   푹 고았나 보네요.

이여자   음, 국물 맛이 아주 진하겠어요.

그여자   그럼 아끼지 말고 들어요. 고기는 얼마든지 더 장만하면 되
         니까.

         모두 빨대를 냄비에 꽂고 빨아 먹는다. 천천히 암전

목소리   (암전 상태에서 뭔가 둔탁한 것으로 내려찍는 소리가 서너 번 난
         다.) 여자는 횡단보도 앞에 다다르자, 고개를 들어 열십자 모
         양의 네 개의 지역구로 향하는 팔차선 도로를 바라본다. 여자
         는 경보음을 울리며 달리는 차들과 지하철과 인근에 있는 시
         장, 회사에 출근하기 위해 오가는 사람들을 쳐다보기도 한다.

그리고 빼곡히 들어선 빌딩들을 올려다보기도 한다. 그러다 문득 여자는 자신이 작은 단추, 아니 그보다 작은 단추 구멍에 지나지 않는다, 라는 생각을 한다. 여자가 생각하기에 그것은 명백한 사실이다.

여자는 황 언니의 손을 꼭 잡는다. 이제 되찾은 자신의 심장 소리로 또 무엇을 찾을 수 있을까, 하고 여자는 생각해 본다. 영원히 허락되지 않을 것 같은 미래 속으로, 사장의 짜증과 눈속임 속으로, 자신의 심장 소리로 집어삼킬 것 같은 기계 속으로 여자는 발걸음을 내딛는다. 황 언니의 손이 따뜻하다.

무대가 전환될 동안 이여자는 곰인형의 눈을 깁는다. 이후 다시 무대가 밝아 오면 테이블과 의자는 합해지고, 그 위에 예쁜 천이 덮여 있어 분위기는 한결 산뜻해 보인다. 이여자, 커피를 마시며 테이블에 앉아 책을 읽는다. 저여자, 앞치마를 두르고 나타난다.

이여자   어서 오세요.

저여자   이것 보세요. 오늘은 고기만두를 만들어 봤어요. 좀 드셔 보시겠어요?

이여자   어머나 나날이 발전하는군요.

이여자, 장화에 우비를 입고, 트렁크를 들고 들어온다.

이여자   마침 오셨네요. 여기 3333호의 새로운 요리를 보세요. 고기만두를 만들었대요.

그여자   이제 전 그만 가보겠어요.

저여자   벌써.

그여자   그럼. (돌아서다 무언가를 이야기하려 멈춘다.)

이여자   괜찮아요. 다 이해해요.

그여자 나가고 이여자와 저여자, 무대를 바라본다. 뒤 현관에 그여자의 모습이 보인다. 옆으로 개화의 동영상이 펼쳐진다. 액자엔 꽃이 흐드러진다.

천천히 암전

막

고도, 없다!

洪프로젝트1탄

내가 하는 말에 주목하지 말고
내가 하는 말이 하는 말에 주목해야 되는 거야.

등장인물

영이

순이

귈녀

숙자

고도-일 거라 여겨지는, 그러나 알 수 없는. (편의상 고도라 한다.)

무대는 아무것도 없다. 상수에 골근으로 만들어진 나무 하나만 서 있을 따름이다. 나무 옆으로 영이와 순이가 돌아앉아 있다. 둘은 하염없이 같은 동작을 하고 있다. 마치 무언가를 찾는 듯하다. 그러나 곧 수포로 돌아가고 다시 같은 동작이 반복된다. 같은 동작을 점층적으로 반복하던 둘은 어느 순간 부딪히고, 쓰러진다. 한참 후.

영이	야.
순이	...
영이	야.
순이	왜?
영이	야야. (손가락으로 한 곳을 가리킨다.)
순이	...
영이	저, 저, 저...
순이	그만해라.
영이	봐라 저저...
순이	하지 마.
영이	진짜야. 저 저...
순이	그만해라. 확 그냥 막 그냥 여기저기 막 그냥 참는 것도 한계가 있다.
영이	아니 저... 아니 그래도 이래 끝낼 수는 없잖아.
순이	멀 한 게 있어야 끝을 내지? 안 그렇나? 우리가 뭘 했는데?
영이	우리? 고도를 기다리고 있지.

순간 멈춤 동작. 경악의 모습이다. 이때 조명과 음악이 바뀌고, 객석에서 천천히 궐녀 들어온다. 교복을 입은 소녀의 모습이지만, 어딘가 공포스럽다. 궐녀는 무대 한쪽에 고정된 고무줄을 가져와 무대 앞쪽의 한 지점에 걸어 비뚤한 삼각형을 만들며 노래를 한다. '여우야 여우야~' 노래를 하면 영이와 순이, 무의식적으로 교감한다. 이후 관객을 향해 외친다.

궐녀	여우야, 여우야 뭐하니?
영이, 순이	잠잔다.
궐녀	잠꾸러기. 여우야, 여우야 뭐하니?
영이, 순이	세수한다.
궐녀	멋쟁이. 여우야, 여우야 뭐하니?
영이, 순이	밥 먹는다.
궐녀	무슨 반찬.
영이, 순이	개구리 반찬.
궐녀	(고무줄로 위협하며) 살았니, 죽었니?
영이, 순이	살았다.
궐녀	(다시 그녀들을 위협하며) 살았니, 죽었니?
영이, 순이	(두려움에 떨며) 살았다.
궐녀	(목소리를 더 높여 그녀들을 위협하며) 살았니, 죽었니?
영이, 순이	(두려움에 떨며) 죽었다.
궐녀	(의뭉한 웃음을 띠며) 아이, 무서워.

삼각형의 고무줄을 만든 궐녀, 무대 앞으로 나온다. 객석을 향해 정면으로 선다.

궐녀	고도, 없다.

궐녀, 도망치듯 사라진다. 영이와 순이는 긴장된 몸이 풀리며 무대에 쓰러진다. 그렇게 잠시 시간이 흐른다.

영이	이렇게 끝나 버리면 어떡하지?
순이	그럴 순 없지.
영이	하지만 이렇게 끝나지 않게 무언가라도 할 것이 우리에겐 없잖아.

순이   그렇다고 아무것도 안 하는 것은 아니잖아.

영이   우리가 무얼 하고 있는데?

순이   그건 니가 더 잘 알잖아. 내가 물어볼게. 우린 지금 무얼 하고
        있는 거지?

영이   우린, 고도를 기다리고 있어.

순간 멈춤 동작. 경악의 모습이다. 잠시 후 아무 일 없다는 듯이 다시 풀어진다.

영이   첨 듣는 것도 아닌데 뭘 그렇게 놀라니?

순이   아니다. 이처럼 놀라운 이야기를 이 순간에 듣는 건 맹세코
        처음이다. 그 이전에 들었던 것과 같을 순 없지. 그건 그 이전
        의 뉴스니까. 앞으로 1초 후에 다시 이 말을 듣는다면 다시 그
        순간의 새로운 감정이 있겠지만, 어쨌든 이건 이 순간만의 것
        이지. 어느 순간과도 다르지.

영이   그 얘기도 처음은 아니다.

순이   내가 하는 말에 주목하지 마라. 내가 하는 말이 하는 말에 주
        목해야 되는 거야.

영이   잠깐, 방금 무슨 소리 못 들었나?

순이   어떻게 못 들을 수 있노? 내가 했는데. 내가 하는 말에 주목하
        지 마라. 내가 하는 말이 하는 말에 주목해야 되는 거야, 라는
        소리를 들었던 거지.

영이   그게 아이고...

순이   아니기...

영이   조용히 해. 너는 내가 하는 말에 주목하지 말고 내가 하는 말
        이 하는 말에 주목해야 되잖아.

순이, 머리는 나쁘지 않은데라는 의미의 표정을 한다.

영이	(귀 기울이며) 들려?
순이	(귀 기울이며) 들려.
영이	들려?
순이	음, 들리는 것 같아.
영이	니 귀에 들리는 소린데 들리면 들린다 안 들리면 안 들린다, 좀 정확하게 말하면 안 되겠니?
순이	어, 들려. 확실히 들려. 먼 곳에서 몰려오는 천둥소리처럼 시간을 두고 다가오지만 점점 더 강하게 정확하게 들려.
영이	뭐가?
순이	그러니까 천둥소리이이?

영이, 고개를 젓는다.

영이	함성소리이이?

영이, 한숨을 쉰다.

순이	아, 알았다. 사람들이 싸우는 소리야. 맞지?
영이	넌 너무 낡았어.
순이	뭐? 낡다니 뭐가? 내 옷이? 내 발이? 뭐가?
영이	니 귀가. 너무 낡아 소리를 들을 수 없잖아. 이건 물소리야. 잘 들어. 집중하고.
순이	집중하고
영이	들리지. 물소리. 똑, 똑, 똑. 떨어지잖아.
순이	응 들린다.
영이	참말로 들리냐구?

궐녀. 지팡이를 짚으며 노파가 되어 등장하며 말한다.

궐녀   들린다.

서로 바라보다 놀라 정지한다.

궐녀   바라.

둘은 주위를 둘러본다.

궐녀   아, 바라.
순이   뭘 봐?
궐녀   그기 아이고, 보라카이. 사실은 내가 길을 찾는데.
영이   어디를 찾는데?
궐녀   니는 와 반말이고? 내는 니보다 훨씬 높이 서 있는데.
영이   나는 너보다 훨씬 넓게 서 있거든.
궐녀   어? 음 그래.
순이   여기, 봐봐.
궐녀   니는 와 내한테 존대말을 안 쓰노?
순이   (말투를 흉내내며) 와, 니한테 존댓말을 써야 하는 긴데?
궐녀   와라는 말은 쓰면 안 된다.
순이   와, 와라는 말을 쓰면 안 되노?
영이   더 이상의 질문을 하는 건 의미가 없겠다.
순이   그건 또 왜?
영이   잘 봐. 대답할 준비가 안 되어 있잖아. 누가 누구에게나 묻는
           다고 다 원하는 답을 얻을 순 있는 건 아니거든.
궐녀   (둘을 돌아보며) 거기.

순이	누구, 나?
궐녀	긴 년 말고 넓은 년.
영이	나 말이야?
궐녀	그래, 아무래도 느그들 이상하데이. 니. 대답해 봐라. 은자 내는 저쪽에서 이쪽으로 왔고, 다시 저쪽으로 갈 기라. 근디 아직 저쪽에서 이쪽으로 올 동안 아무도 몬 봤거든. 근데 느그들이 여 있는 거지. 이상하데이. 와 대답을 안 하노? 우째 생각하냐구?
순이	뭘 묻기는 했나?
궐녀	요컨대 느그들은 내 길을 가로막고 있다는 기다. 안 글나?
순이	근데, (장난치듯) 니는 누고?
궐녀	묻지 마라.
순이	어디로 갈 건데?
궐녀	난 대답 안 한다. 질문만 하는 거지. 그런데 느그들은 언제부터 여기 있었노?
순이	(무언가를 생각하듯) 어제부터.
궐녀	그럼 어제 이전으로 돌아가야겠군.
순이	(무언가를 생각하듯) 아니 그제부터.
궐녀	그럼 그제 이전으로 돌아가야겠군.
순이	(무언가를 생각하듯) 아니 열흘 전, 아니 한 달 전, 아 아니 1년 전부터...

궐녀, 순이를 노려본다.

궐녀	그러니까 난 저기를 향해 가고 있는데 아무래도 너희들을 만나면서 길이 꼬이기 시작한 것 같단 말이야. 안 글나?
영이	그럼 다시 우릴 만나기 전인 이쪽으로 가서 다시 길을 가 보든지.

궐녀	그렇군. 그럼 난 다시 절로 돌아가겠어. 그러니까 우리가 만나기 전인 절로 가기 위해.
순이	그러고 나선?
궐녀	난 대답 안 한다. 질문만 하는 기지. 하지만 다시 내는 이곳으로 올 기다. 지도가 가리키는 곳이 이곳이니까. 그럼.
영이	안녕.
순이	나도 안녕. 다신 오지 마.

가려던 궐녀 돌아선다.

순이	(영이에게) 근데 혹 저 할망구한테 물어보면 알지 않을까?
영이	뭘?
순이	(귀에다 대고) 고도.

영이 , 간지러워 죽을 지경이다.

영이	뭐라구?
순이	(다시 귀에다 대고 큰 소리로) 고도!
궐녀	(둘을 돌아보지 않고 정면을 향해 앉은 채 무슨 소리를 들었는지)누구?
영이	(무언가 이야기하려 한다.) 그게 그러니까...
궐녀	됐고. 느그들이 원한다면 내 답을 주지.
순이	신빙성이 없어.
궐녀	그라믄 됐다.
영이	(순이의 입을 막으며) 아니아니. 줘.
순이	돌라카기는 뭘 돌라 카노?
영이	머 어떻노? 공짠데.
순이	공짜? 필요 없다.

영이	적어도 시간을 벌 순 있잖아.
순이	하는 꼴을 봐라.
영이	이건 도덕적 문제가 아니야. 경제적 문제라고. 이 싸움에선 적어도 우리가 유리한 고지에 있는 거지. 우린 적어도 어떤 답을 듣게 될 거거든. 그게 설령 우리가 원하는 것은 아니라 하더라도 말이야. 적어도 하나의 답을 얻을 순 있단 말이야. 그건 공짜야. 덤인 거지.
순이	그런 덤은 내 발의 흙먼지만큼도 나를 자극하지 않아. 난 필요를 못 느낀다구.
영이	적어도 시간을 벌 순 있지.
순이	(생각하다) 그런가?
영이	(궐녀에게 다가가 귀엽게) 저 그 답을 원해요, 우린.
궐녀	정말?
영이	정말. 간절히, 억수로. 데끼리. (순이에게 눈짓을 한다.)
순이	그렇다니까 정말 원한다구.
궐녀	무얼?
순이	(눈치를 보다) 그 덤, 아니 답.
궐녀	그게 뭔데.
순이	(화를 내며) 모르니 달라는 거지.
영이	(순이를 막으며) 그러니까 우리가 원하는 것은.
궐녀	(자신이 들고 있던 지도를 던지며) 아냐. 선한 자가 베푸는 적선이다. 느그들의 무지를 일깨워 줄 답이지. (이금, 받으려 하자 다시 뺏으며) 하지만 신중히 생각해야 된다. 약속할 수 있겠나?
영이	약속한다.

궐녀, 눈치를 살피다 가방을 던지고 황급히 나간다.

가방은 명품 프라마 클라세의 문양인 지도가 그려진 가방이다. 둘은 가방을 뒤진다. 그것을 다시 돌려 관객에게 보낸다. 텅 빈 가방이다.

영이   (목소리를 바꾸어) 명품가방. 프리마클라세. 영어로는 퍼스트 클래스. 비행기 일등석이라는 뜻이지. 1989년 알비에노 마르티니가 러시아 여행 중 우연히 발견한 고지도에서 영감을 얻어 만든 가방이지.

가방을 열어도 아무것도 없자 영이는 가방을 던져 버린다. 순이는 그것을 들고 이리저리 살펴본다.

영이   역시 니 말이 맞았다. 우린 아무짝에도 필요 없는 일에 시간을 보내고 말았어. 고도는 오지도 않고, 겨우 온다는 인간이 저 따위라니.

순이   이게 명품가방이라는 거야?

영이   갖다 버려. 그 따위 걸 갖고 뭘 할 거야? 먹을 거라도 들어 있었으면 배라도 부르지.

순이   넌 신중하기로 약속했잖아. 그러니 신중히 봐야지. (가방을 이리저리 훑어보다가 가방문양을 발견하고) 근데 누가 가방에 이렇게 지도를 잔뜩 그려 놨지?

영이   다 틀렸다. 그 따위 지도 한 장으로 무엇을 찾을 수 있단 말이야? (놀라 고개를 돌리며) 어, 지도? (지도를 보다 점점 빠져든다.) 어, 어, 아니야. 영 아닌 건 아니야. (한참을 가방을 보다가) 찾았어. 고도가 여기 있어. 여기에 있다고. 바로 스위스에 있어.

순이   참말? 찾은 거야? (쇼생크탈출처럼 포즈를 취하며) 스위스. 아, 아. 난 참말로 반신반의했거든. 솔직히 말하면 난 자신이 없었어. 나의 부족한 믿음에 이렇게 커다란 축복으로 답이 오다니. 난 전생에 나라를 구했어. 가자 스위스. 스위스 어디야?

영이	알프스!
순이	그럴 줄 알았다. 고도가 우리 동네 술집에서 맥주나 마시고 있다면 말이 되겠어? 스위스 정돈 돼야 폼이 나지. 알프스라. 아, 내 인생에 드디어 여권에 도장 찍는 날이 온 거라구. 으하하하하.
영이	근데...
순이	응. 뭐?
영이	고도는 기다려야 되는 거잖아. 베케트 할아버지처럼 우리도 여기서 주욱 디디와 고고처럼 고도를 기다려야 하는 거잖아.
순이	지겹지도 않니? 이때까지 아니 지금 이순간도 기다리고 있잖아. 이제 우리가 찾아가도 돼.
영이	그러다 길이 엇갈리면?
순이	그걸 고민할 시간이 없어. 오늘도 어제도 그 어제도 기다렸어. 그렇다면 이제 가야지. 찾아가야지. 이때까지 안 왔다면 우리더러 오라는 거 아닐까? 그래, 그래서 아까 그 이상한 할망구를 보내 이걸 주고 간 거야. 그래 그런 거야. 이걸 주려고 온 거야.
영이	만약 그랬다면 오자마자 주고 가면 되는 거 아냐? 왜 우릴 의심했지?
순이	그건 음 우리가 누군지 알아보기 위해서가 아닐까? 맞아. 그러니까 우리를 의심했던 거라구. 맞아. 그래서 우리가 그 이름을 말했을 때 모른 척하며 이걸 던져 주고 간 거라구.
영이	그럴까?
순이	그런 거라니까.
영이	그런가?
순이	그렇다니까.
영이	그럼 이제 우린 어떻게 해야 하는 거지?
순이	여권에 도장 찍고 알프스로 가는 거야.
영이	근데 거기 알프스는 어떻게 가지?

순이	내가 조금 전에 말했잖아. 여권에 도장 찍고 이 길로 곧장 가서 비행기 타고 가는 거야.
영이	그 비행기는 어떻게 타는데?
순이	그것도 방금 전에 이야기했잖아. 여권에 도장 찍고...
영이	그 비행기를 어떻게 타러 갈 거냐구?
순이	어떻게? 공항버스? 택시 탈까? 뭘 말하려는 건데?
영이	저거. (무대 하수의 경계선을 가리킨다.)

순이가 바라본다. 놀란다. 두려워한다. 영이는 풀이 죽어 바닥에 엎드려 버린다. 순이는 무언가를 생각하다 이야기를 시작한다.

순이	(경계선을 노려보며) 예수는 자신이 죽을 줄 알면서 피의 면류관을 쓰고 골고다 언덕으로 올라갔지. 십자가를 지고서. 공자는 세상의 도를 노상을 떠도는 12년의 천하철환 속에서 완성했지. 그뿐 아냐. 부처, 고타마시타르타. 이치를 얻기 위해 자신의 모든 것을 버리고 6년을 수행하고도 다시 보리수나무 아래에 앉았지. 열반해탈을 위해.

이에 대응하듯 영이가 벌떡 일어나 이야기를 받는다.

영이	각도의 문제지. 각도. 예수가 인간을 사랑해 그 죄를 쓰기 위해 골고다로 올라갔지만, 예수를 못 박자고 한 사람들은 로마인이 아니라 유대인이었어. 그를 부인하고 돌을 던진 자도. 결국 인간의 행정적 절차가 예수를 내몬 거라구. 그게 의도되었던 그렇지 않았던. 공자의 철환 역시 인간의 세상에서 내쳐져서 제자들을 굶기며 다녔던 유배의 길이었지. 부처는 글쎄, 본인이 모든 걸 버리고 선택했지. 그러나 최초의 수행 6년은

결국 그의 인간적 실패라고 볼 수 있지.

그렇게 말하는 사이에도 순이는 금을 넘을 시도를 하고 있다. 힘들여.

순이   넘을 거야. 이 선을 이 벽을 여기를 벗어나 알프스로 갈 거야.

그리고 순이는 영이와의 움직임 속에서 우연히 선을 넘는다. 이제 영이는 금 안에, 그리고 순이는 하수 쪽 금 밖에 서 있다.

순이   봤지. 봤지. 난 이제 알프스로 갈 거야. 이 길로 당당히 공항으로 가 알프스로 가는 비행기를 탈 거야. 제일 빠른 걸로. 일등석으로.

영이   그런데 말야...

순이   왜? 도대체 무슨 걱정이 그렇게 많아. 내가 다 해결해. 날 믿으라구. 우린 인제 고도를 찾으러 가는 거라구.

영이   그게 아니구...

순이   그게 아니구 뭐? 뭐냔 말이야?

영이   공항은 (상수를 가리키며) 저쪽이야. (그리고 다시 금을 가리킨다.)

음악, 높아지며 정지 동작. 암전

다시 조명이 들어오면 영이는 다시 무대 벽면을 향해 돌아앉아 있고, 순이는 여전히 금 밖에서 금을 향해 뛰어넘기 위해 노력하고 있다. 이때 궐녀가 신문을 가지고 들어온다. 그녀는 노숙자의 차림으로 들어와 천천히 신문 한 장을 펼쳐 자리에 앉는다. 그게 우연히 순이의 금 위에 펼쳐진다. 놀란 순이는 뒤로 떨어져 분위기를 감시하고 여자 숙자는 신문에 적혀진 문구를 자세히 들여다보며 읽기 시작한다.

숙자	세상에, 이런 일이.
영이	아 뭐가?
숙자	글쎄, 요즘 세상에 이런 일이 있을 거라곤 생각도 못했네.
순이	아 뭐가?
숙자	여기, 여기 세상에, 세상에.
순이	뭐가? (돌아다본다. 숙자를 보고 놀란다.)
숙자	두 사람이 식사를 했대. 그런데 그들이 식사를 한 후 한 사람이 자기는 아무것도 먹지 않았다고 말했대.
순이	뭐? 이런 개 같은? 배를 따서 보여줘야 돼.
숙자	그랬더니 나머지 한 사람이 자기 역시 아무것도 먹지 않았대.
영이	증거는 없지. 배를 따도 이미 똥이 되어 있을 테니.
숙자	그럼 사라진 음식은 뭐냐고 사람들은 물었대.
순이	그랬더니?
숙자	음식의 행방을 찾는 중이래.

순이와 영이는 이상하다는 듯 숙자를 째려본다.

둘은 천천히 다가간다. 살금살금 다가가는데 코앞에서 숙자, 머리를 든다.

숙자	내가 먹은 거 아니야. (둘의 눈치를 보다) 저 정말이야, 내가 먹은 거 아니라구.
영이	믿지 못할 세상이야.
숙자	그런 말 하면 안 돼.
순이	화가 나.
숙자	그런 표정 지으면 안 돼.
순이	차라리 그림을 그릴래.
숙자	넌 위험해지고 있어.
순이	노래는 어때?

숙자	가사 검증을 받고, 창법을 유순하게 해야지.
순이	춤을 출까?
숙자	상상의 여지를 없애야겠지.
영이	그럴 순 없어. 그렇겐 할 수 없어.
숙자	처음이 어려워. 인간은 사회적 동물이고, 사회적 동물인 인간은 학습과 교육에 의해 문화를 전승하지. 아니, 좀 더 쉽게. 한 남자와 한 여자가 여관을 갔지. 한 남자는 느긋하게 두 팔을 머리 뒤로 모으고, 담배를 피우고, 여자는 슬립을 입은 채 돌아 앉아 울고 있지. 남자는 말해.

둘은 숙자의 이야기에 맞춰 역할극을 해 보인다.

순이	(담배 피는 시늉을 하며) 처음엔 다 그래. 곧 괜찮아질 거야.
영이	(슬픈 얼굴로) 니 말을 듣다 보면 자꾸만 그렇게 느껴져.
순이	하지만 난 춤을 추고 싶어. 노래를 하고 싶다고.
숙자	(조용히 다가와) 어렵지 않아요. 모든 것이 그렇다고 생각하면 그렇게 된단다. 나도 너만 했을 땐 그랬어. 하지만 살아 봐. 어른 말 들어 손해날 것 없다. (금위에 덮은 신문지를 가리키며) 여길 봐. 금은 없어. 그냥 신문지야.

영이 두려워하며 훌쩍거리기 시작한다.

순이	(이해할 수 없다는 듯) 하지만...
숙자	하지만 신문지가 그 위를 덮었잖아. 그러니 이제 금은 없는 거야. 넌 그냥 신문지 위를 밟고 넘어서면 되는 거야. 생각보다 쉬워. 처음엔 다 그래. 곧 익숙해질 거야. 두려워하지 마. 내일은 내일의 태양이 뜰 거야. 자 어서 여길 넘어 봐.

순이, 두려워하다가 천천히 신문을 밟고 넘어선다. 다시 금 안으로 들어온 꼴이다.

영이   안 돼!

영이 통곡한다. 숙자, 웃는다. 숙자는 신문을 걷는다.

숙자   잘했어. 거 봐. 별거 아니잖아. 생각 따윈 잊어버려. 눈 앞의 접시에 담긴 고깃덩이만 생각하면 되는 거야.

숙자, 회심의 미소를 짓고 일어나 천천히 퇴장한다. 영이 훌쩍거린다.

순이   어어 (금을 보며 무언가 고민한다.)

영이   넌 넘어 버렸어. 하지만 넌 알아야 돼. 우리가 지켜야 하는 무엇들이 있다는 것을. 어떤 면에선 힘들기 때문에 가치가 있을 수 있어. 쉬운 걸 너무 좋아하지 마. 불편하다고 피하는 게 다가 아냐. 당장은 막대사탕이 맛있지만. 빨아먹는 동안 이가 썩어 간다는 사실 또한 사실임을 잊지 말아야 해.

순이   그런데 말야.

영이   이제 난 널 전과 같이 대할 순 없어.

순이   더 많아져 버렸어. 넘어야 할 것들이...

영이   무슨 소리야?

순이   그 여자. 슬립을 입은 채 돌아앉아 우는.

영이   무슨 말이 하고 싶은지 몰라도 난 널 전과 같이 대할 수 없어.

순이   순결을 더럽힌 처녀는 정말 더러워진 거야? 학습으로 이루어진 전승문화는 자살이야? 창녀야?

영이   무슨 말이냐구?

순이   요컨대 난 기준을 말하고 있어. 난 애초에 학습을 의도한 자의 의도를 생각하고 있는 거지. 음, 좀 더 쉽게. 누군가 컴퓨터에 이렇게 일기를 적었어. 난 오늘 아침, 여행을 간다, 라고.

영이　그래서?

순이　그리고는 여행 가방을 싸고 나갔지.

영이　그래서?

순이　궁금하지? 좋은 징조야.

영이　그래서?

순이　그런데 그 뒤 누군가가 들어오는 거야. 음 물론 그 누군가는 그 누군가도 될 수 있겠지.

영이　그런데?

순이　그런데 그 사람이 컴퓨터의 일기에 이렇게 보태는 거야. 참, 원래 적혀져 있었던 문장이 뭐지?

영이　난 오늘 아침, 여행을 간다.

순이　그 뒤에 붙여서 이렇게 적는 거지. 영원히 점 땡땡땡. (순이의 반응을 살피며) 어때? 한순간에 누군가에 의해 쥐도 새도 모르게 여행에서 자살로 바뀌어 버렸지.

영이　(무언가 알아낸 듯) 그래 맞아.

순이　그렇지.

영이　그래, 어떤 문제든 원인이 있지. 숨기려고 해도, 아니라고 우겨도 사실은 여전히 남아 있는 거지.

둘 다　신문지 아래 금처럼.

영이　하지만 그게 답일지는 몰라도 해결책은 아냐. 우린 다시 금 안에 갇혀 버린 거야.

순이　아니지. 내가 명쾌한 답을 주겠어. 사실 나도 절망의 순간에서 새롭게 알아낸 거지만.

영이　그게 뭔데?

순이　금은 금이라는 사실이야.

영이	그래, 그럼 그게 금이지 은이야?
순이	그래, 맞아. 직시의 문제야. 르네 마그리트는 '이것은 파이프가 아니다.'라는 파이프 그림을 그렸지. Ceci n'est pas une pipe.(쓰씨 네 빠쥔 삐쁘)
영이	당연한 거 아냐. 그건 파이프가 아니니까.
순이	역시. 우린 이 난관을 극복할 수 있어. 누군가가 쳐 넣은 영원히라는 글자 때문에 여행길이 자살길이 될 수 없듯, 난 금을 넘어온 게 아니라 신문지를 밟았을 뿐이지. 난 신문지 위를 건너오며 그걸 느낄 수 있었어. 그리고 우린 다시 금 안에 갇혀 버렸잖아. 그러니 이건 여전히 풀지 못한 내 문제야. 신문지 따위가 도와줄 수 있는 문제가 아니라구.
영이	그렇다고 우리가 이 판국에 뭘 어쩔 수 있는데?
순이	혼자보단 도움이 일의 효율성을 높여주지. 자, 날 좀 도와 줘.
영이	기꺼이. 그러나 어떻게?
순이	너의 손가락 두 개면 돼. 그리고 일의 효율성을 높이기 위해. 그리고 난 여기서 시작.

둘은 동시에 고무줄을 벗겨 던진다. 고무줄의 금을 뜯어낸 후 둘은 얼싸안는다.

순이	우린 이제 자유야.
영이	우린 원래 자유야.
순이	하지만 우린 이제 자유야.
영이	그래 하지만 앞으로가 걱정이야.
순이	아니, 우린 갈 거야.
영이	어디로?
순이	고도를 찾으러!

암전

비행기 소리가 들리면 무대 중앙엔 궐녀, 승무원 복장으로 나온다. 다시 고무줄을 양손에 들고, 비행기 안내문을 시작하며 승무원의 시늉을 한다.

승무원   안녕하십니까? 이 비행기는 김해 공항을 지나 스위스 알프스로 가는 고도 비행기입니다. 현재 이 비행기의 고도는 3700ft를 유지하고 있으나, 기류로 인해 고도는 다시 높아질 수도 낮아질 수도 있으니 신경 쓰시지 않는 편이 좋을 것입니다. 이 비행기의 비상구는 모두 5개이니 비상 시 직접 찾으시면 됩니다. 갑자기 고도에 이상이 생기면 좌석벨트 싸인이 켜지니 반드시 좌석벨트를 매 주십시오. 산소마스크가 내려오면 앞으로 잡아당겨 머리에 고정하여 주십시오. 구명조끼는 머리 위부터 입으시고 양팔을 끼운 다음 끈을 아래로 당기시고, 노란색 손잡이를 양옆으로 잡아당겨 몸에 맞도록 조절해 주십시오. 아울러 비행기가 갑자기 되돌아갈 수 있으니 절대 승무원에게 땅콩을 요구하지 말아 주십시오. 또한 흡연은 기체 밖에서만 허용되오니 필요하신 분은 비상구를 열고 나가 비행기 위에서 담뱃불을 붙이시기 바랍니다. 지금 고도가 내려가고 있습니다. 모두 벨트를 매 주십시오. 감사합니다.

무대가 다시 밝아오면 신나는 음악과 함께 배낭을 메고 선글라스를 낀 두 여자가 나온다.

영이   넌 너무 차려입었어.
순이   공항패션이야.
영이   근데 여긴 어디야?
순이   요를레히리. 야으으으 호.

영이	여기가 정말...
둘다	알프스야. 우하하하
영이	자 그럼 (지도를 펼치며) 여기 어디쯤... 어 알프스 여기야. 그리고 고도가... 여기.
순이	어 이건 뭐야?
영이	뭐가?
순이	여기 알프스.
영이	그래 알프스.
순이	어 고도.
영이	그래 고도.
순이	근데 그냥 고도가 아냐. 해발고도 2500m.
영이	해발고도?

이때 궐녀, 알프스 소녀가 되어 지나간다.

소녀	Es gibt keine Godot! (고도 없다.)

다시 소녀 퇴장한다.

순이	저, 저, 뭐라는 거야?
영이	이럴 때를 대비해서 준비를 했지.

영이, 배낭에서 스마트폰을 꺼낸다.

영이	(스마트폰에 대고) 에스 깁트 카이네 고도!

전화기에서는 번역 음성 '고도, 없다.'가 나온다.

영이   고도, 없다는데.

순이   그럴 리가. 여기 분명히 해발고도라고 적혀 있는데.

영이   (울먹이면서) 그래. 나도 봤는데.

순이   으악. 여기.

영이   왜, 또 뭔데.

순이   방금 알프스에 있는 고도가 새끼를 깠나? 프랑스에도 있다.
       몽블랑 해발고도 4807m, 뭐야, 로키 산맥은 고도가 봉우리마
       다 앉아 있다. (영이에게) 고도가 이렇게나 많나?

두 여자, 주저앉는다. 한참을 말없이 주저앉는다. 한참 뒤.

순이   우리, 지금 뭐하고 있는 거지?

영이   고도를 기다리고 있지.

두 여자, 경악하는 정지동작을 보인다. 잠시 후 영이, 눈짓하자 순이 윙크한다.

순이   가자!

영이   그럴까?

순이   돌다 보면 만나겠지.

이후 두 여자 무대를 나누어 뛰어다닌다. 프랑스에 도착한 모양이다. 궐녀는 이자벨이 되
어 에펠탑을 들고 나온다.

이자벨   봉쥬르.

영이   (어색하게) 봉쥬르.

이자벨   Godot n'est pas là. (고도 없다.)

순이   머라 카는 기고?

다시 스마트폰에 대고 외치지만 답은 '고도, 없다.'로 들려온다.

영이   고도, 없다는데.

둘, 놀라 경악하다 다시 달린다. 한참을 달리는데 이번엔 일본이다.

영이   여긴 좀 자신 있다. こんにちは. こんにちは.(안녕하십니까? 안
녕하십니까?) 私は ごどをさがしにきた.(난 고도를 찾으러 왔
어요.) 富士山でも阿蘇山でもごどてきってもらいたい.(후지
산이든 아소산이든 고도 좀 나와 보라고 해 주세요.) 私はかなら
ずあわなければいけない.(난 좀 만나야겠어요.) まことにわれ
だちはごどさがしきったんだよ.(정말이지 우린 멀리서 고도를
찾으러 왔단 말이에요.)

궐녀, 다시 하나꼬가 되어 나온다.

하나꼬   ごど, いない.(고도, 없다.)
영이   없단다.

둘 뜨악한다. 둘, 다시 달린다. 이번엔 사막이다. 지쳐 쓰러진다. 줄은 목이 말라 물을 찾는
다. 물이 한방울도 없다. 이때 궐녀, 낙타를 데리고 가는 세에라자데가 되어 지나간다. 영
이가 뭐라고 말을 한다, 간절히. 아마도 물을 달라고 하는 것 같으나 무슨 말인지 알아들을
수 없다. 목이 말라붙어 나오지 않는 모양이다. 순이도 마찬가지다 고도에 대해 물어보려
고 하나 말이 제대로 나오지 않는 모양이다. 낙타를 탄 세에라자데는 말한다.

세에라자데   샬롬.
둘 다   어색하게 샬롬.

세에라자데   고도, 없다.

그리고 유유히 사라진다. 둘은 망연자실 주저앉는다.

영이   돌아가자. 돌아가자.

순이   어디로.

영이   처음으로. 모든 건 아무것도 아닌 기라. 황하청 아나?

순이   중국집?

영이   황하강.

순이   누런 강?

영이   그래 누런 강.

순이   그래서?

영이   그 황하청이라는 이름의 음악이 있는데 그 음악의 또 다른 이
        름이 보허자다. 허공을 걷는 자라는 뜻이지. 황하강이 맑아
        져? 허공을 걸어? 불가능한 일이야.

순이   계속 떠드셔.

영이   그게 다야.

순이   그게 다라니?

영이   말 그대로 그게 다다.

순이   그러니까 '그게 다다.'라는 게 뭐냐구?

영이   이제 우린 고도를 단념해야 돼. 더 이상 고도는 오지 않아. 아
        니 어쩌면 애초에 고도라는 건 없는지도 몰라. 기다리는 우리
        가 병신인 거야.

순이   황하강. 그 강이 아주 오랜 시간을 거쳐 맑아지는 한 순간이
        있다지. 보허자. 비어 있는 허공도 걸을 수 있다는 거지. 난 찾
        아볼 거야.

영이   난 돌아갈 거야.

순이	난 찾아갈 거야. 만약 이 다음 번이 우리가 고도를 만나는 순간이라면, 그걸 모르고 여기서 포기했다간 우리 꼴이 우습게 되는 거야.
영이	그러다 다음 번에도 고도가 없다면?
순이	그걸 알기 위해 가는 거지. 너 모든 이야기의 비극성은 99일째 이루어진다. 100일이면 되는 것을 항상 그 99일째 마가 끼는 거지. 안 그래?
영이	뭐, 100일을 채우자는 거야 뭐야?
순이	나쁘지 않지.
영이	난 싫어.
순이	너, 이대로 돌아가서 그다음엔 뭘 할 건데?
영이	(생각없이) 그야, 고도를 기다려야겠지. (말한 후 스스로 놀란다.)

영이, 고개를 묻고 훌쩍거린다.

순이	괜찮아.
영이	나에겐 다른 채널이 필요해. 아이씨 채널을 우리말로 뭐라고 하는 거야?
순이	이 순간에 그게 왜 궁금해. 영어니까 영어 사전 보면 되지.(스마트폰을 꺼내 검색한다.) 채널. 명사. 텔레비전 라디오의 채널? 주파수대 채널? 이것들이 장난치나?
영이	뭔데?
순이	채널이 채널이래.
영이	이젠 내가 단어 하나 내 맘대로 쓸 수 없는 상황이 되어 버렸어. 새장 속의 앵무새가 되어 버렸어. 내 말을 애 말로 할 수가 없어.
순이	어쨌든 채널이 왜? 그게 뭐야?
영이	이건 선택의 문제야. 선택은 선택할 수 있을 때 가능해. 그런데

선택할 상황조차 되어 있지 않다면 우린 무얼 선택해야 하지?

순이 　정말 어려운 문제네.

영이 　난 심각하게 고민했어. 문제엔 답이 있는 법이니까?

순이 　그랬더니?

영이 　그랬는데도 답이 없어. 채널이 없잖아. 난 다른 채널이 필요해.

순이 　지금 티브이 볼 시간이 없어.

영이 　하나는 무서워. 싫다고. 난 나를 선택할 권리가 있단 말야.

순이 　내가 종편 다시보기 해 줄게. 울지 마.

영이 　넌 너무 무식해.

순이 　고마워. 난 모든 것을 배웠어. 그래, 이제 더 이상 배울 게 없
　　　어. 없을 무, 알 식, 난 무식해.

영이 　우린 대화가 필요해.

순이 　우린 대화를 하고 있어.

영이 　이건 대화가 아니야. 이건.

순이 　이건?

영이 　이건 그냥 말이야.

순이 　그래, 그게 대화야.

영이 　그래? 그럼 난 대화 안 할래.

　　　영이 구석으로 가 쪼그려 앉는다.

순이 　이제 얼마 남지 않았어. 다른 곳으로 가 봐야지. 거기가 마지
　　　막이야. 약속해. 그리고 집으로 가자.

영이 　거기가 어딘데.

순이 　고향.

영이 　고향이 어딘데.

순이 　바이칼 호수. 우리 조상들은 바이칼에서 살았대. 그러니 그곳

에 가면 고도를 만날 수 있을 지도 몰라. 조금만 참아. 어쩌면 지금이 99일째인지도 모르잖아.

영이　희망이 도움이 될까?

순이　그럼. 희망을 갖는 건 희망적이지.

영이　그럼, 마지막 한 방울의 힘을 짜 보지.

순이　도전 정신은 현대인의 자긍심이지.

둘은 일어나 마지막까지 최선을 다해 걷는다. 바람이 불어온다. 둘은 힘겹게 걷는다. 바람이 더 세게 불어온다. 둘은 최선을 다해 걷는다. 그러다 갑자기 무슨 생각을 한 건지 영이가 주저앉아 버린다.

순이　힘을 내.

영이　왜?

순이　고도를 만나러 가야지.

영이　아니, 그러지 않겠어.

순이　무슨 말이야? 오늘이 99일째라니까. 희망을 가지라니까.

영이　난 사람 되기를 기다리는 100년 묵은 여우가 아니야. 그리고 이건 어디까지나 나의 자유로운 선택이야.

순이　알았어. 나도 너의 의사를 존중하겠어. (주저앉는다.)

영이　그렇다고 너까지 걸음을 멈출 필요는 없어. 이건 내 문제야.

순이　내 문제이기도 해. 네 말을 듣고 나 역시 자유로워졌어. 먼저 생각하고 결심했기 때문에 반드시 해 낼 필요는 없다는 걸 깨달았지.

영이　그럼 고도는?

순이　그건 이제 고도가 결정할 문제지.

영이　뭐?

이때 유모차 하나 들어온다. 유모차는 덮개가 내려져 있지만, 아기의 울음소리는 들린다. 영이와 순이는 서로에게 떠밀다 결국 영이가 유모차로 가서 덮개를 연다. 유모차에는 인형의 몸에 얼굴을 맞춘 궐녀가 아기의 모습으로 나와 큰 소리로 울어댄다. 영이와 순이, 경악한다. 영이와 순이는 달래려다 함께 울고, 울다가 안절부절못하고, 그러다 다시 망연자실 아이를 바라본다.

영이   (다정하게 아기에게 다가가며) 괜찮아?

순이   괜찮으면 저러겠어?

영이, 순이에게 못마땅한 눈짓을 보낸다.

아기   저...

영이   말을 하는구나.

순이   말을 하지 않는다고 말을 못하는 건 아냐.

아기   저...

영이   그래, 그래 말해 봐.

순이   그래, 말해 봐라. 씨부리 봐라.

영이   (순이에게 화내며) 너 때문에 말을 못하잖아.

순이   (딴청을 부리며) 말을 못한다고 말을 안 하는 건 아닐 텐데.

둘은 순이를 노려본다. 순이 조금 떨어진다.

아기   내가 하는 말을 들으려 하지 말고, 내가 하는 말이 하는 말을 들으려 해 주세요. (조용해지자) 난 여행자예요. 난 고도를 만나기 위해 오랜 시간 여행을 했어요.

순이   (놀라) 고도를 만났어?

아기   고도를 만났어요. 아니 만나지 못했어요.

390

영이	그게 무슨 말이야? 무슨 말이냐구?
아기	고도를 만났지만, 고도를 만나지 못했다는 내 말은 사실이에요.
순이	야, 아니 좀 정확히 말해 봐.
아기	그가 나에게 심부름을 시켰어요. 돌아나가 말을 전해 달라구요.
영이	그게 무슨 말이야?
아기	고도는 할매들... (둘의 눈치를 보고) 아니 누나들... 하여튼 자신의 말을 전해 달라고 했어요.
순이	그게 뭐냐니까?
아기	고도는 없다고 말하라 했어요.

모두 잠시 침묵한다. 화가 난 순이가 소리치기 시작한다.

순이	넌 거짓말을 하고 있어. 넌 고도를 만났다고 했잖아. 그런데 고도가 없다니 그것부터 거짓말이었어. 그런데 이젠 니가 만난 그 고도가, 그렇지. 고도가 있으니 고도를 만났을 테지. 그런데 그렇게 있던 그 고도가 스스로 자기 자신이 없다고 말하는 것을 너에게 말해 우리들에게 말하라고 했다는 말을 했다고 누가 믿을 수 있겠어? 그건 거짓말이야. 넌 지금 우리에게 거짓말을 하고 있다구.
아기	아니야, 아니야. 이건 사실이야. 어쩔 수 없어. 난 부탁을 받았고, 거절할 수 없었어. 난 약속했거든. 그러니 말하지 않을 수 없어. 이건 사실이야. 고도는 없다!

아기는 다시 울면서 나가고, 순이는 발악하고 울며 절규한다.

순이	아니, 아니, 아니야. 아니라구. 이때까지 찾아다녔던 그 썩을 고도가 없다면 난 뭐가 되냐구? 고도는 있어! 베케트 할아버지도

있으니 기다린 거 아냐? 모든 사람들이 다 있다고 하는데, 없다
는 게 말이 되냐구? 씨발, 고도는 있다구! (쓰러져 운다.)

영이, 조용히 쪼그려 앉아 알 수 없는 표정을 짓는다. 그리고 하늘을 올려다본다.

영이 우린 이럴 때를 줄곧 생각해 왔잖아. 서로 말은 안 했지만. 뭐
    물론 삶이 모두 계획대로 될 순 없겠지만, 노력은 해야지.

순이 무얼 위해서, 뭐가 남아서 노력을 하겠다는 거야. 모든 건 없
    어져 버렸어. 고도가 없다는 마당에 내가 뭘 할 수 있냐고? 안
    그래도 사는 것도 지겨웠다. 내 맘대로 못 죽는 것도 지겨웠
    다고. 참말 죽을 수가 없다. 죽을 맛이다.

영이 (미소를 지으며) 난 괜찮아. 어쩌면 모든 순간이 이랬다면 차
    라리 평안했을지도 모르겠다는 생각이 들어. 난 이제야 바람
    을 느껴.

순이 여긴 공기가 통하지 않아. 어떻게 바람이 들어와. 우린 끝이
    라구.

영이 희망이 없다는 걸 알았으니 희망을 안 가져도 된다는 희망을 가
    져 보는 거지. 그게 오히려 편할지도 모르잖아. 그래, 하기야 각
    자가 할 몫이다. 울고 싶으면 울어. 사실 나도 눈물이 나. 내라
    고 해서 니를 막을 이유는 없어. 그것이 우리가 할 수 있는 마지
    막 일일 테니까. 그리고는 저들처럼 내 삶을 마감하겠지. 목숨을
    얘기하는 건 아냐. 내가 하는 말이 하는 말에 주목해 줘. 난 그냥
    이 순간을 즐기고 싶어. (미소로 바라보며) 사랑해, 순이야.

순이 천천히 눈물을 흘리며 일어선다.

순이 사랑해, 영이야.

영이   고마워, 순이야.

순이   고마워, 영이야.

둘은 나란히 앉는다. 서로 바라본다. 그리고 나무를 함께 응시한다.

순이   아직도 우리의 자율의지는 남아 있어. 신이 주신 마지막 선물
                이지.

영이   그래 아직도 희망은 있어. 판도라가 남긴 메시지야.

둘은 일어나 나무로 걸어간다. 그리고 자신의 옷을 벗어 자신들의 몸을 걸 줄을 만든다. 내
복 차림이 될 때까지 벗는다. 그들은 나뭇가지에 각자가 만든 줄을 건다. 두 개의 목숨 줄
을. 그리고 서로 바라본다.

영이   내 마지막 미소를 너에게 선물하고 싶어.

순이   고마워. 내 희망을 너에게 줄게.

영이   그게 뭔데.

순이   알려고 하지 마.

영이   고마워.

순이   안녕.

영이   어색하게 안녕.

둘은 서로 줄을 목에 건다. 나뭇가지가 부러진다. 둘은 굴러 떨어진다.

순이   바보야. 이 나뭇가지에 둘씩 묶였는데 우리가 무슨 재주로 자
                유롭게 죽을 수 있겠어?

영이   나무가 불쌍해.

순이   난 내가 더 불쌍하다. 내 맘대로 할 수 있는 건 아무것도 없어.

영이	희망을 가져. 아직 나무의 가지 하나가 남아 있어.
순이	그렇구나. 아니 가지가 하나 남았다면 또 너랑 나란 함께 목을 매야 하고, 그럼 우린 또 셋이 한 가지에 매달리게 되고, 그럼 우린 또 나뭇가지를 죽이고 굴러떨어지겠지.
영이	내가 양보할게.
순이	그래, 고마, 뭐?
영이	내가 양보한다고 니가 먼저 가. 널 보낸 후 내가 널 다시 내려놓고 그다음 너의 목을 건 줄에 내 목을 넣을게.
순이	내가 양보할게.
영이	난 무거워. 내가 먼저 매달렸다가 하나 남은 가지가 부러지기라도 한다면…
순이	그래 봤자 둘이 똑같이 살아남겠지.
영이	그러니 너의 소원을 위해 최악의 상황을 피하려면 내가 너를 위해 희생을 해야겠지.
순이	아니, 그럴 순 없어. 내가 먼저 목을 맨 뒤에 니가 따라 목을 맬 거라는 걸 어떻게 믿을 수 있지?
영이	그걸 왜 나한테 물어? 그건 니 문제야?
순이	뭐라구? 그럼 넌?
영이	난 내가 알아서 할 뿐이구.
순이	그러니 못 믿겠다는 거야.
영이	좋아, 나도 이제부터 널 믿지 않겠어.

둘은 토라져 등지고 앉는다.

한참을 앉아 있다.

영이	희망이 없다는 사실을 알아 버린 것이 희망이 없는 것보다 더 재미가 없네.

| 순이 | 이 나이가 되어서 이제 겨우 그걸 알았네. |

둘은 서로 눈치를 보다 다시 일어난다.

영이	안 온다면 온다 치고 가 보자.
순이	만나지 않아도 찾아가는 것에 의미가 있지.
영이	그래, 어차피 할 일도 없는데
순이	어쩌면 영 안 만나는 것도 좋겠네.

바람이 불어온다. 둘은 힘겹게 걷는다. 바람이 더 세게 불어온다. 둘은 최선을 다해 걷는다. 신문팔이가 세계각국어로 적힌 '고도, 없다.' 종이를 뿌리며 등장한다.

| 신문팔이 | 호외요. 호외요. |

세계 각국어로 '고도, 없다.'라는 말이 방송된다. 신문팔이 나간다.

순이	안 가? 고도를 만나러 가야지.
영이	아니, 안 갈래.
순이	먼 말이야? 희망을 가지라니까.
영이	안 간다.
순이	알았다. (주저앉는다.)
영이	그렇다고 너까지 걸음을 멈출 필요는 없어. 이건 내 문제야.
순이	내 문제이기도 하다. 니 말을 듣고 나 역시 자유로워졌다. 먼저 생각하고 결심했기 때문에 반드시 해낼 필요는 없다는 걸 깨달았지.
영이	그럼 고도는?
순이	씨발. 그건 이제 고도가 결정할 문제지.

침묵, 둘은 서로 바라보고 웃는다.

궐녀, 다시 노래하는 오빠로 기타를 치며 들어와 노래하기 시작한다.

〈고도, 없다!〉

고도, 고도, 고도 없다.

고도, 고도, 고도 없다.

여기에도 또 저기에도

봉구네도 또 춘자네도 없다.

고도는 고도는 고도 없다.

고도는 고도는 고도 없다.

지하에도 극장에도 하늘에도

바다에도 국회에도 너에게도

고도 없다, 고도 없다, 고도 없다.

영이	씨발. 기다릴 만큼 기다렸잖아.
순이	존나. 이 나이에 뭐가 더 무섭겠냐?
순이	욕봤다, 영이야.
영이	미 투다, 순이야.
순이	안녕.
영이	어색하게 안녕.

둘은 벗은 신발을 두고 맨발로 일어나 어딘가로 다시 가려 한다. 이때 노래하는 오빠를 바라본다. 영이가 순이의 가방에서 베케트의 〈고도를 기다리며〉 책을 꺼내 던져 준다. 노래가 끝날 때까지 나무로 걸어가 다시 나무 아래 앉는다. 주저앉는다.

막

기다림의 숨은 의미

김남석(부경대 교수, 연극평론가)

1. 기다리는 행위, 찾아가는 의미, 그리고 존재하는 부재

최은영의 작품을 일독하면서, 다양한 장르와 소재를 사용하고 있다는 점에 새삼스럽게 놀랐고, 그래서 이 점에 주목하지 않을 수 없었다. 대개의 극작가들은 즐겨 사용하는 형식이 있고, 소재가 있고, 인물형이 있고, 또 주제가 있게 마련이다. 하지만 그와 동시에, 자신이 즐겨 사용하는 형식과 소재와 인물형과 주제를 넘어서려는 욕망도 함께 지니게 마련이다. 어쩔 수 없이 형식을 선택하고 소재를 취택하고 인물형을 선정하고 또 주제를 결정하게 되지만, 이러한 요소들이 하나의 일관된 흐름으로 뭉쳐져서 자신의 개별적인 작품들이 하나의 맥락에서만 해석되기를 바라지 않는다고 고쳐 말할 수 있을 것이다.

매너리즘에 대한 경계는 비단 극작가나 연극인만의 문제는 아니다. 이 세상의 창작은 매너리즘으로부터의 일탈을 기본 전제로 삼는다. 하나의 강력한 틀로부터 벗어나려는 욕망은 창작을 이끄는 기본 정신이고 숨은 원리이기 때문이다. 그러한 면에서 최은영도 다른 작가들과 다를 바 없다. 그녀 역시 자신이 사용했던 기존의 방식으로부터 벗어나고, 세상의 모든 작가들이 그러한 것처럼, 희곡과 연극이라는 기존의 틀로부터 해방되고 싶어 하기 때문이다.

앞에서 말한 것처럼, 이러한 속성은 모든 창작자들이 공유하는 속성이다. 세상의 다양한 모습을 극작으로, 연출로, 작품 제작으로 옮기는 작업은 세상만큼 다양한 연극을 선보이고자 하는 욕망과 다르지 않다고 해야 한다. 하지만 그러한 작가들의 속성을 들여다보는 입장에서는 이러한 다채로움 사이에 존재하는 길과 공통점을 찾게 마련이다. 최은영의 작품 세계에서 이러한 공통점이자 주요 모티프를 찾아보면, '기다림'으로 수렴될 수 있을 것 같다. 무언가를 기다린다는 행위는 곧 그녀의 작품을 특별하게 만드는 추진력으로 작용하는 것 같다.

가령 〈고도, 없다〉는 '기다림'에 대해 언급한, 그래서 그 감정과 요소를 직접적으로 노출한 대표적인 작품이다. 사실 이 작품의 원본, 그러니까 창작적 영감을 제공한 작품 〈고도를 기다리며〉에서부터 이러한 '기다림'은 필연적으로 전유될 수밖에 없는 특징이다. '고고'와 '디디'가 그 숱한 장난과 무료함 속에서도 기다렸던 단 한 사람, '고도'. 그 고도를 기다림으로 읽을 수밖에 없는 것은 인간이 지닌 본원적 속성에 기다림이 내재해 있다는 뜻이기도 하다.

흥미로운 점은 '고도를 기다리는' 고고 혹은 디디와, 그들(고고와 디디)의 기다림을 부정하는 최은영 희곡 속 '순이'와 '영이'가 모두 어떠한 방식으로든 기다림을 전제한 인물이라는 점이다. 그러니까 고고와 디디가 기다림을 인정하고 드러냄으로써 기다림의 숙명을 (연극적으로) 보여주는 존재라면, 순이와 영이는 기다림을 부정하고 그러한 감정을 드러내는 것을 거절함으로써 거꾸로 그 필연적 존재 가능성을 확인하도록 종용하는 인물이다. 고도가 있든 없든, 원래의 고도와 만날 수 있든 아니든 간에, 기다림은 숙명이라도 되는 듯, 고고와 디디에게도, 순이와 영이에게도 주어져 있다. 그렇다면 이러한 기다림에서 예외라고 말할 수 있는 자는 거의 없을 것이다.

사실 고도는 존재하지 않음으로써 존재하는 존재이다. 만일 우리의 바람이 고도의 귀환, 혹은 고도와의 만남으로 충족된다고 할지라도, 진정 바라는 고도는 우리에게 실체로 다가올 수 없다. 그를 만나는 순간, 그는 더 이상 '고도'가 아니며, 그가 귀환하는 순간—기다리는 대상과 본질적으로 만나는 순간―그때의 감정은 더 이상 기다림이 아니기 때문이다.

그러니 만일 젊은 날에 만난 고도가 있다고 해도, 그러한 고도는 만나기 전의 고도가 될 수 없을 것이다. 고도는 목격되고 체험되고 대면하는 순간, 고도가 아닌 것이 되고 만다. 가끔은 그 고도가 기다림 속의 고도라고 생각할 수 있겠지만, 곧 우리―인간―는 다른 고도를 상정해야 한다. 왜냐하면 고도를 만나는 순간, 인생의 동력으로서의 그리움이 작동하기를 멈추기 때문이다. 작동하기를 멈춘 그리움은 삶을 추동하는 근원적 힘이 될 수 없다.

고도는 멀리 있을 때에만 그리움의 대상이 될 수 있다. 고도는 부재로서만 존재를 드러내고, 존재하는 순간 그 존재를 부인하는 속성을 지니고 있기 때문에, 고도에 대한 물음에 정직하게 답변하기 위해서는 고도를 만나기보다 만날 수 없음, 그 자체에 답변을 둘 수밖에 없다.

2. 비어 있는 공간, 비움으로써 채우는 그리움

〈그리워할, 연戀〉 역시 기다림에 대한 희곡이다. 이 작품에서는 영이와 순이가, 이금과 첫술이라는 보다 구체적인 삶의 지평으로 내려앉아 있다. 세상을 여행하고 추상적인 일정을 소화하는 인물이 아니라―고고와 디디는 지명이 생략된 곳에서 고도를 기다린 반면, 영이와 순이는 고도를 찾아 낯선 곳을 헤매면서 그들 주변의 공간을 무정형의 세계로 인식시키곤 했다―고도(孤島)라는 특수 공간, 그러나 절대로 일상의 층위를 벗어날 수 없는 공간에서 살아가는 인물이 된다.

하지만 일상의 층위로 내려앉은 인물들에게도 기다림은 동일하게 작동한다. 오지 않는 남편, 얻을 수 없었던 아들, 떠나버린 마을 사람들. 모두 그녀들의 기다림의 대상이다. 이 작품의 언어로 바꾸면, '그리움', 그래서 연정의 대상이 된다. 심지어는 정실과 소실이라는 대립적 위치로 인해 좀처럼 화해할 수 없는 두 여인도 서로를 그리워하고 결국에는 연정—연민의 정서—의 대상으로 전락한다. 아니, 씨앗으로 인해 서로를 돌볼 수 없는 두 사람임에도 서로를 떼어놓을 수 있는 '맞짝'으로 만들어버렸다. 서로 경쟁하지만, 그만큼 중요한 존재였던 것이다.

이러한 주제의식은 상당히 흥미롭다. 무엇이 이 젊은 여성 작가로 하여금, 기다림이나 그리움 같은 다소 의고적인 감정에 매달리게 하는지 궁금해지기 때문이다. 일상에서는 자칫 식상한 감정으로 치부될 수 있거나, 드라마의 소재로는 평면적이라고 할 수 있는 이러한 개념을 선호한다는 것은 이례적인 일이기 때문이다. 강렬한 감정이 폭발하지도 않는 개념이라는 점에서 이례적으로 여겨지기도 한다.

그리움이나 기다림의 감정은 〈비어짐을 닮은 사발 하나〉에서 정형화된 형태로 응축되고 있다. 특히 이 작품은 흙을 빚어 그릇을 만드는 사람들의 사연을 통해, 감정을 쌓고 공력을 들여 인간적인 완성을 추구하는 사람들의 이야기를 전하고 있다. 그 과정에서 기다림이 중요한 역할을 한다.

그릇을 만드는 일은 흙과 불을 조화시켜 흐르는 시간 속에 공간 하나를 창조하는 일이다. 이른바 가마에 흙으로 빚은 그릇을 넣고 은근한 불로 3일을 구우면 그 불이 흙을 사기로 만들고, 그 사기는 세상에 사발만한 공간 하나를 잉태한다. 그 사발 속의 공간을 우리는 그릇이라고 부르는데, 그릇은 그 공간으로 인해 유용해지고 또 아름다워진다.

공간을 뜻하는 독일어는 'Raum(라움)'이고, 이에 대응하는 그리스어는 '코라'이다. 코라는 '코레오'에서 나온 말인데, 이 코레오의 일차적 의미는 '공간을 주다'이고, 그다음 의미는 '비키다', 혹은 '물러나다'이다. 특히 이러한 코레오는 그릇과 관련하여 그 의미를 발휘할 때, "무언가를 담기 위해 '무엇을 넣고', 그것이 '공간을 차지하고 있다'의 의미"가 된다.[1]

---

1) 오토 프리드리히 볼노, 이기숙 역, 『인간과 공간』, 에코리브르, 2011, 32면 참조.

이러한 사전적, 실용적 의미를 이 작품에 대응해 보면, 도공이 그릇을 짓고, 그릇이 그 안에 공간을 남겨두는 것은, 무언가를 넣기 위해서 공간을 비우는 행위에 해당한다. 실제로 〈비어짐을 담은 사발 하나〉에서도 그 공간을 어렴풋하게 문면에 기록하고 있다. 사람들의 마음속에 담겨 있는 '비어 있는 공간', 그리고 그 공간에 다른 것을 넣지 않고 비우는 행위는, 곧 좁게는 기다림을 채울 수 있는 공간을 마련하는 행위이고, 넓게는 삶의 궁극적인 목적을 감당할 수 있는 영역을 상정하는 행위이다.

최은영은 이러한 그릇 속의 공간을 '비어짐'이라고 규정했다. 그리고 그릇을 비우듯, 인간의 마음을 비우면, 그 안에 그리움과 애련함이 맴돈다고 말하는 듯하다. 일본으로 건너간 구웅과 구웅을 대신하여 벽파도요의 대장이 된 민영, 두 사람은 부부이지만 떨어져서 만날 수 없는 공간을 담으며 살아야 하는 운명을 감수해야 했다. 바다만큼, 한/일만큼 심리적 거리를 지니고 있는 두 사람이 그리움을 바탕으로 다시 만날 약속을 하지만, 그 약속은 그릇 하나로만 실현된다. 이러한 거리감은 최은영의 희곡에서 즐겨 다루는 심리적 특성 즉 기다림의 다른 이름이다. 두 사람은 서로를 기다렸고, 상대가 만든 그릇이 자신에게 돌아오기를 또한 기다렸다. 물론 이러한 기다림은 결국에는 비어짐이라는 감정을 통해 하나의 실체로 남게 된다.

최은영의 이 작품은 결국, 이러한 비어짐과 그리움 그리고 거리감을 하나의 특성이자 감정으로 묶어내고, 이러한 심리적 특성을 응축하여 상대에게 다가가려는 강렬한 욕망을 형상화했다. 사실 이 희곡에서 민영의 오빠 민철이 억울하게 죽은 아내 설이와 만나는 장면—죽은 설이를 민철이 죽어 따라간다는 설정—은 이후 민영과 구웅이 가게—만나게—길을 미리 보여준다고 할 수 있겠다.

3. 기다림과 사랑

최은영의 최근 작품 가운데 가장 주목을 끌게 만드는 작품이 〈연애의 시대〉이다. 이 작품은 초연 때부터 각별한 주목을 받았고(2010년대 부산 연극제 참가작으로 초연), 비록 재공연되지는 못했지만 그 가능성을 크게 열어놓은 작품이라고 하겠다. 초연 때 연출을 맡은 김지용은 이 작품에서 표현해야 할 바를 '기다림'의 의미에 맞춘 느낌이었는데, 그렇다면 이러한 연출가의 해석은 비교적 적확하다고 해야 할 것이다.

〈연애의 시대〉는 1920~30년대 조선의 문화적 상황을 배경으로 하고 있다. 신문물이 들어오고, 그와 발맞추어 신식 사고가 전파되고 있는 조선에는, 이와 동시에 구시대의 삶과 사고방식 그리고 이를 따르는 인간 군상이 혼재되어 있다. 한쪽에서는 자유연애를 부르짖으며 '사랑'의 새로운 의미를 따지고 있고, 다른 한쪽에서는 전통적인 의미에서의 결혼관을 고수하며 대가족 제도의 삶을 유지하고 있다.

작품의 주인공인 갑남(甲男)은 이러한 틈바구니에서 성장한 여인이다. 갑남에게 세상의 혼란은 집안의 혼란으로 먼저 인지된다. 그녀의 아버지는 신여성인 배우 마리아와 경성에서 살고 있고, 그녀의 어머니는 시골의 본가에서 딸 갑남을 키우며 전통적인 삶의 방식을 꾸려가고 있다. 갑남은 아버지의 정을 그리워하면서도, 어머니를 고통스러운 삶으로 몰아넣은 아버지의 이중생활을 증오하고 있다.

본격적인 사건은 이러한 갑남이 경성으로 유학을 떠나면서 발생한다. 자신이 배우지 못했다는 사실을 자각한 갑남의 어머니는 자신의 딸에게는 그러한 삶을 물려주지 않기 위해서 갑남에게 배움의 기회를 제공한다. 갑남은 부푼 꿈을 안고 경성으로 올라가지만, 그곳에서 그녀를 기다리고 있는 것은 아버지의 죽음이었다. 얼떨결에 아버지의 상주가 되고, 아버지의 두 번째 부인이었던 마리아를 만나지만, 갑남은 아버지와 마리아의 삶을 용서하거나 이해할 순간을 맞이하지는 못한다.

오히려 경성에 머물게 되면서 마리아의 삶에 접근해가는 자신을 발견할 따름이다. 오래전부터 편지를 주고받으며 문학에 대한 의견을 교환하던 노자영과 만나게 되고 그를 사랑하게 되면서 이러한 이율배반적 입장은 증폭된다. 노자영은 시골에 조혼한 아내가 있는 남자였고, 그 남자와 사랑에 빠진 갑남은 그토록 증오하던 아버지와 마리아의 관계에 접근하고 있었던 것이다.

더구나 마리아는 아버지를 독살한 죄를 저지른 여인이었다. 이 여인의 독살은 갑남에게는 이해하기 어려웠던 삶의 다른 측면을 인지시켰다. 마리아는 사랑을 위해 모든 것을 걸었지만, 그가 사랑한 남자(갑남의 아버지)는 마리아가 아닌 다른 여인을 끊임없이 갈구했고, 이러한 상대방의 행위에 대해 마리아는 '사랑'이라는 구속을 시행해야 할 필요를 느낀다.

이 지점에서 〈연애의 시대〉는 다소 묘한 설정을 배면에 깔고 있다. 갑남의 아버지를 빼앗고 결국에는 다른 이에게 그를 빼앗기지 않기 위해서 교살한 마리아는, 그녀에 의해 남편을 빼앗긴 또 다른 여인인 갑남의 어머니와 마주하게 된다. 두 사람의 만남은 의외성을 지닌 사건으로, 궁극적으로는 두 가지 서로 다른 선택을 '사랑'의 서로 다른 행위로 귀결시키려는 여인의 길을 시사한다. 하나가 사랑을 통해 누군가를 소유하려는 입장이라면, 사랑이라고 공개적으로 단언하지는 않지만 누군가와 함께 삶을 공유하려는 입장이 다른 하나이다. 그리고 이를 지켜보는 하나의 시선을 만들어낸다. 이 시선이 갑남의 시선이고, 그녀를 통해 세상을 바라보는 작가의 시선이다.

두 여인을 바라보는 갑남의 시선은 어떠해야 할까. 이 작품을 다시 연출한다면, 아마도 이 시선의 깊이가 성패를 좌우할 것이다. 갑남은 평소 경원시했지만 마음 한구석으로 은밀하게 동경하기도 했던 여인 마리아와, 한껏 동정하고 동경하고 있었지만 마음 한구석에서는 경원시하기도 했던 어머니 사이에서, 사랑이 지닌 미묘한 혼란을 경험할 수 있었다. 그렇다면 갑남의 시선이 어떠해야 하느냐는 질문은, 그녀가 꿈꾸는 사랑은 어떠해야 하느냐는 질문으로 대체될 수 있을 것이다.

작가는 이러한 모순적이고 상반된 두 여인 사이에 갑남을 밀어 놓는 동시에, 또 다른 사랑의 연애의 모습을 그녀 곁에 둔다. 경성 유학을 하면서 만났던 장명화와, 그녀를 사랑하는 문사 길삼식의 사랑이 그것이다. 길삼식은 조혼한 남자는 아니었지만 조혼한 처만큼 곤란한 삶의 조건을 가진 남자였다. 더구나 장명화는 당시 사람들이 한 없이 인정하기 어려운 기생이라는 악조건을 지닌 여인이었다.

두 사람 앞날에는 부모의 반대를 무릅써야 하는 난관이 기다리고 있었고, 그 난관 속에는 기생과 학생의 연애라는 사회적 편견도 포함되어 있었다. 이들의 대처 방식은 극단적인 동반 자살이었다. 그러한 측면에서 〈연애의 시대〉가 충격적인 사건 전개를 고의로 자행하고 있다는 비판에서 자유로울 수는 없을 것이다. 다만 마리아는 독살을, 장명화는 자살을 선택했다는 사실을 존중한다면, 이러한 선택이 결국에는 마지막에 남은 갑남을 겨냥한다는 점을 따져볼 필요가 있다.

작품에서 행해진 갑남의 선택은 비교적 온건한 편이다. 그녀는 조혼한 남자인 노자영을 떠나기로 결심했고, 복잡한 사랑의 의미를 외면하고 자신의 삶 전체를 피신시키기로 결정했다. 그녀가 피신하는 곳이 어머니의 품이라는 사실은 다소 아이러니한 결과를 남긴다. 어쩌면 작품 속의 갑남은 아직은 성장하지 않은 아이였고, 남녀의 관계를 제대로 따지기 어려운 처녀였다는 말이 되기 때문이다.

사실 그렇기 때문에, 이 작품의 결말에는 온전히 동의하기 어려운 것도 사실이다. 갑남은 불편한 조건을 가진 남자를 떠났고, 이러한 피신은 동반 자살한 여인이나 상대를 독살한 여인의 전철을 따르지 않는 현명한 판단처럼 보이는 것도 사실이다. 하지만 장명화나 마리아가 어떻게 해서든 자율적이고 실천적인 방식으로 사랑에 대해 응대했다면, 갑남은 주위의 시선을 핑계로 사랑에 대한 도피적이고 소극적인 방식을 취하고 말았다. 어떠한 의미에서든 갑남은 사랑에 대한 입장을 정리하지 못했고, 심지어는 그녀의 어머니처럼 무조건적인 희생마저 용인하지 못하는 단편적인 선택만을 내렸다고도 볼 수 있다. 이 작품에서 갑남의 이러한 선택은 결국 남자의 능동적인 변화—조혼한 아내와의 이혼—를 이끌어 내는 것처럼 보이나, 엄격한 의미에서 보면 이것은 노자영의 변화이지 갑남의 변화라고 보기는 어렵다. 이 점은 다소 아쉬운 점이다.

표면적인 측면에서 보면, 이 작품은 최은영의 작품들을 관통한다는 기다림의 정서와는 거리를 둔 작품으로 보인다. 떠난 남편 대신 딸 갑남을 키우는 모친에게서 기다림의 정서를 찾아낼 수는 있을지 모르지만, 이 작품의 중심 테마는 오히려 사랑을 기다림의 의미로 바라보지 못하는 사람들의 모습에 맞추어져 있다. 갑남은 손쉽게 자신의 감정을 버렸고, 마리아 역시 마지막 기다림은 용인하지 않았으며, 장명화도 기다리지 않는 방식으로 자신들의 사랑을 마무리했다. 따라서 이 작품에서만큼은 어쩌면 기다린다는 것이 무의미하다고 말하고 있는지도 모른다.

사랑의 의미가 무엇인지는 모르겠다고 말했으니, 최은영의 이 작품에서 사랑의 의미를 가볍게 논의하는 것은 상대에 대한 예의를 지키지 않는 것인지도 모르겠다. 하지만 최은영의 이러한 입장 표명으로 인해, '기다림'은 남다른 의미로 변주된다. 인생에서 무언가를 기다리고, 그 기다림 자체에 대한 일관성(과 그 정도)으로 삶의 가치를 판단하던 기존의 태도(입장)와는 달리, '기다림'이 지워진 형태로 자신 앞에 놓인 삶을 마주 대하는 태도가 생성되었기 때문이다.

기다림은 인고와 침착 그리고 현숙이라는 가치를 파생하기 때문에, 기다림의 행위는 타인이 함부로 흉내 내기 어려운 가치를 함축한다. 가령 갑남의 어머니는 오랜 시간을 남편에 대한 의존심을 억누른 채, 자신과 자식의 삶을 건사해내는 평범하지 않은 현숙함을 드러낸다. 그녀의 선택에 대해 비판적일 수는 있을지언정, 그녀의 태도에 대해서는 숙연해지는 마음을 금하기 어려울 수밖에 없다. 왜냐하면 그녀의 행위는 함부로 흉내 내기 어려운 지고함을 지니고 있기 때문이다.

마리아에 대해서도 마찬가지이다. 그녀가 남편을 독살했다는 사실은 그녀를 비난하게 만들지만, 그녀가 오랜 세월동안 남편 하나만을 기다리며 삶을 꾸려왔다는 사실을 함께 대입하면 그녀의 독살을 함부로 재단하기는 어려워진다. 그녀의 기다림에 개입하는 시간 때문일 것이다. 반면 장명화와 길삼식의 자살은 이러한 시간을 개입시킬 여지가 충분하지 않기 때문에, 다소 섣부른 선택으로 여겨질 수밖에 없다.

시간이라는 중요한 가치는 기다림 자체의 도덕적 기준을 강화하고 이로 인해 인물들의 선택에 영향을 미치는 요소로 작용한다. 물론 이러한 인물들을 창조하고 그러한 인물들을 보여주기 위한 사건을 창조하는 과정에도 깊숙하게 개입되기 마련이다.

최은영의 희곡은 사건의 아기자기함이나 현란함을 강조하는 스타일이 아니다. 오히려 특정한 전언을 실어 나르는 인물을 보고, 그 안에 들어 있는 복잡한 삶의 층위를 관찰하는 것에 미덕을 가지고 있다. 예외적으로 〈연애의 시대〉는 인물만큼 확장된 플롯의 재미를 추구하는 작품인데, 그로 인해 〈연애의 시대〉는 기다림이라는 최은영의 일관된 주제를 변주하는 역할을 하게 된다. 이러한 측면에서 이 작품은 최은영의 희곡에서 다시 한 번 돌아보아야 할 계기이자, 그녀의 새로운 추발을 위해서 반드시 참고해야 할 극작의 결절점이 아닌가 한다. 그리움의 가치가 기다림의 차이로 반드시 체화되지 않는다는 점에서는 역발상이 가득 고인 지점이기도 하다는 사실을 기억할 필요가 있다.

Godot, Nowhere!

Written and directed by EunYoung CHOI
Translated by JaWoon KIM, SunYoung KIM

Characters

YoungEi

SoonEi

WOMAN (Plays multiple roles.)

Godot   Someone who is considered to be Godot, though uncertain. (For convenience' sake, we call him "Godot").

Nothing is on the stage, except a single wire tree standing on stage left. Beside the tree are YoungEi and SoonEi sitting showing their back to the audience. They are constantly repeating the same motion over and over. They seem to be looking for something. But they find nothing and resume the same motion. While repeating the same motion increasingly, they bump into each other and fall down.

A long while later⋯.

YoungEi	Hey.
SoonEi	⋯.
YoungEi	Hey.
SoonEi	What?
YoungEi	Hey, look. (her finger pointing to a place in the stage)
SoonEi	⋯.
YoungEi	There, there, there⋯.
SoonEi	Stop it.
YoungEi	Look! That, that⋯.
SoonEi	Don't do that.
YoungEi	I'm serious. There, there⋯!
SoonEi	I told you to stop it. My patience's running out.
YoungEi	But⋯. We shouldn't end it like this.
SoonEi	We have done something? What? What have we done?
YoungEi	We? We are waiting for Godot.

They stop and freeze into position, in shocking faces. The lights and music change, and a woman appears from the audience and comes slowly up to the stage. She looks like a young girl wearing a school uniform, but she has a rather scary look. She draws a crooked triangle with a long rubber band across the stage, singing a Korean song, "Fox, Fox". As she sings the song, YoungEi and SoonEi interact with the song unconsciously. Then, WOMAN shout to the audience.

WOMAN   Fox, Fox, what are you doing?

YoungEi, SoonEi   Sleeping.

WOMAN   Sleepy head. Fox, Fox, what are you doing?

YoungEi, SoonEi   Washing my face.

WOMAN   Dandy. Fox, Fox, what are you doing?

YoungEi, SoonEi   Eating.

WOMAN   What are you eating?

YoungEi, SoonEi   Frog.

WOMAN   (threatening with the rubber band) Is it alive or dead?

YoungEi, SoonEi   Alive.

WOMAN   (threatening again) Alive or dead?

YoungEi, SoonEi   (trembling with fear) Alive.

WOMAN   (threatening them with a louder voice) Alive or dead?

YoungEi, SoonEi   (trembling with fear) Dead.

WOMAN   (with a sneaky smile) Woo, I am scared.

After making a triangle with a long rubber band, WOMAN comes to the front stage and looks towards the audience.

WOMAN   Godot, nowhere.

WOMAN runs away. As YoungEi and SoonEi are relieved from tension, they fall down on the floor. A while passes.

YoungEi	I'm afraid that this is the end.
SoonEi	It shouldn't be.
YoungEi	But we have nothing to do to prevent it.
SoonEi	But it's not like we are doing nothing.
YoungEi	What is that we are doing?
SoonEi	You do know what we are doing. Let me ask you. What are we doing now?
YoungEi	We, we are waiting for Godot.

They freeze into position, in shocking faces. A moment later, they resume their action as if nothing happened.

YoungEi	It's not like you're hearing it for the first time. What makes you so surprised?
SoonEi	No. This is the first time that I hear this much surprising story right at this moment, I swear to you. It cannot be the same with what I heard before. Because that is what I heard before. If I hear that a second later from now, my feeling about it will be different. Anyway, this is what is at this moment. It's different from any other moment.
YoungEi	What you are saying is nothing new, either.
SoonEi	Don't pay attention to my words. Do pay attention to what my words say.
YoungEi	Wait, didn't you hear something?
SoonEi	How can I miss it? It's me who said it. "Don't pay attention to my words. Do pay attention to what my words say." Yes, I heard that, all right.

YoungEi   I don't mean that···.

SoonEi   Yes. You···.

YoungEi   Quiet! Aren't you supposed to pay attention to what my
words say, not my words?

SoonEi's face shows what she's thinking, which is "YoungEi is not that stupid."

YoungEi   (listening attentively) Do you hear?

SoonEi   (listening attentively) I hear.

YoungEi   Do you hear?

SoonEi   Um···. I think I hear.

YoungEi   They're your ears. Do you hear or not? Can't you be more
specific about it?

SoonEi   Yes, I hear. I can hear, definitely. It's like the sound of
thunder. There is the time lapse between the flash and the
sound, but I hear it loud and clear.

YoungEi   What do you hear?

SoonEi   Um···. A sound of thunder?

YoungEi shakes her head.

YoungEi   A sound of cry?

YoungEi sighs.

SoonEi   Ah, I got it. Sounds of people fighting, right?

YoungEi   You are too old.

SoonEi	What? Old? What is old? My clothes? My feet? What?
YoungEi	Your ears. They are too old to hear something. This is the sound of water. Listen carefully. Focus.
SoonEi	Focus.
YoungEi	You can hear, right? The sound of water. Drop, drop, drop. The dripping sound.
SoonEi	Yes. I hear.
YoungEi	Are you sure?

WOMAN, this time, she is an old lady. She speaks, walking on a stick.

WOMAN	I hear.

They look at one another and freeze in surprise.

WOMAN	Look!

The other two look around.

WOMAN	Hey, look!
SoonEi	Look what?
WOMAN	No. That's not what I mean. Look! I'm trying to find the way.
YoungEi	Way to where?
WOMAN	Why do you talk down to me? I stand much taller than you.
YoungEi	I stand much wider than you.
WOMAN	Huh? Hum...Okay.

SoonEi	Um.
WOMAN	Why you don't use honorifics to me?
SoonEi	(mimicking the way Woman talks) Why should I use honorifics to you?
WOMAN	You shouldn't use the word, 'why'.
SoonEi	Why? Why shouldn't I use the word, 'why'?
YoungEi	I think it's meaningless to ask more questions.
SoonEi	What's the reason for that?
YoungEi	Look at her carefully. She is not ready to answer. Asking doesn't guarantee a wanted answer.
WOMAN	(turning towards the two) Hey, you.
SoonEi	Who? Me?
WOMAN	The wider one, not the taller one.
YoungEi	Do you mean me?
WOMAN	Yes, You. I think You two are suspicious. You, answer me. I've just come here from there and now I'm going to go over there again. Well, I saw no one as I was coming here from there. Then, You two are here. That's really strange. Answer me. What do you think?
SoonEi	You haven't asked anything, have you?
WOMAN	To make it short, you two are blocking my way, aren't you?
SoonEi	Anyway, (as if making fun of WOMAN) who are you?
WOMAN	Don't ask.
SoonEi	Where are you going?
WOMAN	I do not answer. I only ask. Anyway, how long have you two been here?
SoonEi	(reflects) Since yesterday.

WOMAN	Then, I have to go back to before yesterday.
SoonEi	(reflects) No. Since the day before yesterday.
WOMAN	Then, I have to go back to before the day before yesterday.
SoonEi	(reflects) No, since ten days ago. No! A month ago. Hum...no. a year ago···.

WOMAN, looks black at SoonEi.

WOMAN	I was going there, but my way has been troubled since I met you two. Am I wrong?
YoungEi	Well then, you might want to go here, which is the way before you met us, and start again.
WOMAN	Ah, you are right. I will go back there. I mean, there which is before we had met.
SoonEi	And then?
WOMAN	I do not answer, only ask. But I am coming back here. Because the map says here. Well, then.
YoungEi	Bye.
SoonEi	Bye, Don't come back.

WOMAN intends to leave, but turns back again.

SoonEi	(to YoungEi) By the way, that granny might know if I ask?
YoungEi	Ask what?
SoonEi	(whispers in YoungEi's ear) Godot.

It tickles YoungEi's ear very much.

YoungEi	What did you say?
SoonEi	(much louder in YoungEi's ear) Godot!
WOMAN	(Not looking at the two, but sitting towards the audience, as if she heard something) Who?
YoungEi	(tries to say something) I mean···.
WOMAN	I don't care. I will give you an answer if you want.
SoonEi	Your words have no credibility.
WOMAN	Okay, then. I won't.
YoungEi	(covering SoonEi's mouth) No, no. Please give me.
SoonEi	Give you what? What can you get from her?
YoungEi	Why not? It's free.
SoonEi	Free? I don't need it.
YoungEi	At least, we can gain some time.
SoonEi	She's not trustworthy.
YoungEi	This is not a matter of ethics. It's a matter of economics. We have it over her at least in this battle. We'll be given at least an answer here. Even if that wouldn't be the answer that we want. We can get one answer at the very least. It's free of charge.
SoonEi	It doesn't matter. I feel no need.
YoungEi	At least, we can gain some time.
SoonEi	(reflects) Can we?
YoungEi	(Approaches WOMAN and says in a cute voice) Give us your answer, please.
WOMAN	Are you sure?
YoungEi	Yes, I am sure. Earnestly. Extremely, Awfully. (gives SoonEi

	a cue.)
SoonEi	Yes, yes, yes. We want it, absolutely.
WOMAN	Want what?
SoonEi	(reading WOMAN's face) The free thing. No, I mean the answer.
WOMAN	What is that?
SoonEi	(angrily) I'm asking you because I don't know it.
YoungEi	(blocking SoonEi) Well, what we want is···.
WOMAN	(throwing the map that she was holding) Here you are. This is the alms from the good. It is the answer that'll make you realize your ignorance. (as YoungEi tries to get it, WOMAN takes it back) You'd better be attentive. Can you promise?
YoungEi	I promise.

WOMAN checks their faces and throws the bag to them and leaves in a hurry.
It is a luxury Prima Classe bag with its logo design of a map. YoungEi and SoonEi
search through the bag and show its inside to the audience. It is empty.

YoungEi	(in a different voice tone) A luxury bag. Prima Classe. First Class in English. It means the first-class of the airplane. In 1989, Alviero Martini found an old map during his trip throughout Russia. He designed this bag from the inspiration he got from that old map.

YoungEi finds nothing inside the bag and throw it away. SoonEi picks it up and look
at it carefully.

YoungEi	You were right. We have spent time for nothing. Godot hasn't come. Only that useless woman.
SoonEi	Is this a designer bag?
YoungEi	Throw it away. What can we do with it? There's nothing in it. Even nothing to fill my stomach.
SoonEi	You promised to be attentive to it. So we need to look at it attentively. (as she checks the bag carefully, she finds the map pattern on the surface of the bag.) Who has drawn a map all over this bag?
YoungEi	There is zero hope. What can we find with that piece of map? (as if she suddenly realized something, she turns her head to SoonEi) Huh? A map? (looks at the map and is seized by it.) Oh, uh. No. No. This is not nothing after all. (continue to look at the bag for some while) This is it. I found it. Godot is here. Right here in Switzerland.
SoonEi	Really? Are you sure that you've found it? (posing like Andy in the film, The Shawshank Redemption) Swiss. Ah, Ah. Frankly speaking, I had a doubt. I wasn't sure of success. Despite my lack of faith, I've got the answer. This is God's blessing. I think I saved a nation in my previous life. Let's go to Switzerland. Where in Switzerland?
YoungEi	The Alps!
SoonEi	I knew it! It doesn't make sense if Godot was in a cheap pup in my town. It must be Switzerland, the stylish country. The Alps. Finally the day has come when my passport to be stamped. Wahahahahah.
YoungEi	But⋯.

SoonEi	What?
YoungEi	Godot is supposed to be waited for. Like the writer Beckett, like Vladimir and Estragon, we are supposed to wait for Godot right here, aren't we?
SoonEi	Haven't you got tired of it, yet? We have, no, are waiting even at this moment. Now, we are allowed to go on our way and look for Godot.
YoungEi	What if we and Godot missed each other on the way?
SoonEi	You don't have time to worry about it. We have waited today, were waiting yesterday and the day before yesterday. It is time to go, to go and look for him. Maybe, this means for us to come to Godot. Yes, that's why the odd granny was sent to us to give this bag to us. Yes, that's it. She came to give us this.
YoungEi	If so, all she had to do was to give it to us. Why did she suspect us?
SoonEi	Um···. Maybe she wanted to make sure that we were the right people. That's exactly why she was suspicious of us. Yes. She threw this to us when we said the name, Godot, pretending not to know him.
YoungEi	Are you sure?
SoonEi	I am sure.
YoungEi	Sure..?
SoonEi	I am positive.
YoungEi	Then, what are we supposed to do?
SoonEi	Go to the Alps. With the passport with a stamp.
YoungEi	How are we going there, the Alps?

SoonEi	I told you just now. Get our passports stamped and get on a plane.
YoungEi	How do we take the plane?
SoonEi	I TOLD you already. A stamp on the passport and⋯.
YoungEi	No, how do we go there to take the plane?
SoonEi	How? By an airport bus? Or by taxi? What do you mean?
YoungEi	Look at that. (points to the line on stage right with her finger)
SoonEi	Takes a look at it. She is surprised and frightened. YoungEi lies face down on the floor hopelessly. SoonEi thinks for a while and starts to talk.
SoonEi	(staring at the line) Jesus climbed up to Golgotha wearing the crown of blood knowing his moment of death had come. Carrying the Cross on his back. Confucius obtained his insights into the logos of the world after 12 years of wandering around. There's more. Buddha, Siddhartha Gautama, left behind everything he had and practiced asceticism for 6 years, and still sat under the banyan tree again. To reach the state of nirvana.

As if reacting to SoonEi's words, YoungEi jumps up from the floor and talks to SoonEi.

YoungEi	It's a matter of perspective. Perspective. Jesus loved humans so much and went up to the Golgotha hill to be blamed for their sins. But it was the Jews who insisted to nail Jesus, not the Romans. The man who denied and stoned Jesus was also a Jew. After all, Jesus was forced out

by the administrative procedures set by people. Whether it was intentional or not. Confucius's wandering was also caused by his being rejected by the human world. He was actually in exile and let his disciples go hungry. Well, Buddha, he chose to abandon everything. No one made him to do so. But the first six-year asceticism could be seen as his personal failure.

While YoungEi is talking, SoonEi is still trying to cross the line, but is having difficulty to do so.

SoonEi　　I will cross this line. I'll overcome this line and this wall. And I will go to the Alps.

Quite accidentally, SoonEi succeeds in crossing the line as she jostles with YoungEi. Now, YoungEi is inside the line and SoonEi is outside the line, which is on stage right.

SoonEi　　Did you see that? Huh? Huh? Now I'm going to the Alps. I will proudly enter the airport and board a plane leaving for the Alps. By the fastest one and on the first-class.

YoungEi　　But⋯

SoonEi　　What? What's worrying you now? What's the problem? Leave everything to me. Trust me. We can now go and look for Godot.

YoungEi　　That's not what I mean.

SoonEi　　That's not what you mean? What is it then?

YoungEi　　The airport is (points to stage left) that way. (and points to the line again.)

As music plays louder, they stand still. Dark change.

The lights on. YoungEi is sitting with her back to the audience, and SoonEi is still trying to cross the line. WOMAN enters the stage with a newspaper in her hand. She is dressed like a homeless person. She sits on the floor and slowly opens the newspaper. Accidently, the newspaper gets placed on top of the line. Being startled, SoonEi steps back and observes. SookJa starts to read the newspaper carefully.

SookJa	Oh no, what on earth is this?
YoungEi	What'? What is it?
SookJa	Well, I've never imagined this kind of thing could happen in this modern world.
SoonEi	What? What is it?
SookJa	Here, here. Oh no, oh my!
SoonEi	What's happened? (looks back and is surprised to see SookJa.)
SookJa	Two people had meals. After that, one said he ate nothing.
SoonEi	What? What a shitty situation! Someone should cut his belly open and show it to him
SookJa	Then the other one said he didn't eat anything, either.
YoungEi	There can be no proof. Even if someone cut their belly open, what they ate must have already pooped out.
SookJa	It says, people asked "There was food here. Now, it's not here. Where did it go, then?"
SoonEi	And?

SookJa	They are searching for the missing food.

SoonEi and YoungEi stare suspiciously at SookJa.

The two slowly approach SookJa on tiptoes. When they got right in front of SookJa,

SookJa raises her head.

SookJa	I didn't eat it. (reading the faces of YoungEi and SoonEi) I swear. It's not me who ate it.
YoungEi	What a false world we live in!
SookJa	You shouldn't say things like that.
SoonEi	It's quite upsetting.
SookJa	Don't make such a face.
SoonEi	I would rather draw a picture.
SookJa	You are getting dangerous.
SoonEi	How about singing a song?
SookJa	You have to have the lyrics checked. Also, you have to sing in the way they want.
SoonEi	How about dancing?
SookJa	You have to be careful not to leave anything to imagination.
YoungEi	No, I can't. No, I won't.
SookJa	The first time is always difficult. As social animals, humans hand down culture through the system of learning and education.

Let me explain more easily. A man and a woman went to a motel. The man's arms

are behind his head, and he is smoking. And the woman is turning her back to the

man, crying in her slip. The man speaks.

The two do a role play according to SookJa's story.

SoonEi   (pretending to smoke) At first, everyone feels like you. But you'll be okay with it, soon.

YoungEi   (putting on a sad face) Listening to you, I feel what you say is true.

SoonEi   But, I want to dance. I want to sing.

SookJa   (approaching her quietly) It's not difficult at all. If you believe something is so and so, then it will be so and so. I was like you when I was at your age. But you'll know better when you get older. Listen to the elders, and it will be good for you. (pointing to the newspaper covering the line) Look here. There is no line. It is just a piece of newspaper.

Feeling afraid, YoungEi starts to whimper.

SoonEi   (not quite persuaded yet) But···.

SookJa   But the line is covered by the newspaper. So there is no line, now. You just step on the newspaper and cross it. It is easier than you think. Everyone has a hard time doing it at first. You'll get used to it in no time. Don't be afraid. The sun will rise again. Come on, step across here.

SoonEi hesitates with fear but slowly steps across the newspaper. Now, she is back inside the line again.

426

YoungEi	No!

YoungEi wails, and SookJa laughs. SookJa takes away the newspaper.

SookJa	Good job. See, It was nothing, right? Don't think about anything. All you have to do is to focus on the chunk of meat on a plate in front of your eyes.

SookJa smiles contently and exits slowly. YoungEi whimpers.

SoonEi	Uh, Uh. (as she looks at the line, something seems to be bothering her.)
YoungEi	You've crossed the line. But you must know. There are some lines we should not cross. Sometimes, the very difficulty makes it worthwhile. You'd better not like easy things too much. To avoid something because it's inconvenient. It's good for nothing. Lollipops are sweet and delicious, but they are bad for your teeth. You must not forget it.
SoonEi	By the way.
YoungEi	You are not the same to me anymore.
SoonEi	Now, more things to cross over···.
YoungEi	What are you talking about?
SoonEi	The woman crying in her slip with her back turned.
YoungEi	I don't understand what you're trying to say. But what is certain is that you're not the same person to me.
SoonEi	A girl whose purity is sullied. Are we absolutely sure that

she is not pure anymore? Is traditional culture that has been handed down through learning a form of suicide? Is it a prostitution?

YoungEi   What are on earth you saying?

SoonEi   The standard. I am talking about the standard. I'm thinking about the intent of who intended learning in the first place. Um, to make it easy, someone wrote on his computer, "This morning, I'm taking a journey."

YoungEi   And?

SoonEi   And he packed his bag and went out.

YoungEi   And?

SoonEi   You are curious. Good!

YoungEi   And what?

SoonEi   Then, someone else comes in. Of course that someone can be that someone.

YoungEi   And?

SoonEi   That someone adds this to the diary. What was the original sentence?

YoungEi   This morning, I'm taking a journey.

SoonEi   That someone adds to the original sentence. "Forever Period. Dot, dot, dot." (observing SoonEi's response) What do you think? In a second, the journey changed into a suicide by someone.

YoungEi   (as if she've finally realized something) Yes, you are right.

SoonEi   Yes.

YoungEi   Every problem has a cause. No matter what you do to hide it, to deny it, the truth is still there.

SoonEi, YoungEi	Like the line under the newspaper.
YoungEi	But yes, it could be an answer, but it's not a solution. We are imprisoned inside the line all over again.
SoonEi	No. I'll give you a clear answer. In fact, it came to me in my moments of despair.
YoungEi	What, what came to you?
SoonEi	The fact that a line is a line.
YoungEi	Pooh. Yeah, it's a line alright. I know it's not a plane or a dot.
SoonEi	Yes, that's what I am talking about. It's a matter of seeing it as it is. Rene Magritte painted a painting entitled "This Is Not a Pipe." Ceci n'est pas une pipe.
YoungEi	Is the Pope Catholic? Because that's not a pipe.
SoonEi	That's my girl! We can overcome this barrier. The journey cannot change into a journey to a suicide just because someone adds the word, ⟨forever⟩. Likewise, it's not that I've crossed the line. I merely stepped on the newspaper. I realized it while crossing over the newspaper. And, we are locked inside the line again. So this is my problem. I haven't able to solve it. It's not the kind of problem that can be helped by a piece of newspaper.
YoungEi	But then, what is that we can do in this situation?
SoonEi	Two is better than one. Come on, help me.
YoungEi	Sure, but how?
SoonEi	Two of your fingers are enough. To be efficient, I'll start from here.

The two take off the rubber band and throw it away at the same time. Having

succeeded in removing the line, they embrace each other in joy.

SoonEi   We're free at last.

YoungEi   We've been free all the time.

SoonEi   But we are free now.

YoungEi   Yes. But now what?

SoonEi   No, we will go.

YoungEi   Go where?

SoonEi   To find Godot!

Dark change.

With the sound of a plane, WOMAN dressed in flight attendant uniform comes out to

the center of the stage. Again with the rubber band in her hands, she acts as a flight

attendant giving announcements

Flight Attendant   Good morning, ladies and gentlemen. Welcome
            aboard Godot Air flight bound for the Alps via Kimhae
            Airport. We are currently cruising at an Godot [the Korean
            equivalent to "altitude" is "고도" whose pronunciation is the
            same as "Godot"] of 3,700 feet. But the Godot is subject
            to change based on the change in air currents. So you'd
            better not care about it. This plane has 5 emergency exits.
            In the event of an emergency, please find them on your
            own. When a problem occurs regarding the Godot, the
            seatbelt sign will be turned on. In that case, please fasten

your seatbelt. When the oxygen mask comes down, pull the mask to your face. As for the life vest, slip it over your head and pull the strap downwards. And pull the yellow handles sideways tight.

Also, please never ask flight attendants for peanuts since it may cause the plane to return to the airport. Smoking is allowed only outside the plane. So if you need to smoke, open an emergency exit and go outside to light your cigarette. Godot is going down right now. Please fasten your seatbelt. Thank you.

The lights on. Cheerful music playing. Two women come out to the stage wearing sunglasses with a backpack on their back.

YoungEi	You are overdressed.
SoonEi	It's an airport fashion.
YoungEi	Where are we anyway?
SoonEi	Yodel-ay-hee-hoo. Huooooray.
YoungEi	We are really⋯.
Both	The Alps. Wahahaha.
YoungEi	Let's see. (opens the map) Somewhere here⋯ Yes. The Alps is here, and Godot ⋯ is here.
SoonEi	Uh? What's this?
YoungEi	What?
SoonEi	Here. The Alps.
YoungEi	Yes. The Alps.
SoonEi	And Godot.

YoungEi	Yes, Godot.
SoonEi	This is not just Godot. It's a Godot above the sea level of 2500 meters.
	Godot Above the sea level?

WOMAN passes by. This time, she is dressed like an Alps girl.

Girl	Es gibt keine Godot!

The girl exits.

SoonEi	Wh, what? What did she say?
YoungEi	I knew something like this would happen. I'm all ready for it.

YoungEi takes a smart phone out of her backpack.

YoungEi	(talks into the smart phone's microphone) Es gibt keine Godot.

The translation app in the phone says 『Godot, nowhere』.

YoungEi	It says Godot nowhere.
SoonEi	It can't be! Here, it is clearly written right here on the map, "Godot above the sea level".
YoungEi	(on the verge of tears) Yes, I saw it, too.
SoonEi	Ahhhh! Look!

YoungEi	What, what's the matter this time?
SoonEi	Godot in the Alps must have reproduced itself just now. He's in France, too. Mont Blanc. Godot 4807 meters above the sea. Oh, my! In Rocky Mountain, Godot is sitting on all of its peaks. (to YoungEi) Are there this many Godot?

The two women plop down onto the ground. Silence. After a long while.

SoonEi	What are we doing now?
YoungEi	We are waiting for Godot.

Both make a gesture of astonishment, with stop-motion.

A short while later, YoungEi gives SoonEi a glance and SoonEi winks.

SoonEi	Let's go!
YoungEi	Shall we?
SoonEi	We might come across him as we go on our way.

The two run around the stage. It seems that they are now in France.

WOMAN, she is Isabelle this time. She comes out to the stage with a little Eiffel Tower in her hands.

Isabelle	Bonjour.
YoungEi	(awkwardly) Bonjour.
Isabelle	Godot n'est pas lá. (Godot, nowhere).
SoonEi	What did she say?

SoonEi talks into the smart phone "Godot n'est pas là.", and it says 'Godot, nowhere.'

YoungEi   It says, "Godot nowhere."

They are shocked, and resume running.
Having run for a while, they are now in Japan.

YoungEi   Ah, Japan. Okay, good. I speak some Japanese. こんにちは。
           こんにちは。(Hello? Hi?) 私はごどをさがしにきた。(I've come
           here to find Godot.) 富士山でも阿蘇山でもごどてきっても
           らいたい。(Whether he is Mount Fuji or Mount Aso, Please tell
           Godot to come on out here.)
           私はかならずあわなければいけない。(I need to see him.) まこ
           とにわれだちはごどさがしきったんだよ。(We have come far
           to meet with Godot.)

WOMAN, this time, she is Hanaco.

Hanaco   ごど、いない。(Godot, nowhere.)
YoungEi   She says Godot nowhere.

Shocked again, the two start to run again. This time, they are in a desert. They
collapse, exhausted. Being thirsty, they are looking for water. But no water, not a drop
of water. WOMAN, as Scheherazade, passes with a camel. YoungEi says something,
desperately. She seems to be asking for water, but one cannot figure out what she
says. Probably, her throat is too dry to speak. SoonEii's trying to ask about Godot but

is unable to speak. Scheherazade on the camel talks to them.

Scheherazade   Shalom

Both   Awkwardly Shalom.

Scheherazade   Godot, nowhere.

Then she continues her way and disappears. In despair, the two plunk themselves
down.

YoungEi   Let's go back. Let's go back.

SoonEi   Back to where?

YoungEi   To the beginning. All is nothing. Do you know the Hwang
            Ho Music?

SoonEi   Is it a Chinese restaurant?

YoungEi   No. the River. Yellow River

SoonEi   Yellow-color River?

YoungEi   Yes, Yellow-color River.

SoonEi   So, what?

YoungEi   There is a music piece called "Hwang Ho". It's also known
            as "Bohuhja," which means a person who walks in the air.
            The water of Yelloow River becomes clear? Walk in the air?
            It's not possible.

SoonEi   Go on. You just babble on.

YoungEi   That's all.

SoonEi   What do you mean that is all?

YoungEi   Literally, that is all.

SoonEi   I mean what do you mean by "that's all"?

YoungEi	Now we need to give up looking for Godot. Godot won't come anymore. No. Maybe, Godot has not existed ever. We have been waiting for Godot all this time. We are idiots.
SoonEi	Yellow River. They say that there have been moments when the river becomes clear.
SoonEi	Bohuhja. It means the empty air can be walked on. I'll keep trying to find Godot.
YoungEi	I'm going back.
SoonEi	I will keep trying. What if the next stop is where Godot is? Then, if we give up here, what's more stupid than that?
YoungEi	But what if there is no Godot in the next stop, either?
SoonEi	We have to go on, at least to find it out. You see, in every story, the worst obstacle comes on the 99th day. It is on the 100th day that one succeeds. But most of us surrender on the 99th day.
YoungEi	What? So you mean we have to continue until the 100th day?
SoonEi	What's wrong with it?
YoungEi	No. I won't.
SoonEi	Let's say. You went back. Then what? What are you going to do then?
YoungEi	(thoughtlessly) Well, I should be waiting for Godot. (surprised at her own words.)

YoungEi whimpers with her head down.

SoonEi	That's all right.

YoungEi	I need some other channel. Damn! What is the Korean word for "channel"?
SoonEi	You're asking that? At this very moment?
	That's English. So, let me look up the word in the English dictionary. (takes out her mobile phone and searches it.) Channel. Noun. Television or radio channel? Frequency channel? Is this a joke?
YoungEi	What's the matter?
SoonEi	It says channel is channel.
YoungEi	I'm not free to use even a single word as I please. I am a parrot in a cage. I'm not allowed to say my words with my words.
SoonEi	Anyway, channel? What about it?
YoungEi	This is a matter of choice. A choice is possible when one is allowed to choose. But when the situation does not allow us to choose, then, what are we to choose?
SoonEi	It's a really difficult question.
YoungEi	I've thought about it hard. Because every question has an answer.
SoonEi	And?
YoungEi	No answer. There is no channel. I need some other channel.
SoonEi	We don't have time to watch TV now.
YoungEi	I am scared. I don't like it. I have the right to choose myself.
SoonEi	You can replay all the episodes anytime you like. So don't cry.
YoungEi	You know nothing at all.
SoonEi	Thanks. I've learned everything. Yes, I have nothing to learn

now. Nothing to know. So I know nothing.

YoungEi   We need to talk.

SoonEi   We are talking.

YoungEi   This is not a talk. This is···.

SoonEi   This is?

YoungEi   Just words. Nothing more than that.

SoonEi   That's what a talk is.

YoungEi   Yeah? Then I won't talk.

YoungEi goes to the corner and hunkers down.

SoonEi   It's not a long way anymore. Let's go to one more place. That will the last stop. I promise. And we'll go home.

YoungEi   Where is that?

SoonEi   Home.

YoungEi   Where's home?

SoonEi   Lake Baikal. I heard that our forebears lived in Lake Baikal. So we might find Godot there. Just a little bit more, okay? It could be on the 99th day, today.

YoungEi   Will hope be helpful?

SoonEi   You bet. Having hope is hopeful.

YoungEi   All right. Let's try one last time.

SoonEi   The spirit of challenge is what makes today's people proud of themselves.

The two raise themselves and continue to walk as best as they can. It is windy.

The two walks painfully. The wind gets stronger. The two walk as best as they can.

YoungEi squats on the ground all of sudden.

SoonEi	Just a little more.
YoungEi	Why should I?
SoonEi	We need to find Godot, right?
YoungEi	No, I rather not.
SoonEi	What are you saying? It is on the 99th day, today. There's still hope for us.
YoungEi	I'm not a 100 year old fox waiting to be a human. And this is my free choice.
SoonEi	Okay. I respect your decision. (drops down on the ground.)
YoungEi	But that doesn't mean you too should stop walking. It is my problem.
SoonEi	It's my problem, too. I feel free after listening to you. That I thought about it and decided does not mean that I have to see it through. I know that now.
YoungEi	Then, what about Godot?
SoonEi	That's what Godot have to decide now.
YoungEi	What?

A baby carriage enters. Though the carriage's cover is down, one can hear the sound of a baby crying. Both YoungEi and SoonEi do not want to approach the carriage. Finally, YoungEi approaches it and removes the cover. In the carriage WOMAN, this time play the role of a baby, cries loudly. YoungEi and SoonEi cannot repress their astonishment. YoungEi and SoonEi try to sooth the baby but cry with the baby. They don't know what to do. All they can do is just to look at the baby.

YoungEi   (approaches the baby and talks gently) Are you okay?

SoonEi   It's obvious she's not.

YoungEi frowns at SoonEi.

Baby   Uh⋯.

YoungEi   Oh, you can talk.

SoonEi   Not talking does not mean being unable to talk.

Baby   Uh...

YoungEi   Yes, yes, talk to us.

SoonEi   Yes, talk. Jabber on.

YoungEi   (angry at SoonEi) She can't talk because of you.

SoonEi   (looking elsewhere) Although she can't talk, that's not the
              reason that she doesn't talk, I think.

The baby and YoungEi glare at SoonEi. SoonEi steps back a little.

Baby   Don't try to listen to my words. Please try to listen what my
              words say. (as it gets quiet) I am a traveler. I travelled for a
              long time to meet Godot.

SoonEi   (in surprise) Did you meet Godot?

Baby   I met Godot. No, I didn't meet Godot.

YoungEi   What are you saying? What do you mean by that?

Baby   I am telling the truth. I met Godot but I didn't meet Godot.

SoonEi   Hey, tell me about it in detail.

Baby   Godot sent me an errand to deliver his message.

YoungEi   I don't get it.

Baby	Godot asked me to deliver his words to you old ladies⋯.
	(taking a hint from the faces of the two) to you young ladies.
SoonEi	What did he say?
Baby	He told me to tell you, "There is no Godot."

A moment of stunned silence. SoonEi starts to shout in anger.

SoonEi	You are lying. You said you've met Godot. Then, what do you mean by "There's no Godot"? It has to be a lie.
	And Godot whom you met, yes that Godot. How could you meet Godot if there is no Godot? So Godot was there. But that Godot told you that he didn't exist and asked you to tell us that. Who would believe it? That's a lie. You are telling us a lie.
Baby	No, no. It's true. I couldn't help it. I was asked a favor and I couldn't refuse it. I made a promise. So I have to tell. This is true. There is no Godot!

The baby leaves crying. SoonEi cries and screams.

SoonEi	No, no, it's not. It's not true. If the damn Godot whom I have been looking for all this time doesn't exist, what have I been doing? Godot exists! The old writer Beckett. He too waited for Godot. Why did he wait for Godot if he didn't exist? Everybody says Godot is somewhere. What you said doesn't make sense. Fuck. Godot exists. (falls down into tears.)

YoungEi hunkers down quietly and makes a vague face. And then she looks up to the sky.

YoungEi   We have always been thinking about this moment. Even if We didn't share it with each other. Well, life doesn't go as planned. Nevertheless, we have to try.

SoonEi   For what? Now, what is there left to try? Everything's gone. What can I do when Godot does not exist I'm fed up with life anyway. I can't even die on my own. I can't stand it anymore. Even my death is not up to me. This is killing me.

YoungEi   (smiling) I am fine with it. Maybe, if every moment was like this, I would always have been in peace. Now, I can feel the wind.

SoonEi   It's all blocked here. How can the wind come through here? We're done.

YoungEi   Now I know there is no hope. So I can now have the hope that I don't need to have hope. It might be more convenient. Yes. In fact, everybody has his or her way. You cry if you want to. Frankly, there are tears in my eyes, too. I have no good reason to stop you. Since that would be the last thing we can do. And I will be dead, like all those people. I am not talking about my last breath.

Please listen to what my words say. I just want to enjoy this moment. (smiling at SoonEi) I love you, SoonEi.

SoonEi stands up slowly in tears.

442

SoonEi	I love you, YoungEi.
YoungEi	Thank you, SoonEi.
SoonEi	Thank you, YoungEi.

The two sit side by side and look at each other. And they look at the tree together.

SoonEi	We still have our autonomous will. It's the last gift from God.
YoungEi	You are right. There is still hope. A message from Pandora.

The two stand up and walk to the tree. And they take off their clothes and make ropes with them. They are now only in their underwear. They tie the ropes around a single tree branch. And they look at each other.

YoungEi	I want to give you my last smile.
SoonEi	Thank you. I give you my hope.
YoungEi	What is that?
SoonEi	You don't need know.
YoungEi	Thanks.
SoonEi	Good-bye.
YoungEi	Awkwardly Good-bye.

The two put the ropes around each other's necks. The branch breaks down. The two roll down from the tree.

SoonEi	You fool. We have tied the ropes around this single tiny branch. No wonder we can't hang ourselves.

YoungEi	Poor tree.
SoonEi	Poor me. Nothing goes as I planned. Nada. Zero.
YoungEi	Have hope. There's another branch.
SoonEi	Ah. Wait. There's only one branch left. But we both need a branch to hang ourselves. Then, we need to hang ourselves on the single branch again. Then the branch will broke again and we will fall down again.
YoungEi	Then, I'll let you use it.
SoonEi	Okay. Thank... What?
YoungEi	I will give you the chance. You go first. After sending you, I'll put your body down and then hang myself using the same rope.
SoonEi	No. you can use it first.
YoungEi	I am pretty heavy. What if the branch breaks because of my weight?
SoonEi	Then, we both will survive.
YoungEi	So, for your wish, I'd better sacrifice myself for you to avoid the worst.
SoonEi	No, I can't let you do it. How can I believe you will hang yourself after I hang myself?
YoungEi	Why do you ask me about it? That is your problem.
SoonEi	What? What about you?
YoungEi	That's my problem.
SoonEi	That's why I can't trust you.
YoungEi	Well, then I won't trust you, either from now on.

Upset by each other, they sit with their back against each other for a long while.

YoungEi   Realizing that there is no hope is less fun than that there is no hope.

SoonEi   I finally figured it out at this age.

The two study each other's face and stands up again.

YoungEi   If he won't come, let's just assume he'll come.

SoonEi   It's worth trying even if we fail.

YoungEi   Okay, we have nothing else to do.

SoonEi   Not able to find him. Maybe it could be good, too.

The wind blows. The two walk toilfully. The wind blows harder. The two walk as best as they can.

A paper girl enters scattering pieces of paper on which "Godot, Nowhere" is written in all the languages of the world.

Paper girl   Extra, Extra!
           "Godot, nowhere" is heard in all the languages of the world.
           The paper boy leaves the stage.

SoonEi   Let's go. We need to go and meet Godot.

YoungEi   No, I'm not going.

SoonEi   Why not? Don't lose hope.

YoungEi   I won't go.

SoonEi   Okay. (drops down to the ground)

YoungEi   But that doesn't mean you too should stop walking. It is my problem.

SoonEi   It's my problem, too. I feel free after listening to you. That I thought about it and decided does not mean that I have to see it through. I know that now.

YoungEi   Then, what about Godot?

SoonEi   Damn it! That's what Godot have to decide now.

Silence. The two look at each other and laugh together.

WOMAN, this time, she is a singer, enters playing the guitar and starts to sing Godot, Nowhere.

WOMAN   Godot, Godot, Godot, nowhere.

Godot, Godot, Godot, nowhere.

Not here, not there

Not in Bonggu's house, not in Chunja's house.

Godot, Godot, Godot, nowhere.

Godot, Godot, Godot, nowhere.

Not in the underground, not in the theatre, not in the sky

Not in the sea, not at the Congress, not in you.

Godot, nowhere. Godot, nowhere. Godot, nowhere.

YoungEi   Damn it! We've waited enough.

SoonEi   Fuck. I'm old enough not to be scared by anything.

SoonEi   Good for you. YoungEi.

YoungEi   You, too. SoonEi.

SoonEi   Farewell!

YoungEi   Awkwardly farewell.

Leaving their shoes behind, the two are about to go somewhere else in their barefoot. They look at Jun who is singing. YoungEi takes the book, Waiting for Godot by Samuel Beckett out of SoonEi's bag and throws it to Jun. While Jun is singing, the two walk to the tree and sit under it, drop down to the ground.

Curtain.